网络原名《仙道第一小白脸》

# 折竹

一十四洲 著

中国华侨出版社
·北京·

中庭还亮着飘飘摇摇的一缕灯光，雨幕里，一点红影倚在竹栏上。

极低沉的箫声透过淅淅沥沥的雨声传过来。

第一章 | 001

鬼城美人

第二章 | 025

相看两厌

第三章 | 047

惊风细雨

第四章 | 069

关系匪浅

第五章 | 093

百战不败

第六章 | 119

武逢知己

第七章 | 147

守株待竹

# 目录


第八章 | 177

三书六礼

第九章 | 207

顺流而下

第十章 | 231

万丈迷津

第十一章 | 259

九重雷劫

第十二章 | 289

妖氛鬼雾

第十三章 | 313

江州陈事

第十四章 | 339

大雪纷飞

路旁悬挂的风灯之下，漫天苍茫雪色之中，独凌风箫乌发似墨，红衣艳烈，眉目如画，仿佛天地间的颜色都汇到此人一身之上。

林疏很少有愿望。

但是此刻，他突然想，他希望这天下河清海晏，歌舞升平。

那样，大小姐只需要好看就可以了。

然后放马南山，为仙为侠，纵情恣意。

分离聚合，
莫非前定。

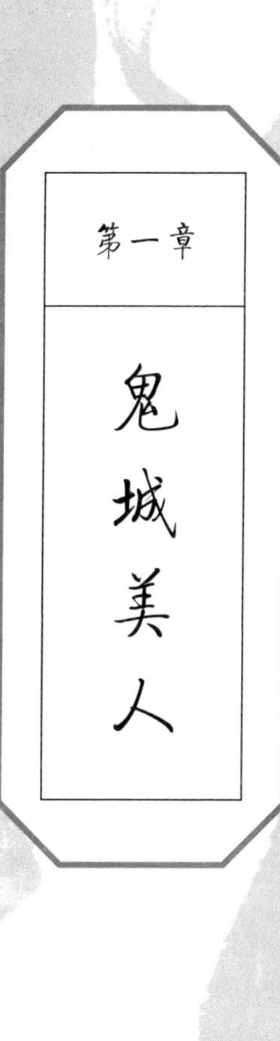

# 第一章

# 鬼城美人

乌云黑压压地堆积，城市上空有一个旋涡状的黑色中心，天破开了一道口子，霹雳闪电轰隆作响。

几个年轻人正在聚会，天南海北地胡侃。

“说起来我那个室友——那个叫林疏的，”其中一个小青年“啧”了一声，“像有病一样，就没见他说过一句话。”

他身边的人拉开一罐啤酒，附和道：“说他哑巴都是抬举他，连个表情也没有，赶紧自己出去找地儿住，真不想看见他！”

就在这时，一道极响的雷声在所有人的耳边炸开，震耳欲聋之间，暴雨倾盆而下。

他们的目光不约而同地转向窗外：“雨真大啊！”

刚才发牢骚的那小青年掀了掀眼皮，望向天空，突然愣住了，睁大了眼睛。

“这……”他迟疑又惊讶道，“老三，那边大厦顶上，站着的不就是那个死人脸吗？”

老三使劲眯了眯近视眼：“还真的是啊，这么大的雨，这人真的有精神病啊？”

“不是抑郁就是自闭，反正不正常！”小青年幸灾乐祸地哼笑一声，“哎，老三，你看他怀里怎么还抱着东西？”

“精神病人欢乐多嘛——看着像把剑。”

然而，还没等看清，超越他们认知的一幕就发生了。

一道巨大的紫雷在黑色天空蜿蜒出难以想象的放射状纹路，竟直直朝着远处大厦顶端的那个人影劈去，那一刹那的光芒过于刺眼，谁都没有看清发生了什么。

楼下的街道上，不少人顶着雨势兴奋地拍照，配字“×城巨大雷暴竟似世界末日，何方道友在此渡劫？”

——这是他们最后一次看见林疏。

林疏清醒过来的时候，感觉自己是躺着的，努力转了转眼珠，试图睁开眼睛。

“小傻子醒啦！”一道口音浓重的声音在他耳边响起。

他的身体立刻僵住，眼皮重如泰山，仿佛骨头缝儿都生了锈，差点儿不能呼吸。

我对人过敏，真的！

他深吸了几口气，空气中弥漫着潮湿腐败的味道，难闻至极。

他试图运转真气，修为全无。

“咋又没动静了？”那声音继续响起来，是一个嗓门儿洪亮的中年大娘，她似乎是伸出了手，朝自己探过来。

想象到正在接近的人体的热气，林疏的感官炸成一团，猛地睁开了眼睛。

大娘也被他的突然睁眼吓了一跳：“挨千刀的！”

林疏浑身僵硬，喘了几口气，终于在晕眩中看见了四周。

床前的大娘长得凶神恶煞，穿一身麻布袄裙，头发盘起，在上面插了根细木头，不是现代人的打扮。

林疏发现自己在一座茅草屋里。这草屋极其破烂，墙壁长了坑坑洼洼的霉斑，假如拍复古电影，要搭出这样破烂的屋子也着实不易。

林疏：“……”

人间惨剧。

他只是想渡个天劫——渡完就离飞升不远了，奈何晚上有课，没时间离开城市找荒郊野岭去渡，只好就近选了一座最高的大厦，免得惊动常人。

坏就坏在这座大厦上——好死不死，装了一根硕大无朋的避雷针，天雷没砸到自己身上，全被避雷针引了下去。修仙之人，心不诚，志不坚，试图借助外物躲避天劫，无一例外都要遭天谴，重则灰飞烟灭，轻则打回去从头再来，比如现在。

他是真的没有想到，避雷针居然可以把劫雷也引走。

林疏吐纳几下，感受了一番自己的身体。

经脉极其滞涩，根骨离奇差劲，说资质平庸都是闭眼胡吹，想要修仙怕是癞蛤蟆想吃天鹅肉。

他就像一个因为作弊被处分的学生，不仅要重修，还被撕了课本。

大娘见他一副呆滞模样，气也消了，叹口气：“傻了快十年，也不见好——成天往犄角旮旯里跑，这回淹着了，可得长点记性。”

很远的地方传来一声男人吆喝，大娘“哎”了一声，给他压了压被角，转身走了。

她的手险些擦过林疏的脖子，激起林疏一身的鸡皮疙瘩。他呼吸困难，过了好久才缓过来。

大娘此举，实在是再正常不过的好心，林疏却不能接受和人接触。那被子又潮得离奇，冰冷如铁，盖紧竟比不盖还要难受，实在让人无福消受。

等大娘走远，他从床上起身，推开粘手的木板门，向外看去。目光所及是同样破败不堪的房屋，三三两两聚在一起，像个村庄。自己所在的院落坐落在村庄外围，村子外面是荒废的耕地，再远一点儿却是灰蒙蒙的，被雾遮住，什么都看不见了。

天色奇怪，暗得很，要说是凌晨，却家家户户有人走动，炊烟袅袅；说是傍晚也牵强，天空一片灰黑，无星无月，也没有半点落日余晖的影子，鬼影幢幢，很是晦气。他一时之间想不出什么，想再观察一番，看见外面有村民走动，想跨出去的那条腿又缩了回来，转身走回房间。

房间实在乏善可陈，既破又乱，家具只有一张床和床前的一张桌子，没有镜子，照不见自己的模样。他联想起那位大娘口中的“小傻子”，猜测自己这具壳子恐怕确实是一位智力有缺陷的仁兄，也不知道长了怎样一副尊容。

摸了摸自己杂草一样的乱发，林疏有点窒息。

正在此时，院门“吱呀”一声被推开，身后传来脚步声，他转头见来者依然是那位大娘。

大娘手端一个白碗，跨过门槛，唤狗一样道：“小傻子，吃饭了！”

喊完一看，小傻子转头直勾勾地看着自己，神情仍然不怎么像个正常人，却与以前大不一样。

大娘皱了皱眉：“落了一次水，怎么更傻了？”

说完，她把碗放在了桌子上，转身要走。

这世上，清静的人不多，傻子是其中之一，因为没有人会和一个傻子交谈。这是林疏从来求之不得的，但是现在不行。他必须和什么人交流，不然只能在这里做一辈子傻子。他虽然喜欢清静，但也不想做傻子——尤其是一个在发霉的屋子里盖着发霉的被子的傻子。

于是，大娘险些要走出去的时候，听见背后响起了带一点儿抖的声音：“……多谢。”

“啊呀！”大娘猛地转过身来，“你不傻啦？！”

林疏僵硬地点点头。

大娘险些要手舞足蹈，扯起嗓子向外面大声道：“小傻子不傻啦！”

杂沓的脚步声响了起来，片刻之间，门口乌泱泱聚集了一大群面黄肌瘦的村民，个个儿激动地伸长脖子往房里看。

“小傻子不傻了？”

“小傻子真的不傻啦？”

“小傻子果然不傻了！”

林疏：“……”

一个傻子突然聪明起来，怎么还能闹出这样大的动静？

大娘把碗搁下，哆哆嗦嗦上前，拉住林疏的手：“你……你可想起来什么不曾？”

林疏：“？！”

他被大娘一握，浑身汗毛直竖，眼前发黑，触电一样往后退了几步，险些魂飞天外。

不料，大娘直直跪了下去：“您可千万要救救我们！”

村民见大娘跪下去，纷纷效仿，在门外大磕其头：“您可千万要救救我们！”

林疏动了动嘴唇，艰难地组织语言，想问问这些人为什么要跪自己。

不料太久没有说过话，完全组织不起语言来。

他艰难地开口：“要我做什么？”

几个人七嘴八舌说了起来，尤以大娘嗓门儿最为洪亮，所幸林疏虽然几乎不会说话，但听人话还是会的，勉强理解了他们的意思。

十年前，不知是什么妖魔鬼怪作祟——总之是有了莫大的灾祸，整个村子危在旦夕之际，一位仙人路过，施了法术能护住这里十年，条件是托付给村民一个木呆呆的小傻子，说是他的徒弟。

村民又问，法术能护住十年，十年之后又要怎么办。

仙人打了许多机锋，说了一大番“但等机缘到来”之类的言语，便飘然离去了。

如今，十年之期已然要到，法术屏障亦摇摇欲坠，小傻子却不傻了。可见机缘来了，村民自然大喜过望，只盼这突然开窍的小傻子能有应对之法。

林疏朝外面望去。

还是那幅景象——妖氛鬼雾弥漫四野，据说雾里生机灭绝，全是活尸恶鬼。整个村子好比海上的孤岛，已经十年没有外面的消息，村民纵使想破头也没有出去的办法，而他若也没有对策，同样要被困在这里。

他从小修仙，根骨绝佳，修了十来年，顺风顺水。如今被天道发配到这地方，不仅被困，竟还要与人说话，实在是从未见过的困难。

林疏站在那里，深呼吸几口，做了一番心理建设，才终于组织好语言，问：“有剑吗？”

村民们一齐看着他，双膝竟然有点发软，又想倒头叩拜。

没想到小傻子一朝开窍，竟如此沉稳有度，不动声色，果然是高人风范，仙人诚不我欺。

剑，是有的。

有人递上来一把。

一把粗短的小木剑，削来给三岁小孩把玩的。

那孩子“嗷”的一声哭了出来：“我的剑！我的剑！还我的剑！”

林疏被他号得耳鸣，终究没接那把剑，而是在院里的死枣树上折了根树枝，握在手里，稍稍吐了口气，感觉舒服了一点儿。

他师门有训，宁可持剑而死，不可弃剑而生，十几年来早刻进了骨子里。现在修为全失，拿剑虽然并没有实际用途，但“剑”在手里，毕竟可以略微缓解乌泱泱人群带给他的不适感。

林疏穿过人群，往村子的边缘走去。越近，那些灰雾便越浓。

隔着一层结界，他突然和不远处一具衣衫破烂、面目腐烂流脓的尸体对上了眼。

那东西竟还是个活的，嘶吼一声，半蹿半跳，像猴子一样扑了过来，被结界挡在外面。林疏后退几步，看着它疯狂地往里撞，爪子刚刚穿破结界，而后再被弹出去，可见这结界已经不甚牢靠。

半腐，四肢伏地，行动迅捷，《九韶异志》有载曰，爬尸，是种低等的邪物，畏光，畏风，畏火。村民显然晓得一些它的习性，已经拿了火把来驱赶。

然而阴影之下，密林之中，渐渐响起窸窸窣窣的动静，不一会儿已聚集了数十具爬尸。据村民说，这些邪物一直在结界外徘徊，有数千之众。

林疏看着那具被驱赶离开结界的爬尸，他看得很明白，这结界已经薄弱至极，恐怕撑不过半月，半月之中，若没有脱身的方法，恐怕就要被困死村中了。

但他的修为一时半刻并不能回来，或者说这辈子能不能回来都未可知。小傻子这具身体也颇孱弱，大抵是常年营养不良的缘故，走两步都心慌——除非重塑根骨，硬生生打通奇经八脉，才能勉强迈过修仙的门槛。

村民看着他沉吟不语的样子，个个儿心里打鼓，谁都不敢上前一步。

半刻钟过去，林疏终于开口：“有琴吗？”

又是要剑，又是要琴，可偏僻村庄哪有这种东西？

林疏见他们面面相觑，想了一会儿，迟缓道：“能发出声音的……都行。”

这下有了。

几个年轻小伙子往村东头跑去，不消一会儿，搀来一个老头儿并一把二胡。

这位老人患有眼疾，双目失明，原是闽州城里某茶楼的说书人周先生，十年前出城回老家探亲，谁料到出了这场祸事，被困在村里，再也出不去了。

听旁人叙述完了一番前因后果，周老先生颤颤巍巍拱手："少侠，只要您能带我们走去闽州城避祸，让我这把老骨头做什么都使得。"

话是这样说，但这样行将就木的老头子能做什么？村民都不解其意。

林疏却也不是想要这半只脚踏进棺材的老人做什么体力活儿，而是要他拉琴。

习剑须先养心，他的师门有学琴清心的传统，所以他知道几首破魔除祟的曲子，拣了一首《清疏辟邪曲》，试图教给老人。

然而，林疏说话的水准实在是不敢恭维，古琴与二胡的曲谱又有颇多不通之处，交流很是困难，两人回屋摆弄了半天，终于拉出一首成了调的曲子。

是夜，大娘的两个年轻儿子李鸡毛与李鸭毛在前方举火把开路，林疏与周老先生再次来到了结界的边缘，几位身强力壮的村民跟着。

浓雾里，地上升起磷火，几十双眼睛再次望向他们。

周老先生拿起琴弓，拉了起来。

村民惊呼："真的走了！"

只见树林一阵抖动，陆陆续续有几具爬尸爬远，曲子拉过几遍后，它们走了半数之多。

曲声确实有效，但拉琴人只是凡胎肉体，曲声中并没有法力，对邪物的震慑仍是有限。

林疏默默思索该如何让曲声的威力再大一些。

正想着，周老先生的动作却是一停。

"外边有动静。"他说。

瞎子的耳朵，总是要灵敏一些。

果然，几息之后，渐渐有声音传来。起初是尖锐的碰撞声并夹杂着女子的清叱，而后，脚步声、说话声也传来了。

依稀听见有女子的声音："刚才还有声音，这会儿怎么停了？"

老先生一愣，继续拉了起来，李鸡毛与李鸭毛也意识到有外人来到了附近，欣喜地挥起火把。

那女子的声音似乎是在招呼同伴："在这边！"

过了一会儿，杂沓的脚步声越来越近，李鸡毛也高喊："这里！这里！"

只听几声兵器带起的风声、肉体碰撞声，剩下那十几具活尸也逃了，一行人拨开灌木丛，从结界外穿了过来——原来那结界只挡妖邪，不拦活人。

林疏抬头看去，来者是七八个穿着利落短打的佩刀少女，身姿挺拔，颇具英姿，是常年习武之人。

为首那人“铮”的一声收刀归鞘，问：“你们是什么人？”

李鸡毛老实道：“是村里的人。”

李鸭毛谄媚上前：“仙女姐姐，你是来救我们的？”

她“呸”了一声，抽刀指向李鸭毛的脖子：“好不要脸的臭男人！你是人还是鬼？”

只是喊一句“姐姐”，就变成了不要脸，这少女长得漂亮，没想到如此凶恶，把李鸭毛吓了一跳。

“不是鬼，不是鬼，”他道，“女侠，我们是人。”

“胡说八道，这里怎么可能还有凡人？”她与身后几人对视一眼，手指按在刀鞘上，俱是十分戒备的模样。

李鸡毛道：“女侠，我们被困十年了，你若不救我们，我们可就真的要变成鬼了。”

为首那姑娘走上前，仔仔细细把他打量了一遍，又观察了一番在一旁瑟瑟发抖的李鸭毛，大约是从没见过这么㞞的恶鬼，终于稍稍放下戒备。

“确实没有这样的活鬼，是我们唐突了，难为你们竟能在这里待十年，”她又问，“我们进来找人，三天之内是否有人来过这里？”

“这……”李鸡毛道，“女侠，我们已经十年没见过外人了。”

他长相憨厚老实，语气也诚恳，绝不似撒谎，此言一出，那持刀少女身后的几个女孩子顿时急了起来：“这里也没有，那里也没有，大小姐到底去哪里了？”

那姑娘面上也有担忧之色，但勉强维持冷静，问：“这里十年前到底怎么了？”

李鸭毛：“十年前，也不知道怎么的，就……就全是那些东西……”

旁边村民也纷纷答了起来，你一言我一语，与之前告诉林疏的话差不了多少，都是说一夜之间起了祸患，一位仙人救了他们，从此村子便与世隔绝，再没人出去过。

李鸡毛小心道：“女侠身怀绝技，不怕那些东西，能不能带我们去闽州城？”

——此时，倒没有人注意林疏了，眼前这些少女成了新救星。

“闽州城？”她摇了摇头，道，“已经十年没有人去过闽州城了！但凡跨入闽州城外三十里，有去无回！”

众人都呆住了。

他们原以为只是自己的村子遭了灾，城里必定没事，可听了这话才知道闽州城的情况恐怕比村里还要糟糕一万倍。

等这些女孩子终于平静下来，又与村民说了些话，众人总算知道了前因后果。

为首那个脾气泼辣的少女名叫凌宝清，来自一个什么“凤凰山庄”。她们随大小姐游历到闽州附近，听闻闽州城十年来已经成了生机断绝的鬼城，起了心思想进闽州探一探。

而说到闽州城，又牵出一桩事情来。

提到这桩事情，凌宝清开始胡吹起自家大小姐的美貌，简直要将她吹成天下无双的倾城绝色。

在江湖上，但凡是美人总会有诸多爱慕者，大小姐当然也是如此。但大小姐从小就有婚约，还是三媒六证，父母、师长亲手写下婚书的娃娃亲。故而大小姐除了比别的美人要美，又有了特殊之处，是个可远观不可亵玩、可爱慕不可求娶的美人。

——而大小姐的未婚夫正是闽州城人，这十年来无论是他，还是他的师父都音信断绝，正和闽州城成为鬼城的时间相合。

这下子，大小姐就更有理由进闽州城一探了，守寡或不守寡毕竟是一件大事。

她们踏进鬼城地界，途中遇到无数活尸、恶鬼、僵人，因着武功高强，并没有受伤，得以一路深入。

“大小姐原本就说，城中发生的事情必定不简单。后来，我们遇见一个修为奇高无比的尸王，打斗一番，我们几个都受了伤。大小姐让我们留在原地不要走动，她去引开尸王，竟一天一夜没有回来，我们只得去各处寻找。”

——浓雾里，伸手不见五指，即使点上火把也辨不清方位，寻着寻着便偏了，听到二胡声就被引来了这里。

说到这里，一个女孩子突然哭叫起来。

“可恨！”她跺脚道，“闽州城怕是已经没了活口，可怜我们大小姐，年纪轻轻就要守望门寡！”

另一个女孩子道：“莫说大小姐守不守寡，我只盼她现在平安罢了！”

“都闭嘴！”凌宝清道，“大小姐武功冠世，必定毫发无伤，现在该想想到底怎么与大小姐会合才是。”

这些十四五岁的女孩子，在荒山野林里走了一夜，既忧大小姐守寡，又怕大小姐受伤，还恐与大小姐失散，说着说着相顾痛哭起来，乱成一团。

凌宝清转过身去安慰自己的同伴，李鸡毛与李鸭毛想劝却不得其法，反又被哭骂了几句："你们莫要咒我们大小姐！"

两人靠在一旁的树上，想起自己的村子被困十年，眼看就要破灭，也开始伤心流泪。周老先生被他们的情绪感染，长叹一声，亦是十分悲伤。

林疏一时之间像是掉进了追悼会现场，默默陪站了一会儿，组织了一下语言，向凌宝清道："你们是怎么进来的？"

凌宝清抹了抹眼睛，打量他一眼，大约他现在的形象实在不敢恭维，她对李鸭毛和李鸡毛尚算礼貌，对他却不是，皱了皱鼻子，语气生硬："当然是走进来的。"

不，我不是这个意思。

林疏意识到自己的语言表达可能存在很大的问题，顿了顿，又把语言重新组织了一下："你们……你们怎么辨认方向？"

这些女孩子说浓雾之中分不清方向，可是又说失散之前正在逐渐接近闽州城门，似乎说不通。

凌宝清终于明白了他的意思，答道："我们几个自然不成，可我们大小姐境界高，能感悟天上星辰的气运，可以行走自如。"

林疏面无表情："……"

凌宝清叫道："你这小叫花子，难不成对我们大小姐有什么意见？！"

先是李鸭毛喊了一声"仙女姐姐"，就被斥为"不要脸的臭男人"，现在他什么都没做，就猝不及防也被点名批评。

林疏并没有说话的意愿，但这位凌宝清小姐的目光实在过于咄咄逼人，让他浑身不自在，只好开口："你们不该走。"

林疏觉得但凡有一点儿自知之明的人，在自己分不清方向而别的人能分清的时候，都该老实在原地待着，等人回来，而不是四处走动。

凌宝清有些理亏，气急败坏："什么时候轮到你这小叫花子指手画脚！"

林疏没有搭理她。

凌宝清说完这句话后，气焰弱了下来，道："我们又何尝不明白，只不过一时慌神罢了。"

不过以她暴躁骄傲的脾气，气焰自然不会一直这样弱下去，下一刻就重新理直气壮："不论如何，若找不到大小姐，我们迟早被困死在这里，亦救不出你们。"

林疏不再看她们。

据说用刀的人大多脾气暴躁，果然如此。上梁不正下梁歪，那位大小姐也不知是怎样一个登峰造极的大泼皮，才养出这样一群小泼皮来。

凌宝清一行人也懒得再搭理这脏兮兮的小叫花子，开始议论起可行的办法来。

“可有人带了凤凰蝶？”

“黑灯瞎火，纵然带了凤凰蝶也看不见它。”

“罗盘乱转，也没有用。”

她们在地上盘膝而坐，探讨半天，终于有人拍了拍脑袋：“小星斗阵！若是我们画出小星斗阵，标出北斗星，岂不是也可以像大小姐那样感应到方向？”

凌宝清大喜：“宝镜妹妹说得很对！”

说得很对的宝镜妹妹道：“宝尘姐姐，我记得你今年是学了符咒的功课的，可能画出来？”

学了符咒的宝尘姐姐道：“可恨！那个时候我每天跟着大小姐去练刀，十次课有八次逃掉了，画不出来。”

一旁听着的李鸭毛忍不住“扑哧”一声笑了出来，纵使李鸡毛及时捂住了他的嘴，也没逃过一顿好骂。

骂完李鸭毛，她们彻底陷入僵局，相顾无言，只有叹气的份儿。

叹完气，令人窒息的沉默里，林疏默默开口：“……我会画。”

女孩子们齐齐转头看他，目光审视，十二分的不信。

若说拉琴的周老先生会，倒还有几分可信，换成这个蓬头垢面的小叫花子，简直是天方夜谭。

“你？你从哪里学的阵法？梦里吗？”凌宝清没好气地问。

林疏不说话。

凌宝尘打量他几眼，从随身的行囊里取出符纸、笔与符砂，起身来到他面前道：“这位……”

顿了顿，没能喊出贴切的称呼来，只道：“你来试试？”

林疏诚实道：“没灵力。”

“你——”凌宝清又炸了，“你耍我们？”

若是别人，早和她吵起来了，但林疏不想说话的时候，就是锯了嘴的葫芦、拔了翅膀的蛐蛐，并不睬她，对凌宝尘道：“传给我。”

凌宝尘依言将手按在他的右肩上，开始向他身体里注入灵力。

林疏原本就极端不适合修炼的经脉硬生生被灵力灌满，就好比滔滔江河倒灌进干涸的小河道里，整条手臂疼痛欲裂，几乎要吐血。凌宝尘的手按着他的肩膀，又让他想吐。

但要想出去就必须画符，他只得硬生生忍下去，将笔蘸了符砂，画了起来。

凌宝尘轻轻“咦”了一声：“似乎确实是这样。”

没想到这小叫花子确实有几分本事，凌宝清红了脸，欲言又止，别开眼睛不去看他。

小星斗阵可作观星之用，并不是艰深的阵法。林疏画到一半，突然想，这里的人所用的灵力与自己曾经的灵力相通，小星斗阵他也曾学过——或许是同一个世界，只不过时间点不同罢了。

自己的师门传承据说源远流长，不知是否也能在这里找到。

一张符画完，凌宝尘终于松开手，林疏半条命都要没了。

凌宝尘拿住符纸，用灵力催动，但见其上的符砂熠熠生光，她滴血上去，闭上眼睛感悟，不消片刻便道：“有了！”

姑娘们大喜，围了上来，准备立即出发。

“只是我的灵力终究与他不匹配，不能运用自如，这阵法不稳定，仅能维持半个时辰。”凌宝尘面有难色。

姑娘们又齐齐望向林疏，意图十分明显，想让林疏一同出发，符坏了便再画一张。

凌宝清“喂”了一声，神态尴尬，想要说什么，或许是想道歉。

林疏不知道回什么，所以并没有理她，只默默跟上。

事已至此，要想出去，除了跟着她们，也没有别的选择。

李鸡毛与李鸭毛兄弟自告奋勇加入，有他们两个举着火把照明，便腾出了两个姑娘的手，遇到邪物时，多一个能打的人便多一分胜算。

于是，姑娘们在外围防御，林疏、李鸡毛与李鸭毛被簇在中央，一行人便向着闽州城去了。一路上遇到无数活尸恶鬼，她们刀法精湛，修为虽不甚高，靠着默契的配合倒也有惊无险。

安全的时候，李鸭毛耐不住寂寞，总与她们搭话，这些姑娘里以凌宝镜年纪最小，脾气也最好，倒是不凶李鸭毛。谈着谈着，林疏也算是从话中得知了“凤凰山庄”的始末。

这是个只收女子的门派，收容天下走投无路的孤女。她们若有习武修仙的天赋，便可以拜入山庄修习“凤凰刀法”，若无则放去山庄名下的绸庄、钱庄等诸多铺子。凤凰山庄刀法凌厉霸道、闻名江湖，生意遍布四海，与其他门派亦是交情深厚，地位极高，无人敢欺。

凌宝镜说到这里，笑了笑，却不说话了。

“宝镜妹妹羞了，”凌宝尘笑一声，接着说下去，声音又脆又快，极为甜美，“我们凤凰山庄上下亲如家人，同气连枝，之所以在江湖上人人敬重……还有个原因，山庄的姐姐们许多都嫁入各大门派，那些臭男人总说凤凰山庄是整个江湖的丈母娘，若是得罪了凤凰山庄，即使没得罪自己的老婆，也免不了得罪师兄弟的老婆乃至师娘、徒媳、嫂子、弟妹等。因此整个江湖上，唯独凤凰山庄是惹不起的。”

说到这里，女孩子们便笑作一团，她们都是十四五岁的年纪，虽说脾气不太好，总体上仍然天真烂漫。如今有了方向指引，轻松不少，自然显出活泼可爱的情形，直把李鸭毛的眼都看直了，也跟着笑起来。

正边笑边走，李鸭毛突然停住了脚步。

“这……”他向旁边跳开，声音发抖，一只手往自己头上抓去，火光照出一片黑色污血。

姑娘们“啊”了一声，抽刀备战，一行人全部散开，腾出中间的一片地方。

“啪嗒……”

黑色的血从上面不断地滴下来，落在他们面前。

李鸡毛举高火把，林疏抬头往上看。

还未看清树上的情形，先听见一声极轻的笑，随后是一道说话声。

“你们倒是能耐。”

这声音极美，带着若即若离的冷淡缥缈，像山巅松风，一时之间叫人恍惚了，竟辨不出是男还是女。

姑娘们却欢呼起来，纷纷喊：“大小姐！”

这时，林疏才终于看见头顶树木的枯枝梢上，站着一个人。

火光有限，只能看见身影，看不见容貌。

这人身处黑暗之中，群魔环伺下，却如同在自家庭院闲坐一般，正在慢慢擦刀，黑血正从那如水的刀锋上缓缓淌下，触目惊心。

——这便是姑娘们口中的大小姐了。

大小姐收刀归鞘，从树梢飘然而下，来到他们面前。

李鸡毛与李鸭毛倒抽一口气。

林疏同样往前方看过去。

现在他们终于知道，凌宝清对大小姐外貌的一番描述，并不是信口胡吹。

大小姐戴着面纱，下半张脸只影影绰绰从薄纱后透出一个轮廓，更让人注意到那一双眼睛，修眉凤目，顾盼神飞，漂亮到了盛气凌人的地步，让人不敢直视。

凌宝清一行人穿着轻装短打，英姿飒爽，大小姐与她们一般年纪，打扮却大有不同，穿一身繁复飘逸的红色宫装，行走之间衣袂轻拂，极为好看。

女孩子们围上去，一连声地问大小姐是如何找到她们的、大小姐可有受伤、大小姐与那尸王如何如何了。不过，她们语气虽急切，却都在大小姐三尺以外，并不靠近，看得出对大小姐既爱又敬。

大小姐却不答她们，冷冷目光从林疏、李鸡毛与李鸭毛身上扫过，问："他们是什么人？"

凌宝清便简单交代这一夜她们的经历，刚交代到遇到林疏与周老先生，大小姐蹙起眉，眼中满是嫌恶神色，打断她："太脏了，丢出去！"

说的正是林疏。

毕竟不能期望一个成天往犄角旮旯钻的傻子有多么干净，纵然林疏很想刷洗一下自己这副新躯体，但匆忙之间，也没有条件。

凌宝尘忙为林疏开脱，说这是她们的恩人。

大小姐"哦"了一声，看着林疏，冷冷道："既如此，打一顿也就罢了。"

林疏："……"

大小姐的手按在刀柄上，眼角挑了挑，仿佛在极力按捺自己抽刀杀人的冲动，对他道："想跟着我们，便把自己弄干净。若再脏了我的眼，只好剥了你的皮。"

林疏："？？？"

行吧。

凤凰山庄这一群小泼皮的主子，果然是一个更加不通情理的大泼皮。

大晚上，荒山野岭的，他去哪里找水洗干净自己？

上天吗？

所幸林疏并不需要真的去荒山野岭找水，凌宝尘笑眯眯地掐了个法诀，下一刻，一团白光对着他当头砸了下来，是个常用的清洗法术。

全身上下的皮肤一阵火辣辣的刺痛，半刻钟以后，法术停下，林疏已经彻底被灵力刷洗过一遍，觉得呼吸轻快了许多。

"呀！"凌宝尘笑道，"小叫花子，你长得倒是挺俊。"

凌宝清几个人纷纷探头看他能俊出什么花样来，看完俱是哧哧地笑开了："这人也真是奇怪，既不是傻子，又不是丑八怪，却把自己搞得像泥地里打过滚的狗子。"

林疏被她们的目光看得呼吸困难，倒宁愿自己还脏着。

大小姐冷冷睨着这边，终于勉强用鼻子"哼"了一声，算是不剥林疏的皮了。

凌宝尘问："你们三个叫什么名字？"

李鸡毛道："我叫李鸡毛，我弟弟叫李鸭毛。"

她们笑作一团，连大小姐的眼里都有了些笑意，问他："怎么没有李鹅毛？"

李鸭毛肃然起敬，道："大小姐神机妙算，我妹妹正是叫李鹅毛！"

凌宝尘又看向林疏，林疏道："林疏。"

"你这名字倒是有点儿意思，可有什么寓意？"凌宝尘问。

林疏："没有。"

凌宝尘嗔道："你这人也太没有意思了。"

林疏没有接话。

名字是有寓意的，只不过不想开口，因为他确实是个没有意思的人。

大小姐向前方走去，道："走了。"

姑娘们小跑跟上，叽叽喳喳地问大小姐怎么找到了她们。

"你们这么闹腾，十里外都能听见。"大小姐道。

姑娘们不依。

大小姐轻轻笑一声，抬起手来，一只蝴蝶从夜色中出现，落在凌宝清肩上。

凌宝清道："是凤凰蝶！我们也曾想过用凤凰蝶去寻您，可这里实在太黑，纵使蝴蝶能找到您，我们也是找不到蝴蝶的。"

"听！"大小姐道，"若你连蝴蝶的振翅声都听不到，遇到如梦堂'自在飞花'暗器，岂非要束手待毙？"

凌宝清乖巧道："是了，我们还须多加修炼才是。"

林疏听见身旁的李鸭毛"嗞"的一声倒抽了一口气，大约是他无法想象人可以听见蝴蝶振翅的声音。

一个人要想听见蝴蝶振翅的声音，必定经历过非同寻常的漫长练习，单单是这等耐性与定力，就已经远超常人。

而当一个人有了这等耐性与定力后，武学与修为亦必定出类拔萃。

这位一见面就要剥人皮的大小姐，确实是一个不简单的大小姐。

林疏正想着，忽听凌宝尘道："大小姐怎么去了这么久才回来，那尸王果真如此厉害吗？"

大小姐道："打死容易，活捉却难。尸王并未失去神志，我捉到他以后，要他说出城中真相，若不说，我便从肩胛骨起，每数一个数，震碎他一根骨头。"

林疏："……"

是个狠人。

只听姑娘们继续问："他说了吗？"

“说了，”大小姐右手抚过刀鞘，道，“永光十四年，闽州城上下拥将军独孤诚为王，聚众起义，然而起义未成，王朝出兵镇压，独孤诚部与闽州上下官民、士子、侠客……尽被坑杀！”

姑娘们“啊”了一声。

大小姐继续道：“死者怨魂化为厉鬼，踞守城中，闽州城确实是一座鬼城。”

凌宝尘声音微颤：“那……我们可要禀告庄主？”

大小姐道：“王朝摆平不了的事情，山庄自然也摆平不了。”

“也是……”凌宝清在一旁道，“那我们可还要去？”

“我倒想拜会一下那位聚众起义的独孤将军，问些事情。”大小姐道。

凤凰山庄诸人自然是唯大小姐马首是瞻的，林疏随意，李鸡毛与李鸭毛却很是害怕，压低声音问林疏：“咱们怎么办？”

林疏往旁边走了走，与他们拉开距离，面无表情道：“跟着。”

李鸭毛道：“那可是鬼城啊。”

林疏：“那你回去。”

李鸭毛：“……”

回自然是不能回的，即使不知道这大小姐打的什么主意，也只好跟上。

一路边打活尸边前进，约莫两个时辰后，终于到了闽州城正门。

林疏这副虚弱的身体快要撑不住了，走两步都要喘一口气，全凭意志支撑，倒是让大小姐多看了几眼。

大小姐抬手叩城门，显然用上了灵力，将那丈余高的厚重城门敲出了沉闷的“咚咚”声。

随后，大小姐朗声道：“凉州凌凤箫，求见独孤将军。”

——原来这人名叫凌凤箫，倒是个颇为美丽的名字。

不多时，里面响起了一道嘶哑的声音：“闽州城避世已久，不见外客，姑娘前来所为何事？”

凌凤箫道：“寻人。”

“何人？”

“俗话说，嫁鸡随鸡，嫁狗随狗，嫁鬼自然也要随鬼，”凌凤箫淡淡道，“我未婚夫君乃闽州城人，婚期将近，却一直杳无音信，只好来贵城寻找。”

“姑娘请稍等。”

大约半刻钟后，那声音又响起来：“将军说，若城中确有此鬼，姑娘嫁进闽州城也未尝不可。请问姑娘夫君的名讳与生辰？”

凌凤箫：“不知道。”

隔着城墙，林疏都能感觉到那位看门鬼的无语。

过了好一会儿，看门鬼才继续道：“姑娘知道什么，尽管说来。”

凌凤箫：“……”同样顿了好一会儿，才道，“年龄在十六岁往下，不拘男女。”

看门鬼惊讶道：“姑娘连男女都不知道吗？”

凌凤箫平静道：“怨鬼有时分不出男女，只是怕你们找错。”

看门鬼道：“不瞒姑娘说，姑娘的郎君若此时在十六岁以下，十年前便只是幼童，魂魄甚弱，无法成鬼，已不在人世了。”

凌凤箫道：“那便找他师父，是一个自号桃源君的仙君。”

看门鬼答：“修仙人往往性情凉薄，怨气不足，亦无法做鬼，姑娘节哀。”

李鸭毛“唉”了一声，对李鸡毛小声道：“这大小姐就算是天下第一美貌的少女，今天往后也要变成天下第一美貌的寡妇。还是‘天下第一’没错，但终究不大好听。”

凌凤箫转头看他一眼，目光冰冷，把李鸭毛又吓成了缩头缩脑的鹌鹑。

只听凌凤箫继续对看门鬼道：“既如此，我便告辞了，只是还有一句话想转告独孤将军。”

看门鬼：“请讲。”

“如今我朝与北夏国战事正烈，若将军弃暗投明，或可与王朝冰释前嫌。”

看门鬼“嚯”地笑了一声：“王朝负我闽州城良多，除非改朝换代，否则闽州绝不会助南夏一兵一卒，姑娘还是请回吧！”

凌凤箫并未在这个话题上纠缠，又道：“城中果真没有那二人？”

“确实没有。”看门鬼语气恳切。

大小姐很烦，明眼人都看得出来。

凤凰山庄诸人里，年纪最小的凌宝镜在后面哭了一声。

大小姐确凿是要守寡了！

眼看她们往回走，李鸡毛战战兢兢道：“我们村子……”

最为善良的凌宝尘对凌凤箫道：“大小姐，我们带他们出城吧。”

凌凤箫正是心情不好的时候，脾气大坏，目光在林疏三人身上走过一圈，没好气道：“我管他们去死。”片刻后才又道，“送村民去宁安府安顿。”

姑娘们应了一声，开始返程，边走边小声咒骂：“这挨千刀的人竟死了！”

凌凤箫吩咐完将村民带去宁安府安置后，纵身运起轻功离去，红色宫装的衣摆在空中一晃，便消失在了众人的视野中。

这位大小姐的心情怕是比他们想象中还要烦躁，以至于连这段路都不愿一起走了。

“大小姐专程来闽州城一趟，没想到是这样的结果。”凌宝尘道。

“从今以后，大小姐若要嫁别人，却也无法嫁最好的那几个了。”凌宝镜道。

凌宝清冷哼一声 ：“原本那个死鬼，也见不得有多么好！那死鬼的师父名叫桃源君，我问你们，可在江湖上听见过此人的名号？不过一介无名小辈，又能教出什么好徒弟来？”

凌宝尘叹气 ：“咱们庄主为大小姐定下的人，自然是不差的。‘桃源君’这名字甚是隐逸，说不定是位深藏不露的隐士高人，可惜‘叛乱’一事牵连甚广，连隐士高人都无法独善其身。不然，若桃源君还活着，怎会十年没有消息？”

林疏三人安静地跟着她们，一路上听着这些姑娘为大小姐的婚事操碎了心，将江湖上适龄的青年才俊穷举一遍后，得出一个结论 ：谁都配不上大小姐！

她们甚是担忧，李鸡毛和李鸭毛两人也唏嘘了几声，但林疏并不是很能体会这种感觉。

其一，他毕竟不太熟悉这个世界的风土习俗，在他原来的认知里，死老公并不是一件可耻的事情，更别说是这种面都没有见过的娃娃亲 ；其二，一个惯于用“剥皮”“震碎骨头”来威胁人的女孩子，实在是心狠手辣，而心狠手辣的人一般又比较冷血无情。

——不过无论大小姐是个怎样的人，都与他没有关系了，他与这位大小姐不过是萍水相逢，从今以后大约就永远告别了，他现在只想找到改造自己体质开始修炼的方法。

想到修炼，他忽然想起了上辈子。

每天子夜观冥入定，凌晨练剑，黎明时分收拾书包去上学。

教室里有很多人，他一直坐在最后的那个角落里，将厚厚的课本堆在前面，仿佛就隔绝出了一片不受人打扰的天地。

有一天，这些东西全都被推到了地上。

几个人围住他，嘲笑谩骂了些他已经记不得的话，应当是比“精神病”“哑巴”之类更恶毒一些的词，更多的人只是在观看。

他蹲下去，将那些东西一个个捡起放到桌面上，然后，它们又被推下去了。

他低头继续捡。

大约，欺负一个傻子实在是一件没有意思的事情，看一个傻子被欺负也不是一项有趣的娱乐，重复几遍后，那些人感到无趣也就散了。

那天，他回到家里，对他师父道：“我想死。”

老头子道：“不行，你得练剑。等修成之后，天地间纵横自如，想不和人打交道，就不和人打交道，啧，快活！”

林疏：“哦。”

他就没有去死，继续练剑。

练着练着，几年时光流水一样过去，师父死了。

他的生活没有什么变化，该怎么练还是怎么练，顺便还考了个大学。

后来，得渡劫。

再后来，就到这里来了。

除去修仙的人可能会多一点儿，并且没有避雷针这个万恶之源外，世界对于林疏来说也没有什么不同。

上辈子怎么过，这辈子也就怎么过，练剑就是了。

只不过，凭借这具根骨奇差的身体修仙，也太难了些。

他有些迷茫，脚步便不由得慢了。

凌宝清催促他：“还不快点！”

他做了一番心理建设，对一脸凶恶的凌宝清开口道：“外面有很多人修仙吗？”

“怎么，”凌宝清睨着他，“你也想修仙？”

林疏：“嗯。”

“这倒是简单，”凌宝清倒没刁难他，“儒道喜欢说有教无类，我们仙道也是如此，只要有天赋，是个人都可以修仙。”

林疏觉得既然要挑天赋，那就不能说是有教无类，这位凌宝清姑娘的文化水平有点儿堪忧。

但理智让他不揭开这件事，他问：“怎么说？”

“比方说，再过两个月便是‘上陵试’了，我南夏朝子民皆可参加，”凌宝清道，“无论是儒生、武人，还是修仙人、修佛人等，但凡通过每年一次的‘上陵试’，都可以进入蜀州‘上陵学宫’。学宫里，无数名师开坛授业，但凡你想学，自是能修出一番成果来。除‘上陵学宫’外，还有几个别的学宫，虽稍次一些，但都是好的。”

她说完，从头到脚打量了一番林疏，边说边往前面走远了：“不过嘛，小叫花子，我看你这小身板弱不禁风，练不了武，你自然也没什么儒道学养，怕是——

够呛！”

林疏觉得有点儿扎心，但还是默默记下了这个“上陵试”。

回到村子后，凌宝清一行人向村民转告了大小姐的意思，并表示会将他们平安护送到百里外较为繁华的宁安府落脚。

村民自然感激涕零，百般感谢后，即刻开始收拾家当，将笨重的物件尽数舍弃，只留一些值钱的物什，装在板车上，用瘦弱的骡子或驴拉着。

凤凰山庄的姑娘们倒也不嫌弃他们寒酸，前前后后帮着忙。

林疏待在自己的茅草屋里，这屋子空空荡荡，实在没什么好收拾，因此他只是望着房顶默念以前记住的那些心法口诀，以免将来忘记。

也不知过了多久，门外响起了脚步声，是那个大娘。

大娘捧了一个黑色的木匣子，在门边道：“少侠，当年你师父托我家保管这个东西，说是留给你的。”

林疏接过，有些僵硬地道：“谢谢。”

大娘瞧了他几眼，说：“我倒是没想到，你洗干净了竟是个俊的。”

林疏的语言系统不足以让他回应这句话。

他看着手中的匣子，觉得自己这具身体既然有师承，那还是搞清楚比较好，就问：“我师父……为什么把我留在这里？”

大娘“嗐”了一声，道：“我们哪里知道仙人在想什么，你日后遇到了，自己问就是了。”

怕是遇到了也认不出。

或者那位便宜师父认出了自己，自己却认不出师父。

他只得又说：“我不记得他什么样。”

“我倒是大略记得，”大娘脸上出现赞美的神色，“年轻得很，穿白衣服，俊极了。”

这话其实和没有说一样，因为修仙的人往往喜欢穿白衣服，而穿白衣服的年轻人又通常很俊。

林疏选择继续问：“叫什么名字？”

“这就不知道了。”大娘说，“仙人的名字哪里是我们这种人能随便知道的。”

林疏道：“多谢。”

说完这句“多谢”后，他的语言储备完全被抽干，陷入沉默，气氛忽然尴尬起来。

所幸大娘摆了摆手：“我得去收拾家当了，先走了。”

林疏松了一口气，打开了匣子。

匣子里有两样东西。

首先是一个烟青的玉璜，很小，玉质玲珑剔透，握在手里后，一股清凉之意顿时由手心传到四肢，是块极有灵气的玉石。

玉璜上的雕刻很是奇巧，是一条活灵活现的小龙，它的某一段身躯盘旋出一个小孔洞，被一条细黑绳穿了进去。

林疏思索了一下，最后将这条细黑绳拿起来，把玉璜挂在自己的脖子上。

不论这玉璜是什么来历，它的材质是好的。而好的灵玉可以温养身体，助益经脉，虽然效用不大，但也聊胜于无了。

第二件东西看不出材质，似玉非玉，似金非金，形状是个圆筒，上面画着一些吉祥喜庆的图案。

林疏把它拿起来晃了晃，果然听到有声音。

他希望这里面装的是那位师父留给徒弟的绝世武功秘籍，学了之后就可以洗经伐髓，将废柴改造成天才。

愿望是美好的，但不知道事实是不是这样，因为打不开。

这个圆筒质地十分坚硬，摔也摔不开，而且浑身上下毫无缝隙，让人无从下手。

林疏虔诚地把它收起来，相信里面一定装着绝世秘籍，并相信自己总有一天能把它打开。

再过半天，一切俱已收拾妥当，十几匹骡与驴拉着板车浩浩荡荡出发了。

李鸡毛与李鸭毛各驾一驴，林疏则被分配到了这两条驴所拉的板车上，他所有的行李只有一个珍贵的，可能开出绝世秘籍或一张废纸的“薛定谔的圆筒”。

林疏无端端从这个“薛定谔的圆筒”上嗅到了一丝不祥的气息，大概是因为现代物理总是会给他带来厄运。

离开村落时，所有人、驴与骡都回头望了望这个废墟一样的家乡，然后快活地离开了。

虽然快活，但驴与骡的脚程终究很慢，因此六天后才到了宁安府。

而那位大小姐果然已经耗尽耐心，脾气变得更大。

他们在一家客栈会合的时候，大小姐面无表情地在二楼喝酒，见到人来，没好气地把一沓东西扔到了楼下的桌子上，把木桌子震出一条巨大的裂缝。

那是一张地契、一沓官府文书与几张银票，原来大小姐没有和凌宝清一起走，不是因为死了夫君太烦，而是先行一步去向宁安府的官府禀告消息。这几天之间，大小姐不仅解决了村民的籍贯问题，甚至还在南郊为他们买了一块地。

凌宝尘把地契与银票塞给不敢接的村民，温声道："我们山庄岂会缺这点儿银两？权当感谢林少侠与两位李兄为我们引路了。"

"大小姐还是这样心善，"凌宝清在村民看不见的地方翻了个白眼儿，"权当替那死鬼积德了。"

村民感激到几乎要高呼大小姐为观世音菩萨。

观世音菩萨对他们的感激没有任何表示，甚至还冷哼一声，下楼牵出一匹如雪的白马，道："走了。"

凌宝尘"哎"了一声，对村民道："诸位，我等缘尽于此，就此别过啦。"

但见大小姐翻身上马，衣上红纱金线垂落在雪白的马身上，极尽骄矜尊贵。待到姑娘们跟上，便策马疾驰，一行人的身影渐渐消失在斜阳天际。

村民捧着地契、文书与银票道："真是个好人哪！"

林疏觉得有点儿复杂，这样看来，大小姐也并非是一个完全冷血无情的人，甚至确实有点儿善良。毕竟萍水相逢，能将村民带出鬼城就已经仁至义尽。

女人果然是善变的。

他决定将那个"薛定谔的圆筒"重新命名为"凌凤箫的圆筒"，这样一来，既保持了圆筒的性质，又摆脱了现代物理的阴影。

大小姐出手阔绰，地契和房契均已齐备，整个村子在宁安府安顿下来，很快便过起了正常的生活。

"大小姐虽然凶了一点儿，但确确实实是个好人，"李鸭毛赞叹，"我们将来若有机会，一定要粉身碎骨来报答大小姐的再造之恩。"

李鸡毛附和："谁说不是呢！"

林疏抱臂站在门前，不知道这两兄弟为何要到自己的房间来说这话。

李鸡毛转头向他："林兄，你也是修仙之人？"

林疏："不是。"

"那……那个阵？"

"随便画的。"

李鸭毛："我信了你的邪。"

李鸡毛道："我和鸭毛都打算报名'上陵试'，不知林兄有没有什么指教？"

林疏："我也要报。"

李鸡毛：“那我们三个正巧可以做伴，万一瞎猫碰上死耗子，我和鸭毛有点儿天赋，说不定从此就是修仙人了！”

李鸭毛愁眉苦脸：“听说‘上陵试’虽然人人都能参与，却有很难的考试，考一些什么仙家道理，我和鸡毛也只是大略识得几个字罢了，怎么可能会懂，只是碰碰运气罢了。”

“道理……”林疏看着桌子上的纹路，道，“我会。”

两兄弟大喜：“林兄弟，教教我们？”

“但是你们要帮我打听消息。”

“什么消息？”

林疏想了想，缓慢地道：“关于‘上陵试’的……什么都行。”

两兄弟即刻便动身了。

林疏留在屋里，望着窗外蓝天白云，心中只有四个字：我想上学。

之前凌宝清对他说了一番“有教无类”的话，还有“上陵学宫”的“上陵试”，他记在了心里，但未承想这个世界的情况确实如凌宝清所说，只要你有天赋，就绝不会被落下。

因为，单单是两个月后“上陵试”的通告，就贴满了城头的告示墙，甚至人手一份。

他想要走上修仙的道路，必须先改造自己的体质。

而改造自己的体质，虽然不知道具体要怎么操作，但可以确定只有两条路可走：其一，得到珍奇的天材地宝；其二，得到效用神奇的绝世功法。

这两样东西，凡人的世界里是没有的。

甚至那个“凌凤箫的圆筒”，材质特殊，刀枪不入，要想得到打开它的方法，也只能往修仙上靠。

而假如他想离开凡人的世界，目前可以选择的唯一方法就是通过“上陵试”，进入“上陵学宫”。

天赋？没有。

希望能有其他的路子。

过了大约半天时间，李鸡毛与李鸭毛回来了。

他们穿街走巷，把林疏带到了城里一家书铺里。

李氏兄弟说道：“林兄，快看！”

但见那密密麻麻的书柜里，排列着许多书籍。

首先映入眼帘的是一本《从入门到筑基》，而后是《“上陵试”状元教你怎样备试》，再然后是《学宫逸事：儒道院与仙道院之恩怨情仇》。

“老板说，熟读他家的这些书，必定可以考上学宫。”

林疏：“……”

一时之间，他仿佛回到了原来的那个世界，在学校旁的小书店里挑选参考资料。

他仔细看了一遍，最后抽出一本《百晓生详说“上陵学宫”》。

竖排的文字阅读起来并不难，他以前也是这样学秘籍的。

——“上陵学宫”坐落在蜀州，是为南夏第一学宫，每年六月在南夏全境举办“上陵试”，约有千人可以通过“上陵试”，进入学宫。

而“上陵学宫”并不只是一个纯粹修仙的地方，或者说修仙只是学宫的一部分。

整个学宫共分为仙、儒、术三个部分，被称为仙道院、儒道院与术院。

百晓生写到这里的时候，提起一段逸事，原来学宫分为许多部分——道、武、儒、丹、器、乐……数不胜数。

后来学道之人积攒一身灵力无处发泄，跑去学习武功。学武之人熟习拳脚功夫后发现人力终究有限，跑去研究道法来辅助武功。最终两院人员极端混乱，几乎分不出彼此，干脆合并为仙道院；而那些丹、器、乐、扶乩、观星，每一届的人数实在太少——但凡有一点儿天赋的都去了仙道院求武功、求长生，但凡有一点儿抱负的都去了儒道院学习如何济世安邦，而其余院弟子凋零，每一院至多两三人，最后无奈合并，这才勉强维持住了体面——虽然仍旧十分萧条。

林疏忽然觉得自己还可以拯救一下。

既然除了仙道院，还有别的院，那么他就可以选一个像是什么炼丹、阵法的方向，在剩下的两个月里疯狂背诵丹方或是阵图，没准儿真的能通过“上陵试”，进入学宫。

百晓生在书中说，进入学宫以后每隔半年还会进行考核，连续两次考核不通过就会被开除。到时候，他也可以疯狂背诵，找回期末周的感觉，或许不至于被开除。

但是，这个想法在他翻到下一页，开始看“上陵试”的具体操作步骤的那一刻，就被完完全全地推翻了。

# 第二章

# 相看两厌

据百晓生的解释，因为“上陵试”的项目多且烦琐——儒道院的考试要问策、制文，仙道院的考试要观察每个考生在灵力控制上的天赋、对武功招式的悟性等，术院则更加难办，得开炉炼丹、实地观星……种种考试，不一而足，而报名“上陵试”的人数又十分多，若是这样仔细考核下来，不知要消耗多少人力、材料与时间。为解决这一问题，“上陵学宫”集南夏所有阵法大家之力，专门制作了一个大阵——“上陵梦境”。

阵法启动后，每个人都会被幻境之力拉扯，进入“上陵梦境”，学宫所有的考试都在这里举行，不论是“上陵试”，还是每半年一次的考核。

——这竟然是机考。

林疏的心脏漏跳了一拍，迅速翻到下一页。

下一页是“上陵试”中儒道院的具体考试流程，林疏便又翻了几页，来到仙道院的部分。

仙道院的考试共分三项，解释起来也非常易懂。

第一试：合抱之木，生于毫末；百尺之台，起于累土[①]，修仙须先养气。

诸学子在“上陵梦境”里静坐，首先将气机流遍周身七百二十大穴，其后梦境会指定任意几个穴位，须自行选择经脉路径，将气机流遍，共试五次。最后，梦境会在经脉、穴位中增添阻塞障碍之处，学子须选择冲破还是绕过障碍，怎样在这些障碍下尽量使体内气机流转圆融。

第二试：道，非道，亦非非道，修仙须悟道。

这一试纯粹考验悟性高低，梦境会在各家典籍中选择二十个精要之句，学子说出对各个句子的理解，而后梦境会将两个观点相反之人拉入同一梦境，两人在梦境中进行论道。

第三试：下武精技，中武入哲，上武得道，道武不可分。

---

① 引自《道德经》，原文为：“合抱之木，生于毫末；九层之台，起于累土；千里之行，始于足下。”

进入第三试后，梦境流转，学子选择自己顺手的武器，分别在晨、昏、昼、夜，春、夏、秋、冬，阴、晴、雨、雪这十二境中演练武功。百晓生在此处添加注解说，武功高低倒是其次，关键在以武见道的悟性，悟性高者纵然抡起斧头，亦与悟性低者不同。

讲完三试，百晓生继续解释，大致意思是这三试都非常不易，但学宫的本意并不是要学子圆满完成这三试，而是借此观察每位学子的天赋悟性。只要第一试基本顺利，后两试中的任意环节有出彩之处，都有可能通过“上陵试”而进入学宫。

也就是说……整个“上陵试”所要检验的“天赋”，是玄学上的天赋，不是物理上的天赋?

——也对，他们根本不用检验物理上的天赋，因为那些经脉滞涩不通之人，不论看过多少穴位图，背过多少遍《养气经》，根本不可能知道气机到底是怎样在身体中流转聚集的，现实中不能，到了梦境中自然也不能凭空想象出什么方法。

“上陵梦境”是幻境。

也就是说，在那里他根本不会受到这具身体的限制。

其他人，若是天生经脉不通，第一试根本无计可施。

但他上辈子那具身体的经脉，已然不是“通畅”二字所能形容的了，日日夜夜，气机不知在七百二十大穴间流转了几万遍，任脉迅、督脉缓、冲脉滑、带脉利，哪一处的经络应该怎样用气机来走，早就熟稔在心，第一试的所有内容对他来说简直像喝凉水一样容易。

第二试则很让人窒息，连日常说话都困难的自己和人论道怕是天方夜谭。不过，按照百晓生的说法，自己进入“上陵学宫”应当不难——毕竟有上辈子的底子在。

总而言之，还炼个鬼的丹，直接选择仙道院就好了。不仅“上陵试”不成问题，连学宫里的每次考核都不必再担心。

唯一的问题是他该如何解释，为什么自己明明连一丝灵力也凝聚不出，一只鸡都杀不了，却能通过考试?

李鸡毛与李鸭毛注视着林疏，见他面无表情地看着书籍的封面很久，忍不住出声：“林兄弟？”

林疏轻轻吐出一口气，道：“走吧。”

由于“上陵试”临近，书铺老板最近生意十分红火，几乎人人来到这里都会买许多指导书回去。老板见这三个人仅仅买了一本薄册子，心中很是不满意，目送他们离开的时候，气得吹胡子瞪眼：“呸！考不上学宫的货色！”

林疏默默地走着。

回去以后，他没有做别的，只是努力调动自己贫瘠的语言教李鸡毛和李鸭毛怎样认穴位，怎样引气机，又教了他们剑法中最基本的点、刺、劈、砍、撩五式。学会了这些，若是在修仙道上真的有天赋，自然会被“上陵学宫”选中。

因为这个，李鸡毛与李鸭毛俱对他十分仰慕信任，林疏却越来越心神不宁起来。考不上已经不是他担心的问题，他怕自己考上了，然后被学宫里的所有人怀疑到底是怎么考上的。

上辈子那被人扫落一地的书和笔突然浮现在眼前，使他有点儿想吐。

六月，大暑将近，烈日炎炎。

这儿日闷热无比，河流干涸不少，地里的庄稼尽数蔫儿了。全城只盼着一场大雨，这雨若下不来，怕是要有一场大旱。

李鸡毛从地里干活儿回来，满身大汗，一回家就往自己身上泼了水，在堂屋里使劲儿扇蒲扇。

“你这狗——省着点儿水！”李鸭毛倒了一小杯凉水给他。

“下午就该你去了。”李鸡毛把那些水咕噜噜灌下，抹了一把嘴，对李鸭毛道，“仔细晒成死狗。”

“我呸！”李鸭毛道，“我今儿能走一个大周天了，你可快点儿赶上，咱们俩要是能去修仙，就再也不用受这鸟罪了。”

李鸡毛叹了口气道：“说得容易！”

一月无雨，闽、粤、黔，赤地千里，眼看又是一个荒年。不知还有多少年轻后生像这两兄弟一般，盼着侥幸通过“上陵试”而从此脱离人间，过上仙人的日子。

看着日头走到正中，李鸭毛道：“咱们去找林兄弟吃饭。”

——林兄弟家自然是没有饭的，得他们俩带上，这两个月来日日如此。

他们去的时候，林疏正在树下练剑。

三尺杨树枝，斜斜挽一个剑花，两兄弟在门外看了许久，也不过是最基本的点、刺、劈、砍、撩五式，不见有新鲜的剑招。

——不是林疏不愿意练别的，只是小傻子的这具身体实在孱弱，两个月下来按时吃饭喝水，也没见什么好转，舞个树枝都要气喘吁吁，更别说复杂的剑招了。

他有些头昏，恰巧李鸡毛和李鸭毛来找，也就放下树枝，回了房。

这些天，这两兄弟常来找他，有时候问一些气机、穴位之类的问题，有时候只过来玩儿——说起来，还是第一次有人来找自己玩儿。

他上辈子在六七岁的时候，看别人都有朋友，也曾经羡慕过，想有一两个玩伴，只是都止于想想罢了。他从有记忆起就跟着师父——据说他是师父从孤儿院里领的，至于这个坚持在现代社会束长发、穿道袍的老头儿，到底怎么能顺利领养到孩子，林疏是怎么都想不出，所以他一直认为自己是被老头儿从孤儿院里偷出来的。

被偷出来以后，很小的时候他就开始背剑谱、学功法，同龄人说的那些东西……他完全不懂，他甚至连电视都没有见过。因此，他不知道该怎么和身边的人说话，也不知道说什么。小孩子都是结伴玩儿的，一旦一个人在最开始的时候没有朋友，那他将来也不会有了。

后来小学毕业，到了初中，他终于可以勉强跟上现代生活的节奏，但是已经孤僻到了一定程度，不再想去和人接触了。时间一久，自言自语的功力倒是很高，碰到别人就成了哑巴。

到了这里，村子里的生活简单且千篇一律，这两兄弟又非常淳朴，整日在他眼前笑来闹去，渐渐竟也熟悉起来。只要他们不近距离来碰自己，林疏就能和他们相安无事，也算是一段难得的体验了。

继续相安无事了几天，眼看就是“上陵试”的日子。

大娘把三人送到村口，对李鸡毛与李鸭毛道：“你们两个完蛋玩意儿，自己考成什么样老娘不管，千万别把小疏丢了！”

李鸭毛笑嘻嘻道：“放心吧，娘，我们俩会牵好他的！”

林疏看着这一幕，想了想，自己也没有走失过，不知道为什么给大娘留下了易丢的印象，有点儿茫然。

大娘把目光投到林疏身上，很是担忧：“你看看，又是这副万事不入耳的样子！可不是撒手就得没了吗？！”

“他听着呢！”李鸭毛为他开脱，“就是不会做表情，显得呆了点儿！”

大娘“呸”了一声，又往前走了几步，对林疏道：“跟好啊！”

距离太近，林疏有点儿僵硬，默默点头。

大娘这才满意，挥了挥手，放他们离开了。

宁安府是一个小县，从南郊到城中央也只有十几里，他们各骑一头灰驴在土路上并排走着，林疏额外戴了一顶斗笠——这是大娘知道他身体不好，怕他被大太阳晒晕，特意添的。

林疏边被驴子驮着走，边看道旁风物景色。

刚入城的时候，两旁街巷稀疏，房屋低矮，都是些老旧木泥房，不甚繁华。过了一处牌坊，到了内城，才看见颇为气派的官衙，沿街也渐渐有了商铺，卖些瓜果点心，吆喝声此起彼伏，颇有一番意趣。

及至考场，就有些车水马龙的意思了，人声也很是鼎沸，考场竟是块几十丈见方、青砖铺地的空地。

越过黑压压的人头，林疏看见前方竖着一根极高的竹柱，其上高挂青色幡，书着大字“上陵试”，参加者就以这竹柱为中心，各自席地而坐。

李鸭毛：“这也真磕碜。”

李鸡毛点头。

林疏认为也是。

不过等所有人都来到，他觉得这场地的敷衍和简单也不是没有原因——整个宁安府也不知有没有五千人，光是来考试的就有一千，怕是所有年轻人都来这里碰运气了。“上陵学宫”在整个南夏一年不过招收千人，可参加“上陵试”的人数就有数十万，若是真的仔细安排场地，在现实里详加考核，着实不易。

李鸭毛不知从哪里翻出来一根麻绳，把一头系在林疏手腕上，另一头系在自己腰间，道：“等会儿人多，你要是真的丢了，我娘怕是要把我吊起来打。”

巳时，鼓敲三下，喧闹的人群静了下来，远远听见一道苍劲有力的声音：“起！”

以竹柱为中心，青石板上忽然蔓延出乳白的复杂阵法纹路，须臾后光芒大盛。

林疏的意识陡然被拉扯，一阵失重感之后，再睁开眼睛，已经身处一处晨雾弥漫的山路上，路边有一块石头，上刻“上陵梦境”。

他拾级而上，几十个台阶后转过一个弯儿，峰回路转，忽地就到了山巅。

山巅朝日初升，晨风送爽，他面前出现了一个长相极为和气的蓝衣男子虚影，朝自己拱了拱手，说：“道友请静坐。”

林疏静坐。

“道友家在何方？”

“闽州，宁安府。”

“道友叫什么？”

“林疏。”

“道友今年多大？”

“十四岁。”

“真是英雄出少年哪！”

说罢，蓝衣男子继续道：“道友请闭眼。”

林疏闭眼。

“道友请冥思。”

林疏冥思。

蓝衣男子笑：“一戳一蹦跶，道友真听话。”

林疏：“……”

这考试系统智商还挺高。

林疏依着蓝衣人的话，闭眼静思。

忽又听他道：“道友可是来应试仙道院？”

林疏：“嗯。”

他应了一声，忽然又想到，这考试系统从一开始就喊他“道友”，莫非还自带了识别功能？

“既如此，”蓝衣人清了清嗓子，“第一试之一，气机流遍大周天，道友请！”

林疏感受着体内经脉穴位，果然通畅无比，与现实中的那具躯体不同。

大小周天乃是养气入道的基础，小周天人人可做，大周天则要复杂一些，是需要熟能生巧的功夫。呼气，气聚丹田，沉至气海，下涌泉穴，再吸气，沿督脉过三关，上达头顶百会穴，最终会于舌尖，循环运行。每一流派的内功在具体路径上略有差别，但最终结果相同：奇经八脉，七百二十大穴，皆有气机流过，周而复始，绵延不绝，每经过一次大周天，体内的气机就会深厚一分，所谓“修为”，便是在周天运行中日积月累而成的。

林疏被他师父带回家以后，就开始学认穴位，走大小周天，因此这一回颇为顺利。

蓝衣人击掌赞叹：“道友这必是从小打下的根基，在下佩服！第一试之二，请道友细听。”

只听他轻声吟诗：

中冲孤雁彻云霄，几度劳宫破寂寥。
转过大陵来间使，曲泽天池莫招摇。①

---

① 引自中医十二经络穴位即景诗《秋雁》——咏手厥阴心包经，引用时有改动，原诗为：“中冲孤雁彻云霄，几度劳宫破寂寥。转过大陵来间使，深渊曲泽莫招摇。”

这首诗的意思显然是要将气机由手中冲穴流转到胸腹天池穴，中间须过劳宫、大陵、间使、曲泽四个大穴，路径中规中矩，不须如何曲折。林疏照着做了，途中在想，也不知大字不识几个的李鸡毛和李鸭毛兄弟能否听懂诗词。

待他做完，那系统立刻吟下一首，如此五次，算是过了这一试。

系统的声音带着微微的笑意："第一试之三，山重水复疑无路，柳暗花明又一村，道友切勿睁眼，先运大周天。"

林疏依言做了，忽觉后背被人以手指连点，封住肩井、章门几个大穴。

修仙之人，若天赋有问题，或是受伤、中毒、修炼出现岔子，穴位经脉很容易出现问题，妨碍大周天运行，此时就要以气机冲破穴道，拓宽经脉，或是改道其他经脉，一切全看这人对气机的控制能力如何。

林疏控制体内气机硬生生冲破肩井处障碍，绕过章门，取天宗，勉强走过一轮大周天，然后缓慢靠大周天聚气，渐渐冲开风门。肩井、风门既开，章门处的障碍便已松动，几个大周天后便不攻自破了。

系统又是双手疾点，封住几处关键经络。

——这第一试原本就是考验基本功，因此不论系统在经脉穴位上如何做手脚，总归有法可循，几个来回下来，障碍都依次被林疏突破。

系统轻道一声"好"，就在林疏以为这一试已经结束时，忽然察觉到身前一阵疾风袭来，直取胸腹间"膻中"死穴！

他的动作比直觉更快，刹那间错身躲过那根手指，右手向前，擒住系统的手腕，使他不能寸进，然后睁开了眼睛。

系统被他制住，眼中含笑："道友原该静坐，不能出手。"

林疏放开系统的手："不该任膻中受伤。"

膻中为气机聚集之地，就算是走火入魔，只要不是倒行逆施的大岔子，膻中就不会出事，而若是外力致使膻中受损，半条命就没了，修仙更是无望。

系统笑道："极是，道友已经看破迷局，果真机敏。"

林疏："……"

这个系统，还会骗人。

——也不知道能不能通过图灵测试。

正想着，系统语气关切道："道友乏了吗？"

林疏："不乏。"

系统："那我便即刻开第二试罢。"

——怕是真的能通过图灵测试。

也不知道要多深奥神奇的阵法，才能搞出这样一个“上陵梦境”来，至少他上辈子所知的那些东西是不够的，这个世界的道法恐怕比上辈子自己见过的丰富许多。

哦，他上辈子只见过一个门派、一个修仙的人，便是自己的门派和自己的师父。老头子曾提起“原也是有别的门派的，只不过他们都太没有出息，找不到好徒弟，渐渐没落成了凡人，战争年代又失联了一批，现在整个仙道便只有咱们门派一根独苗了”。

——自己这一根独苗又为避雷针所害，被天道发配到了这里，原本那个世界里的仙道怕是卒了。

系统：“道友？”

林疏回过神来。

系统笑：“道友真可爱。”

林疏：“……”

这系统有点儿问题吧？林疏心想。

“第二试，”系统与他盘膝对坐，道，“请解‘忘我’。”

他一身蓝衣，笑得和和气气，看着林疏的眼睛，让林疏感到很不自在，但想着这是一个虚拟的影像，也勉强能接受了，说话时便不像与活人说话时那样困难，可以顺利地答名词解释题。

“静坐之时，内外凝然，化身虚无，与天地……”到了“天地”这里，他顿了一下，想自己往日静坐观冥的时候，也并没有像典籍所说那样感悟到天地，只不过是空空荡荡地发呆罢了，便略过，道，“化身虚无，忘物，忘身，是为忘我。”

系统点了点头，下一问却甚是刁钻，像是专门按照他上一个回答而定的：“请解‘天地’。”

这题却不好答，因为这两个字在不同的语境下往往含义不同，他想了想，决定还是从比较玄学的角度来答：“上不可达之地为天，下不可达之地为地。”

系统若有所思道：“照道友所言，人力有穷，终有不可达之地，人生天地间，便如生在一樊笼中，穷尽一生，无法得窥樊笼外之物，可对？”

林疏点头。

系统咧嘴一笑：“既如此，道友请解‘逍遥’。”

林疏：“……”

这系统成精了吧。林疏心想。

他照着自己的理解解释，系统再找出他回答里的盲点，刁钻提问，如此十几个往来，问得越发咄咄逼人，林疏诚实回答。虽然有表达不出来的地方，但好在也算招架住了。

百晓生说第二试共二十问，林疏数着个数，到了第二十个，系统却没有继续刁钻下去，而是另起了一个话题。

“请解‘天行有常，人道有为’。”

林疏惘然了。

他想起了自己十几岁的时候。

前一天晚上，他师父刚教过“天行有常，人道有为”。说是整个天地的运行自有其规律，自古如此。而人生天地间，凡人抓住这些规律，顺应而为，如春种夏长、秋收冬藏，便可以从中获利，修仙人则俯仰于天地间，感悟这个“常”，与之同化，心境、修为皆会有大大进益。

那一天，他和之前的所有日子一样，观冥，练剑，默默上学，听课，放学。

上了什么课，他已经忘了，只记得放学铃响，潮水一般的人群黑压压涌出教学楼。他被人潮推挤，从教室推到楼梯，又从楼梯推到校门，混沌茫然间抬头看天，只觉得自己这一生就是这样被一股沛然莫之能御的洪流裹挟向前，所见、所闻、所经历的一切，愿意或不愿，做或不做，都是这洪流的一部分，而他身处其中并不能做什么。

整个天地的运行自然有其规律，但那和他并没有什么关系。

或许是系统此刻的目光过于温柔慈和，它又不是现实的人，林疏本想按照师父所教的那套说辞作答，但对上这样的目光，竟缓缓将自己心中所想说出了。

“人生天地间……”他道，“如滴水……在江河中，或顺流而下，或逆流而上，是人道有为。”

系统缓缓点头，目光温和，让他继续说下去。

“然而，江河终入海，是天行有常。”

系统温声问：“道友，还有吗？”

林疏诚实道：“我不会说。”

系统又问：“天行有常，人当如何？”

“不如何。”

系统再问：“天行有常，你又如何？”

“不如何。”

系统大笑。

他上上下下将林疏打量了一遍：“天行有常，你不如何，道友，你有好一颗浑然天成的道心，天生便离于人群，合该求索大道。”

林疏不想说话。

他以前觉得自己有精神疾病，该去看医生，他师父也说这是自己有一颗天生的道心，无须烦扰。

师父这话作不得准，就好比他也觉得师父有些身体疾病，应该去看医生，但老头子非说这是大限将至，天道召我，结果突发脑溢血，属于意外死亡，并未寿终正寝。

系统继续道：“天道于你是樊笼，是江流，便脱出天道，何如？”

林疏道：“随便。”

系统却似乎权当他默认了，站起身，向他一作揖：“君心似铁，无转无移。道友，你之道，是大道。大道孤独，无亲无友，且珍重吧。”

他目光温和干净，带着殷殷关切与期许，让林疏心头泛上一丝茫然的委屈来。

林疏心道：我没有，我是真的随便。

“道友似乎不爱说话。”系统道。

林疏：“……嗯。”

“修道须心静，不说话也是好的。”系统仍旧笑眯眯道。

林疏就静静听系统夸他。

除了他师父，他确实还没被其他人夸过，一时间感觉有点儿奇妙。

只见系统闭上眼睛做静思状，几息过去，又重新睁开，叹了口气道：“原该开第二试之二，让道友与他人论道，可这场‘上陵试’中适宜与道友论道的那位是一条竹杠成精，专爱纠缠不清，恐怕道友无论如何也说不过他。”

说罢，没等林疏说话，他接着道：“他只管抬杠，你又不爱说话，想来很无趣味。我暂且做主，免了道友的这一试吧。”

林疏求之不得，道：“多谢！”

他深知自己在说话一道上的斤两，与正常人谈话尚且不行，遑论要与杠精论道。

这个系统竟然能直接免去一试，也很有意思。

系统在山巅静立，宽袍大袖，衣袂飘飘，很是仙风道骨，道：“第三试之一，晨。现下恰是清晨气象，道友请开始吧。”

林疏忽地看见，自己腰间佩了一把通体漆黑的三尺长剑。

这剑的形状花纹，他极熟悉——正是原来自己所用的那一把。

他看了一下身上，见自己穿了一身极简单的白色袍服，也是旧日师门里的打扮。

原来这座“上陵梦境”可以映照出人的心中所想，素日修仙时穿怎样的衣服、用怎样的剑，都会一一浮现在幻境中。

他心念一动，那剑又消失了，再在心中默念，片刻之后，果然又出现。

系统笑：“道友真爱玩儿。”

林疏不玩了，拔剑出鞘。

漆黑的剑鞘，鞘里的长剑也是沉冷无光的，质地有些沉重，若是小傻子要拿起来，必定吃力，但他毕竟身处幻境，便轻松了许多。

自从来到这个世界，林疏已经两个月没有摸过剑了，但剑在手上的感觉依然很熟悉。

系统道：“道友，请出剑吧。”

林疏斜斜抬起剑尖，作为起手式。他早在两个月前便想好了，在第三试中，演练一套名为“沧海流”的基础剑法，这套剑法并没有诸多诡奇刁钻的招式，十分中正平和。

接下来的事情，林疏不想去回忆。

他在晨光中演练完一套“沧海流”，系统拊掌赞叹：“朝日初升，沧海奔流，果真好气象。”

他在黄昏时演练完一套“沧海流”，系统赞叹：“夕日欲颓，百川归海，道友好心境。”

他在大雨中练完一套“沧海流”，系统继续赞叹：“风狂雨横，而沧海不涨不落，道友好心胸。”

…………

天知道，他练的全是同一套剑法，招式没有一丝变化。

等到晨、昏、昼、夜，春、夏、秋、冬，阴、晴、雨、雪十二境依次演练完，系统大叹一声：“道友，你这十二境下的剑法，在下竟看不出区别了。”

——看得出来才是有鬼。

林疏诚实答道：“没有区别。”

假如非要说实话，他缺了那么点儿审美，孤僻久了，对外面的东西都很不敏感，阴晴雨雪于他并没有什么感觉。

既然连感觉都没有，更不用谈把对外物的感悟融进剑法里，那是他想破脑袋也做不到的。

所以，他才选了“沧海流”这么一个中正平和的万金油剑法，硬着头皮演练了十二遍，企图蒙混过关。

假如没有蒙混过关，只好回家去背诵丹方，明年报考术院去炼丹。

他略有些惴惴不安，没想到系统叹气过后，若有所思道："天行有常，你不如何——是了，以你的道，原本就不在乎这些外物。"

林疏面无表情，做"你说得都对"状。

系统道："既如此，你便快些走吧！外面正热，仔细中暑。"

林疏想了想，问："我能进学宫吗？"

系统道："道友，你基本功很是不错，必是名门正派自小修仙的弟子，道心又难得，是难得一见的天才，何须担忧？"

林疏看着系统一派真诚的目光，感到有点儿不好意思。

系统说他是难得一见的天才，可只有他自己知道他连能不能修上仙也未可知，只有去学宫，才有可能抓住那一点儿能改变资质的渺茫希望。

他问："学宫每年的人数一定吗？"

系统道："不一定的，但凡有天资，又能跟上学宫的课程，不拘多少，学宫总是要的。"

林疏略松了一口气，这样说来，自己并不会挤占别人的名额，省去了日后可能有的麻烦事。

系统道："梦境的出口不在这里，你随我来。"

林疏乖乖跟着下山，离开了山巅这一登录界面，山下是一个渡口，隔着一条江，对面山脉绵延起伏，依稀有些建筑。

"待道友入了学宫，便可以去那边了。"系统不知何时撑上了一个竹筏，温声道，"上来吧。"

说来也奇怪，山巅明明是早晨，山下却是夜晚，夜色凄迷，江上雾气弥漫，系统撑篙顺江流而下，不消一刻，便驶进迷茫的白雾中。林疏忽觉一阵天旋地转，浑身的轻松舒适尽去，感觉到了外界闷热滚烫的空气。

他睁开眼睛，此时已近正午，这具孱弱的身体在这地方待了半天，头晕眼花，浑身说不出的难受，想去一旁的阴凉处——可恨的是，自己的手腕又被李鸭毛给拴住了，打了数个死结，无论如何也解不开。

等李鸭毛从幻境中醒过来，眼看身边的林疏已经是出气多、进气少了。

李鸭毛大叫："我的小祖宗！"

林疏微微喘着气，整个人不甚清醒。

李鸭毛把人拖到阴凉处，一时间也是无计可施，所幸李鸡毛也很快苏醒，他们把人拖到场外，灌了好大一碗绿豆汤，林疏这才慢慢缓过来。

林疏："……"

这个体质实在是可恨，险些要出师未捷身先死。

两兄弟见他正常了，松了一口气，把驴牵出来，准备回家。

李鸭毛道："鸡哥，你考得怎么样？"

李鸡毛摇头："考我的那个仙人劝我以后老老实实在家做事，不要麻烦这一趟了。"

李鸭毛"嘿"了一声，神情激动，用力拍打驴头："你猜我怎么着？"

李鸡毛："怎么着？"

李鸭毛又拍了一下驴头："那个和和气气的仙人说：'道友，你很有悟性，只是基本功太差，字也不认得几个，太丢人。'他要我回家勤练大周天，再多学些字，明年他再来考校——兄弟，我这是有戏了啊！"

那驴子被他拍得嗷嗷直叫，但李鸭毛喜难自禁，又拍了一下："驴都知道恭贺我了！"

"行啊！"李鸡毛也真心实意为他高兴，"你好好用功一年，以后我留在家照顾爹娘，你尽管出去吧。"

李鸭毛笑得看不见眼睛："我可真的是撞了大运……你道那仙人还说什么？"

李鸡毛："怎么？"

"他说：'道友，你这个名字实在有点儿不雅观，来日到学宫上学，须得改了。'我说：'我不认字，您便给我取一个吧。'他说，也好，给我写了三个字。我又说：'我兄弟叫鸡毛，也不大好听，您也给取一个吧。'他竟是绝好的脾气，又给你取了名！"

李鸡毛："怎么讲？你写出来给我看看。"

李鸭毛挠头："我不认字，只能硬记住了笔画，可那笔画也太稠，回家让林兄弟认认。"

说到这里，他又偏过头来问林疏："林兄弟，你怎么样？"

林疏在头晕眼花中努力维持清醒，道了一句："还行。"

"定是考上了！"李鸭毛又是十分欣喜，"兄弟，你先去学宫探路，我明年就去找你。"

一路如何欢欣鼓舞不谈，回家之后，李鸭毛却是挨了一场好骂。

"八字没一撇的事情，你嘚瑟个什么劲儿？！"大娘叉腰，横眉竖目，"怎么把小疏弄成这样？！"

李鸭毛心虚地挠头：“他是你亲生的，还是我是你亲生的……”

“我呸！”大娘拿起擀面杖，“你们三个哪个不是我一碗饭、一碗汤地喂大的？那就是亲兄弟！”

李鸭毛道：“你偏心！”

“我偏心？”大娘提溜着他的耳朵，“你也不撒泡尿照照你那歪瓜裂枣样儿，有人家长得俊？”

林疏在一旁的竹椅上缓慢扇着扇子，饶有兴趣地看着李鸭毛被打。

说起来，他还真的是被大娘一手养大的，小傻子曾经的一日三餐全由大娘打理。小傻子四处乱跑，落了水，壳子里换成林疏，又醒来时，也是大娘在照料。

大娘打完李鸭毛，又来看他的状况，倒了点儿水。

林疏端着，小口小口喝。

“怎么像小猫儿似的！”大娘笑道，“喝多点儿。”

林疏觉得这种关系很新鲜奇妙。

但是，不论被照料得如何细心，终究身体的底子差劲，被晒了半天，又一路劳顿，林疏就像地里那些幼庄稼一样，蔫儿了。

蔫儿了半个月，“上陵榜”放了出来，宁安府的五个人里俨然有林疏的名字，李鸭毛兴高采烈地回来报信，一家人高兴完，林疏又接着蔫儿。

中暑缓过来以后，又因为湿着头发吹风得了风寒。

“大夏天的，风寒？！”大娘大为纳罕。

林疏咳得没了半条命，动动手指都费劲，也没法向大娘解释什么叫“免疫力低下”。

在上辈子，六七岁就已筑了基，从此百病不侵，他是真的不知道生病是什么滋味。

就这样病歪歪又过了半个月，八月里，终是要启程往蜀州的“上陵学宫”了。

大娘不放心林疏一个人上路，因此李鸭毛与林疏一道，先由宁安府租马车向南走，由宝江口坐渡船到洞庭，再取陆路向西入蜀。

离开宁安府的时候，天上下了细细的雨。

李鸭毛伸手接雨，道：“还是太小，地里都干了，这点儿雨能干什么？”

林疏掀开车帘，看着道旁旱裂的土地，又转头看向路边打一柄油伞的大娘。

大娘见他看自己，上前几步，道：“路上小心些！”

林疏心里微微发热，点了点头。

李鸭毛在前头抽了马一鞭，喊一声：“驾——”

车轮便辚辚地动起来，向前行去。

大娘又上前几步，对林疏道：“明年回家，给你做好菜！”

林疏应了一声：“哎！”

马蹄渐渐快起来，雨雾茫茫，很快吞没了大娘的身影，林疏又看向两旁的庄稼田，看完把目光投向来时的方向。

但愿这雨再大些，他心想。

李鸭毛问：“路有点儿颠，兄弟，你行吧？”

林疏道：“没事。”

——哦，从严格意义上来讲，现在李鸭毛不能叫李鸭毛了。系统给他新取了名，叫李雅懋，但读音仍是那个读音，因此素日里仍叫鸭毛。

两人这一走，又是一个月过去了。

一路上，林疏大略能看出一些风土人情来，城市远不如现代那样繁华，确实是生产力比较低下的古代。

进了蜀地，这才渐渐繁华起来。

这一日，李鸭毛赶车走在官道上，忽然道：“林兄弟快看！”

只见群山环抱中，浓雾掩映之间，一座巍峨城池影影绰绰露出一角来，城楼高矗，气势雄浑，摄人心魄。

林疏对于这个世界完全是两眼一抹黑，李鸭毛被困在鬼城十年，和他也差不了多少。两人都不知这是什么地方，停下来看了一会儿，李鸭毛又问了过路人，才知道这居然就是南夏的国都。

那赶路人道：“咱们国都——那可是真气派！”

李鸭毛心驰神往，道：“来日有机会，一定要去见见世面。”

只不过学宫开学的日子快到了，再绕路恐怕误了时辰，两人看了看，也就继续上路了。

他们来到上陵山脚下的时候，正是九月中，蜀地风物甚美，又正值秋高气爽，很是怡人。

从底下往上看，整个山群仙雾环绕，山上植物青翠欲滴，灵鸟高飞。偶尔能看见露出的飞檐，尽显仙家气派，与人间城池大有不同。

南夏设五里一短亭，十里一长亭，山脚下的长亭里有两个着天青衣的少年人对坐，亭边栖着一只巨大的仙鹤。见马车来，其中一个少年出亭遥遥一拱手：“前方客人，可是要上学宫？”

李鸭毛道：“正是。”

林疏从马车上下来，少年人道：“是一位要上学宫，还是两位都要？”

李鸭毛道：“一位。”

亭里那一个谦谦有礼道：“请来此处画名吧。”

李鸭毛上前，那人递上一个名簿，他先翻到闽州，又翻到宁安府，找到仙道院，又找到林疏的名字，画一个勾，还给那少年，说：“好了。”

——这人字不识几个，找这几个字却是很准。

林疏还没来得及答话做事，就全被李鸭毛一手包办，感觉自己已经被默认为残障人士，弱小、可怜又无助。

那少年接过簿子，道：“‘上陵学宫’，凡人止步。林道友，跟我走吧。”

林疏看了看李鸭毛，道：“我走了。”

李鸭毛把包裹从马车中拿下来，笑道：“兄弟，你照顾好自己，哥哥明年就来和你做伴。”

林疏颇不好意思地也笑了一下，道：“好。”

大仙鹤长鸣一声，那少年道一声“起”，林疏便被一股柔和气机托着，升到半空，又落到仙鹤身上，片刻后，那少年也飘然落到了鹤上。

仙鹤振翅起飞，李鸭毛在地上对林疏挥手。

林疏一直望着他，也挥了挥手。

他上辈子，师父走后便再也没有了亲朋好友，没承想重活一次，忽然便有了照顾他到了这等地步的两兄弟和大娘，有些不知所措，但心中的感动是实打实的，分别时亦是心中不舍。

——这样的关照和恩情，不知何日才能报答了。

仙鹤直直飞入仙雾缭绕间，林疏也收起方才的心绪，向上望去。

他虽然上辈子差一点儿就修到了大乘，但从未和师父之外的修仙人见过面，更不用提这样的大型学宫了，所以有点儿好奇他们这种成体系的修仙是什么样子。

仙鹤越飞越高，它是身负灵力的鸟儿，所以速度奇快，不消两刻已经到了山巅，然后盘旋下落——但见方圆数十里之中，仙宫华美，琼林缤纷，流泉飞瀑，极为美丽。

仙鹤飞近山门，山门上刻着四个大字“醉倒上陵”。

山门下有几拨人，各自打着一个幌子，就是算命的江湖骗子经常在手里拿着的上面写“××神算”的那种。

台阶上零零散散坐着几个穿灰衣的，有的在发呆，有的在看书，幌子上写着“儒道院”。

台阶旁的草地上横七竖八躺了一地，幌子插在地上，写着“仙道院”。

而在那些横七竖八躺着的人中，一眼就能看到一片红色。

林疏：“……”竟然还有熟人？

凤凰山庄的那几个女孩子围在一个琉璃榻旁扇着扇子，琉璃榻上坐着大小姐凌凤箫。

蜀地的九月也颇为炎热，女孩子们都穿着薄纱衣，半露手臂与肩膀，只大小姐还穿着宽袍大袖的宫装，全身上下遮得严严实实，正在被凌宝尘投喂冰镇葡萄。

凌宝清察觉到上面的动静，抬起头来，道：“鹤来了。”

立即有人大声问：“哪个院的？师弟还是师妹？”

带林疏上仙鹤的那个少年道：“仙道院的师弟！”

儒道院与术院的一干人“唉”了一声，很是失落。

仙道院也有点儿失落，可能是来人不是师妹的缘故。

待到仙鹤落地，凌宝尘先“扑哧”一声笑了出来。

“大小姐，”她道，“你看是谁来了？”

凌凤箫抬了抬眼皮，在林疏身上打量几下，也勾了勾唇角：“好巧！”

这一声落下，原本很失落，在草地上或躺或坐不成人形的仙道院一干人等突然站了起来，纷纷作揖见礼。

“原来是凌师姐的熟人！”

“失敬失敬！”

“师弟真是一表人才！”

林疏歪了歪头：“？”

你们的仙风道骨呢？

仙风道骨？

没有。

看他们的样子，仿佛只要凌宝镜让出手中的扇子，他们立刻就会殷勤地接过，鼓动双臂，为凌大小姐送去凉风。

至于这凌凤箫，也着实奇怪。

大热的天，既有人扇风，又有人喂冰葡萄，显然是怕热的。看凌宝清几个人的打扮，轻纱薄丝，露胳膊的露胳膊，露肩膀的露肩膀，显然这个世界的着装也并不是很保守——偏偏这人一身华服，遮得严严实实，也不嫌闷。

当然，林疏只敢想想，说是不能说的。

只见凌凤箫也在打量他，打量了一会儿后，倨傲地抬了抬下巴，问："你们安顿得怎么样？"

"安顿得很好。"林疏答。

答罢，又想了想，再添一句："多谢大小姐！"

凌凤箫不咸不淡地"嗯"了一声，站起身来，道："跟我走。"

——大小姐这是要屈尊降贵给他带路？

林疏一时间感到受宠若惊。

但是，凌凤箫的态度显然不诚恳，屈尊降贵也屈得心不甘、情不愿。

"拿着。"

林疏接过凌凤箫递给他的一枚玉符。

——为了不与自己产生肢体接触，这人只两根手指提溜着玉符的绳子，将玉符吊起，最后放在他的手上。

这种递交方式，林疏也很愿意。

毕竟他不是一个看脸的人，只要是活物，他就拒绝与对方产生肢体接触。

"这是出入'上陵梦境'的信物，"凌凤箫淡淡道，"若有要紧事，可用玉符叫梦先生，梦先生若有事找你，也会用玉符传信。"

林疏收下："多谢！"

三个月前与凌凤箫初遇的那一夜过于昏暗，后来又只是远远望了一眼，因此，他到现在才发现凌凤箫虽只比自己大了一两岁，却要比自己高一个头。

——她们修仙练武的女孩子，身材总是要高挑一些，而小傻子过了十年营养不良的日子，身量未足，也可以理解。

此时，凌凤箫在山路上走，林疏跟着，凌凤箫没再和他说话，林疏自然也没有说，山道寂静，只听得见脚步声。

凌凤箫的修为很高，脚程自然比林疏这具肉体凡胎快一些，不一会儿便把林疏落下了二十多级台阶。

林疏并不是计较这些的性格，甚至有兴致向上望凌凤箫的背影，仙雾缥缈的山路上，流云红衣缓缓而上，倒也不失为一道美景。

甚至，山路旁藤蔓缠绕的巨木中还飞出两只小鸟，在凌凤箫的身边盘旋了好一会儿才走。

等差距再拉大，林疏加快脚步，凌凤箫似乎听到了他脚步的变化，终于停了步子，在一处高台上等。

林疏上去，这便是山路的尽头了，雾气弥漫间，已经可以看见巍峨仙宫的影子。

凌凤箫伸手，五指轻收，那雾便退潮一般散了。展现在林疏眼前的是错落有致、绵延数里的宫殿群，宫殿的颜色以洁白为主，砖石的质地近玉，细腻润泽，日光下闪烁着微微的光泽，玲珑剔透。

“这里是合虚天，平日上课的地方，”凌凤箫用公事公办的语气道，“仙道院弟子住东面碧玉天，儒道院与术院的弟子住琉璃天，你跟我来。”

两人又继续往东走了数里路，大约是上陵山上独具仙氛，林疏走了这么久，竟也不觉得累。

碧玉天是另一座葱翠的山峰，竹林如海，清风阵阵，其中坐落着无数颇有意趣的竹舍，都是独栋，但每四栋隔得很近，由一道中庭相连，隐隐约约连成一体。

“每人一舍，四人一苑，我去问梦先生你在哪一苑。”凌凤箫拿出自己的玉符，对林疏道。

林疏点了点头，与此同时，他的那枚玉符却发出微微的光来。

凌凤箫微蹙起了眉，似是不解，道：“梦先生叫你，去。”

林疏并不知道梦先生是何方神圣，也不知如何找他，但当他拿起玉符的那一刻，一股柔和的白光便笼罩了他。

再睁开眼睛后，山巅朝日初升，晨风习习，俨然是“上陵梦境”的登录界面。

系统仍穿着那身仙气飘飘的蓝衣，笑眯眯地对他作了一揖：“道友，又见面了。”

林疏：“梦先生？”

“正是在下，”系统温声道，“上陵一场大梦，我乃梦中人。道友若不嫌弃，便也唤在下一声‘梦先生’吧。”

林疏乖乖道：“梦先生！”

系统的笑意又浓了几分，但笑过之后，理了理衣服，正色起来：“道友，此番唤你来，实在是有要事。”

林疏问：“是什么事？”

“这件事追根究底是因在下而起，”系统叹了一口气，“道友，你可还记得当初‘上陵试’的第二试，我因不想听那小抬杠精和你纠缠不清，免了你们的论道？”

林疏：“记得。”

这件事，他实在很感谢这位通情达理的梦先生。

“坏就坏在这件事上，上陵简——学宫的大祭酒，他这人也太事多，非说这不合规矩，虽你们两个都该进学宫，但这第二试无论如何也不能免。”

——这样看来，自己还是免不了与杠精论一场道的命运，林疏心里有点儿打鼓，但这毕竟是他原就该做的，并不抵触：“也好。”

“你且听我说完，”系统大叹一口气，“上陵简那坏坯子又说，‘上陵学宫’规矩分明，坏了规矩就要罚，我已领了我的责罚，而你们两个免了一场论道，也要罚。他要你们两个住在一起，此后日日辩、夜夜辩，把道心辩得明明白白才能罢休。”

林疏：“……”

简直是晴天霹雳。

他日后的宿舍生活，是要有多绝望？

“不过呢……我也不是没有办法，”系统收起叹气的表情，又狡黠一笑，“这小抬杠精是如梦堂的嫡传弟子，名叫越若鹤。越若鹤道友今年和他妹妹越若云一起来学宫，越若云道友年纪尚小，须得兄长照应，他们两人要住在一苑内，你自然也与他们住一苑。这位越若云道友受她兄长耳濡目染，也很是钟爱抬杠，他们两人相互杠来杠去，道友你便少受些聒噪之苦。”

说了这个，系统又接着道：“然而，这毕竟不能完全奏效。学宫中又有规矩，每一年新来的弟子所居的竹苑，须得住进一位去年入学的师兄或师姐以便照应，是以你们苑中的第四位，我特意安排了一位管得住这两人的厉害人物。这样，道友便可以完全免去抬杠之苦了。”

死里逃生，林疏简直想含泪感谢梦先生。

刚想道谢，系统又慢悠悠开口：“道友，‘上陵试’中，你选用的剑法虽平平无奇，可在下也能看出，道友在剑之一途上必是不凡之辈——恰好，她使刀，亦是百年难遇的武学奇才，你们同居一苑，素日便可多多在中庭切磋武艺、谈论道法，对彼此修炼都大有裨益。”

说罢，系统看着林疏，明明年纪轻轻的，脸上却挂着老父亲一样的慈祥笑容。

林疏却忽然僵住了——

使刀，是百年难遇的武学奇才。

一位去年入学的师兄或师姐。

一位管得住这两人的厉害人物。

等……等一下。

这个形容有点儿耳熟。

他怀抱着一丝期望，开口问系统：“梦先生，那人……是谁？”

系统笑道：“凌家的小凤凰名满江湖，想必你也听过名字的。”

永平四年，林疏于上陵山，碧玉天，“上陵梦境”，卒。

他艰难道："多……多谢……梦先生。"

系统笑了。

林疏面无表情。

林疏感觉自己不太好，那位大小姐显然不待见自己，脾气又甚坏，动不动要剥人皮，他是想敬而远之，离得越远越好的。

比起生活在被凌凤箫支配的恐惧下，他宁愿和杠精日日辩、夜夜辩，辩到大乘，辩到飞升。

但是系统并没有给他任何说话的机会。

"道友，仓促把你叫来，实在不好意思，既已交代完，你且快回去吧。"

说罢，他大袖一挥，林疏立刻被送了出来，回到现实世界，仍是那个手中握着玉符的姿势。

他抬头，看见对面的凌凤箫。

凌凤箫的表情也不大对。

——他想起来，凌凤箫之前是要去问梦先生他住在哪一苑，那现在想必已经知道他们两人将住在一苑了。

他是一个小村子的小傻子，乍一出现在凌凤箫眼前就是脏兮兮、惹人厌的模样，想必金尊玉贵的大小姐也不愿与自己住在一苑。

真的是相看两厌啊！

凌凤箫一路没说话，到了一处刻着"惊风细雨"四字的苑门前，生硬地道："这里。"

两人继续向前走，还未到中庭，就听那里传来响动。

隔着竹林，未见其人，先闻其声，一道清亮亮的声音响起，语调却甚不客气："是不是叫林疏的那个来了？林疏，你说'天行有常，人不如何'，那我问你，天有四季寒暑，天冷了，你难道不添衣服？天热了，你难道不脱衣服？好比这大热的天，你若是还穿得严严实实，那不是猪吗？"

林疏竟觉得他说得很对。

未等他做出回应，一阵"咔嚓"声却响起来了。

林疏转头，看见凌凤箫眼里染上薄怒，气机震碎了数棵碗口粗的竹子。

论起大热天不脱衣服，凌凤箫确实是个中典范。

竹杠兄，自求多福。

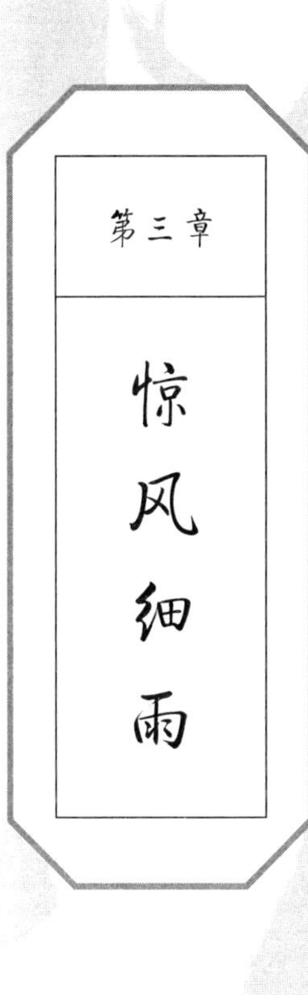

# 第三章

# 惊风细雨

里面那人犹不知情，拉开门，探出头来："可见你的说法自相矛盾，大不通顺，完全就是空中楼——"

一句"空中楼阁"还没说完，只听"铮铮铮"几下连响，十数片翠绿的竹叶被凌凤箫真气催动，竟如同铁片一样钉到了他脑袋旁边的门柱上。

那人立刻拔高了声音："林兄，你这可不大地道，我与你好好说话，本可以畅怀一辩，你却恼羞成怒，定是被我说得哑口无言！"

凌凤箫冷笑一声，拂袖步出竹林。

那人立时变成了被掐住喉咙的鸡："凌……大……大小姐……"

这个仙道，难道就没有一个不向大小姐屈服的人吗？

林疏正想着，就听那人用被掐住的声音道："……您不热吗？"

——还真的有。

凌凤箫道："与你何干？"

"大小姐，恕我直言，这话可是大不通顺，常言道'兔死狐悲，物伤其类'，我看到大小姐热，感同身受，自己身上也就热了起来，此情此景，怎能说与我何干……"

只见这人长得清清秀秀，一身绿绸衫，活像根翠绿水灵的竹杠。

但凌凤箫甫一进门就震碎了无数根竹子，自然也不会爱惜眼前这根。

凌凤箫走近了他，开始慢条斯理拔先前钉进门柱里的、他脑袋周围的竹叶。

一片，一片，又一片。

一根根码整齐，拢在手里："你叫越若鹤？"

越若鹤点头。

"越师弟，"凌凤箫淡淡道，"我还要去山门等鹤，林师弟就劳烦你帮忙安顿了。"

那十几片拢在手里的竹叶，被无形的凌厉气机切割，变成了比灰尘还细的绿色碎屑，正从大小姐略显苍白的指尖落下，而后随风飘飞不见。

越若鹤住了口，谄媚道："……是。"

又一个人屈服了。

凌凤箫凉凉看他一眼，径自转身出了这座“惊风细雨苑”，也没有再看林疏一眼。

等那大红的身影彻底消失在竹林间，林疏想问越若鹤哪一个是自己的房间，还未开口就听越若鹤继续道：“林兄，我们继续谈‘天行有常，人道有为’的道理，恕我直言，这天行有常……”

林疏：“你说得对。”

“我既说得对，林兄再看自己的观点，实在是空中楼阁，子虚乌有……”

“你说得对。”

“以我的拙见……”

“你说得对。”

越若鹤：“？”

林疏平静地抱着自己的包裹：“越兄，我该住哪里？”

——多谢这些天来李鸭毛的聒噪，他说话真的流利了一点儿。

越若鹤先是受到凌凤箫的威胁，又没能在林疏身上体会到辩论胜利的快乐，蔫儿了。他有气无力道：“我住东，我妹妹住西，昨天又有一群凤凰山庄的师姐和师妹在南边砍竹子、栽牡丹，林兄，你只能住北面了，我带你去。”

由中庭向北，竹径里走过一两百步，便是林疏将来要居住的小竹舍了。

竹舍由一间小厅、一间卧房组成，形制简单古朴，倒是很有意趣。

“这是学宫为弟子备好的道袍——若林兄有自己的门派，则穿门派的衣服，若没有便穿这个。”越若鹤道，“不过，以我的愚见，这个规矩大是不好，一则助长学宫中的门户之见；二则我们都穿得五彩斑斓，真的是有碍观瞻；三则……”

他竟一连说到“六则”，林疏赶紧道：“你说得对。”

一句“你说得对”，使越若鹤双目无神，回到正题：“我们平时自己做功课、修炼、习武都在竹苑里，上课在合虚天，饭堂、藏书楼、比武场都设在后面的烟霞天，我也不知道怎样走，到时候问问梦先生就好。”

“啊，对了，”越若鹤仿佛想起了什么，“三天后我们就要开始上课，一年至少要学二十门课，你记得找梦先生选课。”

他又交代了些别的事情，总结成一句话，就是“找梦先生”。

终于说完后，越若鹤补充了一句：“凌大小姐这几天频繁接人，很忙，脾气大坏，我今天总算见识到了。我们这几天远远躲着，不和她玩儿。”

林疏点了点头。

事实上，他还真的没见过凌凤箫脾气好的时候。

闽州城，死了未婚夫，脾气大坏。

宁安府，失去等人耐心，脾气大坏。

“上陵学宫”，频繁接人，脾气大坏。

惊风细雨苑，被抬杠，脾气大坏。

简直是条河豚。

在这个问题上达成一致后，越若鹤不再两眼无神，甚至还约林疏晚上一同去烟霞天吃饭。

林疏又有点儿不知所措。

这位越若鹤室友好像并不像他前世的那些室友一样对他态度冰冷，虽然那也不是室友的错。

他们有时会说一些嘲讽的话，林疏那时候修为比较高，不小心听进去不少。总归都是自己不合群，不和他们打交道，既不会说话，又没什么表情，让大家觉得不舒服。

但越若鹤自己一个人好像能说很多话，也许……不会因为无话可说而引发尴尬。

因此，他犹豫了一下，最后还是答应了。

待越若鹤走后，林疏收拾了一下房间，最后换上了学宫的那套衣服。

白底，淡蓝纹、淡蓝边的轻质袍服，很有几分正正经经的仙气。

他又对着镜子尝试许久，终于束好了头发，戴上羽冠。

镜子里的这张脸，十四五岁的模样，倒是有那么一点儿好看，轮廓有一丝陌生，但也不是很陌生，其实有点儿像上辈子的脸。或许没什么表情的时候，人的脸总是相似。

林疏想着这些，神游天外，过了很久，才把思绪拉回来，开始回忆越若鹤交代的那些事情。

想着想着，忽然想到他说“凌大小姐这几天频繁接人”。

他自然不知道凌凤箫为什么要频繁接人，但从这句话可以看出凌凤箫这些天接过很多人，或许把所有人都接了个遍。

凌凤箫亲自带他上山的时候，他确确实实感到了受宠若惊。

现在看来，并没有丝毫的“受宠”。

即使明知道凌凤箫不太待见自己，也从来没对大小姐抱有什么期待，林疏还是感到了一丝丝失落。

哦。

傍晚。

夕晖下，竹林如海。

“我们如梦堂的衣服是绿色，凤凰山庄穿红，那边几个天青色衣服的是南海剑派。”越若鹤带着林疏在路上走，他妹妹越若云也跟着——这两个人都穿绿色袍服，简直要和竹林融为一体。

碧玉天里还好，没有太多人走动，走到烟霞天时，色彩就渐渐多了起来。

儒道院看重的是师门谱系，并没有仙道院这样的门派，因此统一穿学宫的袍子，形制和林疏身上的一样，只不过花纹和绲边由淡蓝变成灰色，术院是红色。

饭堂里，一眼看去大多是同院坐在一桌，也有儒道院弟子与仙道院弟子混坐的，让林疏想起《百晓生详说“上陵学宫”》里的一段话来。

大致意思是儒道院内部派系林立，拉帮结派，各执一词，隔三岔五就要有一场大辩，最是鸡犬不宁。还好终究都是文人，动不了刀子。唯一怕的是到了辩无可辩、干瞪眼的时候，就各自找仙道院里交好的同窗助阵，便演变成两边的斗殴，然后一堆人被大祭酒罚去垂星瀑下的思过洞面壁思过，思着思着又动起手来，实在是鸡飞狗跳。

正想着，就见一张桌子上，一个儒道院弟子撂下筷子：“须制名以指实①，名不正，言何以顺？”

他对面那个道：“闻之见之，取实与名②——不然，你以何解‘白马非马③’？”

越若鹤道：“且让我去与他们辩上一辩。”

越若云“嘁”了一声：“你忘了爷爷怎么说了？莫与儒道院的说话！一旦辩不过，小心丢了如梦堂的脸面！”

越若鹤道：“我如梦堂以武立身，即使辩不过，又有什么要紧？”

“辩败也是败！”

“辩败如何算败？嘴皮子上的事，能叫败吗？”

“打输了，你垂头丧气；辩输了，你也垂头丧气，辩败如何不能算败？”

“我越某人心胸宽广，君子报仇，十年不晚，何曾垂头丧气过？”

“我呸，去年陈师弟不过是‘无边丝雨’比你练得好了一点儿，你就乌眼鸡似的盯着人家半年，还心胸宽广？”

---

①② “制名以指实”“闻之见之，取实与名”，分别引自先秦时“名实之辩”中儒家与墨家的主张，其中“制名以指实”来自《荀子》，“闻之见之，取实与名”为墨家的观点。

③ 逻辑学家公孙龙提出的一个逻辑问题，出自《公孙龙子·白马论》。

“我关爱师弟进境，有什么不对？凌大小姐今天那一手折叶杀人实在比我的手法高妙，你哪只眼睛看见我变成乌眼鸡了？”

“你明知凌大小姐那是真气强盛，一力破十会，并无我如梦堂武功的深奥机巧，才‘心胸宽广’！”

“说得好！那年凌大小姐来堂里拜会，是谁红着眼睛在后面跳脚说‘明明是一般的年纪，怎么她比我强出那么多’？我若心胸不宽广，你的心胸怕也只是个针眼儿！”

“我说你心胸不宽广，又未说我便心胸宽广了——再说，我后来可是对凌姐姐心服口服，如今住在一起，一定要日日去请教，日后武功有了进境，定要叫你好看！”

林疏：“……”

他眼睁睁看着这兄妹两个越说越偏，从儒道院偏到了凌凤箫的身上，一时半会儿停不下来，只好自己先去取菜。

一边取菜，一边走神。

越若鹤与越若云都是名门正派的嫡传弟子，他们俱这样推崇凌凤箫的武功，连梦先生都说“凌家的小凤凰名满江湖”，看来这人的修为在同辈人中确实极为出挑。

他在想，自己上辈子这个年纪时的修为，比起凌凤箫来怎样？

虽然还未见过凌凤箫拔刀，但这人今日震碎竹林，又摘叶伤人，展现出的武功霸道凌厉无比，若换到他十五岁的时候……

——换不成，他上辈子是条安静的咸鱼，与河豚并不在同一个界门纲目科属种，遵纪守法，从未破坏过植被，无从比较。

等取完菜回来，这两兄妹竟还在纠缠不清，林疏默默开始进食，吃到一半，越若云才终于把话题拉回了儒道院：“你即使要与他们搅在一起，也要换身衣服，莫要让他们找到如梦堂的头上来。”

越若鹤大为不满，试图和她继续分辩，越若云道：“我饿了，不说了！”

两人这才去取菜。

林疏结束得比他们快些，吃完后在原地纠结了一会儿，道：“我先去藏书阁了。”

越若鹤“嗯”了一声，道：“回见。”

林疏：“回见。”

走出饭堂，往东走了一段路，他轻轻吐出一口气。

他还是不习惯和别人待在一起。

那两兄妹一开始沉迷拌嘴，开始吃饭后又很遵守食不言、寝不语的规矩，从头到尾并没有和自己产生过任何交流。

林疏开始想，越若鹤邀自己一起吃饭是不是仅仅出于礼貌，其实并不想搭理自己。

不过，无论越若鹤怎样想，最终的问题还是在他自己身上。

他不知道怎样开口加入一段谈话，也不知道和别人相处的时候自己该干什么，即使这辈子身边突然多了很多对自己不坏的人，他也还是无法加入其中。

林疏有点儿迷茫，不知道以后要怎么办。

或许……还是像上辈子那样？

他继续往前走，先前来饭堂的时候经过藏书阁，故而位置并不难找。

藏书阁是一座共十四层的楼阁，据百晓生说，儒道院的书籍在前六层，术院的在七至九层，余下五层是仙道院的书籍。

他循着楼梯往上，上到第十层的时候，气喘吁吁，感觉已经丢了半条命。

仙道典籍浩如烟海，更有无数基础功法，所幸每个书柜都有索引，林疏未花费多少工夫便找到了自己想要的东西。

他先是在炼体功法中筛选，找出一本看起来最基础的《子午锻体法》，不论怎样，只有改善体质，才能重新拿起剑来。

然后便是经脉的问题。

入仙道的第一道门槛是筑基，筑基的目的是打通经脉，为日后修炼打下基础。

适宜修仙之人，天生经脉便如白璧微瑕，只要按照《养气经》运行大周天，时间一久，体内真气充盈，原本就少的经脉滞涩处自然被冲开，称为“百日筑基”，天赋是最好的。

若是天赋稍差，便要多花些功夫，十年、二十年之内总能打通经脉。

再差一些便遥遥无期了，世上凡人大多如此。

林疏这具身体就很平凡。

他在筑基相关的书柜里看了很久，终于找到一本《清玄养脉经》。

大致翻了翻，里面收录了许多润养经脉的方法，原是为认为自己的经脉不够宽广，运行真气不顺利的修仙人准备的，但用到自己身上似乎也可行。

整本书共分五个部分，分别是灵丹篇、灵泉篇、灵玉篇、炉鼎篇与杂篇。

杂篇里记载了一些食物与吐纳法之类，可以尝试。而根据百晓生所说，学宫弟子并不缺少获得灵丹、灵药的机会，灵丹篇也不是不可行，另外的灵泉、灵玉则暂时得不到。

至于炉鼎——不纳入考虑，虽然这似乎是改善经脉最快的方法。

总而言之，“上陵学宫”这个地方，他并没有来错，筑基虽然遥遥无期，但毕竟有很渺茫的机会。

他又找了两本与筑基相关的典籍，在第一层的册子上登记之后，将这四本典籍带出了藏书阁。

出来的时候，夜色已至，繁星满天。

他忽然怔住了。

烟霞天建在一处高峰上，与碧玉天、琉璃天一同环抱着中央合虚天。

此时从烟霞天往下望，正好能看见合虚天的全部景象。

琼楼玉宇之中，一座湖泊倒映着漫天星斗，大约是水质特殊，湖面上闪烁着柔和星芒。

百晓生的书上说，这湖名为“星罗湖”，源头是西面的“垂星瀑”，是学宫的一大美景。

万籁俱寂之中，林疏觉得它很美，和天上的星空一样美。

他已经很久没有看过星星了——这是他小时候最爱做的事。因为面对着无垠星空的时候，他会渐渐出神，错觉自己也是芸芸众生中的一个，而不是一个在人群外游荡的孤魂野鬼。

驻足望着湖面许久后，林疏才回了碧玉天。

逐渐走近自己的小竹舍，他看见里面居然是亮着烛火的。

再走近，门也是开的。

继续走近，厅中桌上点着一盏如豆的灯，椅上坐了个人，正对着门的方向。

“你还知道回来？”凌凤箫的声音极度不悦。

欸？

走错房间了？

凌凤箫怎么在这里？

大小姐在等我？

这个事情比走错房间严重得多，因为林疏既不知道大小姐为什么要等自己，又清清楚楚地知道大小姐的耐心有限，等的时间久了，脾气又要坏掉。

他犹豫了一下，问：“你找我？”

凌凤箫：“不然呢？”

林疏：“……什么事？”

凌凤箫拿银针拨了拨烛芯，火光一下子亮起来。

光芒下，美人盛装华服，轻挑灯花，即使是用林疏那贫瘠的审美来看，也是美不胜收。

但是这场景的主角是大小姐，一切就另当别论。

他开始思考自己有没有招惹到凌凤箫，让这人深夜来兴师问罪。

他现在很干净，衣衫整齐，应当不会像鬼城那次一样让凌凤箫感到被脏了眼睛。

他也没有像越若鹤一样聒噪，扰了凌凤箫的耳朵。

难道是自己和越若鹤就“不和凌凤箫一起玩儿”此事达成一致的事情败露了？

但是凌凤箫本来也并不会和他们一起玩儿。

“我有事要问你。”林疏正胡思乱想着，凌凤箫指节叩了叩桌子，道。

林疏顺从道：“嗯。”

“你们村子……”凌凤箫道，“十年前有没有什么特别的事情？”

——原来并不是兴师问罪。

林疏如实回答：“实不相瞒……”

凌凤箫挑了挑眉，是认真听的模样。

“我是个傻子。”林疏脱口而出。

凌凤箫：“……”

林疏看着凌凤箫又按在了腰间刀鞘上的手指：“……”

他想吞掉自己的舌头。

也不知为什么，面对凌凤箫的时候，他总是比和其他人说话时要紧张一些，稍一不慎，脑子就进了水。

凌凤箫按着刀鞘，抚着上面的纹路，阴恻恻道：“你把我当傻子？”

“不是，”林疏解释的态度非常诚恳，“我以前是个傻子。”

“你现在也不聪明，”凌凤箫冷冷道，“所以，你想说……你不知道发生过什么？”

林疏点头。

他真的不知道。

“倒是我孤陋寡闻了……”凌凤箫的声音毫无凌宝清那几个女孩子声音里的脆快甜美，恰恰相反，给人感觉很清冷，带一点儿微微的沙哑，故意放慢的时候让人很是提心吊胆。

只听凌凤箫继续道：“会画小星斗阵，而且分毫不差的傻子，真的是闻所未闻！”

大小姐，你发现了“盲点”。

林疏站在原地，疯狂地思考怎么圆过去。

凌凤箫慢条斯理挑着灯花，道：“继续编。”

林疏道：“我虽然是个傻子，但有一天突然就好了。”

凌凤箫平淡道：“那也确实稀奇。”

林疏继续编：“看了些村里老人留下的书，因此会画小星斗阵。”

凌凤箫皮笑肉不笑：“你真的是阵法天才。”

林疏编不下去了：“就是这样。”

凌凤箫放下挑灯的银针看着他，没说话，也不动。

而就当林疏觉得自己可以侥幸过关的时候，电光石火间，右手忽然被凌凤箫抓住，一道炽热的真气通过皮肤相触之处传进来，直冲自己的经脉。

自己那经脉连大周天都运行不出，哪里是真气能流淌的地方？

凌凤箫此举是要试自己的修为，但他的的确确没有任何修为，甚至连经脉都不通。

凌凤箫微蹙眉，收回真气。

“你这种资质，怎么混进学宫的？”凌凤箫厉声道，“有何企图？”

大小姐，你又发现了“盲点”。

林疏僵硬道：“没有企图，梦先生觉得我悟性高。”

对不住，梦先生，只能拉你出来。

他也是要脸的。

凌凤箫将信将疑地打量他几眼：“谅你这矮病秧子也做不成有害学宫的大事。”

林疏：“……”

病秧子就病秧子，还要加个“矮”字，这人的嘴也太毒了。

凌凤箫继续道：“宝清说你们村能在鬼城活下来，是因为一道剑气结界，结界是何人所留？”

“一位仙人……”

“我当然知道是仙人，”凌凤箫打断他，道，“若再说半句废话，我拔了你的舌头喂狗。”

林疏也很绝望。

他面对别人的时候，说复杂的句子不太流利，虽然脑子里流畅，但只能一点儿一点儿往外说。

就好比之前，他想表达自己是一个十五岁之前是个傻子后来又恢复了的人，第一反应是说“我是个傻子”，而现在要说“是一个偶然路过后来又离开的仙人”，他得先说“是个仙人”，然后再慢慢补充别的信息。

但是，凌凤箫显然不想听他慢慢补充，不仅不想听，还要拔了他的舌头。

他道：“仙人路过村子，留了结界，就走了。”

他没提那位仙人把自己留在村落的事情，若说了，凌凤箫必定追问，而自己又确实不知道，多一事不如少一事，干脆便不提了。

此时，他注意到凌凤箫的神情竟然放松了些：“所以说，当年闽州城叛乱被王朝镇压后，虽然官民尽被诛杀，修仙之人却不一定。”

林疏：“也许。”

“后来还有什么事情吗？”

林疏：“没了。”

“那位仙人可有名姓？”

林疏：“不知。”

他正等着大小姐下一个问题，却见凌凤箫从座椅上起身，道：“你今日所言，若有一字为假……哼！”说完这句，这人拂袖便走了，到门口又站住了，淡淡道，“三日内记得找梦先生选课。”

林疏：“嗯。”

——这次是彻底地走了。

林疏非常不解凌凤箫的来意。

直到他收拾一番，在床上打坐，准备开始练习吐纳法，才忽然想到一种可能。

这位大小姐，不会还在找自己的未婚夫吧？

——这么凶的未婚妻，也不知道谁消受得起。

想到凌凤箫继要剥了自己的皮之后，又要拔自己的舌头去喂狗，他就对凌凤箫那位不知道是人还是鬼的未婚夫生出了十二万分的同情。

仁兄，你还是死了的好。

这样胡思乱想一番后，林疏开始练习《清玄养脉经》中的呼吸吐纳法。

书中讲，呼吸吐纳，可固根源，每天静息打坐，使吐息均匀、细缓、深长，是为吐故纳新，长久之后，经脉状况会逐渐改变。

林疏摒去杂念，照着书中口诀做，吐息逐渐匀长，渐渐沉浸其中，一个时辰后才缓缓转醒。

这种感觉很熟悉，类似上辈子运行大周天后的入定。

他伸出右手来。

很孱弱的一只手，月光下可以看见略微苍白的手心，一些浅而凌乱的掌纹。

吐纳结束的时候，这只手有点儿发热，少阳经和中冲穴变化尤其大，里面有一点点微小的真气。

林疏重新拿起放在床边的《清玄养脉经》，把吐纳的部分仔仔细细看了一遍，并没有提到这种状况。

——见效这么快吗？

他收回手，决定再试一次。

这次入定的时间比之前还要长一些，醒来时已经月至中天。

他的右手已经不怎么热了，只有一些残余的感觉，那一团微小的真气也消散了一大半。

他重新翻书，几乎要把书页看出花来，也没有找到原因。按理说，这种吐纳法的作用类似春风细雨，润物无声，既不该迅速出现效果，也不该效果出现反弹。

林疏陷入思考。

这不应当。

思考无果，他慢吞吞躺下来，打算明天再试。

——总归不是坏事。

第二天清晨，林疏醒得很早。

如果按照现代的时间，应当是凌晨四点。

他以前一贯是这个时候起床练剑，即使现在不练了，也习惯在这个时间醒来。

昨天发热的右手，今天已经彻底恢复正常，但阻塞的经脉竟然通顺了那么一丝。

虽然只是微不足道的一丝，但放在自己这一具堪称修仙无望的身体上，已经是一个奇迹了。

于是林疏又开始一轮吐纳。

一个时辰后醒来，探视经脉，毫无变化。

林疏：“……”

这就有点儿玄学了。

他没再继续探究，打算开始练习《子午锻体法》。

名字很仙气，其实是强化版的广播体操。

原因无他，其他的锻体法诀都要有真气流动来配合，林疏并没有真气，只能找最基础的功法——就只剩下广播体操了。

看着那上面的动作，林疏感觉自己变成了清晨五点的广场上早起打太极拳的人，离养生只差一杯枸杞。

走出竹舍后，外面晨雾浮动。

他的房间坐北朝南，隔着中庭，正对着的那一边是凌凤箫的房间。

遥遥望去，如烟的竹海后属于凌凤箫的那一片地方，据越若鹤所说，被凤凰山庄的女孩子铲平，挖了竹子，换上牡丹——可能她们觉得竹子并不配自家的大小姐。

也不知她们用了什么法子，九月的季节，牡丹丛仍深粉碧绿一片，远远看去，云蒸霞蔚。

云蒸霞蔚中有一点红影，凌凤箫竟也起得很早，在练刀。

三尺刀，刀锋如水，林疏推开门的一霎，刀芒行云流水一转，正划出一道凛冽的飞光。

林疏又面无表情地把自己关在里面。

人家练漂亮凌厉的刀法，自己在对面歪歪扭扭做广播体操，实在不大好看。

他又将窗子的竹帘拉上，才安心练起功法来。

《子午锻体法》很薄，只有三套动作，难度依次加大，因这具十层楼都爬不上去的身体，林疏只能做第一套，整套流程下来有大半个时辰，把浑身上下折腾了一个遍，做完的时候全身的肌肉都颇为酸痛。

林疏上辈子只修剑，并没接触过这样纯粹增强体质的功法，一时感觉有点儿神奇，打算接下来的时间好好研究一下。

他出了些汗，走到卧房后的一个小房间。

房间里设了一个玉浴桶，其上有阵法，会凝聚竹林上空氤氲的仙雾，成为灵泉，聚满则止。

灵泉难得，功效亦不凡，甚至可做疗伤之用，自然也对身体有所进益。

——正如百晓生所说，学宫早已将一应事物备齐，使弟子能够尽量免去俗务，勤勉修炼。

但是，它不太热。

林疏出来的时候，打了一个喷嚏，感觉自己要着凉了，就回到床上，抱着被子看功法。

大约辰时，外面逐渐热闹起来，越若鹤兄妹俩隔着中庭说了几句话，越若云又用仰慕的语气和凌凤箫说了几句话。

又过了一会儿，远远传来凌宝尘和凌宝清的说话声，声音越来越近，凤凰山庄的女孩子们分散住在隔壁的和风细雨苑、金风细雨苑与斜风细雨苑，现在约莫是过来找凌凤箫的。

林疏又打了一个喷嚏。

确凿是着凉了。

他绝望地起床，绝望地出门去烟霞天吃饭。

好死不死，吃饭的时候又和凌凤箫一行人撞上了。

余光看到后面一片红影的时候，他想溜去一边，却被凌宝尘叫住了。

“林疏！”凌宝尘拍手笑道，“一日不见如隔三秋，你穿这身衣服倒是很仙气了！”

凌宝镜也笑：“这位新师弟，明明不疯不傻，鬼城里你搞成那个样子做什么？这样多好看。”

林疏想，鬼城那一夜，可以预想将成为他一辈子洗脱不掉的黑历史了。

偏偏凤凰山庄的女孩子又是一群天真活泼的促狭精，要揪住不放。

他没什么促狭话可说，只能道：“你们也好看。”

姑娘们又笑成一片：“你的嘴也变甜了，这马屁却拍得不对，有大小姐在，谁敢说自己好看？”

林疏摸了摸鼻子。

凌凤箫看着她们笑闹，眼里也有点儿笑意，淡淡道：“别闹。”

凌宝镜吐了吐舌头，对林疏道：“我们先走啦！”

她们又继续蹦蹦跳跳往前走。

错肩而过的时候，晨风吹荡，刮起了凌凤箫额边一缕墨黑的头发。

林疏发现自己竟然怔了一下。

凌凤箫确实很好看，他不知道怎么形容。

凌宝尘她们几个也各有各的漂亮，但确实没有凌凤箫那样……

林疏想不出贴切的形容词，那是一种混乱颠倒的感觉，仿佛逼近了审美的极限，漂亮到了盛气凌人的地步，甚至让人不敢久视。

他的审美被刷洗一番后，有点儿飘忽，来到饭堂后只默默开始吃饭。

吃到一半，越若鹤来了，越若云随即也在越若鹤身边落座。

越若鹤一脸兴奋：“林兄，我在路上看到你了，你和凤凰山庄很熟？”

林疏道：“认识。”

“妙啊！”越若鹤道，“林兄，带我一个！”

林疏：“？”

大概是看出了他的迷茫，越若鹤道：“你竟不知道吗？”

林疏不知道。

越若云问：“什么？”

越若鹤道：“妹妹，你不能听。”

越若云："？"

越若鹤靠近了一点儿："林兄，你可想过以后的道侣？"

林疏："没有。"

"那你可要抓紧机会，"越若鹤神神秘秘道，"凤凰山庄！背靠山庄好乘凉！"

林疏："……怎么说？"

越若鹤道："你看咱们学宫有钱吗？"

林疏："有。"

那些琼楼玉宇、仙家阵法、功法典籍，都是珍贵之物。

而学宫供应诸多物件，却又不收半点儿束脩。

"咱们学宫的钱，一半是朝廷在给，另一半呢，就是凤凰山庄给的，"越若鹤道，"凤凰山庄富有四海，不瞒你说，林兄，若是走在街上，一半的店铺产业，背后都有凤凰山庄的经营。"

"你想想，若是有了凤凰山庄的道侣，你修炼从此就再也不愁丹药，不愁天材地宝，不愁绝世秘籍，更别提……"说到这里，他咳了一声，"我妹妹在这儿，林兄，你意会就好了，总之，如果做了凤凰山庄的姑爷，可少修炼四十年。"

林疏意会不出来，但他已经知道了。

这个仙道不仅没有仙风道骨，还整日幻想富婆。

真是世风日下。

越若鹤纠缠一番，从林疏这里得到了凌宝清和凌宝尘几个女孩子的名字和性格，心满意足地离开了，离开前还叮嘱林疏务必对这件事情上心，仿佛一个操心的老父亲。

林疏继续安静地吃饭。

他师父还在的时候，曾经叹息："徒弟，你以后要是能找到女朋友，猪都能飞上外太空了。"

猪自然是飞不上外太空的，可见他也是不会有女朋友的，更别提是富婆女友了，还是多修炼四十年吧。

一个出淤泥而不染的人就应当这样。

吃完饭后，林疏来到了藏书阁旁边的藏宝阁。

藏宝阁正如其名，是学宫的藏宝库，共分十层。前三层对所有人开放，此后每在学宫多待一年，可以多上一层，但第十层是禁地，不许进入。

人间的金银财宝，仙家的种种丹药、十八般武器，乃至作为宠物的小灵兽，在藏宝阁中都能找到。

——但这些东西并不是免费供应的，而是另有一套购买的流程。

在林疏眼里，这座藏宝阁就像一个积分兑换系统。

藏宝阁的一层，有一面大墙，墙上挂满了密密麻麻的玉签。

玉签上写着委托——诸如，为合虚天的宫殿洒扫庭除，在半山腰灵兽厩照顾动物，在药园打下手，为饭堂切菜……更高级一点儿的是下山斩妖除魔之类，弟子可以自行接受委托，不同的委托完成后可以换取不同数量的“上陵玉魄”，弟子们也可以在“上陵梦境”接取委托，但是得玉魄和取宝物都要来藏宝阁。

玉魄不仅内含灵力，而且可以在藏宝阁换取物品，可以说是学宫里的流通货币。

林疏浏览着那些玉签。

最下面的委托都是一些学宫琐事，非常简单，发放的玉魄数量也非常少，比如去饭堂切菜，两天一颗玉魄，帮杜若真人照顾黄字三号草药园，每天一颗玉魄——假如换成“帮杜若真人照顾玄字三号灵药园”，便跃升为每天五颗玉魄。

再往上的委托就需要一些专业的知识，比如帮杜若真人照顾天字二号仙药园，去麒麟谷为小麒麟清洗鳞片，帮巨鼎真人看顾丹炉，助观柳先生整理典籍……可以拿到十颗以上玉魄。

再往上，就已经出了学宫的地界，是学宫方圆千里内发生的灾祸，或地方官府悬而未决的疑案，郎中无法解决的疑难杂症……但凡有人向学宫求助，学宫都会有求必应，向弟子发布委托，弟子完成委托后，可以拿到数以百计的玉魄，甚至上千。

林疏继续往上看，探秘“石阙洞府”、诛杀“金眼五花蛟”、破解“珍珑棋局”……

看过这些，再往上，上面的内容却让他愣住了。

“居林府地动，生民流离，助抚之。”

“帝欲改税制，请献策。”

“蜀西岷江临汛，欲修坝，请献策。”

这些委托由南夏朝廷发出，几乎全与国计民生有关，玉魄数目依完成度而定，最高可以上万。

“学成文武艺，货与帝王家。”他的身边忽然响起一道说话声。

林疏转头，看见自己身旁不远处不知什么时候站了一个穿着儒道院灰袍的年轻男人。

见到林疏看他，那人一笑，朝林疏一揖：“有感而发，师弟见笑了。”

林疏：“没事。”

“师弟第一年来？”

林疏：“嗯。”

“师弟入学宫时间尚短，不可接外出委托，杜若真人脾气温善，观柳先生为人随和，师弟可以考虑一下。”

林疏：“多谢。”

那人道：“师弟不必客气。”

林疏在下方的玉签中又看了一阵，最后选了“帮杜若真人照顾玄字三号灵药园”与“每日戌时将藏书阁第十层书籍复位”两个委托。

——照顾灵药园每天有五颗玉魄，藏书阁的委托每天有三颗，少了一些，不过他上辈子虽然险些到了大乘，却并未见过这样成体系的修仙世面，借此机会多去藏书阁也好。

他将手指按在玉签上，原本闪烁微光的玉符立时暗淡下来，表明委托已被接走。

两个委托，每天要花去将近两个时辰，所以不能再接了——他还要上课和修炼。

学宫的要求是每年至少修习二十门课，每门课结业时，弟子都会得到甲、乙、丙、丁、戊的评分。若得甲等，一千颗玉魄，乙等五百，丙折半，丁继续折半，戊没有玉魄。

而林疏想要的有益经脉的“御虚造化丹”与“天元生脉饮”，前者一百颗玉魄一丸，后者两百颗玉魄一瓶。

根据《清玄养脉经》，这两种东西都要长久地吃，至少吃上一百颗才能起效。

至于更贵的灵药，要想吃到恐怕要等结课了。

总而言之，长路漫漫，好好打工，好好学习。

接完委托，他打算回碧玉天找梦先生选课，却被方才那位儒道院的师兄叫住了。

“师弟留步。”那人道。

他正看着上面，林疏顺着他的目光向上看去。

最上面那块最大的白玉签上，只刻了一行字。

“平北夏，定西疆，光复大夏国。”

“许多师弟和师妹新来时都会领它，几成为学宫惯例，”那人道，“师弟不领吗？”

林疏站在原地，仿佛在思考，实际上没有。

“不了，”他道，“多谢师兄。”

“师弟似乎是闲云野鹤之人。”那人也没有多做纠缠，道，“人各有志，也罢。”

两人告别。

林疏确实没有这方面的想法。

首先，他不太懂这个世界的体制，对王朝的认知非常模糊，也没有什么归属感。其次，这么多年来，他都没有什么大志向，只是按部就班地修仙，希望修到所谓“逍遥于天地间”的境界，然后脱离人群，自己一个人瞎过。

一条咸鱼而已，目前的梦想除了能日常吃几粒丹药，只有一个——

他想要一把剑。

于是林疏上到第三层。

整座藏宝阁金碧辉煌，流光溢彩，黄花梨的柜格里，种种丹药、符箓、灵兽、灵药，不一而足。林疏上辈子活在没有修仙、传承断绝的世界里，从未见过这些东西，顶多在古籍中看过记载，对它们全都很陌生，一知半解。此时他走在宝物的熠熠辉光里，甚至有些手足无措。

但是，有一样东西他不陌生。

剑。

他短短一生，最熟悉的东西。

他师父说，用剑的人，生命就在这把剑上，你手中的剑是唯一一件不会欺骗你、不会为难你、也不会抛弃你的东西。一个用剑的人，他得相信自己是为剑而生，并相信自己最终是为剑而死的。

因此，他是要有一把剑的，就像一个好色的人要寻找女伴、一个热情的人要结交朋友一样。

上千把各式各样的剑里，他一眼望过去，忽地看见了那一把。

三尺的长剑，剑身比寻常的剑要窄一些，剑锋薄而锋利，通体冰晶剔透，仿佛正向外溢着丝丝的寒气。

剑的下面有一个玉牌，刻着名字、材质。

这把剑叫折竹，是用极北之地、万年寒潭最深处的冰魄所制。

虽然不能拿在手中，他还是觉得这把剑很好。

正看着，思绪又被人打断。

——这座学宫里的人，好像都很热情。

“师弟，你喜欢这把剑？”那人瘦瘦高高，五官端正，穿一身天青色衣袍，正是越若鹤曾说过的“南海剑派”的弟子服装式样。

林疏点了点头。

“师弟好眼光！”那人道，“但这把剑是不能要的，师弟还是去看别的剑吧。”

不能要？

林疏心里“咯噔”了一下，问他：“为什么？”

“师弟不知这剑的来历吧？”

“不知。”

“这把剑曾标价三十万颗玉魄。”

三十万颗玉魄。

一万颗玉魄对林疏来说已经是天价，三十万颗玉魄简直无法想象。

——即使他花上十年时间，每年的二十门课都拿到甲等，也只有二十万颗玉魄。

“这把剑的材料已是世间难寻，铸剑手法更是精妙绝伦，纵然如此，标价十万颗玉魄也已足够了，已经是众剑中的高价。”

林疏静静听他说下去。

只见那人面露仰慕之色：“多出的那二十万颗玉魄是因为，它乃千年前叶帝少年时所使之剑。”

林疏眨了眨眼睛。

叶帝是谁?

听这人的语气，一定是个极为厉害之人，竟然可以让学宫哄抬物价，把十万颗玉魄的剑抬到三十万颗玉魄。

“自然有许多人想要它，这些年来，折竹剑也曾被取走多次，但无一例外，都被退回来了，”那人叹了一口气，“价格也一低再低，直到现在只要一万颗玉魄便可拿到。”

这人不好好说话，绕了半天，这才说到究竟为什么不能要，为什么退回来。

“只因这剑太冷，非一般人可以驾驭。用剑者稍有不慎，道心便会受到影响，被其支配，乃至走火入魔。”那人道，“因此但凡看见新来的师弟和师妹想选这把剑，我们都要阻止，若到手后发现不适合，再退，只能得到一半的玉魄，白白亏去许多。”

林疏道：“多谢师兄。”

这位说完，犹不放心：“师弟千万莫要想这把剑了。”

林疏含糊地“嗯”了一声，在师兄老父亲一般的眼神注视下，只好假装去看别的剑，然后默默溜了。

他还是有点儿想要，虽然只能看，不能摸，但他觉得这把剑一定很适合自己门派的剑法。

无论如何，先攒够一万颗玉魄再说。

今天开始去藏书阁和灵药园，每天有八颗玉魄，一年大概有三千颗。

这三千颗用来买御虚造化丹与天元生脉饮，前者一百颗玉魄一丸，后者两百颗玉魄一瓶。

所以，一年下来，每个可以买……十份？

林疏："……"

你永远比自己想象中要贫穷。

这样一来，平时还要注意一楼有没有什么不会花太多时间，自己又能做到的委托。

像是藏书阁和灵药园这样的委托是不能接了，他还要把时间用在课业上，二十门课中有十门拿到甲等，才能换到折竹剑。

而甲等，实话说，很难。假如这门课有四十人，四十人中就只有四五人能拿到甲等。

林疏两眼发黑，飘忽地回到自己的小竹舍，拿出玉符，打算去找梦先生选课。

学宫的选课方式很现代化，林疏觉得能在古代社会搞出这种东西，学宫的大祭酒可以说是一个教育家了。

儒道院、仙道院、术院，乃至学宫后山不通过"上陵试"选拔，而是诸多佛寺层层推选组成的禅院课程，弟子们都可以任意选择，没有任何限制。

虽说规定了必须修习二十门课，但这些课程最后的评分和弟子是否能够在学宫中留下来无关。

判断弟子的学业是否合格，这件事由梦先生全权决定。

梦先生会在每年六月考校众弟子，根据每个弟子的天资、性格、武功，判断他这一年是否有所进步。

若是连续两年被梦先生判断为不合格，便会被学宫除名。

自己在"上陵试"中，是用剑的，也就是说一年之后，自己的剑必须比现在更进一层才能通过梦先生的考校。

——怎么练？

林疏的心里有点儿不安，可是也没有想到什么解决方法，只好先进了梦境。

梦先生在山巅小亭中转过身来："道友，你来了。可是要择课？"

林疏点头："是。"

梦先生在亭中石凳上坐下："道友请坐。"

林疏依言坐下，发现桌上不知何时多了一本蓝色封皮的册子，名为《上陵仙师名录》。

翻开之后，是学宫中各位真人、先生的名字，每个名字后面都有这位仙师所开的课程，像是“飞花剑法”“凌波微步”之类需要动用真气与灵力的武功法门与“百日筑基”“千炼金丹”之类的破境指引，他不能去。

——即使他上辈子顺风顺水，各个风格的剑法都已经熟识，轻功步法也不错，也不能去，现在的身体毕竟不比往日。莫说一年，就算是十年都未必能练出一丝灵力来。

林疏想，自己恐怕只能选理论课程，诸如“缥缈道人详解《南华经》”“秀照先生细说南夏史”之类的，再比如术院的“丹术入门”“机关术入门”“紫微术数”“阵法初通”这些东西，还有杜若真人的“灵药辨识”“医术入门”，碧麟真人的“灵兽辨识”“灵兽饲养”。

想到自己那个材质不明的圆筒，他又选了一门“奇石赏鉴”。

林疏已经能预想到自己的未来了。

为了拿到甲等，每天昏天黑地背丹方、背经书、背史书、画阵法图，甚至学怎样给人算命。

他把可行的课程勾上。

梦先生看着他勾满二十个，收回册子，笑道：“道友怎么不选昆山君或风岭君的课程？”

昆山君和风岭君是剑修。

林疏不敢说自己的体质问题，怕说了便会立刻被逐出学宫。

他只能道：“师父不让。”

——多谢那天越若鹤的絮絮叨叨，一则、二则、三则，让他知道仙道中有门户之见，有的门派会忌讳自家弟子学别派武功。

梦先生点头：“原来师门规矩甚严，道友有心了，果然是尊师重道之人。”

林疏听了这句话，心想自己的师父连他去上学都要哭天抢地，甚至因为不得不屈服于现代社会规则，不送孩子上学就会被剥夺抚养权而感到苦闷，写了一首文辞不通的抒情长诗。针尖这么大的心眼儿，假如上辈子也有别的门派，师父必定不会让自己学习他们的武功，自己这样说也不算出言欺骗梦先生。

主要是梦先生那么温良和善，自己这么一无是处，竟然都能吹出一身优点，自己再欺瞒他就实在有点儿不好意思。

但“上陵试”中已经展露剑法，现在又不敢说出实情，已经骑虎难下。

他只能问：“梦先生，我在现实中不方便，能在幻境练剑吗？”

“自然可以，”梦先生笑容满面，“上陵简那酸人，为附庸风雅弄了满山竹海，我早已说了，这东西妨碍弟子练武，他却不肯听。如今难为你能想到剑气会削伤竹林，十个弟子中也难有一个会因这个找我。道友，你实在是宅心仁厚，比那已弄坏了数亩竹林的可恨小凤凰好出万倍。”

林疏双眼放空，假装梦先生说得都对。

第四章

# 关系匪浅

“不过，你们这样选课，终究要多花些心力。”

梦先生从石凳上起身，来到亭边。

石亭建在山巅，往前便是悬崖，雾气在深渊中绵延成无边云海，朝日初升，光芒洒下来，在云海洇开无限金红。

梦先生一身广袖蓝衣，在晨风中微微拂动，只见他抬头望着辉煌的黎明，轻轻叹了一口气。

“学宫最初原没有二十门课这样的规矩，弟子在学宫中所待的年数亦可自行抉择，那时一年三百六十五日，弟子或弹剑而歌，或醉而论道，何等逍遥自得。”

林疏静静听着。

“只不过现在这飘摇世道，狼烟欲起，容不得你们再对酒而歌、逍遥无为。”梦先生拢手，缓缓道，“你来‘上陵梦境’，我是梦中人，可整个‘上陵学宫’也不过是乱世之中的一场大梦罢了。我只盼你们各自勤勉用功，来日或匡扶社稷，或独善其身，也就心满意足了。”

约莫是见林疏长久没有答话，梦先生转过身来，依旧温温和和地笑道：“不过，你还小，又是这样的性子，不必考虑这些。”

林疏想开口，却不知道该说什么。

“你走吧。”梦先生道，“今日原是我多言。”

离开幻境前的一刻，林疏看到梦先生再次转身回到悬崖边，望着茫茫云海。

他觉得梦先生越来越不像一个幻境里的系统，而像一个活生生的人。

梦先生自诩为“梦中人”，果然贴切。

一个系统岂会像他这样一边爱护学生，一边忧国忧民？即使林疏身为一个人，这也是做不到的事情。

梦先生所说的乱世、大梦、社稷，于一条经常选择自闭的咸鱼而言，掀不起什么波澜，所以林疏仍是过着非常普通的生活。

离开梦境后，他去了合虚天后山杜若真人的灵药园。

杜若真人正沉迷于侍弄仙株，递给他一份记录园中灵药的详细照料方法的册子后，便又继续摆弄她面前的一棵小树了。

灵药园里的委托是上午完成，每日大约花一个时辰，但每天晚上要额外来一次，记录植株的状态，这样一来，林疏的日程便大致确定了——每日早起，练习吐纳法和锻体诀，去烟霞天吃早饭，再去合虚天后山灵药园伺候花草，伺候一个时辰后正是合虚天各个宫殿开课的时候，上完一整天的课程后，再去一趟灵药园，然后去烟霞天吃晚饭，吃完后去藏书阁整理书籍，然后回碧玉天温习功课、吐纳、睡觉。

繁忙得很，不过一旦繁忙起来，就大大减少了和人打交道的时间，比起上辈子的学校生活，实在是舒服了很多。

两天后才会开课，林疏没有事情做，就靠从藏书阁拿来的典籍打发了一个白天的时间。

晚上，他发现了一个可怕的事实。

整个竹苑里的灯，越若云先灭，越若鹤后灭，然后林疏吹灭蜡烛准备睡觉。

这个时候，凌凤箫的窗户还亮着，不过不是烛光，大小姐自然不用蜡烛，而用夜明珠。待到要睡的时候，凌凤箫将夜明珠收进匣子里，就算是熄灯了。

而等他次日寅时末醒来，按上辈子的说法应称作凌晨四点到五点之间，从窗户往外看，凌凤箫已经在外面练刀了。

林疏被这人搞得内心不安，非常类似于高考前的那段时间，走在教室的走廊里，听到旁边的同学聚在一起说“昨晚熬夜到 ×× 点”“昨晚多做了一套卷子”。

因此，第二天晚上，他没有按惯常的时间睡觉。

亥时，看到凌凤箫的窗户还亮着，他开始打坐，呼吸吐纳，入定了一个时辰才醒来。

凌凤箫那里还亮着。

他再次入定。

再醒，还亮着。

林疏：“……”

这是什么人啊?

林疏困了。

他最后一次看了看凌凤箫的窗户，决定不和这人耗着，回归咸鱼的生活。

灭灯，更衣，躺下，把自己裹进被子里。

林疏已经困到意识模糊，马上就要被不可抗力合上眼睛。

然而，在合上眼睛的前一刻，凌凤箫的窗子黑了下来。

林疏："？"

这么巧？

这人别是也在和自己耗吧？

假如真的是这样……林疏想象了一下凌凤箫也困到意识模糊的场景，得到了快乐。

睡醒之后的这一天，就是学宫正式开课的时候了。

时值九月，碧玉天仍是竹林如海，合虚天却已是枫叶满山。

林疏照料完杜若真人的灵药，便去了今日上午的课程"丹术入门"所在的宫殿。

殿中置着三十座丹炉，前排丹炉已有人了，三三两两聚在一起，看服饰都是术院的弟子。

林疏走进去，找了最角落的一个位置坐下，看起来面无表情，但实际上是在心中疯狂地计算自己的玉魄数。

玉魄内含灵力，可以用来引燃丹炉的丹火，或是绘制阵法的图案之类，他在术院的课程几乎都要用到玉魄。

这样，一个问题就来了，点燃一次丹炉需要花费一颗玉魄五分之一的灵力，最低级的阵法符箓需要玉魄二分之一的灵力，每两天有一次丹术课，每次课至少点燃一次丹炉，每三天一次符箓课，每次课要画不少符箓。

然后，再为这个小学难度的数学题加上一些前提条件。

林疏每天收入八颗玉魄，造化丹定价一百颗玉魄，生脉饮定价两百颗玉魄，对林疏经脉阻塞程度的影响系数分别为 X 和 Y。

最后提出问题，林疏怎样在能够满足丹术与阵法课需求的同时，吃到尽可能多的造化丹与生脉饮，完成筑基？

这样一来，它就从一个小学数学应用题，变成了高数题。

林疏没有纸笔可以演算这道高数题，但他知道这道题的答案叫无解。

生活的苦难总是这样接连不断，玉魄永远不够花。

这个认知让林疏在看到凌凤箫进来的时候，第一个念头是：这人学习认真、练刀认真，一定是个学神，修为高深，武功高强，杀妖物如拍黄瓜，一定能完成很多任务，那么她就不仅是家里富有四海，在学宫里也必然拥有无数玉魄。

富婆，抱抱我！

林疏很是唾弃了一下自己，迅速掐灭这个念头。然后，他想到一个问题。

凌凤箫怎么也来炼丹了？

不是，这还不是最重要的问题，最重要的是这里没有余座了。

他眼睁睁地看着凌凤箫的目光在殿中扫了一圈，最后心不甘、情不愿地来到自己旁边的那座丹炉前，目光不善。

只见这人盘膝而坐，红衣曳地，镏金衣饰发出轻轻碰撞之声，清脆悦耳，这是天上才能有的美丽景象。

可惜，林疏现在什么都看不见。

他终于知道仙道院的歪风邪气到底从何而来了，仙风道骨是不可能的。

他现在满脑子只有两个字——玉魄，或许还有另外两个字——富婆。

想归想，大小姐即使现在就坐在自己的身边，也毕竟遥不可及。

林疏默默看着课本《外丹术》。

凌凤箫也没有说话，同样在翻书。

一时之间，殿中只有前面术院弟子小声说笑的声音。

离上课还有两刻钟的时候，门口出现一片红影，凌宝尘扒着门框，朝这里望了一下。

凌凤箫看见，起身走了出去，很久没回来。

林疏觉得自在了一些。

他以前在学校，从来是坐在教室的角落，是没有同桌的，现在整个殿中只有三十座丹炉，摆得格外靠近，弟子坐得满满当当，不可能和同学远离。这样一来，和凌凤箫的距离委实太近，让人觉得略微不自在。

凌凤箫一走，他看书的速度都快了一些。

在仙道的理论中，丹分为外丹和内丹。

外丹就是天材地宝在丹炉中烧炼成的种种效用神奇的丹药，内丹则是修仙之人以身体为炉、精气神为药、大小周天为火，在体内凝结的一颗气丹。练成之后，丹田之中出现一颗大小不定的金丹，全身气机在金丹中汇聚、发散，七窍相通，正所谓跨入金丹境界。

林疏的筑基遥遥无期，金丹自然不必考虑，因此他选的这门课只是炼制外丹的入门课程。

按照这本《外丹术》，今日上午的课程应当是讲解成丹的原理和基础原料。

他正看着，身后传来脚步声，并且越来越近，略微虚浮，并不是凌凤箫的脚步。

当声音近到不能再近的时候，林疏转过头看来人。

这是个穿杏金袍子的少年，衣服的质地显而易见，十分华丽，眉目有些阴郁，神情懒懒。

这人的目光在宫殿中漫不经心地扫过一圈，最后走到林疏旁边那座唯一空着的丹炉前。

凌凤箫人不在，但课本留在了那里，他仿佛没看见一般，是打算坐下的样子。

林疏道："这里有人。"

那人挑了挑眉，抬了抬脚尖，将那本《外丹术》往外踢出几尺远，并无离开的意思，理了理衣服，打算坐下。

这时，林疏前面一位术院弟子咳了一声。

这一声咳嗽简直是无中生有，十分刻意。

这是咳给自己听的吗？让自己不要插手？

他在典籍中零零碎碎获取过不少学宫的信息，知道这里有许多大门派的少主，亦有不少皇亲国戚，自己一介白身，要尽量避免无端生事。

林疏："……"

眼前这人如此盛气凌人，似乎今天无论如何都要生事了。

前面那位同学已经假咳提醒，若自己再出言阻止这人坐下，怕是会被这人盯上。

如果不阻止，等凌凤箫回来，看到自己的位子被占，怕是又要奓成一条河豚，免不了也要把气撒在旁边的自己身上。

造化弄人。

他本应是二十一世纪大山深处一个静心修炼的剑仙，如今却要卷入初中生关于座位的争夺之中。

为今之计，只有赌一赌凌凤箫和这人谁更得罪不起一些。

林疏决定相信大小姐。

他继续道："有人。"

那人原本漫不经心的目光一下子冷戾无比，转头看向林疏，向前两步，居高临下。

他伸出右手，捏住了林疏的脖颈，冷冷道："你算什么东西？"

他出手极重，林疏有些呼吸困难。

这些二代都是这么大的脾气吗？

——不过还是有点儿区别，凌凤箫的脾气也不好，但毕竟要干净许多，只是单纯的"我不高兴"，并没有这人眼里的暴戾、阴郁、嫌恶与俯视。

这种眼神让林疏感觉回到了上辈子，有点儿想吐。

那人笑了笑，道："怎么不说话了？"

林疏被扼着脖子，能思考已经很勉强，当然说不出话。

那人继续道："你长得倒是很乖，可惜太没有眼力。"

林疏已经感觉要死掉了。

修仙之人，被掐一会儿脖子没什么。

他却受不住，此时已经双眼发黑，不由自主地翻起了白眼。

意识就要彻底模糊的时候，门边忽然传来一声："放开他！"

音色极美，略低，有几分缥缈的意思，此时语速却快了很多。

是凌凤箫的声音。

那人的手僵硬了一下，但还没有动。

凌凤箫往这边走，冷冷道："你没长耳朵吗？"

林疏的脖子被迅速地放开了。

气血上涌，他疯狂地咳起来，并且即将昏倒。

凌凤箫伸手扶住了他，拍了拍他的后背帮他顺气。

一股炽热的真气从皮肤相接的地方流进林疏的身体，他感觉到自己的心肺被护住，虽然仍咳得意识模糊，但毕竟安心了一些。

又过一会儿，他才终于活了过来。

确认没有什么危险后，他被凌凤箫放开。

此时，殿中的人全都往这边悄悄瞟着。

凌凤箫道："萧灵阳，你长进了？！"

林疏心道，哦，原来他们是认识的。

他被大小姐护在身后，感到很安全，抬眼看萧灵阳。

萧灵阳的脸抽动了几下，明明五官端正的一张脸，搞得僵硬又扭曲。

他的声音也有点儿涩："……我不知道你在这儿。"

"我不在这里，你就可以横行霸道，随意伤人……我晓得了。"凌凤箫的语速慢下来，回到了平日里的样子。

但是，实际上这种语速才最让人提心吊胆，林疏深有体会。

萧灵阳的脸白了许多，道："这里没位子了，我就是……"

凌凤箫只看着他，不说话。

萧灵阳闭了嘴，好一会儿，才挤出来几个字："我错了。"

"哪里错了？"

"横行霸道，随意伤人。"萧灵阳道。

"啪！"

一个耳光，结结实实地落在萧灵阳的脸颊上，那张眉清目秀的脸立刻红了半边。

萧灵阳的目光里全是不服气的恨。

"这是什么课？"凌凤箫问。

萧灵阳："外丹入门。"

凌凤箫道："纵横经纬之道、治国之法，课程何其多，另有大国师等着为你亲讲帝策，你跑来上'外丹入门'？"

萧灵阳梗着脖子道："你不是也来上这门课？"

凌凤箫抓住他的衣襟，与他离得极近，声音压低，只有林疏还能听见一些。

他听见凌凤箫一字一句说："我姓什么？你姓什么？殿下，好自为之吧！"

萧灵阳目光闪烁，挣开凌凤箫，站在原地。

"你走吧，"凌凤箫冷冷道，"中午我会找梦先生把你的这些杂课全部换掉。"

萧灵阳气极了，道："凌凤箫，你欺人太甚！"

凌凤箫淡淡道："那你是想让我把自己的课也换掉，去给你日日陪读？"

萧灵阳闭了嘴，狠狠瞪了凌凤箫一眼，拂袖而去。

林疏终于见识到了什么叫人外有人，原来二代们也分三六九等，趾高气扬到萧灵阳这种境界，对着凌凤箫的时候还是要打不还手、骂不还口。

凌凤箫，一个站在食物链顶端的人。

食物链末端的林疏脖子很不舒服，又咳嗽了一声。

凌凤箫转向他，道："别动！"

林疏很听话。

只见凌凤箫拿出一个碧玉瓶，从瓶里取出一丸丹药，放在手上，以真气化开。

丹药的馥郁芬芳传来，一闻便知是上好的疗伤圣药，用在自己这种被勒出来的瘀痕上，实在是大材小用。

凌凤箫走近几步，看那架势是要亲自给他上药。

林疏僵硬了，他那拒绝一切接触的身体不受控制地后退了几步，然后被凌凤箫按住了肩膀，动弹不了。

林疏很惊恐，眼睁睁看着凌凤箫的手按在了自己的脖子上。

"你怕什么？"凌凤箫约莫是感受到了林疏的不自然，好笑道，"我不吃人。"

一边说，一边把药在脖颈的印子上涂着，因为脖子上那条绳子碍事，她使劲儿往外拨了一下，那块小玉璜也因为这一下过大的动作被扯了出来。

凌凤箫手指在他的脖子上滑动，林疏感觉当时就要死掉了。

好在萧灵阳下手虽重，但手印大小毕竟有限，因此大概不会涂很久。

但凌凤箫这人，边涂还要边说话，动作慢了许多。

“……萧灵阳是我弟弟。”凌凤箫道，“不听人话的东西，今日我打他一巴掌，回头让宝清给你送些东西，算是赔罪，此事就算揭过，以后莫要和他计较了。”

——原来是借着自己发作，主要目的在于管教一下弟弟。

他只“嗯”了一声，没说到底是为什么和萧灵阳起了冲突，也没再出声。

萧灵阳是谁，凌凤箫赔不赔罪，此事揭不揭过，其实并没有什么关系。根据刚才两人的对话，萧灵阳主要的错并不是他随意出手伤人，而是选错了课。而他只不过是个很微不足道的、碍眼添麻烦的人而已，事后安抚一下，以后不闹事便罢了。

说实话，这个认知是有点儿让人难受的。

凌凤箫终于涂好药，收了手。

这人大约还存着一点儿微不足道的良心，知道把刚才因为拨绳子而掉出来的小玉璜再塞回去。

林疏望着天花板，心道，求您快点儿做完，快点儿离开，我要死了。

正这样想着，凌凤箫偏偏不动了。

林疏看向前面，然后看见凌凤箫拿着那块玉璜，怔怔地看着，整个人的神情十分不对劲。

凌凤箫不仅有点儿不对劲，甚至还想把玉璜拿近仔细观察。

林疏赶紧出声：“勒……”

凌凤箫触电一样松了手，玉璜落回了林疏胸前。

有点儿问题。

正常的剧本不应该是“勒？你脖子太碍事，拿下来给我看”吗？

林疏默默把小玉璜塞回衣服里。

“你……”凌凤箫面色略有迟疑，然后道，“这是哪里来的？”

林疏心道，这块玉竟然能吸引大小姐的注意，莫非是品质极佳？

之前，凌凤箫问起村子里的事情时，他并没有说自己这具壳子有一个师父，现在也不好说是师父留下来的物件，便道：“祖传。”

“祖传？”凌凤箫蹙了蹙眉，“传了几代？”

林疏编道：“一直在传。”

“传给你的时候，可有说这块玉的什么？”

林疏继续胡编乱造：“值钱。”

他仔细看了看，发现凌凤箫的表情可以用“……”来完美概括。

“你祖上是做什么的？”凌凤箫问。

林疏想了想那个小村子，道：“种地。”

凌凤箫：“……”

林疏心道不好，又被大小姐发现了“盲点”。

这块玉能吸引凌凤箫的注意，一定不凡，而不凡的玉要说出自那个小村子也很不妥，于是亡羊补牢道：“祖上也发迹过。”

凌凤箫一双墨琉璃似的瞳仁盯着林疏的眼睛，让他心里发毛。

凌凤箫：“当真？”

林疏：“……当真。”

凌凤箫语气不善：“你不是傻子吗？为何知道这么多？”

林疏：“……”

一日说谎，终生圆谎，“盲点”无处不在。

他摸了摸鼻子：“村民告诉我的。”

凌凤箫不说话，把他上上下下打量了一遍，仿佛要看出花来。

林疏惶恐：“……怎么了？”

凌凤箫淡淡道：“没事，玉不错。”

这人嘴上说着没事，却还在看着自己，必定是有事。

林疏默默打开书，低下头看，以期减少自己的存在感，内心“唰唰唰”闪过无数可能。

这块玉品质太好，连凤凰山庄的大小姐都要为之惊叹。

这块玉来历特殊，凌凤箫对此产生了兴趣。

这块玉邪门，凌凤箫原本就怀疑自己混进“上陵学宫”不怀好意，现在更是坐实了。

直到时辰到了，巨鼎真人进殿开始授课，凌凤箫听起课来，林疏才松了一口气。

巨鼎真人虽名叫“巨鼎”，身材却不巨，是个一看就一丝不苟的矮个儿老先生，讲起课来亦是十分严肃，所有弟子都凝神静听，不敢有丝毫造次。

真人在讲成丹的原理“烧炼金石，以有招无，把阴捉阳”，说是万物之中有气，按照丹方在鼎炉中以灵火烧炼，可聚万物灵气于丹中，百炼不消，服食此种丹药便有诸多神妙之处。

林疏之前粗略翻过一遍书，《外丹术》的前面一部分讲万物之气的聚合，举出了许多例子，诸如“琅轩生铜”“丹砂炼之成水银”之类，大多在无机化学的范畴，甚至可以写出化学式来。

过了这平凡无奇的一部分，奇峰突起，“灵气”“灵火”“阴阳”之类的概念引入之后，另成一家，完全不是科学所能解释的了。

上辈子，林疏一边要接受唯物主义的现代教育，一边被师父灌输修仙思想，世界观十分混乱，最后模糊地认为世界上确实存在两套原理，也就将困惑抛之脑后了。

据师父说，仙道之没落，全因灵气之贫瘠，所幸我门世代修剑，并不过分依赖灵气，得以存续。

而这个灵气丰盈的世界，由这本《外丹术》就可以看出，各家理论扎实无比，整个仙道比上辈子只剩一根独苗的仙道兴盛许多。

天道把自己扔到一个繁荣世界，偏偏又不给一点儿天赋，实在是精准的惩罚。

巨鼎真人这一讲，便是一个时辰，稍事休息后，开始讲解基础手法。

选鼎、研石、引汞，前面的步骤都没有问题，到了点火，出现了一些事故。

林疏平安无事，凌凤箫的丹炉差一点儿炸掉。

巨鼎真人看见凌凤箫这里蹿起三尺高的火苗，气道：“灵气要稳！莫要求多！”然后快步走来，盯着凌凤箫。

凌凤箫灭了火，重新开始点。

手指轻扣，缓慢放出一丝灵力来，空气中只有一线轻淡的红色。

巨鼎真人点点头：“正是如此。”

下一刻，半人高的火苗又猛地蹿了起来，差点儿燎了巨鼎真人的胡子。

巨鼎真人：“……”

凌凤箫无辜地眨了眨眼睛。

巨鼎真人捻须思索良久，道：“凤凰山庄的内功属火，于炼丹一道颇有影响，然无伤大雅，你却不然，离火之气过重，不宜练习丹术，若方便的话便另择他课吧。”

凌凤箫问：“可否以玉魄灵力点火？”

巨鼎真人：“引灵力时，玉魄亦会被你影响，不妥。”

林疏很舒服。

所以说，他日后都不必和凌凤箫同处一室了。

谁料凌凤箫道：“可否请他人代为点火？”

巨鼎真人道：“倒是可以。”

凌凤箫：“多谢真人。”说完，看了林疏一眼。

林疏只好拿自己的玉魄给大小姐点火。

一簇小火苗颤颤巍巍升起来，比酒精灯还不如。

灵火虽小，但自有其特殊之处，比凡火威力强出百倍，只这一小簇，便能应付简单的丹药烧炼了。

真人点头道：“质地纯粹，尚可。”

说罢，踱步走了，去看其他人的火苗。

凌凤箫又看向林疏。

林疏感到了来自剥削阶级的注视，警惕起来。

凌凤箫果然道：“以后的课，你就坐在这里，帮我点火。”

林疏：“……”

行吧。

虽然心不甘、情不愿，但还是要屈服。

凌凤箫继续道：“每次五十颗玉魄。”

林疏：“好。”

点一次火需要五分之一颗玉魄，换五十颗玉魄，大小姐真的是剥削阶级中的清流。

林疏心甘情愿地屈服了。

这一场风波后，余下时间都平静无事。

林疏灭火，收拾东西正要走，冷不防被凌凤箫问了一句：“你接下来是什么课？”

林疏：“阵法初通。”

“还有呢？”

“医术入门。”

林疏很不安。

他有点儿怵，怕凌凤箫像对待萧灵阳那样，站在食物链顶端对自己也来一个耳光。

——你选的是什么东西？为什么不好好修仙？

虽说素昧平生，凌凤箫并没有理由这样做，但这条河豚的脾气变化多端，实在叵测，林疏不得不做此担忧。

没想到凌凤箫居然道：“也行。”

居然屈尊降贵来关心自己的课程，林疏已经不认识凌凤箫了。

可能是吃错药了吧，他心道。

或许那块玉璜确实邪门，凌凤箫想掌握自己这个潜在犯罪分子的行踪。

他见凌凤箫没再说话，便迅速离开含丹殿。临走前余光看见凌凤箫拿出了纸笔，不知在写什么。

事不关己，高高挂起，这并没有减缓林疏溜掉的脚步。

在没有凌凤箫的空气里，他安然地上完了两门课，安然地去烟霞天吃了晚饭，再安然地去藏书阁十层整理书籍。

好巧不巧，一进十层，眼里就擦进了一抹红影。

藏书阁每层设有案几，作为弟子学习之用。

凌凤箫正在看书。

林疏迅速溜进书架间。

然而，要整理书籍，就要在书架间穿梭，不可避免地要经过凌凤箫所在的区域。

自己的存在自然被凌凤箫察觉了。

不，不仅是察觉，他觉得凌凤箫的视线并不在书上，而是一直在观察自己。

林疏努力放平心态。

我没有什么可以被观察的，唯一的功能就是点火。过上几天，大小姐自然会认识到这是一条平常得不能再平常的咸鱼，毫无观察的必要。

林疏在藏书阁待了一个时辰。

他感觉凌凤箫也观察了自己一个时辰。

他不得不再三确认自己的着装是否得体，头发束得是否整齐，身上有没有什么奇奇怪怪的东西。

再三确认的结果是，自己身上真的没有特殊之处。

好在凌凤箫早一步走了。

然而，这使得林疏回到惊风细雨苑的时候，不可避免地又与在中庭喝茶的凌凤箫对了一下目光。

这人一边喝茶，一边看信，旁边停了一只雪白的鸽子，桌上摊了几张信纸。

这是修仙人养的信鸽，一种飞得极快的小灵兽，一日之间可飞掠千里。

林疏穿过茶香氤氲的中庭，不去看凌凤箫，极力降低自己的存在感，安静回房，关门，落窗，一气呵成。

他开始打坐，然而未过半个时辰，越若鹤敲门进来了。

“兄弟！”他神情极为兴奋，“你快和我说说，今天怎么了？”

林疏：“啊？”

“今日上午我和宝尘姐姐同上一节课，她说去找大小姐时看见你也上了‘外丹入门’。而今日下午大家都在传，凌大小姐在含丹殿里为了一个仙道院的男弟子，与大皇子起了大争执，甚至动起手来！我想，那人必定是你——我只道你和凤凰山庄关系好，未承想居然是和大小姐！”

林疏满眼迷茫。

不是，我没有，凌凤箫要管教弟弟，我只是一个无辜的导火索。

越若鹤并不理会他的迷茫，极端兴奋，一连声道：“蓝颜祸水！这下你要出名了！”

正说着，外面又有敲门声，进来的是凌宝尘和凌宝镜。

“林疏，我给你送东西来啦！”凌宝尘手里拿了个淡蓝色的锦囊。

这是仙道中的一种储物法器，虽只是一个小锦囊，里面却用了“须弥芥子”之法，自成天地，可容纳许多东西。

“这是九转太清丹，这是紫霄存聚丹，这是天元真水……”凌宝清摆出许多瓶瓶罐罐，“大小姐说，大殿下一时下了重手，这些药你暂且用着，不是什么好药，你随意吃便是，千万要养好伤。”

“这里另有五千颗玉魄，大小姐说，往后日子还长，炼丹课上要劳烦你帮忙点火，先支五千颗玉魄用着，日后缺了再要便是。”凌宝镜另拿出一个锦囊，放在桌上。

两人也不等林疏回应，笑嘻嘻地把东西放下，一个拉着另一个，走得飞快。

林疏和越若鹤对视一眼。

越若鹤仔细看了看那几瓶丹药。

“我说，兄弟，”他道，“你受了多重的伤？这几瓶药救死人都够了。”

林疏几乎忘了自己受过伤。

被萧灵阳掐了掐脖子，留了几道瘀青，又被凌凤箫按着涂了药，眼下已经全无感觉了。

凌宝尘送来的那些瓶瓶罐罐，光听名字就比他的小命还要贵。

嗯，还有那五千颗玉魄。

五千颗玉魄，一共可以给丹炉点两万五千次火。

两天一次丹术课，每次课点一次，五万天才能把它们点完。

真是个烧钱的鬼才。

好好的姑娘，怎么是个傻子？

越若鹤还在认药，道："这仙道想要得大小姐青眼之人何其多，林兄，林兄，你着实是真人不露相。"

林疏摸了摸鼻子："我们不熟。"

"不然！"越若鹤道，"林兄，大小姐又不亏欠你什么，若是不熟之人，怎会送上这许多东西？你二人显然关系匪浅。"

林疏："确实不熟。"

"林兄，莫要羞涩，"越若鹤，"实不相瞒，我和好友曾议论，大小姐属意什么样的男人——你必定知道，大小姐是有婚约的，相传是一位隐世仙君的高徒，可惜这么多年来音信全无，影子都没有一个，也不知道是人还是狗。故而这个婚约最后恐怕履行不成，大小姐还要另择佳婿。"

林疏："嗯。"

这个他倒是真的知道，凌凤箫那位未婚夫恐怕真的已经不在人世。

"现在看来，大小姐竟然喜欢林兄这样安静可爱的性格，"越若鹤若有所思，"大小姐喜欢，那她身边的姐姐们恐怕喜欢的也是这样，看来我平日要少说一些话才是。"

越兄，你堕落了。

但大小姐并不属意自己，越若鹤若是把性格向自己靠拢，怕是要走入歧途。

林疏于是道："你不用改。"

"林兄，你这样可不大地道，"越若鹤叹道，"你我同住一苑，理当有福同享，怎能不让我改？试问谁不想娶到一个凤凰山庄的弟子呢？"

好好好，你去娶。

越若鹤还想说话，外面越若云却喊他："越若鹤！出来练功了！"

越若鹤向来听妹妹的支使，向林疏告了辞，并约他来日再详谈。

林疏回归清静。

说起来越若鹤和越若云的武功，也很有意思。

当初自己在"上陵试"中的观点是人生天地间，如在樊笼中，而这兄妹两个所在的"如梦堂"却认为人与天地万物同为一体，物即是我、我即是物，此中有无限意味——也无怪系统会分配自己和越若鹤来论道了。

"如梦堂"的观点如此，武功亦是，他们不用兵器，或者说万物皆可为兵器。

飞花、落叶、流水、清风，在"如梦堂"武功中，皆可信手拈来，其中又以"自在飞花""无边丝雨"两门绝技闻名江湖。

他们的"练功"也不是练刀练剑，而是每日在固定的时辰静坐观冥，体悟万物之“气”。

越若鹤走后不消半刻，竹海中响起“沙沙”落叶之声，又有清风拂林之音，便是他们兄妹俩引动气机的结果了。

很玄妙。

不知自己什么时候能有这样的修为。

想到这里，林疏也去看桌上摆的瓶瓶罐罐。

确实都是些疗伤圣药，可惜一则对经脉并无用处，解不了燃眉之急；二则自己与大小姐素昧平生，并不适合收这样贵重的东西，只是他对人情世故一概不通，不知道怎么退回才好。

他纠结了不短的时间，没有纠结出结果，把东西放回原处，开始入定。

神思寂静，一片幽沉之中，林疏突然感到自己的心脉隐隐约约发着热，与那次右手的情况非常类似。

两相对比，他忽然发现了共同之处。

这两次的经脉变化前，凌凤箫都碰过自己。

一次碰了手，要试他的修为，一次护住自己的心肺，怕他被萧灵阳掐死。

那么，现在看来，《清玄养脉诀》对经脉到底有没有用还不知道，但凌凤箫有一点儿用倒是真的，不知道是什么原理，但他总不能去找凌凤箫探究。

大小姐，劳烦您输给我一点儿真气，越多越好。

这和“富婆，抱抱我”又有什么区别？

不妥。

想完这些，林疏把那两个锦囊收好，打算找个合适的机会还给凌凤箫。

他卸下发冠，换上宽袍，开始入定。

完全熟悉吐纳法后，入定时便无须时刻记着呼吸吐纳，可以进入更放松的“忘我”境界，不知今夕何夕，林疏上辈子就很喜欢这样做——实在是一个打发时间的利器。

一个多时辰后醒来，神思寂静，他一时间有些恍惚，耳边仿佛传来火车的汽笛声。

上辈子，每年七月，他都要随着师父去北面的山里住一个月，据师父说，那是门派的旧址。

几座残破的大殿，许多小殿错落其中，梦先生说自己是名门正派的弟子，林疏觉得也对。依据那座旧址，自己出身的门派繁盛时，一定也是弟子众多的大派。

山下修了铁路，夜深人静时，汽笛声透过夜雾，透过大殿周围的结界传进耳朵里，很悠远的一种声音，他那时候很喜欢听。

短暂的怔忡过后，林疏才反应过来，那一声汽笛仅仅存在于幻想中，自己现在身处“上陵学宫”，原来那个世界已经不见了。

这个世界和那个世界，也不知有没有联系。

但是，有或没有，对他来说都没有什么不同。

林疏望了望房中古朴的摆设，又下了床，拨开先前放下的竹帘。

一阵风吹过，竹海摇曳，恍如隔世。

中庭里点着一盏琉璃灯，凌凤箫居然还没走。

先前林疏看见这人在边喝茶边看信，现在则在擦刀，动作极缓慢，仿佛在想着什么。

然后，凌凤箫似乎察觉到了他的目光，抬头往这边看。

林疏刚从入定中清醒，处于一个比较迟钝的状态，看什么都像在梦里，一时之间竟然没有反应过来，盯着凌凤箫看了三秒。

然后，他看见凌凤箫勾起唇角笑了一下，似乎说了什么，看口形，似乎是——“早、睡”。

林疏面无表情地拉上帘子。

——此情此景，难道他应该说“多谢领导关心点火小弟的生活”？

凌凤箫必定是不会关心的，这人一定是对昨晚暗中比较谁睡得更晚的那件事耿耿于怀。林疏钻进被子里，靠在床头，翻明天的课本——《南夏风物考》《夏书》《紫微术数》，大致是地理、历史与玄学方面的内容。

他把《紫微术数》翻来覆去看了许久，满眼迷茫，觉得这门课最后大约要挂了。

中庭传来说话声，是越家兄妹练完功回房，路过中庭时和凌凤箫打招呼。

再过一会儿，凌凤箫回房，一声掩门声过后，万籁俱寂。

林疏把书放回床头，顺从内心的困意，睡着了。

一夜无梦。

可以预见，以后在学宫的每一天，都会这样度过，规律，很让人满意。

第二天的第一门课是南夏风物考，林疏因为要在灵药园照顾药草，所以仍像那天炼丹课一样，到得有些迟，殿中已经快要坐满，只有后面的位置还空着。

他在角落坐下，边看书边等开课。

不知道为什么，总觉得前面的人转过头来看了自己一眼，然后开始窃窃私语。

幻觉吧。

林疏继续看书。

——直到耳边传来一声冷笑。

林疏抬头一看，萧灵阳已经来到了近旁，目光不善地盯着自己。

林疏：“……”

他感觉自己的脖子隐隐作痛。

但他觉得此时此刻，萧灵阳的脸也在隐隐作痛——右边脸颊上，仍残留着一些不太明显的印子。

这人估计并不修仙，昨日被扼住脖子，林疏并未感觉到有真气灌注，脖子上的痕迹涂了药以后也很快消了下去——但凌凤箫是实实在在的修仙之人，那一个耳光毫不留情，估计让萧灵阳吃足了苦头。

至少现在他只是冷笑，不敢再动手了。

林疏确认他没有动手的意愿后，低下头继续看自己的书。

萧灵阳在自己旁边坐下了。

林疏决定下次无论如何，都要快点儿结束灵药园里的事情，早点儿到教室。

昨天晚来，和凌凤箫做同桌，今天晚来又和萧灵阳做同桌，要是明天再晚来，不知道又会遇见什么奇怪的物种。

大概是他的存在感过于薄弱，萧灵阳并没有继续找麻烦，坐下之后开始玩九连环，直到授课的一舟先生来，才心不甘情不愿地放下，做出一副勉为其难听讲状，听到一半又拿出九连环接着把玩起来。

林疏余光看到他的动作，心想这门课大约并不是萧灵阳自己选的，而是凌凤箫昨天给他退掉杂课后新加的，不然何以如此不情不愿。

一舟先生讲，南夏国分蜀、荆、闽、交、粤、黔、徐、益八州，州下设郡、府、里，为凡人城镇。而各州之中，又有诸多修仙门派隐于名山大川，时常出来斩妖诛恶，官府无法解决的事情，往往求助于庇护此地的仙门，仙门弟子在凡间行走，朝廷也会大开方便之门。修仙门派每年须向王朝缴纳“仙税”，朝中亦有诸多职位专为修仙之人所设，每一代大国师更是由仙道魁首担任，仙道与王朝相互依存，不可分离。

林疏听见萧灵阳低头嗤笑一声。

鉴于凌凤箫之前喊的那声“殿下”，林疏觉得这一声笑并不简单。

而殿下居然是凌凤箫的弟弟，那就更加不简单。

林疏一向不愿意卷入不简单的事情中，因此决定离他们再远一些。

简单的概括结束之后，一舟先生由学宫所在的蜀州开始，进行详细讲解。

林疏安静地听着，逐渐扩展自己对这个世界的认识，一个多时辰下来收获颇丰。

授课结束，萧灵阳像被火燎了一样离开了大殿。

林疏："……"

这样的殿下，实在有点儿不堪大任，也怪不得凌凤箫对他如此严厉了。

林疏则慢吞吞地收拾完东西，这才离开。

只是乍一出殿门，走到一座连接两个宫殿的白玉桥上，就撞见萧灵阳正被凌凤箫堵在桥上刁难。

林疏不想说话，他觉得最近撞见大小姐的频率也太高了。

只见凌凤箫拿着那本《南夏风物考》，倚在桥柱上，半垂着眼睫，神情冷淡。

萧灵阳支支吾吾在答些什么。

——林疏知道，他不仅没有听课，还解了一个时辰的九连环。

不仅解了一个时辰的九连环，还什么都没有解开。

他默默地往前走，觉得凌凤箫又要炸了。

果不其然，隔着十几步远，就看见凌凤箫合上那本《南夏风物考》，冷淡道："今后每日戌时去碧玉天找我。"

萧灵阳恼羞成怒，夺回书，恶狠狠道："你凭什么管我？"

"我愿意管你？"凌凤箫嗤笑一声，"若不是母亲要我看着，我管你去死？！"

"好，你管！"萧灵阳阴恻恻道，"我等你把我管成一个好的，来日我如你们愿当上皇帝，第一件事就是把你嫁去北夏和亲！"

林疏心道，这也是个狠人，只是怕又要被打。

没想到，凌凤箫居然没有生气，反而笑道："我嫁！我在北夏等着，殿下若是当不成中兴之主，我只好在北夏兴风作浪，让你做……亡国之君！"

声音里压着无尽的阴森戾气，让人觉得这人若是说了，就必定能做到。

林疏装作什么也没听到，默默经过。

边走边想，凌凤箫有这么一个不服管的弟弟，实在非常费心，萧灵阳有这么一个姐姐，也极其不幸。

凌凤箫自去费心，萧灵阳自去不幸，他只希望大小姐不会因为自己听到了不该听的话而产生杀人灭口或敲打一番的念头。

正这样想着，就看见凌凤箫望向自己这边。

"林疏，"红衣华服的美人倚着白玉栏杆，略转过身来，神情懒懒道，"别走，过来。"

城门失火，果然殃及池鱼。

林疏走过去，不知道凌凤箫又搞什么幺蛾子。

萧灵阳根本没管他，对凌凤箫道："你大逆不道！"

"大逆不道？"凌凤箫冷笑，"战事欲起，殿下却想与北夏联姻议和，算不算大逆不道？明知我早有婚约，仍要将我送入北夏，罔顾人礼，算不算大逆不道？"

不提婚约还好，这一提，萧灵阳立刻在这场争吵中占据了有利地位，先前阴郁愤恨的神色一扫而空，换上一副幸灾乐祸的神色来："谁不知道你那未婚夫是个死鬼？就你这个狗脾气，你看看仙道谁还敢娶你？我日后偏不给你赐婚，你就守一辈子望门寡吧，活该！"

凌凤箫似笑非笑："哦？"之后便没再理萧灵阳，而是转向林疏，淡淡道："伤好了吗？"

比起方才和萧灵阳说话的语气，几乎可以说是温声细语。

萧灵阳的表情像是白日活见了鬼。

林疏有点儿窒息，道："好了。"

凌凤箫："去哪儿上课？"

林疏："承元殿。"

"嗯，"凌凤箫道，"走吧。"

林疏："？"

他觉得事情有点儿不对劲，但似乎有一个人觉得事情更不对劲。

萧灵阳站在原地目瞪口呆。

凌凤箫没好气地对他道："你还不走？"

萧灵阳道："你不是要去另一边上课？"

凌凤箫面无表情："送师弟。"

"你……昨天还因为这人打我！"萧灵阳的嘴角抽搐了几下，表情十分纠结，"又不是真的不给你赐婚，你别不是想养……那个什么吧？"

凌凤箫挑了挑眉："那个什么？"

"那个什么！"萧灵阳看看林疏，又看看凌凤箫，瞪大眼睛，很急。

"唔，也不错。"凌凤箫看了林疏一眼。

那一双流波美目黑白分明，波光潋滟，勾魂夺魄，仿佛不是现实中存在的人。

萧灵阳道："成何体统？！"

凌凤箫道："关你何事？"

萧灵阳：“不知轻重！”

凌凤箫：“你知？”

林疏听他们两个吵架，试图趁乱溜走，被凌凤箫发现，瞥了萧灵阳一眼，道：“今日戌时，你好自为之。”

——然后便追着林疏去了。

萧灵阳：“你……”

凌凤箫没再理他。

萧灵阳气急败坏道：“林疏，你给我等着！”

这人外强中干，外倔内㞞，明明是和自己姐姐吵架，却不说“凌凤箫，你给我等着”而说林疏，实在是极尽欺软怕硬之能事。

林疏和大小姐并肩走过白玉桥，心中十分惶恐。

他不知道说什么，凌凤箫也没有开口，只缓缓往前走，气氛一时间非常尴尬。

凌凤箫身上有似兰似麝的香气，幽幽沉沉，十分好闻。

下了桥，来到一片琼花林，落花纷扬如雪，不少弟子正在驻足赏玩，然后对他们两人投以好奇的目光。

想想也知道，大小姐竟然只身一人和不知名的师弟一起走，实在是一件稀奇事。

林疏在思考，要不要问凌凤箫到底为什么跟着自己，为什么观察自己？

——大小姐，你跟着我做什么？

——大小姐，我身上有什么东西不对吗？

他迟疑了半刻，终于打好腹稿，张口道：“凌……”

下一刻，空气中“唰”的一声风啸，落花忽簌簌，如雪的刀光猝然亮起！

林疏眼前红影一闪，被锋利的刀刃直指脖颈。

直觉让林疏知道该怎么躲避，肉体让林疏来不及做出反应。

他只能站在原地，看凌凤箫面无表情地抽刀指向自己，眉梢眼角全是凌厉之意。

按照出刀的动作，这把刀将准确无误地削断自己的脖子。

林疏有点儿茫然地眨了眨眼睛，一动不动——他想动也动不了。

——重活一次，这条命居然就这样不明不白地交待在这里了，大小姐的心思也太叵测。

正想着，风声猛地停了，那把刀堪堪停在自己的脖子旁，渗出来一丝丝凉意。

他看见凌凤箫在停刀的那一刻吐了一口血。

开弓没有回头箭，出刀也是如此，那惊天一刀裹挟风雷之势，若是半途收回，必定要受内伤。

凌凤箫随意抹掉了唇边的血迹，道：“你当真没有武功？”

林疏：“当真。”

说到底，这人还是怀疑自己是别有企图的犯罪分子，竟然伤敌一千、自损八百来试他的武功。

凌凤箫收刀归鞘，道：“梦先生绝不会将毫无天赋之人收入学宫，装得这么像，一定不是等闲之辈。”

林疏诚实道：“我是等闲之辈。”

凌凤箫笑了。

这人一会儿要拔刀杀人，一会儿又这么和风细雨，让林疏十分忐忑。

他问：“……你没事吧？”

那一下停刀，怎么着都要受很重的内伤，况且凌凤箫还吐了血。

凌凤箫好像是“嗯哼”了一声，拿出一个小玉瓶，吃了一颗药丸，原本还有点儿苍白的脸色立竿见影地好了。

他是等闲之辈，但大小姐随身带着的药必然不是等闲之药。

有钱真好！

“经脉不通，武功不会，”凌凤箫吃完药，蹙了蹙眉，似乎有点儿不满道，“你是怎么回事？”

行吧，原来给大小姐点火，也要有点儿武功。

林疏感觉自己被嫌弃了。

经脉不通，武功没有，他也很绝望啊。

他只能道：“就这么回事。”

凌凤箫仍然一副不信的神色，问：“你师父没教你？”

林疏：“没。”

凌凤箫：“那就是有师父了。”

林疏：“……”

小村子里的一个傻子也有师父，一听就有点儿问题。

自己这是被套话了？

他清楚地认识到一个事实，自己的脑子真的不太好使。

至少在面对大小姐这种心思莫测的人的时候，还是不说话为好。

但是，一旦不说话，又要惹凌凤箫不高兴。

只听这人凉凉道：“要么不说话，要么自相矛盾，不攻自破，你嘴里有实话吗？嗯？”

林疏默不作声，只无辜地眨了眨眼睛。

凌凤箫定定地看着他，似笑非笑道：“……小骗子。”

说罢，转身继续往前走了。

林疏安静地跟上，安静地到了承元殿门口，安静地进去，安静地坐下。

凌凤箫：“我走了。”

林疏：“……嗯。”

什么东西？

大小姐究竟要干什么？

真的让人百思不得其解。

林疏找不到任何凌凤箫的逻辑，而且不仅凌凤箫奇怪，他的同学现在也很奇怪。

最开始到学宫时，仅仅因为大小姐说了一句“好巧”，仙道院的师兄们就对自己的态度大变，更遑论现在大小姐亲自送自己上课——他接到的那些目光已经越发不对劲了。

最离奇的事情发生在这一天的傍晚。

他上完课，正在往外走，被萧灵阳堵了个正着。

“你——”萧灵阳把他上上下下打量一遍，倨傲地抬了抬下巴，道，“我不管你给凌凤箫灌了什么迷魂汤，日后离她远点儿，不然……”他阴恻恻地做了个抹脖子的动作，继续道，“对凤凰山庄的人来说，此事非同小可，决不能轻易和外面的男人乱来。只要你不再觊觎凌凤箫，想要什么我都能给你，你要钱财还是秘籍，还是女人？要去幻荡山参悟的资格也行，你们仙道的人一向喜欢这个。”

我不想要，我只想你们这些奇怪的物种离我远一点儿。

今天像乌眼鸡一样和凌凤箫吵架的是谁？现在怎么又像眼珠子一样护着了？

凌凤箫脑壳进水了，莫名其妙地和我过不去，我什么都没有做。

况且给我十个胆子，我也不敢去觊觎大小姐。

这两天以来发生的事情，已经远远超出了林疏的认知范围。

他就像一条在沙滩上翻晒肚皮的咸鱼，突然卷入了海底世界的纷争。

第五章

# 百战不败

林疏此时刚学完一个半时辰艰深得犹如天书的紫微术数，接近昏迷，没有搭理无理取闹的萧灵阳，面无表情地转身走了。

“你站住！”萧灵阳大叫，“你没听见吗？”

他往前走几步，抓住林疏的肩膀，似乎又想动手，但碍于凌凤箫之前的管教，手劲儿也不算很大。

林疏蹙了一下眉，道：“我和凌凤箫不熟。”

“不熟？”萧灵阳嗤笑，“你看我信吗？她连我都没送过，竟然送你上课……哼！”

林疏：“……”

他想了想，凌凤箫先是暗中观察自己，又送自己上了一次课，说不熟的确不太可信，组织了一下措辞，就坡下驴道：“你不怕凌凤箫来接我？”

萧灵阳僵了一下，悻悻收了手。

这人很怕凌凤箫，林疏算是知道了，他慢吞吞道：“告辞。”

萧灵阳恶狠狠地瞪了他一眼：“你等着！”

林疏边离开边想，没有武功真的是一件很烦的事情。

像是刚才，被萧灵阳堵住，如果自己有修为，根本不会受制于他，但是筑基尚且遥遥无期，武功又能从哪里来呢？

因为这个，他整理完藏书阁书籍后，在功法区域又转了很久。

学宫的藏书，功法一类都以中正平和为主，没有粗制滥造之书，也没有什么绝世功法，大多是基础功法。这也意味着这些功法非常中规中矩，而中规中矩的功法一般都要配合修为与武学造诣才能使出。

林疏想要那种纯粹以技巧取胜的武功。

这种武功他师父上辈子曾提过，当一个人的眼力和直觉到了一定的水平，辅以某些奇崛功法，即使不用真气和灵力，纯凭技巧也能克敌制胜。

师父举了些例子，然后驳斥道：“这些功法没有内功根基，是邪魔外道，万万不可因偷懒而误入歧途。”

然而今时不同往日，他在没有修为的情况下，要想有自保之力，就只能求诸“邪魔外道”了。

但是，显然学宫的藏书中没有这种功法秘籍，至少弟子们能进入的这个区域内没有。

林疏一无所获，离开了藏书阁。

偌大仙道，不知道能否找到这类东西。

想完这桩事情，遥遥对着星辉灿烂的星罗湖，他开始思考凌凤箫到底是怎么回事。

结合今天所发生的事情，再想想这些天来和凌凤箫进行的每一次对话，他想到了一个可能。

大小姐认识自己，是因为要去鬼城里找未婚夫的踪迹。

自己出鬼城，来到学宫后，凌凤箫也仍然没有放弃过这件事，甚至夤夜来访，只为问自己村子里是否发生过异常之事，闽州城成了冤魂厉鬼聚集之地时，修仙人是不是能够逃过。

然后，还有一件比较特殊的事情。

最开始得知闽州城彻底沦为鬼城、无人生还的时候，大小姐的脾气极端糟糕。

但是今天萧灵阳就“守望门寡”一事进行讥讽，也没见凌凤箫动怒。

林疏据此推测，大小姐可能找到了未婚夫的踪迹，所以心情变好，没再与萧灵阳计较。

而怎么找到未婚夫踪迹的呢?

——定然是自己交代的村子当年发生的事情，帮助了凌凤箫。

不然何以解释目中无人的凌凤箫忽然注意到了自己，并对自己和气起来?

或许，凌凤箫那时候已经放弃了寻找那个人，然而三天前的晚上，对他一番盘问后，得知了修仙之人或许能在那场骇人听闻的血腥镇压中逃出来，就重燃希望，重新寻找，之后果然如愿以偿了。

那天凌宝尘和凌宝镜送来的灵药、玉魄，或许都是大小姐的谢礼。

林疏觉得自己推测得很对。

只是，凌凤箫平时待人太冷淡，对自己稍一展示善意与谢意，就引起了学宫中人的非议，还招惹上了萧灵阳这只不务正业的乌眼鸡，实在有些不妥，自己只好忍耐一下。

想通之后，他整个人都舒服起来。

回到惊风细雨苑的时候正是戌时，萧灵阳正在中庭被凌凤箫考问功课，凌宝尘在一旁侍奉茶水。

看到飞扬跋扈的萧灵阳此时坐立不安、浑身难受的样子，林疏居然有些快乐。

这人被自己姐姐困住，今晚大约是没办法来找他的麻烦了。

一个清静的晚上就要来了。

但他的愿景总是被打破。

安顿了不到半刻钟，又有人敲门。

居然是本该伺候大小姐喝茶的凌宝尘。

她环视了一下这间简单的竹舍，笑吟吟道："林疏，大小姐打发我来问你，在学宫可有什么不惯的地方？若哪里不舒服便说，我们好给你添东西。"

大小姐这善意也过于大了。

找到未婚夫，竟然这么开心？

林疏道："没有不惯。"

凌宝尘道："你这屋子这么素，实在冷清，照我看，挂点儿字画也是好的，我那里有一幅玉先生的《四时山水图》，还有桃仙子的《幻山云霞图》，不如明日给你送来吧！还有南海来的一斛夜光珠——点灯毕竟伤眼睛，不如用珠子。"她想了想，又道，"香炉也是要的，入定的时候熏上龙涎香，大有益处。"

林疏目瞪口呆，连忙道："不用了。"

"怎么能不用？"凌宝尘道，"你眼下也不是外人，不必与我们客气。"

林疏："？？？"

他怎么就不是外人了？

他觉得事实可能和自己刚刚推测的有些出入，便问凌宝尘："为何？"

凌宝尘竟掩口哧哧地笑起来。

林疏迷茫。

"大小姐说得果然不错！"凌宝尘道。

林疏："什么？"

凌宝尘眨了眨眼睛，道："大小姐说呀，林疏这个小东西，素日里迷迷瞪瞪，说话几个字一迸，也是有点儿别致。"

林疏："……"

行吧。

但是他为什么不是外人了？

他想问，但是不知道要怎么问，正在思考措辞。

凌宝尘一直在桌子对面托腮望着他，让他好不自在，几乎没有办法思考。

凌宝尘上上下下看够了，叹了一口气道："大小姐的未婚夫虽然找不到了，可也并非没有好处。小林疏，你好好陪大小姐玩儿，以后若有其他人呢，也莫要争风吃醋，我们山庄自然短不了你的。"

林疏听到这话的那一刻，整个人窒息了。

他先前的推测不对！

何止是不对，简直是全盘错误。

凌凤箫不会是真的嫁不出去，自暴自弃，想养……那个什么吧？

然后，萧灵阳极力阻止，凤凰山庄的女孩子们则全力支持。

——那也不能养到自己头上。

他觉得凌凤箫的眼睛可能有点儿不好使。

凌宝尘最后笑吟吟地问："你知道了吗？"

林疏："我不知道。"

"装傻！"凌宝尘笑嗔一句，起身道，"我先走啦，东西明日给你送来。"

林疏感觉自己活在梦里。

课本也看不下去了，入定也入不了了，总觉得鼻端萦绕着凌凤箫身上兰麝的幽沉香气，脖子上架着那把杀气四溢的长刀。

他决定去梦境找梦先生练剑。

练剑可以静心。

连接"上陵梦境"的玉符握在手里，微弱的光芒闪了几闪，却又熄了。

又过一会儿，玉符上浮现一行字，是梦先生的语气。

"梦境阵眼灵力不稳，无法纳入，道友，你先静坐练功，稍后再进吧。"

诸事不顺，这个世界的恶意总是接二连三。

城里套路深，修仙的世界着实太复杂，他想回去，回宁安府，和李鸭毛、李鸡毛一起清静地种地。

窗外，竹林里越家兄妹的练功暂时告一段落。

林疏听见越若云道："奇怪，今日梦境一直进不去，你也这样吗？"

越若鹤道："是了，说是阵眼出了问题，暂时无法进入。"

"希望快些解决——说好每年九月二十四对新弟子开放周天演武场，今日却一直进不去，让人心急。"

越若鹤道："你这稀松平常的功夫，去演武场只怕要被打成瓜皮。"

“我呸！”越若云道，“我被打成瓜皮，你便被打成大瓜皮。”

林疏并非有意偷听这两人拌嘴，实是竹林寂静，稍有动静便能传来。

他们提到的九月二十四开放周天演武场是件重要的事情，林疏这几日遇到的事情太多，险些忘了，还要多谢越若云提到。

学宫，尤其是仙道院，很不提倡弟子们切磋斗法，一则仙家道法威力巨大，动辄破坏学宫建筑；二则刀剑无眼，只要使出真本领，绝不会有点到为止的道理——比如今天，以凌凤箫的修为，强行收回刀势尚且会受内伤，遑论其他人了。因此，弟子之间的切磋斗法稍有不慎便会流血受伤，须将养很久，又耽搁课业，很不妥。

然而，仙武不能分家，切磋武艺乃是境界进步的一大契机，学宫不可能阻止，于是便有了梦境中的周天演武场这一存在。

每个弟子都可在周天演武场中随意选择兵器，寻找实力相当之人挑战——无须点到为止，可以随心所欲地使出看家本领与敌手酣斗，即使丢掉性命，比武结束后也能恢复原本模样。

因为演武场的存在，一系列梦境机制也应运而生，比如每个人的战绩排名、胜率是几几开、武功风格的简介……乃至以玉魄为赌注的押注赌局，凡此种种，不一而足。

与此同时，演武场还有一个功能。

这是一个匿名演武场。

此间事，此间毕，为防止擂台恩怨带入现实，任何人都可以选择在演武场中改换容貌、姓名，若因为武功路数在现实中被认出来，另当别论——不过学宫几千人，各自分散修仙，碰面的机会着实不多，这种事情很少见。

换句话说，进了周天演武场，就可以约全学宫的修仙人来切磋武艺，而且可以隐姓埋名，不会在现实生活中产生任何纠纷。

这正中林疏下怀。

随便披一张皮，就可以进梦境找各种各样的陪练来练剑，回到现实一拍两散，谁也不知道谁。

他也可以看一下这个世界里的人们实力究竟如何。

自己在现实中弱小、可怜又无助，一进梦境可就大大不同，身体状态与前世没有任何差别。

前世的自己，既然被师父称作什么千年难遇的天才，合该为剑而生、为剑而死之类，想来也不会太差劲。

但想到这里，他就不由得对梦境的机制产生了疑惑。

梦境到底是怎么确定一个人在梦境中的实力的?

全靠这个人的想象？是根据潜意识，还是神魂?

全凭想象不太可能，那样每个人都能在梦境中有毁天灭地之威了。

潜意识也不太靠谱，现代科学都不能捕捉到的东西，实在有点儿匪夷所思。

而假如一个人是以神魂进入梦境，在梦境中的实力全凭神魂确定，很是说得通，也无怪梦先生不经过任何询问，就深信他是修炼有成的名门正派弟子了。

假如这件事情是真的……那就说明自己的神魂境界还在。

一旦境界还在，修仙的障碍就只有这具躯体，只要能打通经脉，筑基、金丹……乃至之后突破层层境界就都不会太困难。

别人的修仙是翻山越岭，一山更比一山高，他的修仙可能是翻一座山后就能一马平川，然而第一座山是喜马拉雅。

能够改换经脉的绝世秘籍或天材地宝、灵丹妙药，都是他目前很难得到的东西。

究其原因：穷。

萧灵阳说可以给，前提是他离凌凤箫远一点儿。

但是他和凌凤箫并没有近过，没有办法远。

一旦想到凌凤箫，思路就又被带偏。

——这人究竟想做什么?

林疏趴在桌案上，呆呆地看窗外的月亮。

天上并不会掉馅饼，大小姐突然对自己好起来，其中必有蹊跷，日后需要多加警惕。

就这样胡思乱想了一阵子，面前的玉符忽然闪烁起微光来。

“梦境已稳定，道友可自行进入，然枢玑真人云游未归，阵法无法完全修复，若有意外事故，还望道友海涵。”

——枢玑真人是仙道闻名的阵法大家，“上陵梦境”所依存的阵法大多有他的手笔。

既然已经稳定，林疏就顺利进入了梦境中。

奇怪的是，今天的山巅没有梦先生的踪影。

林疏走进梦先生常待的亭子里，在石桌上发现了他留的书信。

“道友，枢玑先生云游，无法看管阵法，如今阵眼灵力不稳，在下暂且遁去了，三十日内回来，其间一应事务皆有玉符传信息。望道友安好！”

原来是程序出现故障，系统失灵了。

梦先生不在，周天演武场又该怎么去？

林疏在山巅徘徊了一会儿，最终在丛林掩映间发现了一条不起眼的小径。

小径虽小，但可以确定之前绝没有出现过。

他拨开灌木丛走进去，小径上白雾弥漫，一步踏进之后，眼前天地忽变。

白茫茫的雾气中，林疏面前出现了一面铜镜。

——这个场景他曾在《百晓生详说“上陵学宫”》中读过，正是周天演武场的易容界面。

只是想了想自己前世的容貌，林疏在镜中的形象就渐渐变化了。

换了脸，仍穿着学宫规定的袍子，这样一来，既不显得突兀，又不会被人认出来。

林疏安详地推开镜子，往前走去。

白雾世界倏忽一变，眼前尚未看到什么东西，就听人声鼎沸。

“虹仙子与晏玄一刻后的比武，二十玉魄一注，买定离手——”

“这位兄台，可否赐教？”

“秦兄，方才你那招‘龙游曲沼’实在高妙，在下佩服！”

“今日梦境不稳，新师弟和新师妹们进得迟了，我们要好生招待。”

林疏心想，怪不得碧玉天一直那么冷冷清清，原来大家都聚在演武场打架斗殴。

白雾散去，眼前场景渐渐清晰，他向前望去，只见一片浩渺无垠的水面上，星罗棋布地分散着高高低低、大大小小的擂台。而自己身处一个码头，码头两侧各有一块如镜的巨石，一面上滚动着各式各样的消息，比如“虹仙子与晏玄地字十三擂台比武：亥时正”“琴清于玄字十六擂台静候道友赐教”之类。

另一面巨石则不动，其上镌刻着许多金色字迹，仔细看去是排名。

第一人的名字很显眼，叫萧韶，第二人的名字较之要小一些，第三人更小，到下面完全就是密密麻麻的蝇头小楷了。

据百晓生说，这面巨石名为“周天真武榜”，排名随着每次比斗的结果浮动，名次靠前者，也像在课程中得到甲等一样，有玉魄的奖励。

——又发现一个获取玉魄的办法，如果每天勤奋比武，或许自己就不会贫穷了。

林疏正出神地想着，余光忽然注意到有人在看自己。

他转身，转身时感到一丝丝不对，转身后感到了巨大的不对。

对面那个人正惊异地看着自己——用着自己上辈子的脸！

林疏看着自己，悚然了。

他穿着白衣服，很白，还有纱，轻纱，女孩子会用的那种。

“你……”对面那人道，“你用了我的身体，快还给我！”

他给自己设定的形象，绝无可能穿着女装，对面那人说自己用错了身体，想必是真的。

而那人的长相、着装，皆是他方才在镜子前为自己设定的。

林疏：“你也用了我的身体。”

那人道：“是了，我不知道怎么还，你最好不是一个丑八怪！”说着，这人去照水，而后道，“虽说也看得过去，可我决计不要一个男人的身体，我们怎么换回来？”

林疏也走近水面。

碧波之中，映出一个一身流云白衣、乌发半披半簪、五官清冷美丽、气质高冷的仙女。

林疏感到自己有点儿不能呼吸。

那用着自己身体的人说“决计不要一个男人的身体”，想必是个姑娘，为自己捏了这么一个出尘的仙子形象，却被他用掉了。

那姑娘道：“怕是梦境出错了，我们再进一次。”

林疏：“好。”

他把意识从梦境中拔出来，再次进去，走入小径。

然而，这次根本没有铜镜，直接就到了码头。

那姑娘用着自己的身体也站在码头，和自己面面相觑。

重新进入也没有办法改变形象，气氛一时十分尴尬。

此时此刻，旁边忽然又凭空出现一个人。

那人站定以后，摸了摸自己的脑袋，大叫一声，也去看水面。

“这……怎么回事？”他道，“我精心准备好的易容英俊潇洒，现在怎么变成了一个秃顶的麻子？！”

现在换成他们三人面面相觑。

“我记得梦先生说若出现意外事故，还望道友海涵。”那姑娘道。

第三个人道：“这意外也太过讨厌！”

林疏：“……我先走了。”

看着倒影，他有点儿接受不了。

姑娘顶着前世林疏的脸，道：“我也走了。”

第三个人道：“我不能接受自己是一个麻子，我也走了。”

林疏回到现实世界，抱着镜子，回想了一下那个白衣仙女的模样，决定在梦先生回来之前不再踏入演武场半步。

溜了溜了。

什么比武赢玉魄，不了，再穷一个月吧。

卯正，鸡鸣三遍。

林疏照常起床，照常把养脉经和锻体诀都运行一遍，照常在灵露中泡了冷水澡，照常打了几个喷嚏。

他感觉自己一直在患风寒的边缘徘徊，之后走出房间，去饭堂。

时辰有些早，饭堂中稀稀落落坐着一些人，一眼望过去，有一片红色，是凤凰山庄的女孩子们。

凌凤箫倒是没在里面。

林疏放松了一些，去取餐，然后找了个偏僻的位置坐下。

学宫的饭堂简直比学校食堂的水平高出百倍，所用原料皆是内含灵力的灵植、灵谷，再加上竹舍中灵露的效用，这些天下来，林疏能明显感觉到虽然经脉还没有进展，体质却好了不少，只是在患风寒的边缘徘徊，并没有真的生病。

他吃饭一向很慢，大约是经常边吃饭边发呆的缘故。

他决定改掉这一恶习。

因为当自己慢吞吞吃到一半的时候，凌凤箫坐到了对面。

大小姐面前摆了一碗莲子粥、一盅核桃酪、一碟杏仁豆腐，倒是很素。

林疏更素，他的师门在饮食上很严苛，五音五色、五形五味皆是尘障，有碍道心，须忌。

嗯，师门的小规矩还有一条是食不言、寝不语。

凌凤箫似乎也将这句话贯彻到底，两个人各自安静地吃饭，谁都没有说话。

不消片刻，对面又坐了一个人。

萧灵阳斜睨了一下林疏，又看了看凌凤箫，开始吃饭。

林疏木然地吃完。

凌凤箫姿态优雅地吃完最后一点儿核桃酪，放下银勺，对他道："你去哪里？"

林疏道："灵药园。"

萧灵阳迅速道："你去不成灵药园了，杜若真人不让你去，别想了。"

林疏感觉萧灵阳在防贼。

他没什么可说的，道："我走了。"

凌凤箫"嗯"了一声，竟也起身，是要和他一起走的架势。

萧灵阳再次满怀敌意地瞪了他一眼，也起身跟上。

林疏活了快二十年，从未和除师父外的人同桌吃过饭，更遑论是和人结伴吃饭、结伴离开了。

他感到很陌生，有点儿不自然的紧张，走到门口时恰逢一阵清晨冷风吹来，咳嗽了几下。

凌凤箫静静地看着他咳嗽，片刻过后淡淡道：“头发没干。”

林疏道：“没有灵力。”

话音落下，有淡红的灵力在他身边升起来，盘旋一下后，原本还有些潮湿的头发立刻干了。

这种颜色的灵力他见过，正是来自凌凤箫的，炼丹课上差点儿把丹炉炸了的那种，烘起头发来倒比别的灵力快很多。

萧灵阳磨了磨牙。

林疏道：“……多谢！”

“你既是个病秧子，便该知些轻重。”凌凤箫面无表情，“日后仔细些，省得死了。”

林疏道：“嗯。”

上辈子稍微用一下灵力就可以弄干的头发，现在只能用布巾拭到半干，彻彻底底体验了凡人的生活。

虽知道要仔细些自己的身体，可也没有办法去仔细，毕竟这个世界没有吹风机。

凌凤箫听了他应的这一声，冷笑道：“敷衍。”

林疏：“……”

所幸大小姐并不在这个问题上纠缠，而是转了话题，道：“近日梦境阵法灵力不稳，是受幻荡山影响，幻荡山天门一开，浮天仙宫不日将开启，你想去吗？”

浮天仙宫？

它在许多典籍中都有记载，百晓生也曾详细解说，所以林疏是知道的。

幻荡山巅，浮天仙宫，没有人知道它存在了多少年，只知道近几百年来总有一些年份，大雪漫天、雪拥山门之时，仙宫的守门人会打开幻荡山的天门，使仙道之中的年轻后辈得以进入，最近的这些年，仙宫的开放愈加频繁，几乎每四年便有一次。

幻荡山上，有“万丈迷津”幻境可以磨砺心境，有绝世灵脉可供修炼，进了浮天仙宫，更是有数不清的秘籍、宝物，一代又一代修仙人趋之若鹜。

然而，这些东西毕竟过于珍贵，不可轻易得到，又事关重大，所以浮天仙宫说是对仙道开放，实际并不能随意进去。

每次开天门，偌大仙道只有一百人可以持信物进入。

信物由王朝把持，其中三十给各大门派，另三十给“上陵学宫”，再有三十零零散散地分给南夏的其他学宫。

剩余的十个则由王朝派遣的高手携带，负责保护这九十个年轻弟子在仙宫中的周全。

林疏是想去的，仙宫中宝物无数，秘籍众多，极有可能对他的修行有助益。

但是，凌凤箫为何要问自己这个？

他正想着，就听凌凤箫道：“若想去，我去拿学宫的名额，把山庄的给你。”

林疏：“？！”

倒不是惊讶于凌凤箫把珍贵的名额说得那么无足轻重，而是……大小姐虽然嘴上不饶人，但对自己委实太好了一些。

他下意识道：“不用。”

凌凤箫：“嗯？”

林疏：“真的不用。”

大小姐勉为其难地点了点头：“待在学宫也好。”

林疏真的要窒息了。

莫名其妙的善意，比莫名其妙的恶意更让人想追根究底。

联想到凌宝尘和萧灵阳的表现，大小姐不会是真的想包养自己吧？

强烈的求知欲终于战胜了他的语言障碍，林疏开口道：“为什么要给我？”

凌凤箫用一种看傻子的目光看着他。

林疏一脸无辜。

一阵让人尴尬的静默后，凌凤箫道：“你若是平平无奇，我岂不是很丢人？”

林疏：“？”

自己平平无奇，怎么还能让凌凤箫丢人？

大小姐对室友、同桌、点火小弟，竟然是这么严格要求的吗？

——同桌，你成绩太差，我看不顺眼，要不要给你报个幻荡山补习班？

虽然动机可以解释，但这个人情实在太大，以林疏的身份根本还不起。所以，还是不要接受为好，他自己也未必不能拿到进入幻荡山的名额。

“上陵学宫”的三十个名额，给的是周天真武榜上的前三十个人。

能不能进入前三十名倒在其次，最难以克服的障碍是他若想在榜上有排名，就要去演武场，而他在演武场的形象因为系统的错乱，和一个姑娘对换了。在梦先生回来之前，可能都只能维持那个白衣仙女的外表。

哦，根据凌凤箫刚才所说的，系统错乱的罪魁祸首正是幻荡山开启时的灵力波动。

这个世界对自己的恶意也太大了。

凌凤箫说完那句“我岂不是很丢人”后，就没再说别的，林疏也组织不起来语言，一路无言，只能听见萧灵阳烦躁地踢石子的声音。

到了灵药园，门口竖着一个牌子“五行相克，灵药惧火，凤凰山庄弟子不得入内”。

足见凌凤箫此人既炸丹炉，又烧灵草，可以说是一个行走的危险分子了。

凌凤箫道：“我走了。”

萧灵阳道：“赶紧走。”

林疏：“嗯。”

这一天虽然有一个浓墨重彩的开端，但之后都很平静、规律，林疏很喜欢。

他平静地做完所有事情，平静地回碧玉天。

一回去就不平静了。

凤凰山庄的女孩子敲开他的门，在竹舍里欢声笑语地敲敲打打了半个时辰，墙上挂了字画，床头放了夜明珠，卧房摆上香炉，墙壁爬上藤萝。

“这是大小姐特意嘱咐我送来的！”凌宝尘打开一个冰玉匣子，里面放了一枚红通通的滚圆珠子，珠子里仿佛烧着火，匣子打开的那一刻，滚滚热气扑面而来。

凌宝尘道：“五百年的离火之精是个稀罕物，全天下也没有第二个了。”

林疏见过对这种珠子的记载。

这东西可遇不可求——名山大川，气机汇聚之处，偶然降落机缘，日积月累可以长出五行之精，离火之精便是其中一种。

这种等级的天材地宝被野兽吞食，若侥幸未死，便可生出灵智、掌握灵力，若是灵力属性相合的修仙之人得到，将其炼化吸收，修为更是可以突飞猛进。

但他一则不是山中走兽，二则没有灵力，无法炼化离火之精。凌凤箫又清楚他经脉不通，肯定不是用来让他修炼的，所以这大概是作暖气用。

他日后不但可以不再泡冷水澡，还可以随时弄干头发。

而凌凤箫之所以想起来给自己这个，只可能是因为今天早上一同吃饭的时候，听见他咳嗽了几声。

林疏看着这枚珠子。

凌凤箫要给自己名额的时候，他没有多想。

但现在，看着这枚珠子，他觉得凌凤箫可能真的并不是在帮助学习有困难的同桌。

林疏在沉思，凌凤箫要怎么样？凌凤箫是不是想养自己？

他思考不出来。

虽然活了将近二十年，但他与别人打交道的经历几乎为零，更别说是去揣测凌凤箫这种人心中的想法了。

于是，他换了一个方向思考。

凌凤箫想养我，我要怎样？

凌凤箫并不想养我，我要怎样？

——不怎么样。

假如凌凤箫确实是想养“那个什么”，他好像没有行之有效的拒绝办法。

假如凌凤箫不想，他也不会主动接近富婆。

综上所述，他其实什么都不用做，什么都做不了。

生活还是很平静，没有什么可以烦恼的地方。

林疏感到自己轻松了许多。

他握着连通“上陵梦境”的玉符，想着典籍中对幻荡山那些令人神往的描述，内心有点儿复杂。

复杂了半刻钟，再想想自己想要的剑、想要的修为，终于心一沉，进入了梦境中。

往好处想，男人或女人只是皮囊而已，并不是很重要，更何况这样一来，更没有人会将演武场中的他和现实中的林疏联系起来了。

他进入那条小径，眼前场景变换，再次来到码头。

还是白色的轻纱衣，整个人都很飘。

上次因为突发事故没有仔细研究，这次他站在真武榜前，将它认认真真看了一遍。

榜上是无数人的名字，当注意力集中到某一个名字上的时候，整块巨石会攫取观者的意志，产生变幻，浮现出此人的详细信息。

林疏的目光在榜上扫过，随意选了某个人的名字，将注意力集中。

石壁上的其余字迹果然渐渐消失，出现了另外的几行字。

秋余尘。

二尺剑，擅快攻。

一百七十四胜，一百零一负，十六平，第二千四百五十七位。

若字迹是发亮的金色，代表此人现在正在演武场中；若字迹暗淡，则说明此人现在并未在演武场，这种情况下若是找他约战，相关的信息会出现在这人持有的玉符上。

此时，有关这位秋余尘的字迹正是明亮的金色。

学宫中，弟子最长可以待十年，每年的人数约有一千，其中仙道院人数约占一半，也就是说整个仙道院共有四五千人，这位秋余尘道友的水准处在中游。

林疏退出这位道友的信息界面，将手指按在他的名字上。

手指与石壁相触的地方微微发热，石壁上情形又变，成了一片空白。

林疏的手指顿了顿，然后在上面一笔一画写下两个字。

折竹。

——现成的名字，不必再费脑子去想。

石壁荡起一层涟漪，恢复了正常。

对面的石壁上出现一行红字：“折竹请战秋余尘。”

——其余的字迹都是金色，但与自己相关的信息，都会以朱红色标记，对方的神念也会被牵动。

林疏试图知道自己能否拿到幻荡山的准入资格。

这个资格无疑十分珍贵，五千人之中只有前三十人能够拿到，他上辈子也算是个修为有成的人，但毕竟不知道自己在现在这个世界是什么水准。

因此，他决定选中间的一个人来挑战。

若赢了，排到了第两千四百名，就去选排在第一千二百名的人挑战，再赢了就去找第六百名。

根据现代科学，这种方法可以在最短时间内确定自己的实力在哪个区间。

虽然对现代物理深恶痛绝，但现在还是要用科学知识。

林疏看着石壁，不消片刻，上面又出现几个字：“秋余尘应战折竹。”

片刻后，又刷出一条消息：“秋余尘于地字十一擂台静候折竹道友赐教。”

演武场的规矩，挑战者发起挑战，被挑战者选择场地。一千名以下，若胜则名次排到被挑战者前一位，败则不变。

一千名以内的排名规矩就有些复杂了——比如一个人想要排到第一百名，那么他必须打败原本的第一百名、一百零一名和一百零二名，这样一来，就可以排除绝大部分偶然因素，确认此人的实力可以位居第一百名。

林疏遥望了一下水面上高高低低的擂台，根据分布规律确认了地字十一擂台大概的位置，运起轻功踏水过去。

地字十一擂台上，一名年轻的蓝衣剑客在一旁站着，腰佩一把二尺剑。

从兵器的选择上，大致能看出这人的武功风格。二尺剑比起林疏所用的三尺剑来说，略短，并不是常见的兵器，一般只用于近身快斗。

见他来，秋余尘一揖："道友。"

林疏照着他的样子也还了一揖："道友。"

秋余尘道："道友第一次来？"

林疏："嗯。"

他能看见秋余尘的战绩，秋余尘自然也可以看到他的。

"原来是师妹。"秋余尘道。

林疏："……师兄好。"

破罐子破摔，师妹就师妹，等梦先生回来，这身皮一脱，除去梦先生，谁都不知道他是折竹。

"师妹，请赐教吧！"秋余尘拔剑，做守势。

林疏道："师兄先来。"

"师妹要让我？"秋余尘一笑，但随即恢复认真神色，"师妹，小心了。"

他骤然拔剑而起，剑法快，快且繁。

好剑！

快如闪电，正如平地里忽起惊风，繁如春花，恰似惊风刮散细雨。明明只是一把二尺剑，空中却好似全是这剑的幻影。

繁密的剑影里，藏着最致命、最不留情的一招。

林疏拔剑出鞘。

"铛"的一声震响，他的剑正与秋余尘被幻影所掩饰的实剑撞上，剑身嗡鸣，许久未绝。

秋余尘道一声："好剑！"错身避过林疏的剑招，再次出剑，短短几息之间，两人已过了数十招。

他的剑，快。

林疏的剑，说慢也慢，说不慢也不慢。

秋余尘的剑极繁，林疏的剑却没有这样声势浩大的剑招，只是简单的劈、挑、点、刺。

他要找这些剑招中最有效的那一招，然后挡下，慢的是过程，快的是出剑的动作。

——没有那具躯壳拖后腿，确实让人舒服许多。

秋余尘的剑很好，但有一个致命的缺点。

这样快，这样多变的剑招，消耗也是巨大，百招内不显，千招后便渐渐显出颓势。

一个破绽后，林疏终于转守为攻，只平平递出一剑，就断绝秋余尘的所有退路，直指他的心口。

秋余尘收剑，后退："师妹武功远超在下，秋某拜服！"

林疏收剑还鞘："多谢！"

他的呼吸快了一些，体力与心力也有所消耗，但是总体来说，还是游刃有余。

他自己也能感受到，自己的境界其实超过秋余尘很多，所欠缺的是对敌的经验。而且他又没动用丝毫修为，纯粹以少许灵力佐以剑招对敌，不然，这场切磋可以很快结束。

上辈子，除了师父，没有与人交过手，可以说是闭门造车，出门是否合辙还有待商榷。

他决定以后每天在演武场泡上一个时辰。

这一场比斗结束，他正想寻找别的对手，却听见码头处一阵喧闹。

修仙之人目力远非常人可及，因此隔着很远，仍能清楚看见石壁上的文字。

最新的一条消息是："苍旻请战萧韶。"

秋余尘道："苍旻又在挑战萧韶了。"

这两个人的名字，林疏倒是在真武榜上见过，苍旻乃是第二，萧韶则是榜首。

他原本对别人没什么兴趣，但现在对武功很有兴趣，于是开口问了一句："怎么说？"

秋余尘道："你第一次来，自然不知道，苍旻是仙道院出名的武痴。"

他顿了顿，又道："但萧韶……"又顿住了，似乎在组织语言，组织了许久，才终于道，"说来话长，萧韶从没有挑战过别人，从来只有别人挑战他，然而没有一个人能赢。此人出现后，短短一个月，就被请战的人们送到了第一，此后就再也没有掉下来过。"

说到这里，秋余尘深吸一口气，道："直到今天，萧韶的战绩都是零负，其余人早已不敢请战了，只有苍旻隔些日子会向他请教。折竹师妹，我要去看他们的比斗，你去吗？”

林疏：“好。”

石壁继续刷着消息：“萧韶应战苍旻。”

两人的切磋地点很好找，因为大家都在往那个方向移动。

天字一号擂台，很大，容纳数百个观众绰绰有余。

“这就是苍旻。”秋余尘道。

台上只有一个着灰衣的高大男人，手拿一把重剑，面目轩朗英俊，目光灼灼。

半刻之后，半空飘然落下一人，站在苍旻对面。

可以推测，这人必定是萧韶了。

这人穿一袭华美黑袍，气质高贵冷淡，身形修长，右手握一柄雪玉长箫，箫很美，手也挺好看。

苍旻道：“道友！”

萧韶略微一颔首。

这人，明明演武场中之人大半改换了容貌，旁人认不出，竟还戴了一张银色面具，把整张脸遮了个严实。其多此一举之程度，简直能和大夏天穿得严严实实的凌凤箫相媲美。

嗯，凌凤箫。

大约是凌凤箫给他留下的印象太深，后来又在越家兄妹乃至梦先生处听过许多对凌凤箫武功修为的赞誉，他原觉得演武场这种地方，大小姐该是榜首的，甚至在第一次看到萧韶这个名字的时候，还想过会不会是凌凤箫的化名，毕竟有一个字相同。

然而，萧韶是个男人，武器也不是刀，显然和凌凤箫扯不上任何关系。

林疏居然有点儿失落，连带着看萧韶也不顺眼了。

武器华而不实不说，不以真面目示人，藏头露尾，遮遮掩掩，必定不是什么好东西。

苍旻道：“请赐教吧。”

重剑无锋，他的剑没有鞘，因而不必出鞘。

但见他摆出起手式，擂台周围的灵力疯狂涌动，朝他的身体奔去，如同鲸吸北海。

以林疏的目力判断，这柄剑材质特殊，少说也有百斤，所能引动的灵力更加恐怖，适合走以势压人的路子。

但是苍旻既然被称作武痴，必定不是寻常武夫了。

林疏远远望去，只见剑身之上，灵力流动的轨迹玄奥精深，难以描述，引动了周身天地灵力的惊涛骇浪，他虽只是简单起手，然气势雄浑，根基扎实，种种精妙之处林疏还是第一次见，一时间有些目眩神迷。他全神贯注，心中推演，若此时站在苍旻对面的是自己，该如何应对。

首先，要破解剑招，或格挡，或强攻引他回守，避免自身被刺。

其次，要断掉灌注剑中轨迹的复杂灵力，使之无法发挥出最强的威力，与后续剑招的衔接出现困难，不再行云流水，绵绵不绝。

做到这两样，才算是挡住了这一式，暂时占据上风。

而要做到这两样，首先，要有极高的破招、拆招的直觉或经验，其次，对灵力的控制要比对方更加纯熟。

前者是武功，后者看修为，修为依靠境界，所以说，仙与武不可分割。

林疏将注意力回到场上，苍旻这边斜刺里向萧韶挥出一剑，直取他的左肩要害，因着起手式造势甚是成功，这一式水到渠成、“神完气足”，加上灵气压迫，几近避无可避。

萧韶站在原地，衣袂不动。

苍旻使重剑，他使一柄白玉箫，原本就占了劣势，如今更是看不出身上有任何灵气流动。

此时此刻，两人相较，苍旻就像风暴来临前的汪洋大海，萧韶则是海中的一叶飘摇孤舟。

剑芒将至。

场中情形突变。

巨剑削向肩膀，以这样的力度几乎可以把人劈成两半，他不仅不退不避，反而折身向前迎去！

人群中发出一阵倒抽冷气的声音。

然而，萧韶并不是要送命，但见他身形快如鬼魅，轻如踏雪，转瞬之间半个身子向左折转，与剑尖擦身而过。下一刻手中白玉箫横挑，猛地撞上苍旻手中剑的剑身。

“铮”的一声，金石相击，灵力的涟漪以相撞的点为中心，猛地迸溅开来，林疏感到周身一阵刺痛，默默掐诀，给自己做了一道灵气屏障，以免受到波及。

这道涟漪既能影响到百米之外的旁人，苍旻更是首当其冲！

他全部的灵力流动，在那一刻静止了。

剑身被玉箫自下而上挑起，力道之大、灵力冲撞之强，但凡长了眼睛的人都能看出——重逾千钧的大剑竟被这样一支纤细玉箫撞得向上抬起。

苍旻紧抿嘴唇，借势回剑，然而萧韶又怎会给他回剑的机会？

那玉箫极为灵活，在他手中轻描淡写般一转，转瞬之间竟换了位置，压在苍旻的剑上，萧韶整个人在空中借力跃起，仿佛一片飘飘荡荡的落叶。

苍旻以灵力凝成屏障，剑身稍偏，斜压过玉箫，箫短而剑长，因此轻而易举。

萧韶却并不在意，甚至做出了让所有人大跌眼镜的一件事。

他撤回与苍旻的剑纠缠不休的玉箫，将其向着天空高高抛去！

下一刻，还在半空中的萧韶出掌压向苍旻的剑。

苍旻的剑上，原本灵力流动无懈可击，但即使是林疏也到现在才察觉，那些灵流早在最开始玉箫与剑相撞、灵力停滞的那难以捕捉的一刻，被萧韶的灵力猛震，混乱不堪。

萧韶有一双很好看的手。

这双手，很像弹琴、写字、下棋的手。

无论如何，不像一双武人的手。

然而，就是这样一只略显苍白的右手，按在了威势无匹的剑身上。

空气中的灵气忽然凝固，剑上的灵流瞬间紊乱。

下一刻，重剑上出现裂纹。

再下一刻，化为齑粉。

苍旻吐出一口血来，被这一震之力向后推了十几步。

此时，那被萧韶抛出的玉箫刚刚落回他的手里。

苍旻道："多谢道友赐教！"

萧韶仍冷冷淡淡地一颔首，转身步出擂台的区域，人们自发给他让路，片刻之后，他的身影逐渐虚幻，最后消失。

这并不是一场势均力敌的切磋，而真的是单方面的"赐教"。

两人根本不是一个境界。

甚至，这一场短暂的比斗过后，林疏都没有看出萧韶的武功风格与路数，只知道这人对灵力的控制到了某种恐怖的地步。

他没有提前造势，为出招做铺垫，因为灵力的准备是在出招的那一瞬间完成的。

换成见识不广的人，甚至看不出萧韶动用了灵力。

林疏有点儿目眩神迷，他今天总算见到了学宫中顶尖的战力。

苍旻已是难得，萧韶更难以形容。

林疏是修剑的，严格来说，和这些动用灵力打斗的人并不在一个理论系统。

而上辈子那个世界，灵力稀薄得不行，他也不知道自己在控制灵力上能做到什么水平。

——还是要多与人切磋，印证武学，但今天是不成了，一则快要到平时睡觉的时间，二则为了看清这两人比斗时灵力流动的轨迹，消耗了不少精神。

林疏回到了现实世界。

中庭还亮着烛火，萧灵阳似乎刚走，因为凌凤箫正在收书，看起来心情不太好，大约是因为弟弟又没有好好学习。

所以，萧韶绝无可能是凌凤箫。

林疏正在窗边暗中观察，直到凌凤箫看过来才惊觉自己并未拉上竹帘。

凌凤箫淡淡道："你来。"

林疏暗中观察的事实成立，被捉了个正着，理亏在先，不得不接受了大小姐的召唤。

根据直觉，凌凤箫的心情并不好。

凌凤箫问："你果真不要幻荡山的名额吗？"

林疏："不要。"

今日和秋余尘比剑，并未动用太多修为，他上辈子也是可以渡天劫的境界，打进前三十名并非没有可能。

凌凤箫道："这次以后，幻荡山可能不会再开了。"

林疏："为何？"

"原本是十二月开，这次十月中便可进入，"凌凤箫倒是难得的心平气和，"昨晚山庄传信，说是幻荡山的守山人要飞升。"

修仙的最后一步，飞升。

"仙道之中，暂无人可以胜任守山人，这次过后，山门可能不再开启。"凌凤箫淡淡道，"整个仙道，守山人的修为最高，一人可挡百万之师，是以北夏、西疆虽虎视眈眈，却不敢进犯。守山人飞升之后，南夏恐怕会进入多事之秋，你毫无修为，我并不放心。"

这恐怕是认识以来，凌凤箫对他说的最长的一段话了。

因为长，林疏过了一会儿才提取出关键词来，"我并不放心"。

他还没反应过来这到底意味着什么，凌凤箫又道："手。"

林疏内心是拒绝的，但大小姐的气场过于强大，积威甚重，他只好乖乖地伸出手来。

养好身体并不是一朝一夕的事情，小傻子这具身体仍然身量未足，只看细白的手腕，说是女孩子也有人信。

凌凤箫却没再讥讽他“矮病秧子”，而是又仔细探了他的经脉。

灵力在身上游走，有种被微微灼烧的错觉，林疏本能地想抽回手，但被大小姐按住。

凌凤箫道：“未打通经脉之前，若出学宫，便乖乖跟着我，不可自己乱跑。”

林疏听着，但脑子里仍回荡着那句话。

“我并不放心。”

神奇。

林疏第一次听到别人对自己说这种话。

他有一丝丝受宠若惊。

谁料，大小姐面无表情，接着道：“你若死了，岂非显得我很无能？”

哦。

原来是这个意思。

林疏不知道该说些什么，只道：“多谢！”

“不谢。”凌凤箫收好书，拿了一支竹箫在手中把玩，半晌没有说话，最后才道，“去演武场了吗？”

林疏：“去了。”

“少去，”凌凤箫道，“泛泛之辈，不看也罢。”

林疏觉得不行。

苍旻的武功造诣可圈可点，百战不败的萧韶更是深不可测，无论如何都与泛泛之辈扯不上关系。凌凤箫要说演武场上的人都是泛泛之辈，那至少要有萧韶的水准才行。

他道：“今天看了苍旻和萧韶的比武。”

凌凤箫手上的动作顿了顿，道：“萧韶尚可。”

尚可。

这算是什么等级的评价？

“不过，一味以灵力压人，实则毫无章法，终究无趣。”凌凤箫道，“你要消遣，不如看我舞刀。”

林疏：“看。”

凌凤箫笑：“你此时却精神了。”

林疏摸了摸鼻子。

实话说，他确实想看凌凤箫的刀。

这人虽然日日清晨在牡丹丛练刀，但看不出刀法如何，因为全都是刀法中最基础、最简单的一百余式。

并不是说这样不好，而是没什么观赏性。

这样练刀，其实很可怕，因为纵观天下刀法，也不过是从这一百余式中变幻衍生，林疏上辈子练剑，亦是用此种套路。

很多人想要练成不世秘籍，纵然得到举世无双的功法，以为从此可以独步天下，其实穷尽一生，也不过能将一两招剑法使到精湛而已。所谓“望山跑死马”，说的就是这样。

而假如将基本功练得纯熟扎实，同是望着远处高山，别人骑的是瘦弱劣马，自己骑的却是绝世神骏，自然走得远些。

一个将基础招式练到登峰造极的人，和一个拥有绝世秘籍的人比起来，并不能轻易论定胜负。

而若是一个人既将基础招式练得登峰造极，又有极负盛名的武功传承，他的实力就实在不能小觑了。

凌凤箫的根基自不必说，凤凰山庄身为江湖中鼎鼎有名的大派，镇派武功也绝不会平凡。

因此，林疏自打第一次看见凌凤箫晨起练刀，就知道这人的刀法绝不会是花架子——他真的一直很好奇凌凤箫到底是什么水平。

至于“此时却精神了”，就很有问题。

林疏反省自己，虽说听到大小姐要舞刀，确实眼前一亮，但难道此前他一直无精打采吗?

他反思了一下，平复心绪，看向凌凤箫。

中庭外有一片空地，凌凤箫起身，走到那处，边缓缓抽刀边道：“山庄以‘凤凰刀’闻名江湖，其中‘凌云九式’尚可一观。”

刀光如水，斜斜抬起，指向竹林。

凌凤箫手腕一转，刹那间刀芒横荡，圆月失辉。

而后提刀回转，刀光破空划过，一时之间，使人目眩神迷。

说到凤凰刀法，却有一件逸事。

武林中不乏使刀的门派，但登峰造极者唯独凤凰一脉。

昔日曾有一位山庄弟子与文人结为连理，那位名满天下的读书人观她舞刀，写诗赞道：

秋水飞双腕，冰花散满身。
声驰惊白帝，光乱失玉轮。
杀气腾幽朔，寒芒泣鬼神。
舞余回紫袖，萧飒满苍旻。①

此诗流传开来后，凤凰刀的名声更是大噪，凤凰刀法的萧飒凌厉更加深入人心，而山庄的名声也不再限于江湖中。那位文人声望甚高，因此有不少附庸风雅之徒只知凤凰刀法的漂亮，并不知习武之人的厉害，他们以娶到山庄弟子为己任，一时间趋之若鹜，在山庄门外卖弄酸才，被凤凰山庄打了出来，苦不堪言，惹出许多笑话。

林疏收回思绪，继续看刀，但见凌凤箫起手一式已然惊人，后面的招式更加不凡。

但见红衣飞荡，起初刀法繁复，纷纷刀光如同冰花，散满全身，而后逐渐凌厉萧飒，杀气渐盛，寒芒腾出幽朔，可泣鬼神。

很好看。

刀法高妙，其中许多幽微变化，妙到毫巅，胜过苍旻，论起从容气势，似乎也可比萧韶。

而那翩然红衣，加上大小姐那张惊为天人的脸，实在很是悦目。

大小姐五官似浓墨重彩，漂亮到了极致，只看着便觉有泼天的艳色，然而神情没有一点儿女孩子的娇弱柔美之气，极尽冷淡骄矜之能事。若换到现代，定有无数信众跪地高呼女王。

不对，现在是看刀的时候，不应当看脸。

林疏停止想象，继续看刀。

晚了。

将目光从大小姐脸上移开的时候，所谓“凌云九式”已经接近尾声，一道极

① 引自清·郑世元《看客舞刀》，引用时有改动，原诗为：“秋水飞双腕，冰花散满身。柔看绕肢体，纤不动埃尘。闪闪摇银海，团团滚玉轮。声驰惊白帝，光乱失青春。杀气腾幽朔，寒芒泣鬼神。舞馀回紫袖，萧飒满苍旻。”

尽肃杀的刀光过后，刀锋破空之声消失，凌凤箫收刀归鞘。

竹林不知何时，竟纷纷扬扬落了满地的叶子。

大小姐破坏起植被来，果然毫不留情。

针对起林疏来，那就更是毫不留情。

凌凤箫回到中庭，不知道哪里又不高兴了，不悦道："你不喜欢？"

林疏否认："没有。"

凌凤箫："那你为何走神？"

竟连走神都被发现了，林疏只好据实以告："你长得好看。"

"我若换一副面孔，你岂非要不高兴？"凌凤箫依然不悦。

林疏实在不明白大小姐的思路如何歪到这上面的，大约女孩子总喜欢无理取闹，连大小姐都无法幸免。

"也不尽然，"他道，"你的刀也很好。"

"我的刀自然很好。"

林疏："……"

这天没法聊了。

但是，和凌凤箫说话，居然比其他人省力许多。

凌凤箫的话其实也不多，而且这条河豚若哪里不高兴，立刻就会表现出来。林疏并不用像面对别人一样，每说一句话就揣测这话是否合时宜。

而且，他不用主动去做什么事情，大小姐让他过来，便过来，大小姐问什么，便答什么，一戳一蹦跶的人生，总是非常省力。

"天晚了，"凌凤箫道，"你去睡吧。"

林疏："嗯。"

他起身欲走。

凌凤箫："你……"

林疏："嗯？"

"无事，"凌凤箫顿了顿，道，"你素日都这样乖巧吗？"

乖？

假如一戳一蹦跶就是乖，那他确实很乖巧，并且将一直乖巧下去。

林疏："是。"

凌凤箫眼角有一点儿笑意："去睡吧。"

林疏去睡了，走到半路，听到身后凌凤箫又问："你当真不要幻荡山的信物？"

林疏："不要。"

虽说对自己的水平还不清楚，但渡劫的修为若进不了前三十，也太过丢人，他师父泉下有知，恐怕会被气活了。

凌凤箫没再说话。

林疏回房睡觉。

第二天早晨伺候完灵药，来到上课的宫殿，却见所有人都聚在一起，激动地议论着什么。

林疏默默听着。

“萧韶名次掉了？居然掉了？”

欸？

怎么可能？

不过，自有旁人比他更不能相信：“掉了？怎么会掉？谁第一？”

“苍旻呗。”

“不可能，”一个弟子激动地拍桌，“昨夜萧韶和苍旻比武，赢得不费吹灰之力，我亲眼所见！”

“哪里是苍旻打败了萧韶？你们净听信谣言。”又有一人道，“萧韶昨日深夜连挑榜上前三十人，对方只要应战，他便主动认输，名次一路掉到三十一，这才停了。”

“这……”最开始那人道，“可幻荡山只要前三十人，他不去吗？”

“你懂什么，萧韶一身修为已然登峰造极，我看他并不屑去幻荡山，此举是要为我们这些白身腾个空子，实在是高义。”

“我就说萧韶何等人物，怎么可能会输？”那位拍桌弟子松了一口气。

听完这一场议论，林疏对萧韶的印象稍微改观。

似乎是个好人。

# 第六章

# 武逢知己

折竹请战平一繁。

平一繁应战。

折竹胜。

折竹请战雨无正。

雨无正应战。

折竹胜。

林疏在飞往另一座擂台的时候遇到了秋余尘。

秋余尘拱手道："折竹师妹，你实在是深藏不露啊！"

林疏："师兄谬赞。"

林疏现在这具身体的嗓音清冷，带一点点沙哑，很配得上白衣仙子的形象，可自己听着实在不太适应。

秋余尘道："师妹，你今日已打了十数场，该歇息一下。"

林疏道："打完这场便去。"

剑光。

剑气。

刺、挑、点、劈。

时隔数月，昔日握剑的感觉终于渐渐回归，三尺青锋在手，他那一直在半空中沉浮不定的精神算是有了一点儿可以立足的依靠。

这个世界仙道修炼的体系和他上辈子大致相同，先筑基、打通经脉，再结丹、贯通气海，而后元婴、炼成法身，继而渡劫飞升。

筑基看天赋，金丹靠悟性，元婴则更加玄妙不可言，天赋、悟性、机缘缺一不可。因着"上陵学宫"入学考试的第一试，仙道院的弟子们最低也已筑了基，或是即将顺利筑基。名门大派弟子从小修炼，金丹期的亦有不少，元婴的则还没有见过，不知真武榜上的前三十名有没有达到这个境界。

话虽如此，但剑修与仙修不同，用他师父的话来说，"我等修剑之人，修到金丹，可自如控制灵力，暂延寿命即可。此后修炼，全在手中之剑，待到剑意湛然，明悟剑心，修为自高，天劫自至”。

林疏上辈子正是跳过元婴，到了渡劫的境界，因此，他的灵力或许不如人，剑上的造诣却不能说差。

对面那人拱手道：“在下拜服！”

林疏微微颔首，转身离开，感觉自己颇有昨日萧韶的风度——虽然只是因为并没有什么想说的。

他觉得有点儿不好意思。

别人在这个世界辛苦练武十几年，终于打上真武榜，他却靠着上辈子的修为直接开挂，今天一晚上已经蹿到了前三百名。

想了想，林疏决定默几本以前学过的剑诀递交藏宝阁，低价出售，算是补偿。

他师门虽然人丁凋零，传承却没有凋零，后殿藏书阁典籍堆积如山，除本门武功外，其他都可以外传，也不算违背师门规矩。

遗憾之处是他之前一心学剑，筑基、结丹、元婴等境界全部水到渠成，从没翻找过这一类的参考资料，因此只记得一些剑法和心法秘籍，别的就拿不出了。

秋余尘的剑法很快，但过于刻意出奇，纷繁复杂，反而没有灵活变化的余地。

林疏打算默一本《飞花剑法》放去藏宝阁。

雨无正的剑法端正平和，但其中气蕴不足，他打算默一本《紫阳心经》放去藏宝阁。

这样，每打败一个人，就交一本秘籍，在真武榜上往前爬，也不算是鸠占鹊巢。

至于他们会不会买到秘籍，就只好随缘了。

林疏说服了自己，走出演武场，回到山巅。

枢玑先生云游尚未归来，梦先生还没有恢复正常，他开始独自在山顶练剑。

和别人比剑固然可以印证武学，但演练剑法也必不可少。

而切磋过后，对剑法的领悟更高一层，这时候再练剑，会有诸多益处。

这是他师父说的，但林疏上辈子没有机会尝试，没有人可以和他对剑。整个仙道只有他和师父两个人，剑法一脉相承，即使切磋也是用同样的剑法互砍，不过是磨砺反应速度而已，并没有什么意思。

直到现在，林疏才明白师父说的话，果然是真的。

一样的剑招，自己练上千遍万遍，未必会有新领悟，然而若是与人对剑，很容易便能悟出一些精妙玄奥之处来。

他练了大半个时辰的基础剑招，然后开始演练本门的剑法。

上辈子被师父称赞为不世天才，但凡是剑法秘籍，甫一读懂便可流利用出，唯有一本秘籍参之不透，和它死磕了五年。

从初中死磕到大学，直到那天接了个电话，得知师父的死讯，他站在校门口络绎不绝、川流不息的人群中，忽觉自己不过是一只孤魂野鬼，和这个世界并无一点儿联系，心境微变，当夜参透开头一招“空谷忘返”。

参透过后，境界松动，迟迟无所进境的修为，竟渐渐接近渡劫的当口，之后便是和避雷针的恩怨情仇了。

直到被天雷劈来这里，那本剑法他也只略懂一招，第二招始终没有进境，现在重新捡起剑来，自然是继续和它死磕。

“空谷忘返”一式，寂静苍茫，凄冷无边，而下一式“不见天河”犹有过之，更添无限寂寥壮阔，其中意味难以言表。

林疏使出一记“空谷忘返”后，按照秘籍，本该变换剑势，转成下一式“不见天河”，然而每当演练到此处，一切灵力、剑意全部凝滞，无以为继。

他师父将秘籍交付时曾道，有些东西关天命、非人力，这本书里的东西莫要强求。

又死磕半个时辰，毫无进展，林疏收剑，回演武场，继续挑人。

既然已经找回用剑的感觉，那今晚就先定个小目标，排进前三十名。

然后，自己也不要太多，吊在三十的尾巴上，能去幻荡山就好。

第三十人名叫历长川，用一杆龙枪，刚烈霸道，不像是修仙人的路数。

林疏将修为压在金丹与他相斗，数百招以后，胜负渐分。

历长川道 :“多谢赐教！”

石壁上跳出一行字 :“折竹与历长川约战天字十五擂台，折竹胜。”

林疏打算离开这里，却发现围观之人有点儿多，并且都在看自己。

幻境之中摆脱了凡人躯体，他耳聪目明，可以清晰地听见人们的议论。

“这位折竹师妹一夜进入前三十，我‘上陵学宫’又多了一项传奇。”

“我今年在山门迎鹤，确实有几个出挑的新师妹，有如梦堂的嫡传、南海孤山君的关门弟子、望海楼的圣女，却都与折竹师妹不像。”

“不知折竹师妹最后能排到第几，不如我们开一赌局。”

林疏静静听着。

他对仙道院的传闻扩散速度已经有了足够的认识，今夜擂台旁有人围观，那明天上课前必定有同窗聚在一起交谈。不出一日，这些闲得发霉、对前三十名如数家珍的仙道院弟子都会知道有折竹这样一个人了。

林疏的内心很平静。

就算有天大的能耐，也没人能把折竹和林疏联系起来——他们连有没有林疏这个人都不知道，更遑论性别还不对。

等梦先生回来，错乱的系统恢复，他再建一个别的壳子，折竹这个人当如同昙花一现，就此消失。

按照排名规矩，一战胜之，未免有些偶然，更何况一人插入排名中，其后许多人的名次都要发生变化，所以，真武榜不能贸然以一战的胜负来排名，战胜第三十名后，要想取代他的位置，让三十名往后这些人每人后退一位，还要打败第三十一名和第三十二名方可。

林疏先选了第三十二名，顺利取胜。

第三十一名却有点儿麻烦。

萧韶。

林疏确认自己的状态回到最好，向萧韶发去约战。

此人，他并没有必胜的把握。

“折竹请战萧韶。”

不多时，石壁上跳出消息。

“萧韶拒战。”

这人估计懒得和除第二名外的人打架，干脆不接，若一直拒战则等于认输，折竹的名字会自动跃到第三十。

林疏原应当到此为止，但一则看萧韶有点儿不顺眼，二则不和仙道院最出挑的萧韶打一场，他觉得有点儿对不起自己手中的剑。

于是，他一连串发了很多约战邀请。

用着不是自己的壳子，连脸皮都厚了许多。

“折竹请战萧韶。”

“折竹请战萧韶。”

“折竹请战萧韶。”

“……”

萧韶那边迟迟没有动静，许久，似乎终于不胜其烦。

“萧韶应战。”

“折竹于天字第三擂台静候萧韶。”

演武场的人们时刻关注着石壁上的消息，一听有漂亮架要打，还是今日横空出世的折竹师妹与百战不败的萧韶，立刻一窝蜂地涌过来了。

林疏在场地的一旁站着，手持一柄霜花剑，这也是那姑娘建立折竹这一形象时附带的剑，尚且得用。

萧韶起先拒战，接着不胜其烦才接下了这场切磋，想必态度非常消极，不过好在也没有迟到太久。

等这人用轻功飘落场中，一张因戴了面具而看不出表情的脸看向自己这边，林疏道："请赐教！"

萧韶没说话。

林疏也没有多做纠缠，拔剑而起，直直向萧韶刺去。

他没再像之前的打斗那样把自己的实力压在与对方相同的水准上慢慢拆招，而是一出手就用上了本门的精湛武功。

这一式"月出寒涧"一往无前，锋锐难挡，脚下是轻身步法"流波踏雪"，变幻无方。

周围人发出叹声："好漂亮的身形！"

也有人说："折竹师妹的剑好快！"

人群的声音之间，林疏听见萧韶的声音。

他的声音很低、很轻，只有林疏能听见。

他道："好剑！"

林疏神色不动，人声纷纷之间，他唯独在意长剑破空的风声。

刹那之间，他仿佛回到遥远昨日，万籁俱寂，尘事尽忘，独留一颗通明剑心与手中这柄霜花剑。

萧韶飞身上前，身形一转，与剑尖擦身而过，而后玉箫斜劈向剑身。

这一招若打到实处，林疏的剑势必定受阻，两人离得极近，这片刻停滞间，萧韶就可以迅速变守为攻，这样一来，林疏收剑不及，无法回护，必定乱了章法。

然而武学一道，千变万化，见招拆招只在瞬息之间。

林疏闻得左侧风声，手腕一翻，原本中宫直进的剑尖斜抬，转为向上，继而向左横刺，变招"有时飘零"，荡出一片如雪剑光，直取萧韶的脖颈。

萧韶上身后仰，而后迅速回身，玉箫在手中一转，猛地斜刺林疏肩井，一系列变招行云流水，又极其迅疾，宛如惊鸿游龙。

擂台之上，被萧韶的灵力充斥，连外面围观之人都感受到仿佛凝固的压力。

前日，苍旻正是败在灵力的控制上，一旦被萧韶的灵力所冲击，自己的灵流就会紊乱——而林疏不是，他对灵力的依赖并不强，至多是灌注剑中，使得兵器相撞时不会落于下风而已，没有复杂的灵力走向，也就没有紊乱的可能。

正是因此，他们现在几乎纯粹以武功招式缠斗，几息之间，已近身拆了数百招，未分上下。

这是个很恐怖的人，凌凤箫说他纯粹以灵力压人，很没趣味，但现在这人所展现出来的精湛武功，亦远远超出常人。

擂台周围已没了声音，约莫大家都在屏息观看。

林疏向右疾侧，欲躲过萧韶自上而下的一记直劈，那雪玉长箫明明是风雅之物，在萧韶手中却使出了无尽的肃杀冷厉之意，裹挟穿云裂石之威。

正当林疏即将躲过这一招，将欲回攻之时，萧韶变招疾刺，场中形势忽然变化。

玉箫之上，灵力灌注到极致，发出清鸣，空气有如凝固，半空之中出现无数玉箫虚影将他全身退路封住。

霜花剑上，属于林疏的灵力被萧韶压迫，迅速流失。

这是难得一见的景象，意味着这片天地内，所有可引动的灵力都已被萧韶所掌控，并没有给林疏留下一星半点。这一记直刺避无可避，莫说是剑毁，连人都怕是要被削成两半。

林疏闭上眼，握紧剑柄。

并非惧战，而是……凝神！

在这必死之境下，耳畔风声呼啸，霜花剑嗡鸣不止，他睁开双眼，猛抬手，仍是最初那一招“月出寒涧”！

只见霜花剑银白镂花的剑身上，忽然笼罩了一层杀意强盛的耀目寒光。

“叮”的一声轻响，天地俱寂。

是剑尖恰与箫管相对，两者去势皆是一滞。

而瞬息过后，巨大的冲力反弹，两人各退三步。

林疏吐了一口血，抬手擦去。

萧韶的情况，似乎也不是很好。

“你是剑修。”萧韶道。

林疏：“是。”

修仙之人使用灵力，到了极致，就会出现方才萧韶引动的意象，大道归一，剑修之道，亦有这样的东西，名为剑意——正是方才没了灵力而又面临绝境，在霜花剑上出现的东西。

萧韶道：“继续。”

霜花剑轻颤，由剑尖到剑身，竟出现丝丝裂缝。

“你既是剑修，又叫折竹，为何不用折竹剑？”萧韶问。

霜花剑暗淡了，显然已经不能再用。

武器损毁后，可以再重新选择，演武场中收录天下兵器，从凡铁到绝世神兵，只要敢用，都能在梦境里随意得到，这柄霜花剑原是创建这具身体的那位姑娘所选择的，现在坏了，林疏自然可以重选折竹剑。

他放下霜花剑，白色雾气在手中缓缓凝结，变成了寒气流溢、冰晶剔透的折竹剑。

但他没有出招，而是问：“你为何用箫？”

除非是功法特殊，以乐声克敌的，其他情况下，箫并不是合适的武器。

长度不够，又无锋刃，远不能攻，近不能守，顶多可以灵活变化，但对萧韶这种水平的人来说可以忽略不计，总的来说纯粹只是好看，简直是附庸风雅。

以萧韶凌厉肃杀，以劈、砍、刺、格为主的武功招数，他显然惯用单刃兵器，而非一无是处的玉箫。

萧韶收起玉箫，淡淡道：“不过是怕吓着同窗。”

林疏：“……”

这个口气大得可以。

不过，似乎也有道理，这人用玉箫这么毫无攻击力的兵器都可以轻而易举地打败苍旻，如果换了更趁手的兵器，怕是要让苍旻怀疑人生，武痴也不武痴了，被打出心理阴影。

“不过，”萧韶继续道，“今日武逢知己，用刀也无妨。”

擂台旁边的人们纷纷倒吸一口冷气，然后伸长脖子，看着萧韶。

玉箫隐去，他手中黑气缠绕，不多时，凝聚出一柄煞气四溢的暗色长刀。

那刀甫一出现在场中，原本紧绷的气氛立时又沉了几分。

有人问：“无愧？”

亦有人惊呼出声：“妖刀无愧！”

林疏对修仙世界了解尚浅，并未听过这个名字，但看旁人的反应就可以知道，这把刀恐怕极负盛名。

大小姐手中的那把刀看起来也非常不凡，不知道比起这个如何。

同是用刀，不知道凌凤箫和萧韶比起来，又怎么样——真武榜上似乎没有和凌凤箫类似的人，恐怕是大小姐不屑与这些人混在一起，不能看见他们两个比武，实在有点儿遗憾。

萧韶缓缓抽刀出鞘，刀身沉沉无光，威势内蕴。

他道："来。"

林疏拔剑，依旧是"月出寒涧"。

萧韶的反应似乎也没有什么变化，但是，这一场已经与上一场截然不同。

林疏的第一感觉是，快。

见招、拆招、变招、连招，一切都比上一场快了不止一倍！

他已经听不见人声，听不见风声，也看不见萧韶，五识、五内、五感中，只剩下一柄剑、一把刀！

百招，千招，萧韶已入佳境，擂台上灵气奔涌如天河倒流，惊涛骇浪，刀光肃杀，使人魂悸。林疏剑上亦凝聚了他的剑意，一招一式苍茫寂静，暂未落下风。

林疏的喘息微微急促，他终于知道了濒临极限的比斗是什么样子。

这一招如何出、如何守，如何回、如何变，全然没有任何思考的余地，一呼一吸之间"铮铮铮"刀剑连响，就已过了数十招。

起先，尚能依靠素日所练所学判断，到后来连判断都没了时间，一切全部依靠直觉与刻在骨子里的那些剑招。

观众里传来喧哗声，许是有人精神消耗过度昏了过去，顾不得了。

萧韶下一刻似乎是用灵力结了个界，障住了他们的目光，也好。

不知道萧韶那边如何，但自己平生所学若有十成，此刻怕已使出了十一成。

这一个分神，刀芒猝然斜刺向左胸，避无可避。

他脑中一片空白，忽然之间，灵台空明，抬剑尖，平递剑身，动作流畅无比，角度不可思议。

直到挡下了萧韶这一剑，他才想到自己方才使出的，正是当时死磕数年才参悟到的"空谷忘返"！

萧韶的动作一顿，然而片刻之后，刀芒暴涨，以一道无法形容的轨迹向林疏的方向横扫。

这一招如疾风骤雨，其中的奇崛难以言表。

林疏立剑横挡，而后荡剑向右，与萧韶刀刃相撞。

相撞的那一刻，他心头一震，呼吸猛地急促，又吐出一口血来。

原因无他，这一式、这一式——

竟然是那本剑谱中"空谷忘返"后，他一直死磕，然尚未参透的"不见天河"。

苦觅而不得之招，忽然被自己使出，他神魂剧烈摇动，心跳快到了不可思议的程度，一时之间眼前发黑，竟不知今夕何夕。

似乎是被萧韶扶住，数息之后，神志才渐渐清明。

这具仙女壳子甚是纤细，竟然还差一点儿才能到萧韶的肩膀。

萧韶的气息似乎也是不稳——想想也是，若打到了这种程度还能稳，那这人也不必在凡间待着了，可以直接飞升上天。

萧韶见情况好转，放开了他，问："你还好吗？"

林疏："还好。"

"方才那两招叫什么名字，出自哪里？"萧韶问。

武逢对手，见猎心喜，想知道武功出处也无可厚非，但林疏想了想，还是道："师父不准对外人说。"

那本秘籍是自己师门的禁书，师门有严令，不可外传，内传也不行。

萧韶那边静了一会儿，然后问："你师父叫什么？"

林疏便胡乱报了自家老头儿的道号："葫芦道人。"

萧韶又静了一会儿，而后，林疏听见一声笑。

这笑是很轻的，但极为不善，让他心里有点儿发毛。

"继续装。"萧韶在他耳边低声说道，有些咬牙切齿的意思，"桃源君的武功，世人不识，我岂会不识？梦里梦外，你若再被我抓到马脚……"

林疏："？"

"桃源君"这名字，有点儿耳熟。

萧韶问："还打吗？"

林疏："不了。"

他感觉身体和精神都被掏空，现在只想回去好好想想那一招"不见天河"。

萧韶："嗯。"

林疏收剑归鞘，这把折竹剑，不知为何他用得格外顺手。

曾经有位南海剑派的师兄说这剑不能要，现在看来也是因人而异，他无论如何也是要拿到一万玉魄，换到现实的折竹剑的。

萧韶问："明日还来吗？"

林疏想来。

和萧韶的一场比斗，比他之前和所有人的切磋都要有益，更何况还用出了"不见天河"，简直是做梦都想不到的事情。

他刚想开口说要来，忽觉脚下的地面震颤起来。

外面传来声音："不好啦！台子要塌啦！"

萧韶解了障目的结界，林疏往外看，外面竟然已经乱成一团。

擂台发出“吱吱嘎嘎”声，剧烈震颤，即将分崩离析。

众人都用轻功浮在了半空，只见这座最大的擂台坍塌之后，周围各式大大小小的擂台也都摇晃震颤起来。

“地动了？”有人道，“梦境里也会有地动？”

“何止是地动，天也动了！”

林疏抬头望天，天上狂云翻滚，露出许多条漆黑的裂口，甚是怵人。

梦境里自然不会地动，这震动约莫是因为梦境不稳，产生了事故。

至于为什么不稳……

别不是……因为他和萧韶吧？

擂台的倒塌，可是从他们俩的擂台开始的。

“灵力波动超出梦境限制，”萧韶道，“演武场要塌，走吧。”

林疏：“……”

还真是。

震动越来越剧烈，梦境里原本稳定的灵力也疯狂波动，在某一个瞬间，林疏的脑子忽然一片空白，下一刻意识回归现实世界，竟然是被强制驱离了梦境。

“哥？哥！”西面，越若云扯着嗓子喊，“你还能进梦境吗？我怎么进不去？”

其语气，简直像是楼道停电后相互询问你家有没有电的邻居。

不可能有电了，电流过强，击穿了变压器，而维修部正在外出云游，无法抢修。

越若鹤道：“这几天都不能进了，为兄刚才在演武场！演武场被折竹和萧韶打塌了，大约要等枢玑真人回来！”

林疏摸了摸鼻子，感到有点儿心虚，他在心虚中研究了半个时辰的“不见天河”，然后在心虚中准备睡觉。

演武场塌掉，不能和萧韶再打了，想想还有点儿遗憾。

另一个问题是，萧韶好像认出了自己最后的那两招，而且还认得相关的也会这两招的人。

他觉得萧韶肯定是认错了。

如果没有认错，那就意味着现在这个世界里也有那本秘籍，那这个世界就有可能是自己原来的世界，只不过时间点不同。

这么说来，这个世界里也可能有自己的师门？

但是听学宫里的同窗互相介绍出身的门派，并没有听到过熟悉的名字。

算了，一切随缘，如果有，那以后一定会碰到的。

第二天，第一节是炼丹课。

林疏从灵药园出来，去了上课的含丹殿，坐在了凌凤箫要求的位置上。

大小姐竟然已经到了，正在看一本似乎是刀法的书，见他来，抬起头，就那么静静地看着他落座，看着他拿出《外丹术》，看着他开始翻看。

林疏被看得心里有点儿发毛，假装不知道，继续翻书，不知道自己哪里又惹到了凌凤箫。

他检视自己衣饰是否整齐，仪容是否整洁，神态是否温顺。

是。

顶多就是因为从灵药园出来，沾了一些灵草的草香气，但凌凤箫平日里也熏香，所以大概不会讨厌自己身上的灵草香。

他排除了一切可能的自身原因，只可能是凌凤箫的问题，觉得女人真是叵测。

前面的几个弟子正聚在一起叽叽咕咕。

林疏在学宫里待了这么久，发现他们都很喜欢聊一些学宫里发生的逸闻趣事、惊天八卦，流言传播的速度简直匪夷所思。

比如，今天的话题就从演武场发生的事故开始。

“道友，买留影珠吗？折竹师妹和萧韶昨日的比武，怎一个精彩了得？！”

“道友，你卖错人了，我是术院弟子，不看比武。”

“道友知道今日梦境彻底崩溃了吧？”

“知道。”

“把梦境打到分崩离析的比武！道友，你真的不感兴趣？”

“有点儿意思，多少玉魄？”

“二百，只要二百颗玉魄。”

“给我一个。”

林疏：“？？？”

二百颗玉魄？

就这样？

就卖一个录像？

——而且还是自己主演的录像。

林疏很嫉妒。

“我也要！”

“我也想看！”

林疏彻底自闭了。

那人兜售完留影珠，几人开始谈论起来。

“折竹师妹竟然可以与萧韶势均力敌，真的是难以想象！”

“你们仙道院这么可怕？”

“折竹师妹的身法实在漂亮，可惜看起来似乎不好相处。”

“你们仙道院今年本就有了这么多出挑的师妹，又多了一个折竹仙子，真让人嫉妒。”

“不知折竹师妹在梦外是怎样的？”

“依我看，即使容貌有所出入，气质却不会变，必定是个冷美人。”

冷美人个鬼！

术院的师兄们果然不会欣赏切磋之人的水平，只会评价双方的相貌。

林疏当作没听见那些议论折竹样貌的话，却不料有人比自己更加按捺不住。

大小姐在他们说得最起劲的时候，冷冷道：“闭嘴！”

他们瞬间噤若寒蝉。

林疏心想，大小姐的心胸也就有米粒大小，自小被旁人捧着长大，今日听到别人夸赞别的姑娘漂亮，怕是吃了折竹的醋，很不高兴。

他身为“折竹”，感觉有点儿奇妙。

大小姐这醋吃得明显，看神情，心情也很糟糕。

不多时，巨鼎真人到了，开始授课，林疏给凌凤箫点上丹火，两人各自炼丹，一时无话。

今日要炼辟谷丹，这东西并不值什么，两个时辰一炉，一炉可成三丸，修仙之人吃一丸可十天不进食。在学宫中，有饭堂供应餐食，餐食中含有精纯灵力，可助益修为，故而弟子并不吃它，只有出门在外时才会随身携带一瓶，弟子炼制成功后可以挂到藏宝阁售卖，一颗玉魄三丸，但买的人很少。

林疏坐在凌凤箫的左手边，这人的右手边是个圆头圆脸的术院少年，炼到一半，他挠了挠头发，道：“一丸辟谷丹可以省十天的粮食，昨天我听儒道院秀照先生在课上说，今年收成不好，南夏饥荒四起，赈灾亦是难事，我们缘何不大量炼制辟谷丹，分发给饥民？”

没人理他，过许久，凌凤箫忽然淡淡道：“一郡有多少人？”

圆脸少年道：“五万？”

凌凤箫道：“五万颗辟谷丹，要多少原料？”

圆脸少年“啊”了一声：“那也是很多了。”

凌凤箫道："灾年方闹饥荒，即使明年风调雨顺，也要过一年。"

那圆脸少年不说话了，半晌才愣愣道："是我想得不周全。"

凌凤箫亦没再说话，拿碧玉杵缓慢地搅动着鼎中丹液，雾气蒸腾间，看不清神情。

林疏在心里默默算了算，一年三百六十五日，一个人要吃三十六颗辟谷丹，一郡一年就要将近二百万颗，而灾年饥馑决计不会止于一郡之地，至少波及数十郡，这样算来，即便把所有灵山药园挖空，恐怕也只是杯水车薪。天地无情，非人力所能抵抗，仙道中人即便有上乘修为，毕竟也只能自己长生，而无法挽救一朝一国的子民。

他忽然想起自己离开闽州已有两月余，闽州今年亦是旱年，不知现在情况如何。

南夏的情况如何，凡间民生是否疾苦，他现在并不如何在意，唯独牵挂宁安府的李鸭毛一家。

因为这件事，他一下课便离开了含丹殿，余光看见凌凤箫从窗内看自己，似乎很烦。

他回到自己房间，提笔写了一封信，问李鸭毛家中情况如何，又去藏宝阁换了两大瓶共一百颗辟谷丹，带去后山灵兽圃，又花了十五颗玉魄，租了一只灵鸽送信与丹药去宁安府。

灵鸽往返速度极快，一天一夜后便带来宁安府的回信，李鸭毛的字写得歪歪扭扭，但竟然已经颇为通顺。大致意思是我们这边也有点儿难过，但总体还好，能够勉强维持生计，丹药我们收下了，以备不时之需，你在学宫好好学习，不要牵挂我们。

林疏读完，安下心来，准备收起信纸，却发现背后还有字。

李鸭毛说，对了，九月的时候有几位不认识的女侠来村子里打听你的消息，说是凤凰山庄的人，奉的是大小姐的命令。村民把仙人将你托付给我们，在村子过了十年的事情如实说了，我想凤凰山庄的姐姐们都不是坏人，应该也没有什么事情，但还是跟你说一声比较好。

林疏："……"

他早该想到，大小姐那种人并不会只是观察自己那么简单。

亏得他还胡编乱造了一通，原来凌凤箫早就派人去宁安府查过他的消息。

九月，恰好是凌凤箫观察自己的开始，那天的炼丹课之后，林疏还亲眼看见过凌凤箫在含丹殿里，在竹苑的中庭写信、收信，原来就是和外面交流信息。

那河豚是个眼里揉不得沙子的人，自己为了避免麻烦，并没有把小傻子有师父这件事情说出来，在凌凤箫眼里自然就成了蓄意欺瞒、别有用心，是潜在的危险犯罪分子。

然后，这人在琼花林里对自己突然拔刀，试探出他确实毫无武功，态度才渐渐好转，甚至送这送那，很有点儿那个意思。

今天不知怎么，凌凤箫又开始审视观察自己，那他这次又是做错了什么？

林疏陷入了深深的绝望和自我怀疑。

除了有师父这件事，他还有什么地方能欺瞒凌凤箫呢？

想不出来。

近日还是少和凌凤箫打交道为好。

所幸这两日的课除了已经上完的“外丹入门”，再没有与凌凤箫一同上的课了，而凌凤箫本身的课业也很繁忙，两人根本碰不见面，林疏又有意错开吃饭和回苑的时间，要想不打交道实在很容易。

到第三日，学宫内普天同庆——枢玑真人云游回来了。

原本梦境出事，只是一些小小的错乱，无伤大雅，枢机真人并不急着回来，现在整个梦境都崩溃掉，事出紧急，大祭酒亲自接了还在赏玩名山的枢玑真人与真人的好友回学宫，立刻着手修复梦境大阵。

便又引出一件事来，与枢玑真人一同云游的那位好友名号为玉石道人，是“奇石鉴赏”课的老师。如今他回来，迟迟没有开的奇石鉴赏课也就准备开课，第一堂课约定在十日后。

林疏把那叵测的圆筒找出来，放在显眼的位置，打算十日过后询问玉石道人该怎么打开。

又过几日，玉符亮起，梦境大阵修复完毕，梦先生回来了。

“道友，我不在的时候，你怎么做出了这样的大事？”梦先生从亭中转身，对林疏一拱手，笑眯眯道。

林疏：“……”

别人不知道他是折竹，但毫无疑问，与梦境大阵紧密联系的梦先生是知道的。

他道：“一时不慎。”

梦先生道：“道友，你莫要责怪自己，没能预料到幻荡山提前开启，没有做好对大阵的保护，使梦境脆弱了许多，这原是我们的过错。”

林疏道：“是我不对。”

“唉，道友，你能这样想，也是很好的了，”梦先生叹了口气，“我虽一力坚持这件事没有你们的过错，可上陵简那个刻薄精非说你们毁坏梦境大阵，难辞其咎，讹了萧韶一笔钱，还要罚你。”

林疏有点儿慌，他并没有钱可以被讹。

只听梦先生又说：“最初梦境错乱，把你的形象和另一位道友的形象搞混，让你用了女身，实在是造化弄人，上陵简那促狭鬼便说一年内不允许我为你改换形象，好让你记住教训。”

上陵简，这位大祭酒真的是令人窒息。

林疏还记得自己刚到学宫时，因为“上陵试”中没有和人论道，被上陵简罚和杠精住在一苑，所幸越若鹤和自己辩不起来，又被凌凤箫恐吓，近日还绝少见面，没有体会到困扰。如今这个处罚，可以说水平又上升了一个档次。

一年之内，自己要和人打架，都要用折竹的形象了。

偏偏还不能不打，和萧韶的那场比武中途停止，未分胜负，自己还没爬到第三十名，还要和萧韶继续打。

他进了演武场，向萧韶发出约战。

萧韶这次倒是回得很快，石壁上几乎是瞬间刷出了“萧韶应战”。

林疏在擂台上等，不多时，一身黑袍的萧韶便落到了对面。

萧韶却没看他，只缓缓擦刀，冷冷道：“你不是在躲我吗？为何又来约战？”

林疏有点儿不太明白。

演武场刚开，他就上来勤奋地打架，躲什么了？

这个人，莫名其妙。

林疏没有说话，拔剑向前。

萧韶亦未再说，横刀相对。

那一天，林疏福至心灵之下，使出“空谷忘返”，这一招的惊天威势实在超出他的所有预料。

而萧韶为挡住“空谷忘返”的那一招和应对“不见天河”的一招，林疏回去之后想了很久，觉得精妙玄奥之处并不下于自己。

可惜现在不能用，梦境毕竟是个人力而成的阵法，承载的灵力是有限的，并不能容纳那样高强度的模拟。

两人要再想以那种程度的招式对打，必须回到现实才行。

然而林疏在现实中是个手无缚鸡之力的病秧子，并没有办法打架，这让他觉得有点儿遗憾。

萧韶的刀越来越快，刀光连成一片，裹挟无尽萧瑟之意，如同黄沙大漠。

林疏以剑意对刀，两人你来我往，一时之间，场上只听得刀剑连弹声不止，剑光纵横，刀气凛冽。

然而，要用的招式，是拦不住的。

萧韶的刀当头而下的那一刻，林疏的身体全凭直觉折转，荡出一片剑光，俨然又是“空谷忘返”。

他和萧韶对视一眼，下一刻心有灵犀般以左手对掌，灵力激荡，各吐出一口血来，退了几步，那一式“空谷忘返”好险没有彻底用出。

“寻常比武，我赢不了你。”站定后，萧韶淡淡道。

林疏：“我也是。”

刀剑相对，他和萧韶并不能分出胜负。

“戌时，思过洞，来吗？”萧韶收刀归鞘，道。

林疏知道他的意思，这人是要在现实里和自己约战了。

若换成上辈子的那具身体，他必定赴约，但现在不行。

他道：“不了。”

萧韶收刀的动作顿了顿，然后猛地将刀身插进鞘中，发出“铮”的一声碰撞声，道：“告辞！”

几乎是下一刻，这人的身影就消失在林疏面前。

他下线这么快，让林疏有点儿茫然，甚至觉得那一声“告辞”有一些生气的意思。

下一刻，石壁上弹出信息“折竹与萧韶一战，萧韶认输，折竹位居真武榜第三十名。”

萧韶就像之前对前三十名所做的那样，认输了。

林疏如愿拿到了前三十名，却因为方才萧韶的样子，觉得有些不是滋味。

先前，萧韶有个词用得很好。

那时候他们刚过了几百招，萧韶说“今日武逢知己，用刀也无妨”。

“武逢知己”，这四个字的分量很重，重逾千钧。

天下习武之人何其多，然而武无第二，若交手，非胜即负，取胜容易，不分伯仲却难。

武逢知己正如棋逢对手，都是可遇不可求的事情。

萧韶在真武榜上傲视群雄，百战不败，虽然他人看来很是风光，但对他自己来说，未必是这样。

若没有敌手，就少了更上一层楼的契机。

可自己又不能在现实中和萧韶对打，也难怪他会不高兴了。

这人认输下线，自己也拿到了前三十名，在演武场待下去已经没有意义，林疏回了梦境，打算在山巅练一会儿剑。

然而，练着练着，又想起自己把萧韶气走，觉得很没趣味，剑也不想练了。

梦先生见他收起剑，问："道友，为何不练了？"

林疏道："不想练。"

梦先生道："道友有心事？"

林疏没说话。

梦先生笑得温和："道友，若是有什么不顺心之事，或修炼上遇到了问题，不妨和我说。"

倒是没什么心事，只不过和人闹了矛盾，也没什么可说的，徒惹笑话罢了。

而说到修炼上的问题，确实是有的。

昨天他做了一晚上的梦，翻来覆去都是"空谷忘返"和"不见天河"。

夜中惊醒，在脑中把"不见天河"翻来覆去想了许多遍，又点起灯，靠着记忆把上辈子的那本剑谱默了一遍，开始看第三式"壁立千仞"。

这一式，孤高至极。

然而空有纸上的图形与描述，却无论如何都演练不出来。

上辈子，他问师父为何会这样，师父说，这些招式关天命，非人力，并不是有天资、有悟性便能参悟的。

他是不信的。

剑是很真诚的一种东西，并不该有"关天命"这种玄而又玄的说法。

剑招的走向、灵力流动就在那里，理当用得出来。

他对梦先生道："我学剑谱上的剑法，明明能看清楚招式，却用不出来。"

梦先生问："是极高深的剑法？"

"确实高深，"他道，"但我已经知道灵力如何运行，觉得自己可以用出来。"

"既然如此……"梦先生沉吟许久，才道，"可是行至此招，剑势分明并无错误，却于不知名处受阻，无以为继？"

林疏："是。"

梦先生拢了拢袖子，目光看向遥远的天边，声音有些低，道："这世上原就有一些招式，用不出来。"

林疏不太理解。

梦先生看他目光迷茫，笑了笑，道："你年纪尚小，未经世事，自然不懂得这里的道理。”

林疏：“什么道理？”

梦先生悠悠叹了口气，道：“是人的心境。”顿了顿，他继续道，“你可知‘凤凰刀’？”

林疏：“知道。”

凌凤箫前些日子还在他面前演练了凤凰刀法。

梦先生缓步来到崖边，看着远方朝日，道：“凤凰刀法名扬天下，独步江湖，其中又分数套招式，‘凌云九式’独具锋芒，‘瑶池不二’飘逸绝伦，‘缺月十一刀’肃杀寂寥……数百年来，无人可攫其锋芒。而其中最为深奥的是一部刀法，‘寂寥’。

“凤凰山庄的先祖，曾用‘寂寥’中的最后一式‘天意如刀’，以一人之力横扫数万之师。”

以一人之力横扫数万铁骑，这一式“天意如刀”的威力可以想见。

但梦先生话锋一转：“然而，‘寂寥’的刀谱虽完整流传下来，数代之中，却无人可以使出一招半式。直到她们家的小凤凰横空出世，但以那样的天纵之才也不过能使出两招而已。”

梦先生口中的“小凤凰”，便是凌凤箫了。

大小姐刀法的精湛，林疏是知道的，这世上也有大小姐使不出的招式，实在有点儿稀奇。

“究其原因，世人只知这刀法如何高妙，却不知它如何被创。”梦先生淡淡道，“二百年前，旧都为北夏逆党铁蹄所破，天下之大，竟无一处不生灵涂炭，那位凌家主人不过一弱质女子，乱世之中看惯沧桑剧变，方悟出‘寂寥’这样的刀法。”

凤凰山庄自然是江湖中最如日中天的大派，林疏却没有想过它是怎样来的。

若以一人之力，开辟这样一个门派，实在不是常人可以想象的事情。

梦先生继续道：“后来王朝南迁，与北夏二分天下，这才渐渐安定下来，仙道、儒道亦渐渐复苏。旧日血流成河之景，已再难见到了，而‘寂寥’那样的刀法、‘天意如刀’那样的招式，却再也没人见到。

“道友，你想，一人究竟要经历多少天不遂人愿之事，生离死别，国仇家恨，才能明白‘天意如刀’这四字的分量？”

林疏没有说话。

他似乎明白了一些。

就听梦先生又道：“这世间的精妙道法、顶尖武学大多如此，不可复得。”

说到这里，梦先生叹一口气，道：“天意如刀，世事莫测。若无相应心境，除非机缘巧合，否则绝难使出这些招式，而要有这心境，又要遭受无尽磋磨。故而，即使它们有无与伦比的威能，我也宁愿你们一辈子都不能用出罢了。道友，你明白吗？”

也就是说，这些招式，若非有心境上的领悟，是用不出来的。

凤凰山庄的“天意如刀”要饱经离难，彻底明白造化弄人的道理，才算是有了那样萧瑟寂寥的心境，那“空谷忘返”“不见天河”中的心境，又是怎样？

他纵然不是很明白，但也知道这几招中的意蕴，是很苍茫孤冷的。

当年自己听闻师父死讯，惊觉偌大世上，已无任何亲近之人，自己不过一孤魂野鬼，勉强悟了第一式，后来到了这个世界上，独在异乡为异客，过得迷茫飘忽，可能正是能用出第二式的原因，另一个可能的原因是巧合，是被萧韶的招式逼出来的。

梦先生看到他已经明白，也不再谈论这个话题，两人随意说了些别的闲话——主要是梦先生说，林疏听，过一会儿，林疏便出梦境，回到现实中了。

他在案几上放好明天要用的课本，又温习了这一天的功课，才开始入定，练习吐纳法，过一个时辰便睡了。

这一觉睡得并不安稳，乱糟糟做了许多光怪陆离的梦，梦见剑招，梦见生气的大小姐，竟还梦见了和生气的萧韶打架。

打着打着，愈发激烈，又用出了“空谷忘返”和“不见天河”，一下子惊醒了。

醒后才知道了睡得不安稳的罪魁祸首，原来不知何时外面淅淅沥沥下起了秋雨，雨滴敲着竹屋，动静甚大，窗子未关严实，漏了潮气进来。

入秋以来，这是第一场雨，蜀地多水，此一场雨过后，大约要迎来连绵不断的雨期。

整间房子既凉且湿，很不适合他这种肉体凡胎生存。

林疏下床，拿出那个装着离火之精的玉盒，放在床头，打开。

通红的圆珠发出莹润的光泽，暖意立时席卷整个房间，仿佛有火焰在流淌。

他走到窗边，打算把漏雨的窗户关紧，却发现中庭还亮着飘飘摇摇的一缕灯光，雨幕里，一点红影倚在竹栏上。

凌凤箫这只绝世夜猫子，竟然又是到现在还没有睡觉。

林疏透过竹影与雨幕仔细看，发现这人在吹箫。

极低沉的箫声透过淅淅沥沥的雨声传过来，夜色之中，美人吹竹箫，原本是很风雅的事情，可这天气有点儿不对，箫声也甚是凄凉，静静听去，竟然似有寒意入骨。

不知是不是因为雨声，箫声显得时断时续，诸多凝涩，低到不能再低的时候，无以为继，断了几息之后，才渐渐起来。

凌凤箫吹完一曲，便再吹一曲，亦是十分压抑的调子，用阅读理解体来说，应当这样评价："本曲基调凄凉，寄托了作者叹息世事无常，感伤身世之情。"

林疏静静听，忽然想起过往人生中很多个黑压压的晚上来。

这首曲子他知道，学琴时也学过，是个古曲，叫《西北有高楼》。

> 西北有高楼，上与浮云齐。上有弦歌声，音响一何悲。
> 一弹再三叹，慷慨有余哀。不惜歌者苦，但伤知音稀。[①]

乐能通情，听这种不高兴的曲子，自然要想起不高兴的事情，而他高兴的时候实在是太少，被乐曲触动是人之常情。

但凌凤箫不像是会吹这种调子的人。

凤凰山庄的大小姐，众星捧月般长大，天赋绝佳，武功又高，一声令下，便有无数人愿意赴汤蹈火。这样的人，一辈子是不会有什么烦心事的，更何况大小姐现在也不过十五六岁的年纪，若要知道什么是愁苦，也太难。

一曲结束，凌凤箫似乎是抬起头来望夜空，久久没有动。

果真是有什么伤心事吗?

林疏发现自己竟关心起大小姐来——这其实也在情理之中，自己收了大小姐无数圣药和玉魄，现在还抱着大小姐给的珠子取暖，可以说是非常寄人篱下，对金主的心理健康理当有一定程度的关注。

这一关注，便被抓了个现行。

只见凌凤箫发完呆，眼睛便忽然朝着自己的方向看过来，他这边亮着灯，极容易被发现还没有睡觉。

果然被发现了。

大小姐直勾勾地盯着他的窗子，面无表情，活像个要吃人的绝代女鬼。

林疏正要吹灭蜡烛，假装什么都没有发生，就见凌凤箫从中庭竹廊上起身，

---

① 引自《古诗十九首·西北有高楼》，引用时有改动，原诗为："西北有高楼，上与浮云齐。交疏结绮窗，阿阁三重阶。上有弦歌声，音响一何悲！谁能为此曲，无乃杞梁妻。清商随风发，中曲正徘徊。一弹再三叹，慷慨有余哀。不惜歌者苦，但伤知音稀。愿为双鸿鹄，奋翅起高飞。"

向自己的房间走来。

这人缓步走过竹径，穿一身大红的衣服，连伞都是红色的，被雨幕一衬，竟艳丽得有些凄凉了。

林疏并无他法，开门候着大小姐大驾光临。

凌凤箫将伞放在檐下，进屋，关了门，又环视一眼房间，竟走到窗边，把林疏方才没来得及关上的窗户关严了，这才落座。

因着关好了门窗，房间中暖意更盛。

林疏没有什么可用来招待大小姐的东西，只挑亮了灯花，让房间明亮些。

凌凤箫倚在竹椅上，姿态略显慵懒，掀了掀眼皮，把他打量一遍，开口道："既不理我，又半夜偷听，你这人也真是莫名其妙。"

说着，大小姐将身子支在桌上，向林疏这边靠近。

林疏反射性地往后靠了一点儿。

"你躲什么？"凌凤箫似笑非笑，"我不吃人！"

"不吃人，胜似吃人。"林疏腹诽道。

凌凤箫在离他只有一尺远的地方停下，道："你这几天见到我，为何躲躲藏藏？"

果然，凌凤箫只要找他，就没有好事情。

趋利避害是生物的本能，林疏觉得自己的行为有充分的理由。

他摸了摸鼻子，道："你凶。"

大小姐莞尔一笑。

美人笑起来，自然是好看的，这间竹舍原本朴素无奇，有凌凤箫在这里一笑，竟显得边边角角都熠熠生辉起来。

"你总骗我，我自然不高兴，"大小姐道，"若是听话一些，何至于此？"

绕来绕去，还是因为自己瞒了那件事，又被大小姐查到。

林疏："好。"

大小姐似乎很满意，道："你我各有苦衷，有些事情不愿直说，也就罢了，姑且放过你这次。"

他不是不愿说，他是不会说话，继而不想多说话。

不过，既然大小姐要放过他，那再好不过。

林疏道："多谢！"

大小姐道："你既有师父，又有武功？"

林疏："是。"

大小姐已经查了那座村子，知道自己有师父这件事，而没有武功根基的人，没有办法通过“上陵试”。

大小姐继续说道：“却经脉闭塞，根本不通——你曾经走火入魔过？”

林疏倒是没想到凌凤箫会往走火入魔上想，但这样一来，就可以解释很多问题了，若是说经脉闭塞是天生的，就又与他会武功相矛盾，又要惹凌凤箫生气，于是模棱两可道：“差不多。”

走火入魔是经脉尽毁，修为尽失，自己渡劫失败，也落得这个结果，两者没有什么差别。

“所以你在梦境外用不出武功……那我姑且与你和好。”大小姐若有所思，过一会儿，又道，“你经脉尽毁，毕竟要想办法重新打通。”

林疏：“嗯。”

大小姐居然想到了要去解决他的经脉问题？

这是什么感天动地的室友情！

林疏表面上很冷静，实际上已经不太冷静。

只听大小姐继续道：“重塑经脉的丹药稀少，不过并非不能弄到，再不济，我也可以用真气为你打通经脉。”

林疏眼中，大小姐的周身已经附带了圣光。

他正要组织感谢的语言，忽听凌凤箫继续道：“不过，终究不可行。”

林疏：“我觉得可行。”

“不妥，”凌凤箫摇头，“服食丹药重塑经脉或以真气打通经脉，全都疼痛无比，要吃上几天几夜的苦头，决计不可。”

不，我愿意疼上几天几夜。

林疏刚想说话，就见大小姐略带警告意味地看了他一眼：“这种路子，以后就不用想了。”

林疏试图用沉默表达自己的反抗。

大小姐不为所动。

半晌，大小姐道：“既如此，便只剩下一个法子。”

还有别的法子——林疏略微振奋了一些。

“你日后就不必尝试修炼了，”大小姐语气从从容容，“想玩什么，尽管去玩儿，自有我护着。过几年，等你再大些，经脉自然可以打通。”

“？”林疏问，“怎么打通？”

难不成经脉还能随着年龄的增长而变好吗？

大小姐的神色那一刻有一点儿不自然，生硬道：“不许多问。”

林疏："？"

他道："可是……"

"没有可是，"大小姐道，"你尽管游手好闲即可。"

行吧。

虽然十分怀疑，但还是姑且相信。

"你明日有什么课？"凌凤箫问。

这主题变得也太快了，林疏几乎要怀疑凌凤箫是在转移话题。

他道："南夏风物考、异术全览、阵法初通、医术入门。"

"这几日下雨，我不舒服，不能去动武的课程，"大小姐重新倚回了椅背上，一派慵懒，"早上等你吃饭，然后陪你上课如何？"

不如何。

林疏还是有点儿怕凌凤箫。

但是，正是由于有点儿怕，拒绝也不敢拒绝。

尤其是大小姐虽然说着"如何"，语气却是明明白白的"就这样定了"。

他屈服地"嗯"了一声。

他瞧了眼凌凤箫的神色，发现这人的脸色果真有些不易察觉的苍白。

据说姑娘每月总有那么几天身体不舒服。

看来是真的，连大小姐都不能避免。

他试探地问道："你没事吧？"

"无事，"凌凤箫淡淡道，"雨停便好了。"

林疏歪了歪脑袋。

原来还和天气有关吗？

他觉得自己获得了一些新知识。

说罢这个，两人一时无话，凌凤箫道："你去睡觉。"

林疏并无异议。

现在是深夜，他原本是在睡觉，夜中惊醒，才把凌凤箫招惹过来。

他确实有点儿困倦，但凌凤箫好像没有走的意思。

林疏默默回卧房，脱了匆匆披上的外袍，钻进被子里。

竹舍卧房和正厅相连，中间的墙壁上只有一个门框，并没有门。

凌凤箫并没进卧房，隔着门框看他把自己埋进了被子里，才隐约笑了一下，道："我走了。"

林疏："慢走。"

真是一个奇妙的晚上。

一夜无梦，到了早上，穿好衣服，洗漱完毕，凌凤箫果然如昨晚所说，在等他一起吃早饭。

他们两人并肩走在路上，林疏甚少与人离得这么近，按照他原本的性子，早就不着痕迹地溜掉了。

然而，大小姐在某种意义上已经是他的饲主，努力克服一下，还是可以乖顺地共处。

他们起得早，饭堂里人甚少，因此只引起了小范围的围观，但当林疏从灵药园出来，被大小姐接到，然后两人一起去上课的路上，合虚天已经人流如织，林疏便被大范围围观了。

看，大小姐竟又和这人一起走了！——林疏都能想象出他们在说什么。

说什么都好，随缘。

眼下，凌凤箫为大。

第一节课是“南夏风物考”，这是儒道院的课，秀照先生博学多才、妙语连珠，是门很好的课。

这门课只有一点不好，那就是要和萧灵阳一起上。

这个人每次和林疏一同上课，都要“孜孜不倦”地找事情，或恶言恶语，或到处挑刺，但碍于凌凤箫，又不敢直接动手，林疏一向懒得理他。

如今看到凌凤箫居然来陪林疏上课，萧灵阳彻彻底底地炸了，看着他们两个，瞪着眼睛，气到说不出话来，等凌凤箫坐到他身边，已经语无伦次：“你们……你们勾搭……勾勾搭搭！”

凌凤箫：“你有意见？”

“我当然有意见！”

凌凤箫：“意见没用。”

萧灵阳道：“这才过了多少天？你就跑来陪他上课……陪他上课！再过一个月，是不是还要一起去幻荡山？我也要去！我要看着你们！”

“你不去。”凌凤箫无情地摧残着自己的弟弟。

萧灵阳：“我不同意！”

“不同意？你若今年每门课都拿到甲等，再得到大国师亲口夸奖……”凌凤箫慢悠悠道。

萧灵阳：“我学还不行吗？”

凌凤箫："那也没用。"

萧灵阳："……"

凌凤箫继续恐吓："你若再欺负他……自己想想。"

萧灵阳安静地上完了整堂课，但林疏觉得他眼角一直闪烁着不怀好意的光芒。

"异术全览"是门很有意思的课程，专讲江湖上的歪门邪道，据说目的是避免弟子以后行走江湖时上当受骗。

林疏记得上次课讲了易声，这节课则要讲易容。

授课的空空真人讲了九种易容手法，十八种易容材料，连人皮都在其中。

最上乘的易容手法，佐以绝佳的易容材料，完全可以以假乱真，纵然是丑八怪，也能变成绝世美女，即使是文弱书生，也能变成彪形大汉。真正的易容圣手，一人能有千面，男女老少，无一不可行。

林疏边听边做着笔记，觉得这很厉害。

凌凤箫没有课本，因此和他合看一本，道："你的字好丑。"

林疏："……"

拿起毛笔两个月，写成这个样子，他已经很努力了。

在现代，连他师父都已经习惯用圆珠笔写字，他自然没机会摸到毛笔。

行吧，继续练字。

讲完了易容手段，空空真人开始讲辨别方法。

下乘的易容粗制滥造，胡乱贴上面具，粘上眉毛胡子，极不协调，而且遇水便会惨不忍睹，非常容易分辨。

中乘的易容虽然外表上无懈可击，然而材料有限，不能长久维持，须时时养护，时间一久，自然被人发现端倪。

上乘的易容完美无缺，天衣无缝，只能靠皮相与骨相的不协调来判断，只不过大多数人毕竟没有这样的眼力。

有人问："那该如何分辨？"

空空真人道："还有一种方法，无论易容如何完美，终究不是自己的脸，嬉笑怒骂皆不自然。因此，老到的易容者往往惯做面无表情状，遇到这样的人，你们须得多加注意。"

林疏觉得凌凤箫好像看了自己一眼。

别吧。

我虽然表情经常一片空白，但脸确是真的，可见空空真人这个方法不大靠谱。

讲完这些，空空真人又补充道："除去这些易容方法，世上还有一种，比天衣无缝更加天衣无缝，任是大罗神仙也认不出来。"

众弟子好奇。

空空真人说："这世上，有一种绝世灵丹，名为幻容丹，只要服食此种丹药，变换容貌如同纸上作画，重塑身形如同捏造泥人，除不能改变骨架外，几无任何缺点。"

弟子悚然，问真人："该如何破解？"

真人说："不可解，也不必解，这幻容丹的原料举世难寻，除非是财力惊人，又根基深厚的世家大族，否则绝无可能凑齐原料，炼出一丸。而这样的人，自然又不会玩弄这种易容伎俩，退一万步，即使易容，也不屑于做一些江湖上的勾当，你们不必害怕。"

凌凤箫听到这里，问林疏："我有很多，你要吗？"

林疏："……不用。"

一丸就已经世间难寻，你居然有很多来随便给人，有钱人真会玩儿。

# 第七章 守株待竹

凌凤箫说到做到，果真陪着他上完了一整天的课，就连林疏去藏书阁整理书籍，大小姐也屈尊降贵，在旁边搭了把手。

林疏觉得凌凤箫就是过于无聊，才要和自己凑在一起玩儿。

不过这人的话也并不多，顶多是偶尔看看他，并未让林疏感到任何不舒服。

这样看来，大小姐关注自己大概就像无聊的人饲养一只仓鼠，打发一下时间，他只需要安安静静继续自己的生活就好。

当然，有些时候凌凤箫还是要干涉他的生活的。

“你每天来此处整理书籍，有多少玉魄？”大小姐冷眼看他在书柜之间跑来跑去，问。

林疏道：“三颗。”

凌凤箫沉默了。

林疏能理解。

一个富有的人，可能不会想到还有“三颗玉魄”这样微小的单位。

沉默过后，大小姐蹙起眉来，一脸冷淡地嫌弃：“退掉！”

林疏道：“不能退。”

凌凤箫道：“那你做藏书阁的委托是有别的目的？”

没有，我只是打一些工，买我的剑。

林疏道：“没有。”

大小姐问：“那你为何要做这个？”

“毕竟，”林疏想了想，道，“我比较穷。”

凌凤箫问：“灵药园的委托多少颗一次？”

林疏：“五颗。”

凌凤箫：“……”

林疏想，大小姐可能是被自己的贫穷惊讶到了。

谁的玉魄都不是大风刮来的，但人与人的差距毕竟很大，大小姐可以随意接受高级委托，顺手杀几只千年妖怪，立刻有几万颗玉魄进账，而他手无缚鸡之力，就只能养养药草、摆摆书籍，看着自己的玉魄数缓慢蠕动。

哦，打进了真武榜的前三十名，他有了三千颗玉魄的奖励，加上凌凤箫之前给的五千颗玉魄，再加上最近攒下来的委托奖励，他已经有八千一百多颗玉魄了。不买那些温养经脉的药的话，离想要的剑已经不是很远，连养草和摆书都多了许多动力。

凌凤箫道："你需要玉魄？"

林疏道："嗯。"

"立刻退掉，灵药园也退掉，"大小姐道，"现在就去藏宝阁，你想要什么，尽管拿就是。"

被大小姐饲养的仓鼠，一定是普天之下最幸福的仓鼠。

但是，这两份委托是不能退掉的。

虽然给的玉魄很微薄，但已经是自己在这个系统中所能拿到的最高的报酬了。

不知为什么，大小姐对自己这么好，也难保有一天会突然不知道为什么对自己坏起来，那时候还是要靠自己做任务去赚玉魄。

人，还是要有一点儿忧患意识，不能死于安乐。

而若是中途放弃委托，下次就不能接这个委托了。

林疏摸了摸鼻子，道："我喜欢养草和摆书。"

凌凤箫"嗯哼"了一声，没再说话。

林疏拿起一本书，要把它归位，奈何个头儿有点儿矮，要踮起脚才勉强能够到。

凌凤箫从他手里抽出那本书，从从容容地将书放回它该待的位置，这才道："没出息的小东西。"

林疏："是。"

他就是一条胸无大志的咸鱼。

凌凤箫："那便不退了。"

林疏："嗯。"

做完藏书阁的委托，恰是戌时，从烟霞天出来，雨已很小了，有停的趋势，天边乌云背后透出一团轮廓模糊的月光。

凌凤箫今日整个人有点儿恹恹的，见雨小了，自己索性连伞也不打了，要去林疏的伞下待着。

奈何林疏身量还未长开，比凌凤箫还矮一些，手臂上又无甚力气，要一直把伞打高有点儿困难，凌凤箫被伞碰到两次头发之后，就从林疏手里把伞拿过来，由蹭林疏的伞变成给林疏打伞。

这下子便清净了，从位置到角度都很妥帖。

林疏心想，大小姐此人其实也不难相处。

回了竹苑，凌凤箫便有些忙了，要检验萧灵阳的功课，凌宝清和凌宝尘几个姑娘听说大小姐今天闲了下来，也过来要凌凤箫指点刀法。

大小姐便懒洋洋地倚在贵妃榻上，边听萧灵阳背书，边看姑娘舞刀。

萧灵阳今日倒很乖，也没找林疏的麻烦，只多看了他几眼。

这人不太正常，林疏警惕起来。

他看了看四周。

中庭里，练武的练武，背书的背书，连越家两兄妹都在“孜孜不倦”地抬杠。

越若云道：“爹来信说，‘花有重开日，人无再少年’，要我们在学宫里勤学文武艺，千万莫偷懒耍滑。”

越若鹤道：“这话本就不大对，‘人无再少年’还说得通，花朵凋零怎有重开日？”

越若云道：“你实在不可理喻，这意思是树上有花，今年的花谢了，明年自有新的花开，这树便年年都能当一棵有花之树，人却无法年年都当年少之人。”

越若鹤道：“你这样说很有问题，新树开花，类比人生少年，老树开花，也能说是少年吗？这可不大通顺。”

越若云道：“你这话也太没有依据，老树开花，不过是时人借喻，但凡树还枝繁叶茂，都能开花结果，无论活了多大年龄，都不能说是老树，而是大树。”

越若鹤道：“照你这话的意思，树也分小树、大树和老树，岂不是也和人一样盛年不再重来了吗？所以我说，这句‘花有重开日’着实无甚趣味，拿纸笔来，我今日就要与爹畅怀一辩。”

这也能抬起杠来，实在让人叹为观止。

越若云落了下风，气呼呼地去拿纸笔，杠声暂停。

林疏温习完今天的功课，安静地围观姑娘们练刀。

凤凰刀法自成一个体系，姑娘们都学凤凰刀，但具体练的刀法个个儿不同，凌宝清练“凌云九式”，凌宝尘练“瑶池不二”，凌宝镜练“缺月十一刀”。

而大小姐都会。

凌凤箫此时在看凌宝尘的刀法，正给她说着要领，忽然目光一凝，在前方黑魆魆的竹林中扫过，冷声道：“谁？”

众人尽数屏息收声。

竹林之中，并无一丝一毫的动静。

凌凤箫却猛地抬手。

几片碧绿竹叶激射而出，“嗖嗖”破空声中，五丈远处有轻微的“咚”的一声闷响，片刻之后，又是“咚”的一声。

凌凤箫取出夜明珠，让林疏与萧灵阳跟紧，身怀武功的几个姑娘散开，拨开竹林，朝发出声音的那两个地方走去。

发声之处的地上，各躺了一个两只巴掌大的、漆黑的、像鸟一样的东西。

它们的脖子被竹叶割断，头像乌鸦，喙是一个尖钩，没有羽毛，翅膀像蝙蝠，丑陋至极，难以形容。

总之，浑身上下散发着一种说不清、道不明的恶意。

凌宝清道：“又来了！”

凌凤箫拿起玉符，神色凝重，道：“我去找梦先生。”

林疏问：“这是什么？”

“蛸，”凌宝清道，“北夏的脏东西，怕是前些日子梦境受损的时候，护山大阵也不稳定，让它们飞了进来，多亏大小姐发现！好险！”

萧灵阳的脸有点儿白。

“未必，”凌宝尘道，“十几日前折竹与萧韶一战，虽然后半段被结界遮挡，但前半段大都被弟子用留影珠记了下来，四处传播，想是北夏在外面得了。他们两个人那样的修为武功，已经是元婴往后的境界，我看比起大小姐也只差一线……若说引起北夏注意，也并非没有可能。”

怎么还牵扯到了折竹和萧韶？

“林疏，”凌宝尘话锋一转，对他道，“你可知为何我们明明各有门派，却聚在学宫之中？为何非要在梦境中改换形象去切磋？”

这确实是一个问题，各个门派的弟子，明明可以在各自的门派里长大，却非要来学宫进修。而梦先生对演武场的解释是防止弟子在现实中切磋，导致不必要的受伤，但听凌宝尘的语气，俨然另有隐情。

林疏：“不知。”

凌宝尘道：“你在鬼城里长大，自然不知二十年前的惨案……一年之间，许多大派中被寄予厚望的年轻天才竟接连被杀，连儒道都未曾幸免！据说那时人人自危，上下排查许久，竟是北夏的手笔！他们为遏制我朝仙道势力，不惜使用这等下作手段。此事被查清后，大国师亲领大祭酒一职，扩建‘上陵学宫’，广纳天下英才，既是培养，也便于一同保护——我们学宫有牢不可破的护山大阵与这么多仙道前辈，从未出过事。”

凌宝清在一旁补充：“可北夏仍不时驱使这些妖物来探查，如今又来了，实在是欺人太甚！学宫岂是他们想来就来的地方？”

原来，仙道并不是一个很太平的地方，有强敌虎视眈眈。

修为高深的仙人若为王朝效力，能发挥出很可怕的威力，而身为南夏的敌国，若能将那些未来的仙人扼杀在摇篮中，实在是再好不过了。

南夏便设立学宫，保护羽翼未丰的年轻弟子，然后设立梦境演武场，每个人以虚拟外表和名字与他人切磋，混淆视线——折竹与萧韶那一架打得很好，他们的境界很高，武功也好，但是又有谁知道在现实中这两个人分别是谁呢？

林疏觉得这保护机制很妙。

正想着，凌凤箫睁开眼睛，道：“梦先生说立时开始排查，目前还不清楚有多少妖物在上陵山，要我们保护好自己。”

凌宝清主动道：“我们护送殿下回合虚天。”

凌凤箫：“好。”

萧灵阳看着凌凤箫，欲言又止：“你行吗？”

“我吗？”凌凤箫笑道，“他们不敢打我的主意，你速回合虚天，只管跟好大国师。”

姑娘们各自拔刀戒备，护送萧灵阳回去。

凌凤箫对林疏道：“我送你回房。”

待林疏回了房，这人又要看着林疏睡觉才罢休。

甚至站在卧房门口，礼貌地询问一句：“我能进来吗？”

林疏说：“可以。”

大小姐蹙眉又问：“可我进你的卧房，是否有些唐突？”

——这架势倒像是个男人要进姑娘的卧房。

林疏说：“并不唐突。”

凌凤箫便进来了，甚至给他关了窗户，压了压被角。

“北夏魔物，不止蛸一种，学宫可能要出事。我要在碧玉天策应，今晚不睡。”凌凤箫把离火之精取出来，放在他枕边，语调居然很温和，道，“你害怕吗？若怕，我便一直守在这里。”

林疏道：“还好。”

虽不知魔物到底是什么样的一种东西，但他如此不起眼，大概不会成为目标。

但躺着的人，说话的声气总是要比站着的时候绵软无力一些，听起来有些闷闷的，很是外强中干，连林疏自己都被这软弱的一声“还好”吓着了。

大小姐彻彻底底不凶了，语气虽然平淡，却很温和。

“不怕，”大小姐道，“我在这儿。”

林疏把自己往被子里埋，余光看见凌凤箫轻轻吹灭灯烛，感到了意外的安全。

林疏醒来的时候，天蒙蒙亮。

天光从窗外进来，映出凌凤箫的剪影。大小姐果然一夜未睡，此时正在看一本书册，略低着头，额边滑落了几缕头发，姿态很是优美。

这人的刀已出了鞘，平放在一旁，是随时都能出手的样子。

惊风细雨苑大致位于碧玉天的中央，这样一来，无论哪里有动静，凌凤箫都能以最快的速度赶过去。

不过，凌凤箫现在仍在这里，过去的这一晚大约无事发生。

林疏从床上起身，揉了揉眼睛。

然后就听凌凤箫道：“醒了？”

林疏：“嗯。”

凌凤箫道：“你睡得倒是很沉。”

林疏的觉确实不浅，他这两辈子的睡眠质量一直很好，大约是没什么心事的缘故。

不过，大小姐居然真的陪了自己整夜，林疏的感觉非常奇妙。

谁能想到，一个月前他还在被大小姐威胁着要剥皮呢。

不仅剥皮，还要拔了舌头喂狗。

真的是世事无常。

他起床洗漱，然后披上外袍，束好羽冠。

凌凤箫等他做完，合上手中书册，将它放在一边——林疏这才看清原来是自己的那本《清玄养脉经》。

也对，他的房里现在除了课本，就只有《清玄养脉经》和两本有关筑基的秘籍。凌凤箫自然是不会看有关筑基的书籍的，林疏合理怀疑这人的境界已经到了元婴。

筑基、金丹、元婴，完成了这三步，就是把修仙养气的所有基础打好了，余下的唯有积累灵气、勤练武功，积累足够深厚后，渡劫可期。

“昨夜无事，”凌凤箫道，“今日停课。”

林疏看玉符，果然见上面浮现一行字：“北夏魔物混入，尚未确认肃清，道友今日请留在竹苑，切莫出门。”

竹苑外有些响动，是两位真人在启动法阵。

凌凤箫见他看那边，道：“魔物与生人不同，要用法阵探查。”

林疏点了点头。

北夏，他在典籍上曾读过一些，自己所在的南夏以仙道为主，北夏却以魔道立身，以巫为国教。

修仙修魔，原本只是不同的修道路子，但表现在武功与法术上，魔道毕竟就残忍一些，因此南夏人常认为北夏邪恶残暴，连修炼之人都走邪魔外道。

而魔物竟出现在学宫中，实在是一件大事，要么是有人在学宫散播魔种，感染了学宫中的飞禽走兽，要么是有北夏巫师潜入，有所图谋，无论是哪一种可能都十足险恶，不知学宫会如何应对。

林疏正胡乱想着，却见大小姐从窗边抬头看他，眼角似有笑意，问：“你又发什么呆？”

被凶惯了，大小姐突然像春风那样和善，林疏一时之间确实有些不能适应。

林疏道：“想魔物。”

“想它作甚，平白脏了脑子，”大小姐从窗下的竹椅上起身，来到他身边，道，“这些事情你无须上心，只一样，这几日好好待在我旁边。”

林疏“嗯”了一声。

若换成上辈子，他自然无惧魔物，可现在手无缚鸡之力，虽然魔物没有理由会找自己的麻烦，但跟着大小姐毕竟比自己待着要稳妥。

还是那句话，趋利避害是生物的本能。

凌凤箫问：“你早上都是这个时候起吗？之后做什么？”

林疏答道：“是这个时候，然后练《清玄养脉经》上的吐纳法。”

凌凤箫道：“那你也很勤快了。”

林疏眨了眨眼睛。

他觉得大小姐有些化身成梦先生的趋势，换成往日，自己每天这个时辰起床时，大小姐都已经在牡丹丛前练刀，而自己睡觉的时辰，大小姐那边又总是或在房间里亮着灯，或在中庭做些什么，其刻苦程度简直让人叹为观止。林疏都做好了被大小姐批判懒散怠惰的准备，没想到居然还被夸勤快。

然后，就听大小姐道：“其实也不必如此。”

林疏：“？”

大小姐，你怎么回事？

就连梦先生，虽然毫无底线和原则地夸人，也还是要鼓励人好好修炼的。

只听大小姐继续道："毕竟你修炼也和不修一样。"

林疏："……"

这确实是真话，但毕竟不大好听，很刺耳。

可大小姐的下一句又好听起来："有我在，总归不会让你被人欺负，你随意玩乐即可，不必勉强自己修炼。"

林疏觉得不行。

先不说自己还抱着一些恢复修为的希望，只说整个学宫的学习氛围浓郁，所有人都刻苦学道练武，他若是游手好闲，实在有点儿鸡立鹤群。

他说："但大家都在刻苦修炼。"

"你管他们作甚？"大小姐看着他，淡淡道，"若是刻苦修炼便能被我养着，他们只怕比现在还要勤勉一些。"

林疏被大小姐这话逗到，想起仙道院渴望富婆的风气，不由得笑了一下。

便见大小姐望着他，连声音都轻了些，道："你素日不妨多笑一些。"

今天的大小姐，实在是过于温柔可人了，简直像是吃错了药，便是林疏上辈子住宿舍的时候，听室友给小女朋友打电话，也没见他用过这种语气。

他想了想，趁着这一会儿河豚变成海豚，终于问出了自己一直想问的那句话："你为何要养我？"

大小姐仿佛听到了什么笑话，道："我不养你，难道要养萧灵阳吗？"

是啊，你不该养萧灵阳吗？

林疏茫然地眨了眨眼睛："我觉得不应当。"

"亲疏有别，"大小姐道，"几年之后，他长成人样，我便不用管他，你却要与我长久相守，我自然养你。"

这话说得理所当然，语气毫无起伏，仿佛是做陈述，连林疏都要信了。

但是，不应当。

仙道院中那么多人嗷嗷待哺，大小姐怎么就挑中了自己？听这话的意思，还是长期的。

难道大小姐过于完美，武功过于高，物极必反，就喜欢自己这种胸无大志、混吃等死的小咸鱼吗？

这不啻天上掉下的馅饼，从概率上来说也有那么一点儿可能。

正在胡思乱想，就见凌凤箫的玉符亮了。

片刻，凌凤箫道：“我们下山。”

林疏：“欸？”

“北夏这次的魔物与往日不同，连法阵也难以探明，”凌凤箫道，“大祭酒托我去西蜀如梦堂一趟，他们有一门内功‘万物在我’，可以观看万物，亦能察觉魔物所在。越若鹤与越若云还未练到火候，须请越老堂主来。”

林疏：“嗯。”

凌凤箫却忽然来了精神一般，眼里有淡淡的笑：“去后山，我带你去看照夜。”

后山有灵兽厩，照夜是一匹马。

一匹通身雪白、没有一丝杂色的马，双目有神，皮毛光亮，身躯矫健，一看便是罕有的神骏。

这马一看到林疏，硕大的脑袋便凑了过来，一双黑琉璃似的眼睛竟然通人性一般，带着好奇。

“你倒是知道该与谁亲。”大小姐翻身上马，姿态说不出的好看。

照夜继续往林疏身边凑，很有要蹭一蹭的意思，林疏退了退。

“别吓着他。”大小姐拍了拍马头，道。

照夜打了一声响鼻，还是有点儿想往前凑。

林疏抬头看凌凤箫。

凌凤箫在马背上朝他伸手：“来！”

天边曦日初升，辉光照在大小姐身上，一时间晃花了人的眼。

林疏怔了怔，伸手。

凌凤箫抓住他手腕，一股无形的力量托住他，片刻之后，林疏便稳稳落在马背上。

凌凤箫解开马绳，照夜向前疾奔而出，它速度极快，又极稳，让人仿佛坐在云端，跑动之际，清晨山风扑面而来，吹动袍袖，甚是怡人。

风声中，是身后凌凤箫的声音。

“越老堂主年事已高，有些糊涂，他脾气怪异，等见了面，千万不要与他多说话，”凌凤箫道，“只要与他说上话，你便知道越家兄妹抬杠的本事是从何处学来的了。”

原来是个老杠精吗？那也果真是上梁不正下梁歪。

山路两旁，高山次第排开，云雾之间，绿树红枫辉映，泼泼洒洒一片淋漓深浓。向前看去，天高路远，仿佛永没有尽头，比起与李鸭毛一起乘车来时的感受，又有诸多不同。

凌凤箫向前倾身，问他：“你喜欢吗？”

出于骑马的缘故，这人本就坐在林疏身后，此时又倾身靠近，声音好听不说，淡淡的兰麝香气亦萦绕鼻端，令人神往。但林疏从未与人离得这样近，浑身上下已乱了章法，都忘了该怎样呼吸，很不安。

不妥。

被人养，原来也要考验心理素质，还有触发过敏症的风险。

凌凤箫似乎以为他害怕，轻笑：“不会摔，不怕！”

林疏“嗯”了一声，努力平复呼吸。

但是，凌凤箫的关心并不止于口头安慰，还付诸了实际行动，手臂轻轻环住了林疏的腰，稳住他在马上的身形。

林疏：“！！！”

他现在就像一条被浪花拍在沙滩上的鱼，一边慌乱且绝望地拍打着尾巴，一边艰难地调整呼吸，放松身体，放平心态。

即将克服的时候，好巧不巧，凌凤箫又问：“好些了吗？”

林疏的心一跳，呼吸又乱了，瞬间前功尽弃，要重新调整。

这日子没法过了。

凌凤箫稍稍勒马，照夜速度略慢下来。

“你不舒服？”

林疏确实有些紧张，右手抓紧了照夜漂亮的马鬃。

照夜蹭他。

林疏道：“手。”

大小姐先是“嗯”了一声，而后轻轻收回手臂：“一时疏忽，是我失礼。”

林疏心道，其实根本不能算是失礼，仅仅是普通的碰触而已，原因还是凌凤箫怕他摔下来。古代世界讲究礼法，大小姐又是个姑娘，在背后半搂着自己，这样说来，还是自己占了人家姑娘的便宜。

但凌凤箫若不把手拿开，再走一段路，他恐怕要背过气去了。

这毛病到底是什么时候得的，他也说不清楚。

只记得长到十几岁的时候，略开了些窍，知道这世上的人大多群居，自己却无论如何不敢开口向旁人搭话。

他想了想从前，还在上小学的时候，一个人上学、放学，而身边的同学全部三三两两聚集在一起嬉闹谈笑的情形，觉得一个人的一生其实从很小的时候就已经定型。

也不是没有与别人打交道的时候，走过过道，前面的地面忽然滚下来一支铅笔。

过道旁边位子上坐着一个趾高气扬的小胖子，笑嘻嘻道："小哑巴，把笔捡起来。"

捡了，或没捡，记不得了，类似的情形发生过太多。

而这个时候，教室里的其他人往往会引颈围观。

他捡了，便被说："哎，小哑巴还能听懂话？"

没捡，便有人说："他不会说话，是不是耳朵也听不见？"

旁边围观的人便哄笑起来。

回忆往往模糊，不记得具体的细节，只记得那些眼睛里闪烁着恶意的光芒，笑声里全是不善，整个教室浮动着人体的热气，那热气像某个丑陋巨大的怪物的吐息，混杂着腥臭的气味。

他想离开，离开这些东西，逃得越远越好。

逃到一个除了自己再无他人的地方，呼吸才能顺畅起来。

似乎是久而久之，就成了现在的样子，严重过敏症，过敏源——活人。

凌凤箫身上那缕似有似无的冷香将他从回忆中拉出来。

这香味很好闻。

大小姐脾气很坏，但毕竟坏得光明磊落、坦坦荡荡，每次生气都事出有因，生过气后也不记仇，既不仗势欺人，又不颐指气使。即使是小时候，想必也与那个跋扈的小胖子不同。

若非这反应已经深入骨髓，与大小姐和平共处，其实也不是完全不能接受。

林疏就这样默默地胡思乱想了许久，忽然察觉——他这是在为凌凤箫开脱吗？

为了维持与富婆的友好关系，居然试图战胜十几年来的心理阴影。

林疏都要唾弃自己了。

大小姐虽然将手臂从林疏腰上移开，但毕竟还要驭马，因此两人的姿势并没有多大的改变，林疏仍被半搂在大小姐身前。

他努力深呼吸几下，终于有些好转。

照夜的速度这才渐渐快起来，半刻钟过后，再次风驰电掣般在山路上疾驰。

凌凤箫道："现在好了吗？"

林疏："嗯。"

凌凤箫的声音里便有微微的笑意："照夜有个双生的兄弟，叫照雪，在凤凰山庄养着，与照夜一样是江湖有名的神骏，长得也漂亮，我为你留了许多年，你不许惧马。”

大小姐的东西，从丹药到宝物再到马，无一不是珍奇的宝贝，且送起人来毫不手软，林疏都要麻木了。

但这次不同，他发现了一个“盲点”。

林疏：“许多年？”

“四年，”凌凤箫道，“我那时想，来日从学宫结业，游历河山，若无良驹，毕竟不够快活。你要陪我，自然要用同等的坐骑，恰好照夜和照雪双生，便都养了。”

林疏大概明白了大小姐的逻辑。

原来大小姐养仓鼠并不是一时起意，而是早有谋划。

笼子、滚轮、鼠粮先都备好，然后再去物色一只顺眼的，带回去。

——大小姐，你这么做，你未婚夫知道吗？

哦，还有一种可能是，照雪原本便是给大小姐那位素未谋面的未婚夫准备的。但天不遂人愿，死了未婚夫，大小姐开始自暴自弃，养仓鼠，原来的那些准备自然也都归仓鼠享用。

他不再说话，凌凤箫也专心驭马，照夜一路疾奔，它是灵马，速度比起修仙人的轻身法术也毫不逊色，只一个多时辰，就已经过数座城池，来到一处云雾环绕的仙山。

山下有路石，写着“凡人止步”。

原因无他，仙家门派多有护山大阵，亦饲养许多灵兽灵禽，不少都有凶性，若是毫无修为的凡人无意踏入，难保不会出事。

所以，一旦有这样的路石，就意味着前面是仙家地界了。

如梦堂——越若鹤与越若云出身的门派。

照夜减缓了速度，进入山间，走过一段崎岖山路，眼前豁然开朗。

一段坡度极缓的半山坡上，依山傍水坐落着数亩仙庄，形制极为质朴灵秀，几乎与这座山林融为一体——这也与如梦堂所走的“道”一脉相承。

整个仙道，统共分两个流派，“破道”与“合道”。

像是凌凤箫，以武入道，驭使灵气，是“破道”，修到极致后，可脱离天道规则。此时天降破界劫雷，若成功渡劫，将来便能离开凡间，进入仙界，称为“飞升”。

“合道”则不同，走此道的修仙人以天道为尊，以感悟天道规则为主，武功招式亦依托于此。待步入悟道的至高境界，魂魄便与天道同化，肉身消散于天地间，称为“羽化”。

坐落于蜀地西边的这座如梦堂，正是“合道”的大家，其成名内功“万物在我”可感受方圆数百里一草一木的动静变化，魔物混入学宫，要找出其源头，求助如梦堂是最快的办法，凌凤箫此行的目的正是请内功最为精深的越老堂主越不浑出山。

凌凤箫下马，再接林疏下马，两人落地后，凌凤箫立刻前去叩响山门：“‘上陵学宫’凌凤箫求见越堂主。”

便有绿衣弟子验过学宫的信物，上前领路：“大小姐，随我来。”

唔，仙道诸人，连同这山中的小弟子，都知道凌凤箫是大小姐。

一路穿花绕水，来到正堂中，上首坐着一个墨绿衣袍、面目清癯的中年男人。

凌凤箫道：“越堂主，别来无恙。”

越堂主道：“大小姐光临敝派，不知所为何事？”

凌凤箫便将事情简单述说一遍，然后道：“事出紧急，不得不前来叨扰，若越堂主或越老堂主能施以援手，学宫感激不尽。”

越堂主听完，肃容道：“各大门派同气连枝，学宫更是各派年轻弟子聚集之所，如梦堂必定竭力相帮。”

凌凤箫道：“晚辈谢过贵派高义！”

“本当如此，不必言谢。”越堂主说罢这一句，却面有难色，道，“此事……事关重大，‘万物在我’内功，家父最为精湛，若他出面，自然稳妥……然而家父年事已高，这两年来愈发糊涂，如今连我也不认得，只自己寻乐子，不知能否说动。”

凌凤箫道：“权且一试。”

越堂主道：“只能如此，请随我来。”

走过一座桥，前方露出一座凉亭的一角，亭子匾上刻“刀剑如梦”四个大字，轻灵隐逸。

未见其人，先听见说话声，隐有争执之意。

越堂主面上略有尴尬之色：“家父喜欢与人辩论，我便从山下请先生与家父谈天，两位见笑了。”

凌凤箫笑道：“老堂主一颗赤子之心，实在让人羡慕。”

越堂主也笑。

林疏暗中观察大小姐，发现这人与外人交际时，周全妥帖，不过分热络，但又不失礼数，很有从容气度，很得体。

随着他们走近，亭子里的声音也逐渐传来，情形也逐渐清晰。

正中间停了一辆木质的、类似轮椅的东西，其上坐一位满头白发，但面部红润、身躯健朗的老人，他身着墨绿衣袍，是如梦堂的颜色，看来正是越老堂主越不浑，无疑了。

老堂主身体康健，脸上毫无病色，只眼神有些混浊，确实是不甚清明的模样。他身边坐着的几位面白无须的凡间先生却个个儿脸色苍白，似乎“生无可恋”。

只见其中几个对一个努努嘴，似是示意他做什么。

那先生强打精神，开口道：“说到一天之中的景色，在下最钟爱三种，乃是习习之晨、潇潇之午与朗朗之夜。清晨，凉风习习，恰好读书；午睡之时，窗外雨声淅沥，别有一番意趣；而夜晚月色晴朗，寻访友人，吟诗作赋……”

话未说完，便被打断。

“你这话可是大不通顺，”越不浑拍打轮椅，叫道，“早晨清风拂面固然好，可一旦如此，中午必得艳阳高照；而中午若下了雨，晚上又必定泥泞不堪，无星无月；晚上若清风朗月，明天又是一个大晴天，怎么能让你这挑剔之人满意？”

那先生道：“世事原就不能十全十美，一天之中三者只得其一，在下已经心满意足了。”

越不浑继续拍打轮椅：“你若喜欢中午下雨，必定讨厌早晨清风，若喜欢晚上的月亮，又必定讨厌中午下雨，怎能说三者皆喜欢？自相矛盾！”

人家谈风弄月，竟叫这老堂主杠了起来，林疏目瞪口呆，正如凌凤箫先前所说，今日他可算明白越家那两兄妹抬杠的本事从何得来了。

有越若鹤与越若云两条小杠精，必是因为有越不浑一条老杠精在，俗话说，“上梁不正下梁歪”，想必这如梦堂中还有那许多不老不小的大杠精与不大不小的中杠精，若是齐聚一室，众口齐发，场景实在难以形容。单是想到那杠声一片的情形，林疏就大感头痛，心想以后还是远离越若鹤，不与这一派产生任何关系为好。

而越堂主上有这一老，下有越若鹤和越若云两小，竟然到了要雇人陪老父亲抬杠的地步，看来也是深受其害。

老堂主沉迷抬杠，万事不管，看来乐在其中，连越堂主都说无计可施，不知怎样才能请动他下山。

正想着，忽被凌凤箫牵住衣袖，两人一同上前，在石桌旁坐下。

凌凤箫淡淡道：“越老前辈，以晚辈之见，您方才这话失之偏颇。”

看这架势，是要与越不浑抬起杠来了。

大小姐也真的是多才多艺。

凌凤箫道：“昔日我去滇地拜会玄水门，在滇中待过一些时日。滇中风物，甚是多变，清晨冷，有风拂面；到上午，艳阳高照，若是七八月间，则时时突降雨水，雨水来之甚急，去之亦快；不多时，日头便重新出来；待到晚上，地面雨水已干，夜色亦美。这位先生言说喜爱这三种风物，若去往滇地，必定能够十全十美。”

那先生也识得眼色，迅速就坡下驴：“这位姑娘说得极是，在下曾在滇地待过三年，一日之中，确实可共有此三种风物。”

凌凤箫又道：“滇地多瘴疠，毒虫横行，以老堂主之尊，自然去不得，故而不知世上有这样的地方，也不知这位先生的话原无错处。”

那老堂主来来回回瞪着这几个人，胡须抖动，半晌“嘁”了一声：“你说的，也有些道理。”但转瞬后，又吹胡子瞪起眼来，“你说滇中瘴疠，我不能去滇中，你这女娃细皮嫩肉，又怎么去得？定是和这贼先生串通起来，欺瞒于我！岂有此理？！”

凌凤箫不紧不慢道：“在下出身凤凰山庄，身具离火，自然不惧瘴疠，老堂主拳拳爱护之意，晚辈心领了。”

越不浑将信将疑，把凌凤箫上上下下打量一番，忽地身形一闪，离开轮椅，迎面一掌向凌凤箫拍去！

这一掌，“神完气足”，势大力沉，又含有无尽玄妙之意，凌凤箫这边端的是凶险万分。

然而也不知凌凤箫脚下如何移动，瞬息之间红衣一荡，身形已经一转，妖魅一样落在了越不浑身后。

越不浑重新坐回轮椅上，道：“看来你说了实话。”

凌凤箫：“不敢欺瞒。”

林疏心道，原来这越不浑越老堂主的轮椅是个摆设，不仅没有半身不遂，而且行动自如，武功奇高。

而凌凤箫也果真找准了杠精的命脉，此种生物无论老少，专从人的语法中寻找漏洞，若是与他们认真摆事实，便杠不起来了。

越不浑拿眼仔仔细细打量了一番凌凤箫，道：“你说话很有条理，长得也齐整，可以做我越家的媳妇。”

林疏：“……”

这就是你们越家的择偶标准吗？

但见大小姐道：“老堂主，我已许人了。”

不说这句还好，这句话一落地，越不浑神情立时大变，竟生起气来！

“岂有此理？！”他胡须抖动，瞪圆眼睛，道，“许了哪家的狗崽子？难道有我越家人说话清晰吗？我的孙子越……越……”

说到这一个“越”字，忽然熄了火，原来老先生年事已高，早已糊涂到忘记孙子名字的地步。

他自己沉迷抬杠，看来还以同样钟爱抬杠的孙子为荣，连别人家的姑娘嫁人，在他心中也是以“说话清晰”为第一要务。

林疏想，您的孙子越若鹤，第一天见大小姐就因为抬杠被威胁，以后再也不敢在大小姐耳边聒噪，让他去娶大小姐，他是决计不会同意的。

但越不浑显然不这样想，而是顿了顿，略过孙子的名字不谈，大声道：“叫那个狗崽子出来！与我辩上一辩！”

凌凤箫道：“前辈，您虽有绝世辩才，却未必能挑出他的错处。”

越不浑“哦”一声，道：“快让我见他！”

林疏默默围观，心想，当然挑不出他的错处，死人是不会有错处的。

就见大小姐道：“他有些怕生，前辈，您若能答应我一件事，我便引他与您相见如何？”

越不浑道：“可以！我倒要看看……是什么样的人！”

凌凤箫道：“我们都在‘上陵学宫’上学，昨日北夏魔物忽然在学宫出现，恐怕有所图谋，上陵山广阔，寻常法术难以排查，若前辈能用‘万物在我’武功施以援手，再好不过。”

越不浑眯着眼睛道：“你要我用法术去看山？”

凌凤箫道：“正是。”

越不浑道：“那还不容易。”

凌凤箫道：“前辈，一言为定！”

“自然是这样！”

林疏就这样看着大小姐简简单单、三言两语地把越老堂主拐到手了。

凌凤箫已明说了有北夏魔物入侵“上陵学宫”，但老堂主好像丝毫没有注意到，只从中得出了“要用法术去看山”的信息，可见真的已经糊涂了，若是寻常邀请，还真的不一定能说动。

凌凤箫转身与越堂主对了对目光，越堂主点头，不消一会儿，已备好前往“上陵学宫”的马车。

凌凤箫道：“前辈请！”

越不浑再次确认：“真有我挑不出错处之人？”

凌凤箫道：“待解决学宫事端，前辈自然知晓。”

越不浑便欣欣然被年轻弟子搀上马车，同行的还有如梦堂的几位杰出弟子，越堂主也跟随前往，看来确实是将学宫安危放在了心上。

凌凤箫问林疏："你要去马车里吗？"

林疏在老杠精与大小姐之间权衡利弊，最终道："不去了。"

大小姐道："那我们仍骑照夜。"

照夜依旧对林疏很亲热。

有了先前那一路的适应，林疏现在好了不少。

"我原以为要费些口舌，"凌凤箫在他背后道，"没想到越老前辈如此好哄。"

林疏不由得笑了一下。

这越老堂主，实际上也有几分可爱。

凌凤箫又道："只是委屈了你。若找出魔物源头后，越老前辈仍惦记着我先前所说，只好让你与他谈论一番，你不说话即可。"

林疏："？"

片刻后，他反应过来，大小姐这是要拿他来充当自己的未婚夫来糊弄越不浑。

——这人也果真狡猾，只对老先生说必定挑不出那人的错误，并未说那人有多么擅长辩论。

一个人若像个锯了嘴的葫芦一般不说话，那自然挑不出任何错处。

照夜急奔向东，如梦堂的马车脚程亦快，未时便已经返回上陵山脚下。

一行人换乘灵鹤腾空而起，落在山门前。

凌凤箫拿出玉符传信，一行人暂时在山门下等候。

林疏上次来山门，还是初入学宫的时候，地方陌生，又匆匆离开，未来得及仔细看。

现在驻足望山门，终于看清了两侧的对联写着"神仙事业百年内，襟带江湖一望中[①]"，横批是山门正中镌刻的四个大字"醉倒上陵"。

十足的仙气。

大约一炷香时间后，凌凤箫淡淡道："大国师来了。"

大小姐口中的大国师，便是学宫的大祭酒上陵简了。

林疏久闻其名，却并未见过，闻言将目光从山门上收回，看向前方。

只见层层仙雾中走出一个人影。

从外表上看，约莫三十岁的年纪，一身墨蓝色宽袍，头发半束，作儒生打扮，眉目安和，气度从容。

---

① 改自杭州葛岭抱朴道院楹联，原为："神仙事业三生诀，襟带江湖一望中。"

大祭酒先对越老堂主长身一揖："前辈高义，在下感激不尽！"

越老堂主掀了掀眼皮："嗯。"

而后，大祭酒又对凌凤箫含笑道："有劳殿下！"

林疏看着他。

他觉得很眼熟。

倘若大祭酒年轻个七八岁，再将眉目间的从容气度换作清隽和善……

——竟然与梦先生有七八分肖似。

似乎是察觉到林疏的目光，大祭酒将目光转向他，道："这位道友面生。"

林疏道："林疏。"

凌凤箫道："他今年才来。"

"林疏……"大祭酒将他的名字重复了一遍，"原来是你。"

林疏想立刻消失。

大祭酒自然知道他的名字。

最开始，他没有和越若鹤论道，被大祭酒罚和越若鹤住在一起，继而梦先生又把凌凤箫安排过来，才有了今日的惊风细雨苑。

后来，他和萧韶切磋，把梦境打坏，据梦先生所说，大祭酒因着这件事先是讹了萧韶一笔钱，又罚他一年之内在梦境中都不能改变形象，要一直以折竹的面目示人。

所幸大祭酒并没有再说什么，而是转向越堂主："事不宜迟，我已命人设下法阵，这便请越老前辈去吧。"

越堂主道："正是如此。"

上陵简袍袖一挥，带着他们御风而去。

林疏心想，梦先生总笑眯眯地说上陵简是个促狭之人，但现在看来其人正派严谨，并非如此。

合虚天正中央，星罗湖畔，果然已经设好了法场。

越若云与越若鹤正望着这边，越若云见到他们的身影，跑上前来道："爷爷！爹爹！"

越堂主颔首，道："我来为老堂主护法。"

越若云道："好！爹爹，我与哥哥的内功终究不到家，只是搜寻几里之内的土地，也要犯难。"

越堂主道："日后千万勤勉修炼。"

而越不浑犹自与凌凤箫搅缠不清，强调："我为何答应你来看山，你可千万要记住！"

凌凤箫："自然。"说罢，又补充，"方圆百里内，若有浊物，前辈千万要追溯源头。"

越不浑道："容易得很。"说罢，他跨上道场，盘膝坐下。

越堂主与一应如梦堂弟子也上前，在越不浑周围坐下护法。

林疏的师门一脉是剑修，走的路子是标准的"破道"，此时对这门"合道"里的成名内功有些好奇，眼睛一眨不眨地看着。

风声。

寂静的湖边，忽然刮起微风。

这风与往日不同，似是从四面八方而来，又将往四面八方而去。

林疏望着越不浑。

风越来越盛，竹林沙沙作响，琼林中飞花如雨，这一方天地中的万物仿佛都在与越不浑的一呼一吸相合。

这样的景象，越家兄妹练功时他也曾见过，只不过那两人年纪尚小，内功根基亦浅，自然不能与越不浑此时的排场相比。

到了某一个临界点，呼呼的风声忽然止住了，树林、花丛也都瞬间恢复静止，寂静到可怕的一刻，忽然爆发出无形的灵力来！

那灵力如同沛然莫之能御的潮汐，以越不浑为中心，向四面八方席卷而去。

上陵简道："越前辈的内功已登峰造极，离合道羽化恐怕不远，我南夏又失一绝顶高手。"

凌凤箫道："越前辈已不认得亲人朋友，即将忘我，即使不羽化，恐怕也未必愿意为南夏效力。"

上陵简道："殿下能请前辈前来襄助，想必也能请动前辈彻底出山。"

凌凤箫淡淡道："他已远离世俗，你何苦拉他回来沾染人间因果？"

上陵简："殿下还小，不懂得山雨欲来，大厦将倾，当不择手段的道理。"

"我自然知道，"凌凤箫蹙眉，"只恨自己修为不够高罢了。"

上陵简道："殿下说笑了。"

林疏专心看越不浑施展功法，但这两人就在他身边，说的话也免不了要飘几句进耳朵里。

学宫中的其他人喊凌凤箫"大小姐"，唯独上陵简喊凌凤箫"殿下"，而别人都称上陵简为"大祭酒"，唯独凌凤箫称"大国师"。显然这两人之间的称呼，和其他人并不是同一个体系。

萧灵阳是南夏大皇子，而凌凤箫是萧灵阳的姐姐，故而凌凤箫恐怕除了是凤凰山庄的大小姐，还是南夏的公主。

身在江湖，与仙道门派打交道是大小姐，而与大国师相处时便是殿下。

真的是史诗级的富婆了。

只听上陵简又道："越前辈既然出手，必定能找到魔物源头。"

凌凤箫淡淡道："越前辈既然擅长寻找人话中的破绽，想必搜检魔物的功力亦是不凡。"

林疏觉得大小姐损人的功力更加不凡。

上陵简道："殿下慎言。"

凌凤箫轻轻笑一声，转了话题，道："先生，你觉得北夏此次意欲何为？"

"此事非同小可，"上陵简沉声道，"你昨日打死的两只蛸，我遣人送去术院，今日碧麟真人传信说，北夏巫毒又有新变化，此次侵入学宫的魔物比以往要诡异许多。若非你身具离火血脉，对此物敏感，或许学宫到现在都不能发现魔物。"

凌凤箫："嗯。"

林疏觉得，大小姐现在很烦。

他不着痕迹地往外移动了一下，然后被大小姐凉凉地看了一眼。

大小姐一旦很烦，无论如何他都要被波及。

虽然现在这条河豚对自己很好，但对其他人并不是，一旦大小姐把脾气撒在萧灵阳身上，萧灵阳就有很大的概率来找自己的麻烦。

但是，世上的富婆毕竟很少，你不能既要求拥有一个富婆，又希望这个富婆的脾气很好。

他在大小姐的目光下，只好又默默移了回去。

上陵简继续道："未发现他们再对弟子下手的迹象，故而北夏若不是在试验新巫毒能否通过护山大阵，便是又在打《长相思》的主意……若《长相思》果真在南夏手中，又何至于到今天这个地步？"

凌凤箫没有说话，只是眼中噙着一点儿笑意，清清冷冷的样子，不知在想些什么。

林疏却愣住了。

他们口中的《长相思》，不会是自己知道的那个《长相思》吧？

他死磕了半辈子的那本剑谱，"空谷忘返""不见天河"等招式的出处就叫《长相思》。

这名字太奇怪，甚少有功法秘籍会这样取名，所以重名的概率并不高。

林疏竖起了耳朵，继续听凌凤箫和上陵简的谈话。

过了半晌，凌凤箫才道："若他们还在找《长相思》，剑阁便仍未入世，有朝一日正式开战，或许还有胜算……"

剑阁。

林疏："……"

剑阁。

天知道，这就是自己的师门啊。

若是单有《长相思》，可能只是重名，若只说"剑阁"，也可能只是重名。

但这两种东西放在一起，便确凿是自己的师门了，他也是学过概率论的。

来到学宫以后，他注意过身边同学的门派，越若鹤也对他介绍过许多，所以，但凡大一点儿的门派，他都是知道名字的。而其中并没有剑阁，他也就打消了寻找上辈子师门的念头，却没想到居然在这里听到了。

林疏有点儿冷静不下来。

虽然，即使找到了，师门也可能不认自己。

经脉都不通，也好意思自称是剑阁的弟子？

——师祖们好，虽然我经脉不通、身体不好，师父的名号说出来，你们也没有听过，但我确实是剑阁的弟子，我可以用背诵并默写门派的全部心法以及剑法一百遍来证明吗？

真的不会被打出去吗？

他勉强按捺下心中疯狂滚动着的胡思乱想，继续听这两人说话。

他们却已经转了话题。

上陵简道："此事一出，弟子群情激愤，定又要奔走呼告，言说北夏欺人太甚，要南夏速与北夏开战。"

凌凤箫的手渐渐握紧了刀鞘。

很好看的一只手，与暗银色刀鞘相触的地方因为用力微微泛白。

刀鞘上有字，是这把刀的名字，林疏曾瞧见过，叫"同悲"。

那日与萧韶切磋，他也用刀，路子和凌凤箫略有不同，用的那把刀叫"无愧"，与"同悲"一样，都是绝世的宝刀。

而他的"折竹"，也不知什么时候能拿到手里。

若真的要回归师门，连把剑都没有，实在有失体面。

正想着，就听凌凤箫道："再给我五年。五年之后，我的修为或许可以一观，南夏亦可多些胜算。”

“你毕竟识大局，又有这样的心性，”上陵简叹了口气，遥望向远方，“我今日还未见灵阳，不知他对此事怎样看。殿下，若你是男儿身，我不知会省多少心力。”

这次却换成凌凤箫淡淡道：“先生，慎言！”

上陵简不再说话，凌凤箫亦是。

又过半刻，道场中央的越不浑缓缓睁开眼睛，周围花木轻轻摇动。

凌凤箫先上前：“前辈，怎么样了？”

越不浑道：“脏得很！”

脏得很？

那就确凿是有不少魔物了。

北夏魔物由大巫制造的“魔种”滋生，不仅一切行为由大巫控制，就连眼中所见、耳中所闻，都能全部传到大巫处。

有越不浑在，他们开始清查上陵山的“魔种”。

——都在仙道院弟子居住的碧玉天。

“魔种”是颗心脏模样的石头，三个拳头大，黑色质地，透着猩红光芒，很不祥的外形。

碧玉天中，一共挖出来十六颗，都在弟子居住的竹苑附近。

惊风细雨苑周围没有，但很近的金风细雨苑里有一颗。

金风细雨苑的一个姑娘亲眼看到他们起出一颗丑陋的“魔种”，想到魔物就盘旋在自己周围，脸色苍白，险些没有拿稳手中的剑。

凌凤箫微蹙眉：“这些苑……女弟子很多。”

像惊风细雨苑这种出于越家兄妹想要住在一起照应的特殊情况，既有林疏、越若鹤，又有越若云、凌凤箫两个姑娘的苑并不多，绝大多数竹苑只有女弟子或男弟子，而这些发现“魔种”的竹苑，居然多数是女孩子们在住。

不，不仅是这样。

林疏看着眼前这个脸色苍白、几乎握不住剑的女孩子，心想，这些苑不仅是女孩子多的地方，而且每个苑都至少有一个用剑的女孩子。

用剑的女孩子。

他心中忽然一惊，背后发寒。

虽不知剑阁与北夏有没有关系，但北夏确实在找《长相思》。

《长相思》是剑阁的武功。

折竹和萧韶打架，被留影珠录下来，被售卖流通的那部分，他用了不少剑阁的招式。

他们会不会是在找折竹?

林疏心下不安，抬眼看了看身旁的凌凤箫。

“怎么了？”凌凤箫放缓声音道。

林疏摇摇头。

就算是找折竹，也找不到自己头上。

“苑里有我在，不会出事，”凌凤箫道，“不怕。”

林疏：“……嗯。”

这一点他倒是很相信，有大小姐在的地方必定安全，只要安安稳稳待在大小姐旁边，就不会出幺蛾子。

堕落了。

“魔种”都找到了，这东西会积聚魔气，滋养魔物，蛸只是其中之一，但有了越老前辈，将魔物全部除去也不是很难，上陵简当即下了全面清扫魔物的命令。

魔物可以解决，但有一个至关重要的问题——谁在碧玉天放下了“魔种”？

“上陵学宫”里混进了北夏之人?

——但北夏修魔之人，身上带有浊气，不可能逃过越不浑的眼睛。

唯一可能的解释是有人在学宫中放置了“魔种”，然后便离去了。

——“上陵学宫”被层层护山大阵保护，不少阵法都是专为对抗北夏魔物所设，若果真是这样，那么这人出入“上陵学宫”，竟如同出入自家的后院一样，护山大阵失效，怎能不让人担忧?

“为今之计，只有托术院排查护山大阵是否有漏洞。”上陵简道。

凌凤箫：“或许是北夏法术又有变化。”

“术院已经开始研究此次的魔物，但愿有应对之法。”

凌凤箫：“嗯。”

林疏颇能理解上陵简的逻辑。

病毒升级了，自然要开始升级防火墙。

所幸魔物被凌凤箫提前发现，也不算是亡羊补牢。

只是，这些魔物的目的到底是不是折竹却无法确定，上陵简和凌凤箫也没有提起。

林疏觉得这两个人的观察力和智商，怎么着也不会比自己低。

而大祭酒又明明白白地知道自己是折竹，他没有提起这件事，会不会是自己想多了？

林疏彻底安下心来。

天塌了，有个子高的顶着。

而个子高的若顶不住，他能顶住吗？

——不能。

既然不能，那就不用惴惴不安了，船到桥头自然直。

只见这两人商议完，将“魔种”聚在一起，打算销毁。

凌凤箫问越不浑：“前辈，确凿没有别的浊物了吗？”

“确凿！”越不浑道，“快把那个狗崽子叫来，让我看看！”

凌凤箫道：“正在您的身边。”

林疏默默往越不浑跟前一站：“……”

“就是你？”越不浑眯着眼睛看他，道，“长得也算人模人样！”

林疏：“谬赞。”

越不浑立即杠兴大发：“谬赞？你长得确凿齐整，我说你人模人样，是说了实话，何来‘谬’字，又何来‘赞’字？你用词如此不讲究，哼，不过尔尔！”

林疏：“……”

越不浑道：“你怎么不说话了？定是被我说得哑口无言！”

说罢，引颈伸头等待林疏反驳。

林疏：“您说得对。”

越不浑满腔抬杠之意，忽然被噎在喉咙中，一时之间竟语塞。

凌凤箫笑了一声。

林疏听见这一声好听的轻笑，转头往凌凤箫那边看了看。

只见大小姐手指上犹自燃着一簇火，是打算处理“魔种”的样子，此时却望着这边的场景，唇角勾着淡淡的笑。

笑意里有几分促狭，冲淡了往日略为冷淡的高傲神色，竟显出了十二分的明艳动人。

笑完，大小姐回归正事，将那团火以灵力送进放着十六颗“魔种”的深坑中。

这火不是凡火，边缘泛白，但凡有一点儿化学常识的人都知道，这是极高温的标志。而火焰的主体是浓烈的红，是凌凤箫灵力的颜色，火焰甫一接触到“魔种”的表面，就“刺”的一下疯狂蔓延起来。

火种冒出了黑色的浓烟，而那“魔种”之中竟然发出了吃痛般的嘶声尖叫，声音既尖又锐，还叫得很惨，极其难听。

林疏后退几步，并且想把越不浑的轮椅也往后拉一些，至少不要让这声音伤到老人家的耳朵。

越不浑却大喊："别动！"

林疏停手。

只见越不浑怔怔望着前方，像是被魇住了，只呼吸急促，胸脯起伏，身体却丝毫不动弹。

越若云失声道："爷爷，你怎么了？！"

越若鹤亦是十分担忧。

越不浑右手紧紧攥着轮椅的扶手，半晌，胸脯的起伏才渐渐缓下来，低低出声道："贼……贼北夏！"

越若云"啊"了一声。

越不浑望着烈火中烧焚的"魔种"，又沉默了半刻，忽然大叫一声："亦瑶！"然后昏死过去。

上陵简立即向这边走几步，伸手探越不浑的脉息。

"情志所激，气血逆行，"他道，"老前辈并无大碍，过一两个时辰自然醒来。"

越家几个小辈皆十分担忧，立时道："我们送老阁主去休息。"

上陵简点头："速去。"

说罢，又转头向凌凤箫："'魔种'已毁，此事暂且告一段落。"

凌凤箫道："先生，若无他事，我们也回去了。"

"去吧，"上陵简道，"若有线索，我再找你。"

凌凤箫便往林疏这边走，道："我们回去。"

林疏感觉上陵简往自己这边看了看。

他假装什么都没有察觉，对上陵简礼貌性地道别之后，便随着凌凤箫离开了。

路上，凌凤箫忽然道："你知道十五年前的长阳之战吗？"

林疏："不知道。"

"北夏邪术，除'魔种'外，还有血毒，"凌凤箫却也没嫌弃他所知甚少，道，"身染'血毒'之人，会渐渐神志混乱，最终变成只听大巫操纵的活死人，刀枪不入，无生无死，除非以真火烧灼，不然无法消灭。"

林疏静静听着。

"越前辈曾有个道侣，是南海剑派的女侠，据说他们二人是少年夫妻，恩爱甚笃，"凌凤箫道，"十五年前，北夏与南夏大战，原本南夏占据上风，北夏却制出

‘血毒’，战场上加入数万活死人，南夏败退。”

“越前辈的道侣身中‘血毒’，渐渐变为活死人，最后是越前辈亲手以真火将爱妻身躯焚烧成灰，”凌凤箫淡淡道，“方才他恐怕是触景伤情。”

林疏：“……这样啊。”

越不浑原本已彻底糊涂了，连儿孙都不认得，方才却失声喊出一声“亦瑶”，大约就是凌凤箫方才所说的道侣了，个中缘由也确实让人唏嘘。

凌凤箫道：“战场上刀剑无眼，在学宫里也不算安全。”

林疏：“嗯。”

“我虽会一直看着你，但难免有疏漏之处，你还是该有些自保手段。”

林疏：“是这样。”

这也是他原本一直在想的。

没有武功傍身，到底是有些心里没底。

凌凤箫道：“先给你挑些趁手的武器。”

然后，林疏就被大小姐带去了藏宝阁。

然后，他目瞪口呆地看着大小姐从兵器橱上，把那些最为昂贵又便于携带的机栝暗器下面的玉符一个个摘下来。

摘下玉符，就意味着将它买下了。

然后，凌凤箫又走到了刀剑的区域，挑了几把好剑。

刀剑区的人却意外的多，比林疏上次来看剑时，要多得多了。

这些人又不像是认真挑拣刀剑的样子，只在一旁三三两两聚着聊天，大多数是仙道院的弟子，还有三四个穿着儒道院或术院的服装，这两个院的人很少来看兵器，今日也是奇怪。

凌凤箫问：“你们在干什么？”

“回大小姐，”他们七嘴八舌，说的话却难得有一个统一的中心意思，“我们在等人！”

凌凤箫：“谁？”

“折竹师妹！”他们眉飞色舞道。

凌凤箫蹙眉。

林疏想，糟了，凌凤箫原本就不喜欢折竹，这群人居然还提起，大小姐好不容易心平气和了几天，这下怕是又要暴躁了。

只听凌凤箫道：“你们见过她？”

“正是没见过，才要在这里等，”一人道，“折竹师妹风华无双，又使得绝妙剑法，我等深深心折，仰慕至极！”

真的是哪壶不开提哪壶！

在林疏眼中，这人已经凉了。

凌凤箫果然冷冷道：“所以……”

“所以我们在折竹剑前守着，仙道院其余人无一人敢使折竹剑，故而若有人来买折竹剑，就必定是折竹师妹了！”

这群人便七嘴八舌道：“折竹师妹必定是要买折竹剑的，要想看到师妹真身，此法最是稳妥！”

“只是要守株待‘竹’，等上许久，不过只要能看到折竹师妹的真身，无论等上多久，我等都心满意足了！”

“折竹师妹近日未在演武场出现，不能再看见她的剑法，实在是遗憾！”

“萧韶师兄的刀法同样绝伦，只是毕竟是个男人，梦境之外见不见倒是无所谓，折竹师妹却实在叫人想一睹真容！”

林疏：“……”

折竹师妹并没有真容让你们见。

你们真的是上赶着找死！

大小姐不会嫉妒吗？

会，很会，先前她就因为别人夸折竹而爹成了河豚。

果然，凌凤箫唇角勾出一丝冷笑来：“原来如此……”

“正是！”

凌凤箫缓慢道：“折竹剑很好吗？”

“自然是绝世宝剑，折竹师妹定然要买！”

“哦。”凌凤箫淡淡道。

但见红衣迤逦，大小姐走到折竹剑前方。

“大小姐，您看这材料，啧——”

“啧”了一半，忽然收声了。

鸭子一样嘎嘎不止，守株待“竹”的这一群人忽然齐齐被扼住了咽喉。

大小姐把折竹前面的玉符摘了下来：“我买了。”

“这……”有人欲哭无泪，道，“大小姐手下留情，我们可就指望着折竹剑——”

大小姐慢悠悠道：“我也要拿好刀好剑送人呢。”

众男弟子如丧考妣。

然后，凌凤箫走到林疏旁边，把手中的十几个玲珑玉符放进他手中：“这些够吗？”

仇视的目光立时落到了林疏身上。

林疏甚至错觉自己听到了“霍霍”的磨牙声。

林疏：“够的。”

何止是磨牙霍霍，简直要提剑来砍了。

但毕竟没有人敢在大小姐面前造次，纵然再仇视，也只好㞞着。

林疏觉得自己仿佛在做梦。

大小姐仇视折竹师妹，竟然让自己意外得到了折竹剑！

而且，大小姐出手买下，无论是谁都会打消靠着折竹剑追溯折竹的念头了。

毕竟，折竹剑是唯一能找到折竹的线索，现在被大小姐拿去，和许多别的珍贵兵器一起，用来养一个手无缚鸡之力的仓鼠了。

——师兄们，对不住了！

林疏接下了玉符。

然后听到了师兄们心脏破碎的声音。

大小姐将他们彻底无视，只看着他，温声问：“喜欢吗？”

林疏彻彻底底感到了被养着的快乐。

第八章

# 三书六礼

林疏："嗯。"

凌凤箫便淡淡道："喜欢就好。"

林疏又听见了师兄们眼珠子掉在地上的声音。

想必今日过后，他们心中盘旋不去的疑惑，除了"折竹师妹的真容是什么样子"，还要多一个"大小姐身边那个师弟是何许人也"了。

大小姐为什么养了这样一个师弟？

林疏也想知道。

但上次他对大小姐问出这件事，大小姐只说，不养你，难道要养萧灵阳吗？

这简直相当于他中了彩票，问工作人员为什么中了，工作人员说，这还用问吗？

——是的，凌凤箫当时就是这样的表情，仿佛看智障的表情，搞得他现在也不好意思再问。

买完武器，两人便下了楼，来到一楼大厅后，凌凤箫道："稍等。"

然后就去接任务了。

想来也是，传说凤凰山庄富有四海，但玉魄毕竟不是凡间的金银财宝，还是需要做委托来赚取，以避免入不敷出——单单是方才买的那些武器、机栝，就流水一样花出去了将近二十万颗玉魄，对林疏来说已经超出了想象。

不过，当他看到大小姐接的任务后，就知道这么多玉魄到底是从哪里来的了。

凌凤箫买东西的时候随意，甚至专挑价格最高的选，领取委托的时候也是这样。

但凡仙道院弟子能接的、需要动武的那些委托，诸如岷江下游出没的恶蛟，探秘某处名山里有进无出的"石阙洞府"，去"万鬼渊"最深处采摘珍稀药材"白骨花"之类，都在凌凤箫的选择范围内，每一个都看起来十分危险，相应的价码也异常高。

寻常弟子要接这样的任务，须得成群结队才敢前往，然后平分完成任务所得的玉魄。但大小姐修为既高，武功又好，在闽州城就已经可以轻轻松松单挑尸王，自然可以单枪匹马完成。

接完任务，凌凤箫道："从幻荡山回来的路上，可以去做。"

林疏点点头。

林疏看着墙壁上方的玉签黯淡下去，表示任务已被接取。任务范围遍及四个州，光是路上就要花费不少时间。

"原本不必接这么多，"大小姐笑了笑，"但现在毕竟多了一个人。"

林疏摸了摸鼻子，感觉有点儿不好意思。

他毕竟还没有完全迷失，知道为自己的不劳而获感到愧疚。

但大小姐的心情好像很不错，并没有一点儿因为要多做这些委托而烦恼的样子。

学宫并不是完全封闭的，每过三个月，就有一个月的假期，弟子们可以自由外出游历，完成委托，也可以待在学宫里继续学习。

十几日后，就是去幻荡山的日子了，根据百晓生的记载，幻荡山游历大概会花十天，这样算来，他从幻荡山出来以后，恰赶上进入学宫后的第一个假期。

林疏打算规划一下这一个月的假期。

然后，他发现了一个问题。

大小姐必定是要去幻荡山的，也一定有名额。

大小姐之前还问过他要不要去幻荡山。

那时候他还没有认清自己仓鼠的身份，也想在演武场上印证一下自己的武学，所以拒绝了凌凤箫的善意。

现在，他在真武榜上位列第三十名，能够获得进入幻荡山的资格，进入幻荡山是学宫统一组织，三十几人在带队真人的带领下乘坐术院的飞舟前往。

那么，在飞舟上见面的时候，他该怎么向凌凤箫解释这件事呢？

大小姐，对不起，虽然我拒绝了您的帮助，但我通过自己的努力获得了资格。

大小姐就会说，哦？你如何获得了资格？

他只能说出实情，大小姐，我在真武榜上打到了前三十名。

大小姐必定会问，你在真武榜上姓甚名谁？

他该怎么说？

我就是折竹？

不妥，大小姐很反感折竹。

那该怎么办？

林疏陷入了慌张。

是说出真相，还是编一个？

编又要怎么编？

万一露出马脚来，大小姐岂不是又要生气？

林疏感到不能呼吸。

他一边跟着大小姐往藏宝阁外走，一边疯狂走着神，等到了门边，听见“哗哗”的雨声才算回过神来。

这一会儿的工夫，外面又下起了雨，而且是倾盆大雨。

凌凤箫发出了一个不悦的语气词，撑开伞，道：“你饿了吗？去饭堂。”

林疏想了想，确实到了吃饭的时辰，便点了点头。

凌凤箫此人在雨天甚是多事，先是嫌弃靠窗的地方水汽太重，又是嫌弃靠里的地方太闷，最后才勉强坐到了饭堂的中间。

林疏取菜回来，发现凌凤箫面前只摆了一小盅雪白的杏仁酪，她正用银勺漫不经心地搅着，一副想吃又不想吃的样子。

他想了想，最终决定表达一下对饲主的关心：“你不吃吗？”

凌凤箫道：“我不舒服。”

林疏思考了一下措辞，问：“怎么了？”

“小时候练玄绝化骨功，不是什么正经功法，每到雨天坎水之气重，便会反噬。”凌凤箫淡淡道。

林疏有些疑惑地眨了眨眼睛。

原来大小姐小的时候，也做过乱练功法的事情吗？

可这个什么“玄绝化骨功”，一听名字就邪僻怪异，不像是凤凰山庄的大小姐会练的东西。

凌凤箫好似读懂了他心中所想，放下手中银勺，将左手放在桌面上。

一双很好看的手。

略有些苍白，只指甲上有淡淡的粉，好似玉琢一样。手指长，骨架细，骨节分明，每一寸都毫无瑕疵，更没有茧子。

——使刀使剑之人，到了一定的境界，就必须极力避免手上生茧。原因无他，一旦有茧子，哪怕只是薄茧，都会影响握刀剑之时对刀剑的感知。

因此，下等的剑客因为疏于练习，手上无茧，中等的剑客因为常年握剑，五指生茧，而上乘的剑客，又要返璞归真，手指皮肤细腻如玉，刀客亦是如此。

所以，大小姐这双手，无论是用来观赏，还是用来使刀，都很完美。

但这双手接下来的动作，却让林疏睁大了眼睛。

只见凌凤箫右手覆住左手，轻轻拧动。

几不可闻的“咔咔”声响起，那手竟不像是活物，而是如可塑的艺术品一般，可以任意折捏——拉长，折短，或变化指骨的粗细。

凌凤箫折腾了一番自己的手，而后将它恢复原状，道：“既然要做姑娘，不妨十全十美，改换骨貌，可以变得好看一些。”

林疏感到了深深的敬佩。

你们女孩子，为了好看，真的是无所不用其极。

为此，每到下雨天还要不舒服。

他想了想，在上辈子，女孩子若不舒服该做些什么？

贫瘠的生活经验告诉林疏，应当喝热水。

他手边又没有热水，思忖片刻，把自己面前一碗散发着腾腾热气的竹笋鸭肉汤推到了凌凤箫面前。

凌凤箫笑：“你倒是很懂事了。”

自然。

尽到仓鼠的责任。

对着这碗汤，凌凤箫倒没像对待杏仁酪一样漫不经心，而是态度很端正，一勺一勺慢慢喝完了。

用完饭，去藏书阁。

林疏的工作要在书架间跑来跑去，上一次凌凤箫陪他来藏书阁，也跟着跑来跑去。

但这次，知道了大小姐真的很不舒服，甚至连饭也不想吃，林疏便慎重起来。

他道：“你坐着吧。”

大小姐就那样笑意盈盈地望着他，道：“为何不让我跟？”

这人长得过于好看，平时面无表情，冷若冰霜，都能被赞为第一美人，一旦眼中带笑，简直是无法抵抗的视觉冲击。

林疏眼神便往其他地方飘，远离视觉冲击的源头，然后道：“你毕竟不舒服。”

“也罢……”凌凤箫道，“难得有人疼我。”

林疏有点儿不好意思，道：“那我走了。”

凌凤箫“嗯”了一声，道：“我在此处等你。”

说是等，但都在同一层，离得也不是很远，有时甚至一眼就能望见。

林疏在书架间穿梭，偶尔接近供弟子们读书的区域，便看见凌凤箫并不认真看书，只一手托腮，望着自己这边，神情简直称得上温和。

大小姐何曾这样对待过别人？

那些目睹这个场景的同窗，都是一副白日活见了鬼的表情。

一只被主人宠爱的仓鼠，就是这个样子的吗？

林疏想。

——可能是吧。

他收回思绪，继续认真做事。

藏书阁占地面积非常大，书又多，浩如烟海，人一旦少了便显得尤其寂静，特别是深处的一些书柜，照明不够，显得很怵人。

林疏照着书册上的天干地支编号将它们归位。

这一次，他走得尤其深，偌大的地方只有脚步声。

庚戌区……

他抱着一本《秋山小志》转过一排又一排书架，找着庚戌区。

这区域也藏得太深，大约是仙道院弟子大多喜欢功法秘籍，甚少有人借阅野史杂集的缘故。

他走过庚申区，终于看到了“庚戌”二字。

正轻轻吐出一口气，略微放松下来的时候，他险些被吓出心脏病来。

——这鬼地方，竟然是有人的！

一个穿着儒道院灰衣服的女子，正在一个书架前站着，微仰着头，乌黑的长发只稍微一绾，近乎披散，在这个背景下，简直像个女鬼了。

林疏平复了一下呼吸，寻找《秋山小志》应当放回的位置，将书放好。

走回去的时候又路过那个书架，那姑娘还在那里站着。

林疏觉得，她好像一动也没有动。

这个念头一出来，他不由得停下脚步，去看姑娘的胸脯。

他的视力毫无问题，这一点可以确信。

而他与姑娘的距离又不是很远。

没动。

一动不动。

没有呼吸。

若不是外表确实是人，简直像个雕塑。

必定有蹊跷——林疏的第一反应是去找凌凤箫。

晚了。

就在他心中警铃大作，想迅速离开，去找大小姐的时候，那姑娘缓慢地、以一种非常机械的动作转过身来。

苍白的脸，涣散的目光。

林疏只在今天，凌凤箫讲越不浑昏迷原因的时候，听过“血毒”“活死人”两个名词，但现在他毫不怀疑，这个姑娘就是。

他屏息，浑身绷紧，心脏剧烈跳动起来。

越老堂主，你着实有点儿不靠谱。

明明说是已肃清了魔物，藏书阁深处却出现了“活死人”。

然而此情此景，容不得他多想。

林疏迅速折身到那“活死人”姑娘所在的书架背后，隔绝她的视线，而后拿出芥子锦囊。

他不知“活死人”姑娘的战斗力几何，只知道自己实在手无缚鸡之力。

片刻之间心念电转，他从锦囊中拿出凌凤箫此前给过的“紫霄存聚丹”，吃了两丸。

这是护命的圣药，一旦吃下，精纯药力立刻运转起来，护住心脉，不至于被“活死人”姑娘一击毙命。

只这吃药的片刻——书架发出巨响，竟生生被打破，一时之间只听得书籍“哗哗”跌落之声，一只惨白的手挟阴冷劲风硬生生从书架后插了出来。

林疏骨子里的直觉被这生死关头的形势逼了出来，在那只手穿出来的同一刻向后一仰，差之毫厘，险险躲过。

他抬手，腕上的袖箭机栝启动，三支发着冷光的寒铁小箭向那只手激射出去，其中一支“当”的一声钉在了手上。

多亏此前被凌凤箫带去藏宝阁挑选了武器，此时身上带了保命的暗器，不然此刻怕是毫无自保余地了。

林疏喘了几口气，拔腿绕出书架，往相反方向狂奔。

余光中，那道灰影已经如鬼魅一般从书架后面冲出！

他咬了咬牙，反手又射出几支袖箭，继续往前跑。

鼓点般的脚步声“咚咚咚”地在他身后响起，催命符一般越来越近，阴冷的气息已经能够闻见，连她喉中“咔啦”作响的声音都越来越近。

逃不了。

林疏想喊一声凌凤箫，却因为过度的紧绷，被魇住一般，怎么都发不出声音。

纵然能够喊出声来，藏书阁如此幽深，哪怕是凌凤箫，若没有凝神细听，怕也察觉不出。

想清自己孤立无援的处境后，他从锦囊中抽了一把不是折竹的剑。

——魔物的所见所闻能够直接传到大巫眼睛里，焉知“活死人”姑娘不会？！

三尺长剑握在手中之后，他的身形向右一折，顺势转身向后，挺剑向已经逼近的“活死人”姑娘直刺。

“当啷”一声，长剑刺向“活死人”姑娘的胸膛，剑尖所触之地硬如铁石，竟像金石相击。

他毫无灵力，因此再好的宝剑，也只如凡铁，发挥不了剑招应有的威力。

那“活死人”姑娘喉中发出一声浊厉低啸，五指成爪，疾速向他当头抓来。

林疏横剑硬生生挡了片刻，趁着片刻的僵持，接着引动袖箭机栝，小剑“嗖嗖嗖”向“活死人”姑娘的脸激射而去。

她收手回挡，林疏趁势将剑收回，身子向左弹，尝试再次逃跑。

然而并及不上“活死人”姑娘的速度。

他左肩一阵剧痛，被生生向后抓去。

林疏也不知道自己哪来的力气，忍着肩膀上加剧的疼痛，硬生生转身。

这“活死人”姑娘的面容已经完全扭曲变形了。

“活死人”姑娘其实已经不能算作人，种种习性与动物类似，不会使用武器，攻击全靠撕咬完成。

只见她张开嘴，露出灰白的牙龈，便要向林疏的脖颈咬去。

——就是现在。

林疏艰难地抬起左手，电光石火间，将一颗通红滚圆的珠子塞进了“活死人”姑娘的嘴里。

离火之精。

据大小姐说，“活死人”不生不死，刀枪不入，唯一怕真火烧灼。

世上的真火，要想比过离火之精中含有的火焰精粹，却也很难。

做完这件事，林疏陡然脱力，只剩下等着“活死人”姑娘来咬的份儿，但他内心很平静。

就算我被咬了，但你也吞了离火之精。

被咬之后，我有紫霄存聚丹，未必会死，而你就要凉凉了。

若是赤手空拳打斗，林疏是无论如何都打不过的，但他现在毕竟有很多道具可以续命。

究其原因，还是因为他有富婆，而这个“活死人”姑娘没有。

林疏思考了一下自己眼下的处境，发现已经没有别的反抗手段的时候，放弃抵抗，安心等咬。

“活死人”姑娘喉中“咔啦”作响，脖子苍白的皮肤下隐隐透出了殷红的火焰色泽，但仍然没有放弃攻击林疏，眼看就要咬住他的脖子。

刀气。

一道肃杀刀气直直平荡过来，林疏几乎以为自己出现了幻觉。

但“活死人”姑娘的动作，确确实实僵住了一瞬。

下一刻，红影自远处掠来，刀光暴起，“活死人”姑娘以双臂去挡刀。

林疏被人捞住了腰往怀中一带，下一刻已腾到了半空。

但见书架与书架间狭小的距离里，刀气纵横，纵使“活死人”姑娘有硬如金石的身躯，竟也扛不住这肃杀酷烈的刀势，被逼得节节后退。

林疏安静地看着大小姐一手抱着他，剩另一只手使刀，还能把这“活死人”姑娘打得毫无还手之力。

他觉得该给大小姐鼓鼓掌。

退无可退之时，全身皮肤已经红透的“活死人”姑娘嘶吼一声，全然不要命一般，挺身直直向他们两个扑来。

林疏听见大小姐冷笑一声，反手将“同悲”刀向空中一抛，空出了右手，竟是要硬生生以手掌与“活死人”姑娘相对。

掌上聚起了凝实到不可思议的灵力，对着“活死人”姑娘的胸膛拍去。

手掌与胸膛相接的那一刻，整个世界仿佛寂静了一瞬，然后巨大的灵流从相接处爆发，“活死人”姑娘竟硬生生被击飞了二十余步。

此刻，那刀恰好落下来，被凌凤箫接住，收刀归鞘。

然后，林疏被整个儿抱着，就地一滚。

下一刻，他周身猛地一热，感到有轰然热浪席卷了整个区域。

又过几息，凌凤箫才放开了他，起身，然后将他从地上拉起来。

“死了。”凌凤箫道。

林疏往前看，只见前面烧起了熊熊大火，还是灵火。

大约是凌凤箫最后那一掌所蕴含的灵力激发了离火之精中的真火，把“活死人”姑娘从里到外烧了个通透，然后——炸了。

不然，这几十个书柜，何以都被烧得整整齐齐。

林疏转头看凌凤箫。

方才为躲避火势，在地上一滚，头发有些乱了，凌凤箫将垂在脸颊的几缕胡乱往耳后一捋，语速极快地问他：“你受伤了吗？”

林疏摇摇头。

凌凤箫继续问：“她碰到你了吗？”

林疏点头。

凌凤箫立时蹙了眉：“哪里？”

林疏：“肩膀。”

还疼着。

凌凤箫道：“脱衣服。”

林疏一时间有些呆滞，但大小姐的语气过于不容置疑，他只得解开了外袍。

大小姐来到他背后，一只手按在了他的肩膀上。

林疏一个激灵。

不过，大小姐接下来的动作，简直过于慎重了——极轻缓地将内袍的领口往下拉，只露出小半后背，然后手指按在了右肩那一块被“活死人”姑娘抓过的区域，片刻过后，将领口拉了上去，拢好。

“并非有意轻薄，”凌凤箫的声音放松了一些，道，“血毒极易传人，所幸你未被染。”

原来是检查自己有没有被感染。

林疏将衣服穿好，道：“那就好。”

好不容易捡回来一条命，若又感染了血毒要变成那样的“活死人”，也是很尴尬了。

他的心跳犹自有些剧烈，又深呼吸了几下，才算平复下来，刚想对大小姐道谢，就见大小姐看着自己，问：“吓着了吗？”

林疏摇摇头。

“我见你好久没有出来，怕你又遇到够不着的位置……”凌凤箫轻轻吐了一口气，接着道，“却听见打斗声。”

感天动地的饲主爱。

因为怕他够不着，过来帮忙，结果遇见凶案现场。

林疏道：“……多谢！”

“不必，你若出事，我……”凌凤箫顿了顿，没往下说，又道，“我去梦境叫大国师。”

林疏点点头：“嗯。”

大国师来得非常快，身边更是带了多个仙道院的真人。

来到后的第一件事是灭火。

火势极大，烧了上万册书籍。

林疏感到非常羞愧，对上大国师债主一般的目光，往凌凤箫身边站了站。

凌凤箫："我烧的。"

大国师："寻常书册好补，这珍本古籍……"

凌凤箫："栖凤阁有。"

大国师："妥。"

林疏觉得，他们似乎达成了什么交易。

终于扑灭了火，大国师大步来到中央那具"活死人"姑娘的躯体旁。

离火之精仍发着暖融融的光，只是比之前暗淡了许多。

"活死人"姑娘的尸体已经被烧成焦骨与黑灰，大国师在骨骼中摸索，拿出一枚玉符来。

"儒道院的楚眉梢姑娘。"他道。

碧玉天仙道院的"魔种"刚刚拔除，儒道院就又出事。

上陵简仔细询问过林疏和凌凤箫其间过程，沉默许久，缓缓道："查。"

而后又环视已被烧空的书架，问："这里原放着什么书？"

林疏答："仙道杂史。"

上陵简似乎陷入沉思。

凌凤箫问："他们要找什么？"

上陵简摇头："尚不可知。"

越老先生还未自昏迷中苏醒，只能从楚眉梢姑娘这几日的行踪入手，但她的同窗，以及同住一苑的室友全都表示，这姑娘并无任何异常之处，前一日还在规规矩矩上课、背书。

大国师怀疑有修为极高深的北夏魔巫潜入学宫中，或者学宫中有北夏内奸。

无论如何，学宫上下开始了一场彻查，全部弟子禁止外出，待在竹苑中，由诸位真人严密保护。

凌凤箫带林疏回了惊风细雨苑。

端茶，倒水，嘘寒，问暖。

林疏被支配着躺上了床，又敷了药，被大小姐问伤处还疼不疼的时候，发觉自己和"活死人"姑娘打了一架之后，从仓鼠变成了一级保护动物。

他拥着被子靠在床背，原本肩膀的伤口尚算可以承受，但一旦有人在旁边关心——高高在上的大小姐此时竟然浑身上下写满了令人窒息的贤良淑德，使得林疏整个人都娇气了许多，疼得变本加厉起来，蔫儿了。

凌凤箫想让他睡。

睡又睡不着。

睡不着也不知道做些什么。

他们两个相对沉默，一时之间很尴尬。

折腾许久，林疏道："我想看一会儿书。"

"我去拿，"凌凤箫问，"要哪本？"

林疏要了"奇石赏鉴"的课本。

按照原本的日子，明日就要上这门课，但现在出了事，不知什么时候才会正常开课。

他还想着等开了课，去问那位真人那个"凌凤箫的圆筒"的材质是什么，怎么打开来着。

为此，还特意把圆筒放在了课本旁边。

正想着，就见大小姐拿起了那个圆筒，正打量着。

他忽然看到了希望，大小姐见多识广，也许知道这是什么，他并不用去问陌生的授课真人。

还未开口，就听大小姐道："怎么把它放在外面？"

有戏。

听这话的意思，大小姐果然知道。

"我打不开，想带去给玉石道人辨认，预先拿了出来，"林疏问，"你认得吗？"

灯下，大小姐的身影忽然静止了。

简直像那个姑娘一开始的样子一样，一动不动。

良久，大小姐才开口，语调很慢，甚至飘忽："你不认得？"

林疏诚实道："不认得。"

又是一阵死寂。

死寂中，大小姐看着那个圆筒终于开口，却是以一种略不自然的语气，将上一句话轻轻重复了一遍："你……不认得？"

林疏茫然地眨了眨眼睛："不认得。"

村子里的人将这个圆筒与自己现在戴着的玉璜交到他的手里时，除了说这是小傻子的师父留给他的东西，并没有解释这到底是什么。

林疏只知道，这是一个容器。

一个材质特殊，找不到打开方法的容器。

他希望里面藏着那位师父留下来的绝世秘籍，可以为他改换经脉，让他能够重新开始修炼。

假使有那么一丁点儿的修为，都不会像今天这样，面对那个“活死人”姑娘，只能盲目逃窜。

凌凤箫还在静止中，没有回应他。

林疏觉得此事很有蹊跷。

他试探着问：“有什么不对吗？”

凌凤箫终于缓缓道：“是你师父留下的？”

林疏：“嗯。”

他在与世隔绝的小村子里长大，身无长物，这种一看就很珍奇的东西，自然只能是师父留下来的。

“不会打开？”

林疏：“嗯。”

凌凤箫似乎深呼吸了几下，继续问：“你师父留下它的时候，可有说过什么？”

林疏回答得非常诚实：“我忘了。”

凌凤箫：“……”

只听大小姐沉声道：“这种事情，你也敢忘？”

河豚回来了。

林疏悚然，连忙整理表情，使自己变得无比温顺，然后向大小姐认真解释真相。

“我曾说过的……我以前是个傻子，”他道，“十五岁后才清醒过来。”

大小姐拿着那圆筒，缓慢道：“你师父呢？”

“我未见过他。”

凌凤箫又安静了许久，最后开口：“我是谁？”

林疏：“大小姐。”

“还有呢？”

林疏想了想，道：“南夏的……公主？”

“还有呢？”

林疏想了想，摇了摇头。

逆着烛光，大小姐向他走过来。

林疏紧张地往被子里缩了缩。

大小姐居高临下俯视着他。

林疏继续往被子里缩。

大小姐的心情并不好，他能感觉出来。

又和生气不太一样，很复杂。

大小姐道："我不信。"

林疏："？"

认识这么久，怎么大小姐还是不相信自己此前是小傻子的这个事实？

他道："真的。"

"既如此，"大小姐道，"我于你……便只是凤凰山庄之人？"

林疏摇摇头。

大小姐挑了挑眉："嗯？"

林疏道："还是同窗。"

大小姐的手按在了刀柄上。

林疏警惕地绷紧了身体。

"同窗……这样陪你、养你、护你，你便全盘接受？"大小姐在床边竹椅上坐下，眼睛一眨不眨地看着他。

林疏不知道该说什么。

除了大小姐，从没人对他这样好过。

上辈子的同学、室友，对他面无表情，不予理睬，已经是友善的待遇了。

有人对他好，他除了接受，并不知道还能做什么。

他出言感谢，只能说出干巴巴的几句"谢谢"。

感觉自己并不配被这样善待，想要拒绝，又不知道怎样组织语言。

别人对他是好还是坏，他似乎从来都是全盘接受。

于是，林疏对着凌凤箫的目光，点了点头。

"你！"大小姐眉尖若蹙，抿了抿嘴唇，全然是生气了的样子。

林疏惴惴不安地瞧着大小姐，想自己是不是做错了什么。

只见大小姐一双黑白分明的墨瞳也看着自己，带着慎重、严厉的审视。

"你……"

大小姐伸手。

林疏往后缩。

大小姐的目光软了下来，语气也略有缓和："你别怕。"

林疏停下。

大小姐为他压了压被角："……你好好休息。"

林疏点点头，想了想又道："你也睡吧。"

——外面的雨势已小了，但雨终究还在下着，大小姐恐怕还是不太舒服，也需要多休息。

凌凤箫："嗯。"

随后，大小姐把林疏放在一旁的书拿回来，放回原来的位置，又环视了一下这间屋子，确认一切正常，道："我回房了。"

林疏点点头，随后又想起那个圆筒："那个圆筒……"

"玉筒，"凌凤箫道，"有存放珍贵书信和文书之用，若要打开也容易。"

林疏："如何打开？"

"戌初，日光乍消，以指定之人指尖鲜血滴下，即可打开。"凌凤箫淡淡道，"既然是你师父留下的东西，用你的血自然可以打开。"

林疏："多谢！"

大小姐却笑了。

极浅淡的笑，有那么些皮笑肉不笑的意思，让林疏心中打鼓。

"明日戌时，来中庭，将它打开。"大小姐道，"而后，将里面所写一字一句，朗读给我听。"

林疏不知道这是何意，但大小姐行事自有大小姐的道理，于是乖乖点了点头。

大小姐继续似笑非笑："到那时，再收拾你。"

林疏很慌，大小姐走后，他在床上翻来覆去，思索着大小姐到底是什么意思。

以及——自己哪里又惹到了大小姐？

他把自己方才和大小姐的对话在脑中仔仔细细过了一遍，脑中闪过一个念头。

这个圆筒里，果真是什么事关重大之物吗？

不然，大小姐何以见到这东西后，就脾气大坏，然后再三向自己询问师父留下它时有无什么交代。

带着这样的心情，他一个人扑腾到半夜，迷迷糊糊睡过去了。

整整一个白天，大小姐都没有出现。

出现在他房子里的是凤凰山庄的姑娘们。

换药，照顾饭食，简直无微不至。

"大小姐吩咐我们来这里好好照料你呢，"凌宝尘笑道，"还要保护你的安全，我说小林疏，大小姐可从来没对别的男人这么好过！”

凌宝清“哼”了一声，道：“当初在闽州城外，谁能想到你有这一天？”

凌宝镜笑眯眯道：“林疏，你长得也果真好看，又乖得像只小猫，我们瞧着都很喜欢呢，也难怪大小姐喜欢了。”

林疏不知道该怎么回应她们的打趣，只问：“大小姐呢？”

“大小姐说，今日不想见你，要冷静一下，让我们来这里照顾你，”凌宝尘眼中闪着好奇的光，“我说，你惹她生气了？”

林疏摸了摸鼻子：“……好像是。”

姑娘们便齐齐“噢”了一声，追着林疏要知道前因后果。

林疏哪里招架得住，最后只好用出装死大法，任凭姑娘们如何胡搅蛮缠，都坚决不开口，这才逃过一劫。

姑娘们见从林疏这儿问不出什么，这才自己玩了起来，叽叽喳喳地说一些八卦。

“我听说‘活死人’姑娘那事，有定论了！”

“怎么说？”

“越老先生醒来之后，得知这事就大发脾气，说学宫中确实已经干干净净，并无魔物，说那‘活死人’姑娘的事情定是有人编造，借此刁难他。”

“老前辈也果真赤子之心，后来呢？”

“后来，在楚眉梢姑娘的房间中，竟搜检出北夏的巫师记号石来，大家都说她恐怕是和北夏勾结！”

“呀，她竟是北夏的人吗？”

“那记号石上，确实是北夏巫术的图案，因此，她即便不是北夏的人，学宫中也必定有北夏的走狗。”

“那她为何又变成了‘活死人’？”

“这却不知道了，大祭酒还在查。此次清查，据说还真的在碧玉天与琉璃天里发现了几个疑似与北夏有关的弟子呢，可惜都还没有切实的证据。大小姐说，已向宫里传了信，请图龙卫来协助。”

“但愿此事能水落石出吧。”

“正是。”

林疏也不知道这一天是怎么过去的。

待在竹苑里，胡乱看书，胡思乱想，简直度日如年，也不知过了多久，终于到了黄昏。

远处日薄西山，戌时将至，他离开自己的竹舍，走到中庭。

大小姐面前摆了个茶壶，两个小杯，此时正端着其中一个，慢悠悠饮茶，见他来，道："来了就好。"然后道，"玉笥中的东西，从头至尾对我念一遍，不得有分毫差错。"

林疏自锦囊中取了一把短剑，刺破左手中指，殷红的血珠轻轻滴在了圆筒上。

那玉笥上面原本黯淡的图案忽然笼了一层光，几息过后，鲜艳清晰起来。

祥云，水纹，中央是龙凤图案，吉祥喜庆得很。

并不像是装着绝世秘籍的样子。

他正想着，圆筒"咔嗒"一声，顶端露出一个孔洞。

林疏伸手进去，果然触到了纸张，取出，展开，是一张薄宣纸，写着字。

看到这字迹的一瞬间，他竟微微恍惚了。

笔锋，笔画，有一种说不清、道不明的、遥远的熟悉，他一定在哪里见过，却无论如何也说不出来。

看了看大小姐好整以暇的神色，林疏开始念。

"徒弟，见信如面。"

——哟，是小傻子的师父的手书。

"为师有事，先走了，你好好照顾自己，当心别死了。"

林疏："……"

这语气也太过随意，一点儿都不书面化。

他接着念："你经脉不好，不要放在心上，随意玩乐即可，不要累着自己，车到山前必有路，为师已安排好了。"

呀。

凌凤箫也这样说，便宜师父也这样说，要自己不管经脉的事情，随意玩乐，这世上果真是有什么比灵丹妙药和绝世功法更好的法子吗？

他边想，边继续念："因缘际会，不可深究，冥冥之中，自有天数，莫要牵挂为师，有缘自会相见。"

念完了，他看了看凌凤箫。

大小姐望着那圆筒，道："还有。"

林疏伸手进去，这次摸到的纸质要厚多了，竟是一个鲜红的纸封，里面卷着似乎是文书的东西，以红缎束着。

林疏将它拿在手中。

沉甸甸的一件东西，边缘微微泛黄，纸质非常厚实庄重，纸背压着吉祥的纹样。

这纹样与圆筒上的龙凤纹、鲜红的纸封、洒金的红缎联系在一起，让他心中渐渐浮起不祥的预感。

事情，并不简单。

……并不简单。

看着大小姐似笑非笑的神色，林疏深吸一口气，想逃。

林疏经过一番激烈的思想斗争。

开，还是不开，这是一个问题。

它由一个“薛定谔的圆筒”，变成了一个“薛定谔的卷轴”。

“薛定谔的圆筒”中，可能开出绝世秘籍或者一张废纸。

而“薛定谔的卷轴”，可以开出什么？

似乎，只能开出一种东西。

那它就不能叫作“薛定谔的卷轴”了。

林疏再次抬头看大小姐的神色。

大小姐一手持盏，一手以白玉茶盖慢悠悠拨着茶末，见他看过来，嫣然一笑。

笑得是很好看。

但大小姐从来不这样笑，所以，这毫无疑问是暴风雨前最后的宁静，喝中药前的最后一颗糖球。

再美艳动人的脸，此时此刻都是——左脸写着“我要吃了你”，右脸写着“我要打死你”。

根据这个表情，可以推测出唯一的结论：它，真的，是凌凤箫的卷轴。

林疏如同一个等待最终宣判的犯人，解开红缎的手，微微颤抖。

他闭上眼，心一横，将缎结彻底打开。

卷轴打开。

里面又卷了几张各式纸张，质地不同，但无一例外都非常庄重。

他先将那些纸张拢了起来，去读最外面的纸卷。

“鸡豚同社，桑梓交阴。”

大小姐挑挑眉：“嗯哼。”

“早缔……”

大小姐：“继续。”

“早缔嘉姻，更申……”

林疏眼前已经一片模糊，意识渐渐昏迷。

大小姐放下茶盏，理了理衣袖，双手交叠，一派端庄，好整以暇地看着他。

“早缔嘉姻，更申旧好。”

大小姐笑意深深。

林疏已经魂飞天外。

“伏承……凉州凤凰庄主第一令女，以闽州桃源君……嘉徒。为仙为侠，共续家蓄。学道学武，同亲师范。”

大小姐袖手斟茶，给林疏面前的空杯倒满，继续听。

“人身难得，光阴易迁。甘露降时天地合，黄芽生处坎离交。”

“一言作合，两喜成和。唯是……婚姻之哉，允为好之，告于皇天后土。”

林疏大脑一片空白，舌头已经不受自己控制。

“自聘定后，待年岁渐长，择日成亲，所愿仙侣偕老，琴瑟和谐，今立……婚书为用者。”

大小姐点头：“确实一字不差，下一张。”

下一张的题目叫“聘定启”。

“兹者复蒙高谊，许长院淑爱以室仆之长徒，时谨敢纳征问名具启以闻者……”

这句子文言气息甚重，比武功秘籍都要艰深些，对林疏来说，实在是过于晦涩，因此读起来也非常僵硬。

念完“聘定启”，接着念“求亲启”，接下来是“定帖正式”。

终于念完的时候，林疏掐了一下自己，试图醒来。

醒不来。

这梦也着实奇怪。

大小姐见他念完，慢条斯理自腰间拿出一个深红缀金的芥子锦囊，从中取出一个一模一样的圆筒来。

滴血，开圆筒。

林疏眼睁睁地看着大小姐取出了一个和自己的一模一样，也被红缎束着的卷轴。

大小姐打开缎结，展开纸卷。

那纸卷上，写着与他那张一模一样的文字。

其余的文书则有所不同，是“回聘启”“允亲启”和“定帖正式”。

林疏：“……”

他现在有点儿不大清醒，不太能够确信发生了什么。

“三书六礼，三媒六聘……”大小姐似笑非笑，“你却说……不知道？”

三书六礼，三媒六聘。

自聘定后，待年岁渐长，择日成亲。

择日成亲。

林疏忽然想起些什么。

大小姐要他去幻荡山，说：“你若是平平无奇，我岂不是很丢人？”

去蜀西请越老前辈出山，提到照雪，大小姐说：“你要陪我游历山河，自然要用同等的坐骑，恰好照夜和照雪双生，便都养了。”

大小姐是有未婚夫的。

那一日，鬼城里遇见凤凰山庄姑娘们的那一日，她们要去找一个人的徒弟。

那个人叫什么来着？

林疏机械地移动目光，来到那张婚书上。

“伏承凉州凤凰庄主第一令女，以闽州桃源君嘉徒。”

哦，桃源君。

桃源君把婚书留给了自己的徒弟。

小傻子的血可以打开桃源君留下的圆筒。

桃源君的徒弟是大小姐的未婚夫。

小傻子现在是林疏。

综上可证，林疏是大小姐的未婚夫。

林疏：“？”

他只是一只仓鼠啊。

他只是大小姐想养的……那个什么。

现在，这个万恶的圆筒打开后，他成了正宫？

世事无常，莫过于此。

林疏觉得自己需要一段时间来接受这件事。

当然，他更希望从这个奇怪的梦中醒来。

凌凤箫大约是见他久久没有说话，道：“嗯？”

“我确实不知……”林疏赶紧辩白，然后在看到大小姐要吃人的神色后，迅速改口，放弃挣扎，“……我错了。”

“错了？”大小姐微微笑起来，问，“哪里错了？”

林疏内心慌乱，绝望道：“不知道婚约。”

大小姐的手指一下一下规律地敲着竹桌，敲得林疏心里发毛。

“无知者无罪，却也没错，”大小姐道，“你再好好想想。”

林疏想不出来，只能温顺且无辜地看着大小姐的眼睛。

大约半盏茶的工夫后，大小姐笑了。

林疏觉得这是气极反笑。

不过，凌凤箫的声音却确凿缓和了一些。

“卖乖没用，”大小姐道，“想不出来便接着想。”

林疏着实想不出来，只好道：“想不出。”

大小姐饮下一口冷茶，终于开口：“若有人与你素昧平生，无缘无故对你好，给你买东西……你就全盘接受，然后被拐回去？”大小姐问。

林疏：“！”

他终于知道了。

原来，大小姐一直以为自己是未婚妻，是正宫，养起仓鼠来，名正而言顺，理直而气壮。

而今天终于发现，自己只是一个富婆。

若非碍于仪表规矩，林疏简直要掩面痛哭起来。

他终于知道大小姐那个表情是什么意思了，是“你这个轻浮的、没有底线的男孩子”。

他想上吊。

大小姐继续问：“可是如此？”

“不是如此。”求生欲使林疏说出了难得的长句，“毕竟世上没有人像你一样有钱且好看，不足以让我……”

大小姐的手按在刀柄上，打断了他：“你最好注意一下措辞。”

林疏闭嘴了。

大小姐靠在椅背上，似乎在努力平复呼吸。

林疏不敢吱声。

良久，大小姐才道：“你的肩膀还疼吗？”

林疏：“不疼了。”

“不疼便在这里思过，”大小姐道，“亥初之前，将你错在何处、为何错了、今后如何改过，完完整整告知我，我酌情决定对你的处置。”

林疏乖觉道：“好。”

然后，大小姐果真不再说话，让他安静思过。

夜风原本很凉，现在却渐渐热了起来。

林疏怀疑大小姐已经气到控制不住自己的灵力，把这一片区域的气温都弄高了。

他开始疯狂思考今天到底发生了什么。

大小姐……的未婚夫？

那个死鬼？

越想越窒息。

越想越觉得自己要完。

他以后要怎么做？

一个仓鼠该做什么，他知道，只需要安静地被养就好了。

那未婚夫呢？

难以想象。

时间就这样静静过去，月亮升高，大小姐不说话，林疏更是安静。

接近亥初的时候，中庭的寂静被外来人打破了。

三个黑衣男人，一个在前，两个在后，脚步近乎悄无声息。

衣服的式样，林疏没见过，只能推测是一种极为适合打架的劲装。

那人到了中庭，走到凌凤箫的面前。

凌凤箫抬头看着他。

然后，这三人竟齐齐单膝跪下了。

为首的那男人道："殿下。"

凌凤箫道："来了多少人？"

"二十人。"

"彻查！"凌凤箫淡淡道，"十天后，学宫上下只有清白之人。"

那男人低头，道："遵命！"

"另派五人护卫大殿下，不可有丝毫疏忽。"

男人道："是！"

"退下吧。"

那三人又齐道一声"是"，起身退下了，去时和来时一样悄无声息，转瞬之间便消失在溶溶夜色中。

林疏望着他们消失的方向。

这三个人的修为都很高。

凌凤箫见他往那里看，道："是图龙卫，都是元婴修为，平日只在宫中，陛下派他们来解决学宫事故。"

原来是大内高手。

大祭酒和凌凤箫商议事情，这些图龙卫来到学宫，也是先和凌凤箫禀报，想想也有点儿意思。

看来大家都知道萧灵阳不靠谱，正事要找他姐才行。

林疏："嗯。"

凌凤箫看着他，语气比之前和那三个图龙卫说话时明显轻了些，但总体来说，气还没消，还是不怎么温和。

"学宫出现北夏内奸，非同小可。究其原因，不过是为了《长相思》。"凌凤箫右手轻抚过刀鞘，淡淡道。

听到《长相思》，林疏竖起了耳朵。

"两国相峙，除去兵力强弱，还要看彼此的渡劫高手，"凌凤箫道，"然而渡劫过后，不久便会飞升，南夏、北夏皆有此种忧虑。"

渡劫过后，修为一旦圆满即飞升，确实如此。

凌凤箫继续道："千年前，叶帝以修为圆满之身，羁留人间百余年，无人知晓原因。相传，从叶帝留下的《长相思》功法中，可得渡劫而不飞升之法，若能得此法，来日开战必能独占上风。"

林疏："？"

可《长相思》，只是一本剑法啊。

"传言不知真假，但得到《长相思》，还有另一种好处。"

林疏："什么好处？"

"多年前，叶帝出身的剑阁遗失镇派剑法《长相思》，若有人寻得，归还剑阁，想必剑阁必会知恩图报。剑阁出世已久，其中不知有多少绝世高手，一旦得剑阁援手……可想而知。"

林疏眨了眨眼睛。

他的师门，似乎非常厉害。

"南夏、北夏，乃至西疆与其他无数门派，皆在寻找《长相思》，故而……"凌凤箫的声音渐渐低下来，"你学《长相思》一事，你知，我知，万不可被第三人知晓。"

凌凤箫知道自己学《长相思》？

林疏忽然想起一件事。

那次在演武场，他和萧韶比武的时候，用出了《长相思》的前两招，结果萧韶说，这是桃源君的剑法！

而桃源君是自己的便宜师父！

同时，桃源君又给他和凌凤箫定下了婚约。

所以，凌凤箫确实可以通过桃源君知道自己会《长相思》。

那萧韶是怎么知道的？

大小姐说，万不可被第三人知晓。

而自己和萧韶打过之后，学宫就出了事。

萧韶……不会是北夏的内奸吧？

林疏的心脏猛地跳了几下，这次是真的害怕了。

他对凌凤箫道："有别人看过了。"

凌凤箫的声音立时审慎起来："谁？"

"在演武场，"林疏不安道，"萧韶。"

他看见，凌凤箫又寂静了。

良久，凌凤箫道："萧韶？"

"真武榜第一名的那个萧韶，"林疏低下头，他做了错事，也顾不得会暴露自己是折竹这件事了，道，"我和他切磋过，用了两招《长相思》里的剑法……"

死寂。

林疏抬头小心地看凌凤箫。

大小姐看着他，似乎想拔刀。

他敏锐地察觉，大小姐想打他——这种感觉今天已经不是第一次出现了。

林疏小心地问："大小姐？"

只见大小姐将右手按在刀柄上，深深呼吸几下，闭了闭眼，道："是萧韶的话……无妨！"

无妨？

那就好。

林疏松了一口气，又想了想，萧韶姓萧，萧灵阳也姓萧，凌凤箫又是公主殿下，说不得其中还有什么关联。

他们这些优秀的人，总是会彼此认识的。

哦，不对，萧灵阳不优秀。

他继续服从大小姐的命令，安静思过。

大小姐没有继续死寂，而是将"同悲"抽出鞘来，以细绸慢慢拭着。

林疏觉得大小姐可能真的被气到冷静不下来了，因为他师父以前心情不好的时候，也喜欢擦剑。

"同悲"通体暗银色，使出招式来的时候刀光如水，很好看。

终于，亥时，钟敲三下。

大小姐抬起头来，看着他，问："想好了吗？"

林疏："……想好了。"

大小姐淡淡道："说。"

"我错在过于轻浮，轻易被玉魄所诱惑。"林疏深刻检讨自己。

"嗯，"大小姐道，"继续。"

"大小姐为人光明磊落，心地善良，待我又好。"林疏把这用了半个时辰组织出来的，真实性存疑的溢美之词说出来，继续道，"故而我才接受了大小姐的好意。"

大小姐道："也算有一点儿道理。"

林疏稍稍放松了一些，道："我日后改过……洁身自好，不接受他人的好处。"

大小姐道："你早该这样。"

林疏道："多谢大小姐教诲。"

"不谢，"大小姐道，"我看你也不太聪明，多亏遇到了我，不然恐怕被别人骗得一干二净。"

林疏道："你说得对。"

"……"无言的沉默过后，大小姐道，"我还有一事不明白。"

林疏："嗯？"

只见大小姐右手稍伸入衣领中，扯出一段细黑绳来，绳端是个烟青的玉璜。

那玉璜的颜色和质地，林疏十分熟悉，与他现在脖子上挂着的小玉璜相比，只有雕刻的纹样不同，乃是一只凤。

林疏："……"

想起那日炼丹课上，凌凤箫为了给他上药，不小心扯出了自己的玉璜，从那以后，对他的态度忽然改变，他终于明白了什么。

原来这玉璜也是件信物，从大小姐看到自己玉璜的那一天起，事情就已经败露。

然后，大小姐修书传到凤凰山庄，凤凰山庄在闽州的弟子来到宁安府，向村民询问小傻子的来龙去脉，村民如实交代——十五年前，一位仙人将小傻子托付给了他们，让他们代为照料。

只是村子身处鬼城之中，作物甚少得到阳光，也长得极端瘦弱。村民们尚且吃不饱，自然也照顾不好一个智力有缺陷的小傻子。

无论如何，经过这一番打听后，凌凤箫就已经确定自己是她的未婚夫了。

而他自己还毫无察觉，以为大小姐突然对自己这条咸鱼产生了兴趣，要进行一番豢养。

大小姐将玉璜解下来，放在手中把玩，道："我发觉你的身份后，平日相处皆将你当作至亲之人。你在凡人中长大，凡间礼法甚严，我虽因怕你害羞，未曾直说过婚约，但话中有许多表示，你果真没有一点儿察觉？是不是不愿履行婚约，故意装疯卖傻？"

大小姐，你怎么总是怀疑我装疯卖傻？

林疏绝望道："并没有，我毕竟不太聪明。"

真的，他无论如何也想不到，自己就是大小姐的未婚夫。

一个住在摇摇欲坠的茅草屋里，喝着清汤煮菜叶的小傻子，即使有个挂名的师父，也和凤凰山庄的大小姐扯不上一丁点儿的关系。

大小姐的未婚夫，在他的心中，至少也要是一个像萧韶那样优秀的男人。

所以，即使大小姐对他突然温柔，还花了天价的玉魄，送了很多珍奇的宝物，他也只认为是富婆对仓鼠的饲养而已。

看来，他不仅以前是个小傻子，现在也是个小傻子。

大小姐轻轻叹了一口气。

林疏小心翼翼地看着，觉得大小姐憔悴了许多。

"自我很小的时候，我母亲便道桃源君是出尘的仙君，他的徒弟自然也是清静可爱的徒弟……要我日后好好对待我的未婚妻，"大小姐道，"故而，我从小便一直想见你……未承想，你竟然什么都不知道。"

大小姐的声音逐渐有气无力，林疏觉得，一定是自己的所作所为气坏了大小姐，使她说话也提不起力气来，甚至意识模糊，把未婚夫都说成了未婚妻。

不过他今晚已经犯下巨大的错误，自然没有狗胆去指出大小姐的口误，只乖顺道："我错了。"

"也罢，错不在你。"

林疏瞧了瞧大小姐的神色，鼓起勇气问："你不生气了？"

"念你初犯，此事就算揭过，"大小姐道，"日后便都改了。"

林疏："改的。"

他以后不能做一个轻浮的男人了，要做一个有底线的男人。

但是除了大小姐，并没有别的富婆养他。

所以，生活还是可以继续。

"时辰不早了，"大小姐道，"我送你去睡。"

林疏温顺地被送去睡觉。

离火之精被喂了“活死人”姑娘，房子里没了暖气，大小姐蹙了蹙眉，指尖放出丝丝淡红的灵力来，房间立时暖了，可以说是一台人形自走暖气机。

“我明日命人去寻类似的物件。”大小姐道。

林疏道：“谢谢你！”

“不谢，”大小姐道，“你若病了，也是我照顾。”

林疏今天先被凶了一晚上，此时又被妥善对待，受宠若惊，简直要患上斯德哥尔摩综合征，又因为未婚夫这件事，受到了极大的心理冲击，整个人都十分萎靡。

大小姐叹了口气，走到床边，放轻了声音：“乖，好好睡觉。”

这么轻声细语的一句话，顿时让林疏觉得自己今天这一天受了极大的委屈，也不知怎么的，眼睛就是一酸。

凌凤箫的神色立时透出微微的不知所措来。

“你别哭！”大小姐坐到床边，看着他，“我今日也错了，不该对你凶。”

林疏实际上也没有哭，只是有点儿委屈——现在大小姐是他的未婚妻，虽说他心理上还没有很好地接受这件事，但被未婚妻欺负哭了，说出去着实太过丢人。

他便道：“那你日后……”

“日后不凶了，”大小姐道，“只要你听话。”

林疏点点头。

论起乖巧听话，他还是很擅长的。

大小姐看着他，眼中又有了点儿浅淡的笑意：“今日过后，你我之间便无嫌隙了，也没有相互欺瞒之事。”

林疏点点头。

大小姐便为他吹灭了灯，道：“睡吧。”

林疏的精神本来就有些不太好，胡思乱想了一会儿未婚妻的事后，也就睡了。

第二日，他的精神便好了许多，恰逢凌凤箫来找他，说幻荡山开启之日将近，是否准备好了东西。

昨日他把自己和萧韶打架一事说出来，以大小姐的脑子肯定早已明白了他就是折竹。虽说用女身一事有点儿尴尬，但好在不必费心去想怎么向大小姐解释自己拿到名额这件事了。

他说还未开始准备。

大小姐便说：“今日也无事，我来帮忙吧。”

她便把出门的一应衣物、武器、符箓、丹药整理妥当，放入锦囊中。

大小姐做事极其利落，几乎用不着林疏插手。

简直就像是饲主要清理仓鼠的笼子，仓鼠只需要在角落里安静待着就好。

——还是仓鼠。

生活似乎没有什么变化。

做完以后，那边图龙卫来找，大小姐便去做正事了。

林疏则游手好闲地待在房间里看书。

过了半个时辰，一位不速之客来访。

还是华丽的衣服与倨傲的神气，正是萧灵阳殿下。

林疏有点儿头疼。

萧灵阳大剌剌进门，第一件事就是将一沓纸拍在了他的桌上："你——看！"

林疏便看去，首先映入眼帘的是硕大的题目——《痛陈凌凤箫十二恶状书》。

林疏："……"

萧灵阳道："你被金钱所迷，不知道凌凤箫到底是何等险恶之人——我姑且原谅你！我耗费七天工夫，写成此书，向你揭露真相，你若不好好识相，立即离开此人……哼！不识好歹！咎由自取！"

他这话逻辑不清，用词不当，可见文字水平比较低下，但中心思想还是很明确——离开我姐！

原来殿下迫于大小姐的威压，不敢直接欺负威胁他了，换成劝离。

林疏没有打开那份《痛陈凌凤箫十二恶状书》。

萧灵阳恶声恶气："快看！"

林疏不为所动。

仓鼠和正室毕竟有所不同，起码他面对萧灵阳的时候，底气足了许多。

他上辈子没什么父母亲人，师父死后更是无亲无故，现在居然要处理和小舅子的关系，实在是有点儿新鲜。

萧灵阳见他消极的态度，眼角抽动，几乎要拍案而起。

林疏慢吞吞地摘下脖颈上挂着的玉璜，往桌上一放。

萧灵阳看到那枚小玉璜的一瞬间，彻彻底底地沉默了。

林疏竟然幸灾乐祸起来。

他想，萧灵阳此刻的心情，恐怕和自己知道婚约时候的心情相差无几。

"你……"萧灵阳从沉默中缓过来，急促地呼吸了几下，"你！"

林疏："我？"

"你怎么可能？！"萧灵阳已经语不成句，"你……无权无势，仙也没有修好！

即使有婚约，也不过是一个小白脸罢了！”

林疏想了想，似乎是这个道理。

他又想了想，道：“可是和大小姐比起来，任何人都无权无势。”

包括你，小舅子。

凌凤箫在和图龙卫议事，你却来这里无事生非，不觉得有哪里不对吗？

小舅子就像听到“你说得对”的越老堂主一样，被狠狠地噎住了。

他从鼻子里“哼”了一声，重复道：“小白脸罢了！”

林疏并不睬他，继续看书，很安详。

毕竟，他现在是一只有名分的仓鼠了。

第九章

# 顺流而下

萧灵阳见他没有反应，讨了个大大的没趣，十分烦躁，在房间中左顾右看，试图挑刺儿，但是，看着这间竹舍只会让殿下更加烦躁。

原因无他，墙壁上挂着的书法字画都是凤凰山庄的藏品，墙壁与房顶上爬着的灵藤仙蔓、房间角落摆着的香炉，就连桌上的烛台都是珍奇的宝物，绝非林疏这样平平无奇的凡间出身能够拥有的，一看就是大小姐的手笔。

萧灵阳看了一圈，态度更加恶劣，问："你们是不是还要一起去幻荡山？"

林疏："是。"

萧灵阳叫道："岂有此理！"

林疏感到很奇怪。

昔日萧灵阳不知道他就是大小姐的未婚夫，认为凌凤箫即将走上养小白脸的不归路，对他十分看不顺眼、处处挑刺儿，这可以理解。但如今，他摆出了那件玉璜信物，萧灵阳也果真认了出来，怎么还是这个态度？

萧灵阳拽着仙藤，恶狠狠地揉了几下，对林疏道："我警告你，若你自恃是凌凤箫的未婚夫，欺负她，或做出什么使她不高兴的事，我决计不能饶了你！"

这自然不会。

欺负凌凤箫？

什么样的狗胆能够让他做出这样的事情？

林疏道："不会。"

"最好不会！"萧灵阳用鼻孔出了一口气，"哼，男人！"

林疏："……"

萧灵阳显然是一个爱护姐姐的弟弟，可怎么面对凌凤箫的时候，态度极其糟糕？看来他无论对谁都是脾气糟糕。

想明白这一点，林疏就更加心平气和了。

萧灵阳无论如何跳脚，都在林疏这里得不到任何回应，着实是没趣，撒了一通泼，终于决定要走了："我走了，你好自为之！"

林疏瞧着他那副招人厌的神色，觉得大小姐既要认真学习、用功习武，又要处理各项事务，还要管教这么一个乌眼鸡似的弟弟，也真的是辛苦。

古书说“在其位而谋其政”，林疏现在不得不履行一下为饲主分忧的义务。

他打了下腹稿，平静道：“你既然爱护大小姐，为何不好好学习，让她少生些气？”

萧灵阳立时像被踩了尾巴的猫一样，险些要弹跳而起，道：“你管我！”

说罢，拂袖怒气冲冲地走了。

几条黑影在竹林中一转，也随着他远去了——正是凌凤箫吩咐来保护殿下的图龙卫。

林疏继续安详地看书，看到有些累了，余光看到萧灵阳留在桌上，历时七天，呕心沥血，焚膏继晷而成的巨著《痛陈凌凤箫十二恶状书》，拿过来开始研读。

摒去一些用词不当之处外，倒也文辞通顺。

第一恶状：生性残暴。

里面详细记述了凌凤箫昔日为了练刀，竟然弄了几具猪的尸体放在冰窖，在其上砍来砍去的事情。

然后，萧灵阳以巨大的红字做注解：凌凤箫视性命如草芥，剥皮拆骨如砍瓜切菜，可见其险恶，今日之猪焉知不是他日之你？若你执迷不悟，凤凰山庄之冰窖，即是你来日葬身之地。

林疏：“……”

说实话，他当年练剑的时候也曾砍过几天猪肉，凌凤箫按照正常方法练刀，这与他来日将葬身冰窖并无任何因果关系。

他往下翻，第二恶状：冷血无情。

上一恶状已经不实，这一恶状就更加无稽——萧灵阳控诉，凌凤箫长住凤凰山庄，除父皇母后生辰外，难见此人回皇宫一次。

然后是同样的红字巨批：离宫千里，毫不思念，冷血无情，可见一斑。我乃此人亲弟，尚且如此，况一小白脸乎？昨日之我，即是来日之你，今日对你嘘寒问暖，来日必定始乱终弃，好自为之吧！

林疏都要被他逗笑了。

萧灵阳这人，真有点儿意思。

他正要再往下翻，想看看萧灵阳批评凌凤箫还能写出什么花样来，房门外传来脚步声，是大小姐回来了。

还未走近，大小姐就问：“萧灵阳来找你了？”

林疏："嗯。"

可见，图龙卫都是大小姐的眼线，萧灵阳的行踪并不能瞒过大小姐。

凌凤箫看他："他欺负你了？"

林疏："未果。"

大小姐便笑了笑："那就好，等我闲下来，立即去教训他。"

而后，凌凤箫走到他身边，一眼便看见了他手中的《痛陈凌凤箫十二恶状书》。

凌凤箫把它从桌上拿起来，开始翻看。

林疏摸了摸鼻子。

小舅子，好自为之。

凌凤箫翻得极快，粗略扫过一遍，冷冷道："无稽之谈。"又看了看林疏，"萧灵阳胡说八道，你不可相信。"

林疏乖顺地道："不相信。"

凌凤箫对他的回答表示很满意——但还是把东西没收了。

其实林疏还挺想看完的。

没收完课外读物，大小姐道："图龙卫抓了一个北夏奸细，正在思过洞审讯，你想去看吗？"

林疏歪了歪头。

大小姐并不怎么征求别人的意见，林疏联想到这几天，除去昨天和大小姐因为圆筒的事生了气，一个白天没见面，其他时间都是待在一起的。因此，大小姐这话虽然是"你想去看吗"，但实际上是"你陪我去看吧"。

他便道："好。"

大小姐眼里有了一点儿笑意。

思过洞在合虚天，是垂星瀑后的一个岩洞，大概学宫中并没有地牢之类的地方，只能在思过洞审讯。

凌宝尘和凌宝清在洞外等着，见他们两个来，喊了一声"大小姐"，跟在后面进去了。

进去之后，林疏才知道这个洞和自己想象中不同，并不狭窄阴暗，而是别有天地，被人为拓出了很大的空间，以长明灯照明，洞穴石壁被打磨得油光水滑，犯事的弟子便是对着洞壁思过。

因为是在瀑布后面，洞中难免有些潮湿，上台阶时，凌凤箫隔着一层衣料握住了林疏的手腕。

林疏反射性地心中一跳，然后努力平静下来，他明白大小姐此举完全是出于避免自己滑倒的好意，又只是被松松握着，竟也慢慢调整了过来。

一路无话，等过了这容易滑跌的一段，大小姐忽然轻轻道了一句："你不妨再长胖些。"

声音经过洞穴石壁的渲染，温和得能滴出水来。

林疏自觉比起刚来学宫的时候已经长了些肉，也高了一些，但大小姐似乎并不满意。

大小姐又道："听说凡间的吃食更养人，从幻荡山回来，我们在凡间多住些时候。"

林疏前些天还在规划假期该做什么，现下连这个心也不必操了，感觉很轻松。

他应了一声，两人便不再说话，只凌宝尘掩口哧哧地笑了一声，被凌宝清打了一下。

又走了一会儿，凌宝尘忽然道："谢子涉会不会在？"

凌宝清道："或许。"

大小姐没有说话。

又转过一个弯，眼前出现一个石室。

两个图龙卫肃立门口，见凌凤箫过来，道："殿下！"

凌凤箫牵着林疏走进去。

石室中有数名图龙卫和几位各院的真人、先生。

边上一个年轻女子，闻声转过头来。

她穿着儒道院的弟子服，身形高挑，眉目间有种如兰似梅的孤高之气。

凌宝尘在林疏耳边轻轻说道："她叫谢子涉，是儒道院的大师姐。"

因着这一句介绍，林疏便多看了谢子涉一眼，却见谢子涉也在看着他，而后目光下移——林疏总觉得她在看自己那只被大小姐握着的手。

片刻后，她将目光转向凌凤箫，道："你来了。"

大小姐只微微颔首，牵着林疏上前，越过了她，而后才放开。

大国师道："殿下请看此人。"

林疏抬头向前看，先前被人影挡住，此时他才看见，洞穴阴影之中，石壁上穿出锁链，缚着一个头发散乱的年轻弟子。

谢子涉道："图龙卫在琉璃天又查出数位弟子持有北夏之物，皆是儒道院弟子，这些弟子身家与所作所为皆清白，唯独都加入了'棠棣诗社'，诗社中题咏唱和，彼此赠礼，原是常事，查出的北夏巫物皆是此人赠予同社诗友。他籍贯在南北边疆，父母双亡，无亲无故，亦是可疑。”

凌凤箫看向那人旁边的图龙卫首领，问：“可有问出什么？”

“属下惭愧，”首领道，“纵然灼烧神魂，此人也未吐露半字。”

林疏观察那弟子，只见他半垂着眼，神色委顿至极，脸色苍白憔悴，身上虽没有明伤，却已是半死不活的样子——施在神魂上的拷打，比身体上的刑罚痛苦百倍。

凌凤箫道：“继续。”

图龙卫道了一声“是”，而后五指成爪，扣在那弟子的天灵盖上。

那弟子的身子绷紧了，不住颤抖，眼睛紧闭，喉中发出痛苦难耐的“嗬嗬”声。

林疏察觉到凌凤箫在看自己。

他回视。

大小姐移了一下脚步，离他近了点儿。

他余光觉得有一道目光刺着自己，转头一看，是谢子涉。

——从前被人用种种目光看得多了，他对他人的视线总是敏感。

目光相对，谢子涉从容移开，转向正在被审问的弟子身上。

图龙卫厉声道：“还不交代？！”

那弟子闻言颤抖得更加厉害，嘶声道：“……让我死！让我死！”

图龙卫道：“从实交代，便可少受苦，更不必死。”

那弟子神魂被烧灼，仍是痛苦难当的模样，却断断续续发出笑声，使人毛骨悚然：“你……纵使再折磨我……百日，我也……说不出！”

图龙卫眉头一皱，手中发力，那弟子痛苦之声陡然拔高，着实是惨不忍闻。

凌凤箫却道：“停下！”

图龙卫听命放手。

那弟子出了满身的汗，垂死一般艰难地喘着气。

凌凤箫走上前，以刀尖划开这人的上衫，划破一道一尺长的口子后，再挑开衣物。

这下，连林疏都看出了凌凤箫的用意，只见衣物之下，那弟子肋下两寸处，有一个拇指大小、形状诡奇的黑色印记。

“真言咒，”凌凤箫道，“烙于神魂之上，施咒之人要他不能说出之事，纵使他想要说，话至嘴边也无法说出，只如哑巴。”

图龙卫道：“未曾见过此种咒法。”

“北夏的邪僻咒法，早已失传，竟然重现。”凌凤箫道。

图龙卫问："可有法解？"

那弟子喘几口气，嘴角挂了一点儿笑，抬眼看了一眼凌凤箫。

凌凤箫："无解，杀了。"

图龙卫肃容道："是！"

正要手起刀落，大小姐却改了口，道："待我走了再杀。"又道，"既有真言咒，便有北巫背后指引，派十人去此人家乡查，余下继续留在学宫。"

图龙卫自然领命。

一片寂静中，谢子涉道："你的见识果然不凡，着实使人钦佩。"

凌凤箫只回她两个字："谬赞。"

说罢，重新牵起林疏，按来时路走出思过洞。

出垂星瀑，来到星罗湖畔，琼林依旧落花如雨。

凌凤箫开口，声音里有微微的歉意："我以为他们已审完了，只剩商议，才带你来。如今，却污了你的眼睛。"

——原来大小姐走得如此快，是为了他的眼睛着想。

林疏摇摇头："没事。"

这场景虽难看了些，但还可以接受。

林疏对南夏与北夏之事全无兴趣，并没有什么好奇心，今日只当顺便见一下世面。

却听凌宝清道："谢姑娘果真对大小姐不寻常。"

凌宝尘道："此事我早与你说了，你不信——谢子涉姑娘确凿与其他姑娘不同，她那番言论，你难道没听过吗？"

"听倒是听过，她拒过无数男子求爱，说天下男人不堪一看，只女子当中有几个看得过眼。"

凌宝尘笑道："你却不知后一句呢，她说此生阅人无数，独独钦佩凌家大小姐杀伐果决的品格。"

大小姐冷冷道："提她做什么？"

"天下出挑的女子中，谢姑娘毕竟算得上一个。"凌宝尘道，"据说她曾作革新书《三略》，不仅诸位大儒，连陛下都曾称她有宰执之才，我也颇钦佩她。"

"我想起来了，"凌宝清轻轻"啊"了一声，道，"传言，她直言世上唯独自己的经世之略可与大小姐的凌云之才媲美，其余人远及不上。"

"经世之略不过空中楼阁，"大小姐淡淡道，"各州各府积弊已久，又与仙道门派纠缠不清，她说辞漂亮，却无从推行，更何况……”

林疏觉得大小姐又犯了嫉妒病。

听了凌宝尘的话，那位谢子涉姑娘实在是有不世的才华，大小姐却非要说是空中楼阁。

正想着，一片琼羽自枝头飘落，恰落在他的头发上。

正要去摘，却见凌凤箫伸手，轻轻把那片花羽摘下来，目光犹未收回，看着自己，继续之前未说完的话：“更何况……我若喜欢一人，怎会让对方费心去经纶世务？”

林疏眨了眨眼睛，总觉得大小姐这话意有所指。

凌宝清说：“谢姑娘身为女子，却睥睨天下男子，也是一件奇事。”

凌宝尘笑道：“大小姐，你这样好，若我是男子，只怕也要喜欢你呢！”

说罢，又看林疏，将他扯了进来：“小林疏，你说是不是？”

林疏自然不能说不，道：“很是。”

这话一出口，大小姐看着他的目光却忽然一凝，继而若有所思起来。

“你对往日之事全无记忆，自然不知我……”大小姐蹙起了眉，“你喜欢女子吗？”

林疏不知道大小姐何来此问，但他自然不能去喜欢男人，于是道：“应当是的。”

他说完这句，就见大小姐微微蹙了眉。

林疏自觉反省有没有说错话。

他觉得没有。

还好，短暂的蹙眉后，又缓缓舒展开来，凌凤箫恢复了正常的表情，道：“你从小与世隔绝，不通晓世情……也无妨。”

林疏：“嗯？”

就见大小姐又深深看了他一眼，道：“回去吧。”

由于学宫出事，大部分弟子不得不待在竹舍中，从合虚天回碧玉天的路上，人迹寥落，满目深秋寒意。

一片清冷寂寥中，凌宝尘大约是看气氛太过冷清，道：“现在虽无人走动，演武场却热闹呢。”

大小姐回她：“儒道院又来演武场闹事？”

凌宝尘道：“正是，他们被勒令待在竹舍中，无法当面论辩，便一股脑儿地要进演武场，梦先生心软，又把他们放了进去，谢子涉那一派主和，平如宁一派主战，眼下正吵得不可开交，演武场几乎乱成鹅窝了。”

大小姐道：“谢子涉师承钟相，平如宁师承屈公，是战还是和，朝中也吵得厉害。”

凌宝清道：“宁可战败——我也决计不愿看见朝廷苟且求和。”

凌凤箫淡淡道：“守山人一旦飞升，南夏势单力孤，议和亦难。”

凌宝尘叹了口气，也不再说话。

听他们话中的意思，南夏此刻确实是风雨飘摇之际——现在还有守山人坐镇，一旦守山人飞升，情况便会更加恶劣。

林疏对此不知道作何评价，他在现代虽说游离于人群边缘，但也算是在和平年代长大的，对这种场面并没有过切身的感受。

凌宝清道：“那要如何？”

凌凤箫道：“山庄还在一日，你们便安心习武。”

林疏闻言略有些不安，若真会有乱世，没有修为傍身，毕竟使人心虚。

虽然大小姐说他不必关心经脉的问题，但是凌凤箫并不会时时在他身边，像是藏书阁中遇到的“活死人”姑娘——若是凌凤箫没有及时相救，世上还有没有林疏就有待商榷了。

故而，幻荡山必定要去，即便没有改换经脉的秘籍，也要尝试寻找能够自保的功法。

正想着，又到了要上台阶的地方。雨后，石阶上生了一层青苔，很滑，凌凤箫再次牵住他的手腕，自己先上一步台阶，然后等林疏上来。

有了此举，林疏自然没有了任何滑倒的风险，只是心里感到一丝丝不对。

大小姐照顾自己，实在是无微不至。

想起他刚来到“上陵学宫”，凌凤箫带他去碧玉天，遥遥在前面领路，并不理睬他能不能跟上，似乎已经是上辈子的事情了。

真的是世事无常。

回了碧玉天，凌凤箫说幻荡山中有一道幻境最难度过，房里存了一本上古时记叙各类幻境的孤本，要去给他一看。

凌宝尘与凌宝清对了个眼神便向大小姐笑嘻嘻地告辞了，只留下林疏一人被带去辅导功课。

平日都是凌凤箫来他的房里，大小姐的闺房，林疏是没有进过的。

穿过花团锦簇的牡丹丛，来到门前，凌凤箫推门，让林疏先进。

——大家的房子，明明是一样的外表，里面却自成天地，并不是林疏凭空能想象出来的。

只见房间四壁晶莹生辉，正对门口的这一面，挂了一幅百鸟朝凤图，点缀了诸多明珠。西面墙上，仙草如瀑。东边则是流光溢彩的多宝格。房中桌椅等陈设，雅致华贵自不必说，连接卧房的小门处置了一座红纱屏，隐隐能看到里面高床软幔，整个房间满溢着奢华的气息，和林疏的毛坯房大不一样。

香炉里白烟袅袅，房间香气浮动，若说是兰香，未免过于疏淡，说是檀香，又并没有那样的凝实沉重，正是常会在大小姐身上嗅到的那种缥缈冷香。

他走进以后，凌凤箫接着进来，却是略有些不自然道："宝尘她们改成的屋子，我并不喜欢这样。"

林疏道："很漂亮。"

像大小姐这样漂亮的姑娘，无论脾气如何，终归就该住这样漂亮的屋子。

"你喜欢？"大小姐道，"你的房间确实太素淡。"

林疏："已经很好了。"

房间里被宝尘那几个女孩子收拾一番，已经很好，再富丽堂皇一些，恐怕就违背了师门的训诫，要把老头子从棺材里气出来。

大小姐轻轻笑了一下，也没有说别的，来到小门，道："进来吧。"

林疏有点儿忐忑。

第一次进女孩子的卧房。

大小姐的卧房里设了一个书柜，书柜前有桌案，对面则是面很大的铜镜，铜镜旁又有一个略小的多宝架，看起来像是梳妆台。

凌凤箫先在镜前坐下，自架上取下一个木盒。

林疏静静看大小姐补妆。

朱红胭脂点上嘴唇，轻轻涂开。

但见镜中之人一身红衣，乌发如墨，明眸皓齿，顾盼生辉。

林疏自忖是没见过这样漂亮的姑娘的。

书上说美艳不可方物，不过如此。

大小姐从镜中看见他在看自己，画着眉黛的手略停了停，笑道："你来。"

大小姐的笑让林疏产生了警惕。

他警惕地走近，微微俯身，凌凤箫手中细毫的笔尖轻轻在他眼下点了一下。

细毫上蘸了眉墨，这一点，就在眼下点出一颗小痣。

凌凤箫示意林疏看镜子，道："这一来，你脸上便有些烟火气了。"

林疏仔细看了看镜中的自己，除去眼下多了个黑点，也没瞧出什么不同。

凌凤箫看完他的脸，又检视了一下自己，将胭脂水粉之类的收起来，道："今日还要出去见人，不然便不画了。”说罢，去书架取书，中途又轻轻道，“我有时也在想，皮囊而已，是美还是丑，是男还是女，实则也没有大碍。”

林疏假装附和一声，实则没有苟同。

这话虽然道理上没有什么问题，但也只有大小姐这样已经有了好看皮囊的人才有底气说。

取了那本上古描述幻境之书，凌凤箫又将要紧处为他讲了一遍，林疏这才回去。

他在自己房中将书通读了一遍，感觉尚可以理解后，拿出玉符，进了梦境，打算练剑。

梦先生还像往常一样在山巅小亭里临风而立，见他来，转身笑眯眯道："道友，好久不见。"

林疏道："好久不见。"

"学宫正值多事之秋，近日恐怕不会开课，道友不妨多来梦境。"

林疏道："好。"

梦先生便不说话了，只静静地站在亭中。

林疏这些时日见了大国师几面，此时再看梦先生，确认他们二人五官的神似并不是错觉。

他忍不住多瞧了几眼。

梦先生便笑道："道友，你为何看我？"

虽知道他不是真人，但林疏还是感到有些不好意思，规规矩矩拿出了剑，打算练基础剑法。

忽见梦先生望着他，目光淡而悠远，轻轻道："道友，我乃水月镜花之身，梦外种种，到了这里且忘记吧。"

林疏"嗯"了一声。

学宫中肯定有不少人见过大国师，他们必定也察觉了大国师与梦先生外貌的相似之处，梦先生必然被问得多了，所以知道自己方才打量他样貌的原因，出言让他不要对此好奇。

梦先生既这样说，他便不再想，专心练剑。

练完后，梦先生道："道友，你要去幻荡山，须知幻荡山的情形。"

林疏走上前，梦先生在亭中石桌前坐下，右手在石桌上一拂，桌上便隐隐约约出现一座仙山虚影。

"幻荡山乃是昔日叶帝所居之所，浮天仙宫中更有无数宝物珍藏，但凡能够登上幻荡山通天路，定会有所收获，若能得守山人青眼，收获便更是不凡。"梦先生温声阐述幻荡山情形，手指移到山下，“此处为天门，有气机屏障，持有信物者方可进入。”

而后，梦先生将手指上移，道：“入了天门，先是九十九级通天阶，其上有气机流动，须以自身修为与之抗衡，其中诸多玄妙之处，你去过便知。”

林疏感到了微微的窒息。

他并没有修为可以与之抗衡——然而转念一想，大小姐既然曾要他去幻荡山，就一定有解决的办法。

世上的不靠谱之人各掉各的链子，而大小姐从来与“不靠谱”三字毫无关系，因此，他不必担心。

梦先生继续道：“过了通天阶，便是通过修为考验，沿山路向上，路旁皆是世间万千事物幻象，千万要守住心神。至半山腰看见路碑，便至‘万丈迷津’，迷津中幻境重重，极难走出，大多弟子到此便不能往前。”

幻境。

林疏上辈子只闻其名，并未见过，大约是和“上陵梦境”差不多的虚拟全息世界吧。

“虽不能往前，但幻境磨砺心性，对修为极有助益，也不算空手而归。而道友若能走出迷津，再往上乃是玲珑洞天考验心智，过了这一关，便能登上山巅。守山人常年居住在山巅浮天仙宫中，碍于规矩，仙宫之事，我不能交代，一切全看道友机缘。”

林疏道：“多谢先生！”

“不必！”梦先生笑道，“道友，你只要记住‘当断则断’与‘迷途知返’八字，此行便妥了。路途之中也不必思念学宫，无事可做时，亦可以通过玉牌回到梦境。”

林疏点点头。

这一日后，他的生活重归宁静，每天吃饭、练功、练剑。凌凤箫派了图龙卫守在苑中，自己则成日神出鬼没，只每天找他吃饭，或睡前来充当一下暖气。林疏没问大小姐近日在忙什么，凌凤箫也不与他说，就这样过了三日，便到了去幻荡山的时候。

越若鹤与越若云拿到了名额，也要去，他们两个很是期待术院最新研制出的飞舟，一大早便起来在中庭准备出发。

林疏则在房里等大小姐。

昨晚，大小姐房间的灯一直没亮，似乎房中无人，让他有些不安。

到了辰时，大小姐没等到，却等到了凌宝尘。

她道："小林疏，大小姐昨夜被陛下一纸急诏召回了都城，实在是无法脱身，这次是无法前去幻荡山了。"

大小姐不能去了？

他要一个人上路了？

林疏失去饲主的带领，突然慌张起来。

不，不只是一点儿慌，他很慌。

但凌宝尘随即道："大小姐走得匆忙，未来得及与你当面告辞，要我转告你，大小姐一切都已安排好了，你放心即可。"

林疏不那么慌了。

他发现自己居然已经习惯了被安排的生活，变得越来越不思进取。

正当此时，远方琉璃天有一个巨大的乳白色梭状物升起。

"飞舟！"越若云喊。

"舟乃水上浮走之物，一旦飞起，便不能称之为'舟'，术院这命名大有问题。"越若鹤道。

"舟乃是形状，并非取决于在水上或陆上。"越若云反驳。

"这可不对——"越若鹤摇头晃脑，正待抬杠，越若云打了他一下："还不快走？！"

越若鹤屈服于妹妹的殴打，只得暂时放下此杠不抬，对林疏道："林兄，咱们走吧！"

"你先走吧，"凌宝尘也道，"我和宝清要跟着本庄的其余几位师妹和师姐一起去，不乘飞舟。"

林疏道："告辞。"

凌宝尘道："幻荡山再会！"

越若云对飞舟十分好奇，蹦蹦跳跳走在最前面，来到碧玉天所在山峰最高处的空地。

根据林疏对这兄妹俩零零碎碎的了解，知道越若鹤应当是自己打进了前三十名，而越若云武功尚未到家，用的是王朝分给如梦堂的名额。

空地上已聚集了二十余人，看着装，各个门派都有，所持武器也大不相同。

"萧韶没来，哪个会是苍旻？"越若云小声道。

"看谁修炼最勤，谁便是苍旻！"越若鹤说完，在人群中左顾右盼，道，"我今日要好好看看，哪一位师妹是折竹仙子。”

人群中，亦有其余的师兄在小声道：“人来齐了吗？我看这几位姑娘都不像折竹师妹！”

林疏在人群中看过一圈，着重看了看姑娘们。

有穿着南海剑派服装的少女，有穿仙道院制服的女弟子，还有一身紫衣、戴面纱的神秘姑娘，各有千秋。

大家心目中的折竹可能将在她们之间产生。

越若云道：“你怎么成日惦记折竹仙子？！”

越若鹤道：“你若能和萧韶打个平手，我也日日惦记你，只不过你打不过罢了。”

越若云：“你便能和萧韶打个平手吗？”

越若鹤：“自然不能，故而我才惦记折竹仙子，若能，我岂不早已与她约战？”

远处的飞舟朝这边平缓飞来，而后稳稳当当地落在空地上。

只见它通身乳白，不知是什么材料所制，形制完全是一艘大海船。

其上穿白底红纹服装的术院弟子放下阶梯，众人鱼贯而入。

甲板后是船舱，可以自行选择房间，足够三十多人使用。

林疏和越家两兄妹住了挨在一起的三间房，里面仅一张床、一张桌，勉强能够应付生活。

他没想到，来到古代世界，居然还能坐上载人飞机——不过这飞机用的是机关术。御气而行，由于太过沉重，速度并不快，约与照夜等同，历时三天两夜才能飞到幻荡山的地界。

随着飞舟去幻荡山的还有学宫的昆山君与风雷真人，负责在路上保护诸位弟子的安全，他们皆是元婴修为。

等人都上齐，无形气机在飞舟上鼓荡起来，船身震颤几下，缓缓离开山巅。

只见下面景物缓缓掠过，飞舟离开碧玉天，低低朝着合虚天方向驶去，而后继续向前，飞过山门，欲离开上陵地界。

此时，林疏看到了学宫的山门后面还镌着字迹。

弟子上山时，看到的是“神仙事业百年内，襟带江湖一望中”，横批“醉倒上陵”；要下山时，山门的反面又有一对“花开花又落，花落花又开”，字迹缥缈秀逸，十足出尘，横批“又入仙境”。

弟子由凡间进入学宫，确实是入了仙境，而此刻下山，却说是“又入仙境”，不知何解，只觉得很是玄妙。

其后三天，林疏都在船上度过，将那本与幻境相关的古籍看了不少遍——虽然到底能不能通过第一关的九十九级通天阶还是一桩悬案。

一入幻荡山地界，连林疏都能感觉到，周围花木繁盛，有如春日，灵气浓郁，使人轻快。

不过，飞舟并没有直接去幻荡山山门，而是在能遥遥望见山体的一处平地上落下了。

前面依山建了几处楼阁，一座客栈。

客栈的牌匾上写着“仙乡客栈”，里面隐隐有人影走动。

“此为仙乡客栈，专为来幻荡山下感悟天道真意的仙道人所设，我等暂且在客栈歇息，待两个时辰后天门开启便进山。”风雷真人道。

弟子们道了一声“是”，走进客栈内。

大堂宽敞明亮，里面已坐了不少人，看模样都是年轻弟子，大约也是要往幻荡山去。

林疏与越若云、越若鹤坐了一桌，便有穿着烟青衣的小童上前放了瓜果，问：“道友，您要酒吗？”

越若鹤瞧了眼隔着几个座位的昆山君与风雷真人，小声道：“一壶，莫让我们真人看到。”

小童狡黠一笑：“自然。”

越若云道：“好你个越若鹤，竟要偷偷饮酒？”

越若鹤道：“此话差矣，幻荡山仙乡客栈的‘醉入桃源’乃是名满仙道的好酒，为兄只不过是想鉴别一下它是否名副其实。”

越若云：“嘁！”

林疏安静地看他们俩玩闹打趣，觉得很有意思。

正说着，小童提了一个茶壶过来，放在他们桌上：“道友，您的。”

越若鹤：“上道。”

小童“嘿嘿”一笑，转身去给其他桌上茶，不过，茶壶中到底是茶还是酒，就不得而知了。

越若鹤给每人都斟上一杯：“这是甜酒，不醉人。”

越若云将信将疑地抿了一小口，道：“果真好喝！”

林疏看着酒杯里橙黄的酒，鼻端萦绕着一股清甜之气，陷入思考。

他师门的规矩是不许饮酒无度，那就是说可以饮酒。

于是，他拿起杯来，浅浅啜了一口，确实清冽甘甜，只有一点儿微微的酒意。

越若鹤开始谈论："这'醉入桃源'据说是仙乡客栈的老板亲手酿制，以三月桃花入酒，诸多制酒大家都曾向老板讨要过酿酒的手法与配方，然而都没有如愿。"

林疏一边听他说话，一边打算再饮一口。

手刚刚放到酒杯上，还未拿起，却被一个暗金属色的刀鞘轻轻压住杯沿，拿不起来了。

林疏茫然抬头。

过道里，桌子的侧边不知何时站了一人——是个极年轻的男人，雪白衣，外罩绛红纱，见他看过来，勾唇一笑："私自饮酒，当罚思过。"

林疏："……"

这是谁？

只见这人收回刀鞘，在林疏对面拂衣落座，意态从容，眼角含一点儿张扬不驯的笑，说不尽的俊美风流。

越若云："咦，你……"

林疏知道越若云在"咦"什么，原因无他，眼前这男人的眉眼之间，和凌凤箫居然有些相似。

"在下凌霄。"那人道。

越若云恍然道："原来是这样。"

林疏看着他："？"

那人也看过来，仿佛知道他心中的疑惑，道："凌凤箫是我表妹。"

林疏："……哦。"

是表哥。

凤凰山庄的规矩，留女不留男，若是女儿则归山庄，是儿子就放在外面别的门派——大多是跟着父亲。

越若鹤道："凌兄，久仰！"

凌霄道："越兄，久仰！"

他说罢，伸手将林疏面前的酒盏一拿，放到了自己面前，似笑非笑道："箫妹嘱咐我在幻荡山照料你，还说你身子骨儿弱，饮食上需要多加注意——甫一照面，却看到你在这里饮酒，该当何罪？"

林疏："……"

行吧。

他被凌凤箫寄养给别人了。

这个临时的饲主，看起来也颇不好惹，仅仅是喝了一口和果汁也差不了多少的酒，就要被治罪——看来还是要温顺做人。

正想着，凌霄提起桌上茶壶，给他倒了一杯茶。

林疏便安静地喝茶。

凌霄道："恰好我也要上幻荡山，顺道照顾你，你喊我'表哥'便是。"

林疏："表哥。"

越若鹤被呛了一下，捂着脖子咳嗽。

缓过来以后，他与凌霄交谈："凌兄，听闻你师承'无尘刀'清江君。"

凌霄微笑道："正是，眼下在随云刀宗修炼。"

越若鹤道："久闻随云刀宗大名。"

凌霄道："谬赞。"

林疏悄悄打量他，见这人长得俊美，眉梢一点儿少年意气，笑起来清风朗月一样，让人生出亲近之意——再联想凌凤箫那好看的五官，基因的力量由此可见了。

但他的目光没有藏住，又被凌霄看了回来，只见这人挑了挑眉，有点儿似笑非笑的意思。

林疏："……"

怎么和越若鹤说话的时候一派温文有礼，看自己的时候就是随时准备刁难的样子？

大概是看他过于弱小，对自己表妹的婚约并不满意？

那两人正在交谈，林疏还在胡思乱想，突然就有人自背后拍了一下凌霄的肩膀。

"好你个凌霄！"来人颇有彪形大汉的形状，身后也跟了两三人，爽朗笑道，"半路丢下我们跑路，还以为你不来了，没想到在客栈等着呢！"

凌霄便道："实在是有急事，师兄见谅！"

"急事？"那师兄道，"我可不信，几日不见，你忽然穿得这样骚气，叫我们险些没有认出来，莫不是去会情人了吧？"

凌霄只是笑。

那师兄也拿他没办法，问："你怎么打算，跟我们一路吗？"

凌霄道："我表妹有托，不与你们一路了。"

那人把他上下打量了一下，目光停在他腰间的佩刀上："这是不归刀？大小姐好大的手笔！"

凌霄道："向来如此。"

“这桩委托合算，”师兄道，“你自己小心。”

凌霄道：“自然！”

林疏听完他们的对话，得知大小姐寄养自己，还要向表哥缴纳费用，顿时有点儿愧疚。

他前几日无聊的时候读过百晓生整理的兵器谱，书里收录了一些天下有名的兵器，大小姐手中的“同悲”和此时凌霄所持的“不归”都在此列，另有妖刀“无愧”，在萧韶手上见过。这样想来，他也算是只见过世面的仓鼠了。

凌霄的师兄一行人在附近坐下，此时客栈大堂几乎坐满，凤凰山庄也在隔得甚远的一边聚了一群红衣的姑娘们，在场除去林疏这种混进来的，都是仙道上的年轻俊杰，大家都在相互招呼见礼，仙气飘飘地说着“久仰”“谬赞”“不敢当”云云。

诸人喝茶聊天，消磨了一个多时辰，远方一道湛然清光亮起，天地灵气陡然为之一静。

风雷真人望向学宫弟子这边，道：“天门已开，我们走吧。”

弟子们陆续出了客栈，运起轻身术法，朝清光亮起处飞去。

凌霄轻轻道一句：“得罪！”而后单手揽住林疏的腰，带他飞起，几个起落之后便到了恢宏天门下。

不过，此时正在进天门的那十余人，并不是先前仙乡客栈之人，进天门的方法也颇为特异。

这一行人皆着白衣、持长剑，为首那个拔剑出鞘，并指横抹，激发出三尺剑意，向天门虚虚一划，天门处流淌的气机便被划开一个口子，恰好能容他们依次进入。

待他们进了，其余人才拿出信物玉牌，结伴走入天门。

“是剑阁弟子，”凌霄对他解释道，“只有开天门时，才会有剑阁弟子下山，去往‘万丈迷津’砺心，幻荡山有叶帝印记，他们只要激发出剑意即可进入，无须信物。”

林疏点了点头，遥望渐渐消失在白雾之间的数位白衣弟子。

来到这个时代之后，偶有思乡之情，也都仅限于深山里的门派旧址、旧址里的大殿，还有已逝的师父，总之与师门相关。凌凤箫说剑阁出世已久，凌霄现在也说剑阁弟子只有天门开时才会下山，其一心求道、离世独立之意，与从小便听师父絮叨的师门祖训相近，确凿是自己的师门，无疑了。

可如今在幻荡山下偶见剑阁弟子，他却有些惘然，不敢上前，不知是近乡情更怯，还是因为明白自己现在不过微末之身，无法与“剑阁弟子”四字相提并论。

且待来日吧。

凌霄看他一眼，道：“走吧。”

林疏：“嗯。”

走过恢宏的天门，一道长长的白色阶梯依山势而上，最终消失在半山腰缭绕的云雾间，不知将通往何方，仿佛永远没有尽头。

两旁亦看不见任何景色，唯有大团大团、缓慢舒展又卷合的白色云雾。

这便是梦先生曾说过的“通天阶”了，看那仿佛没有尽头的台阶就知道，所谓“九十九”阶怕只是一个虚名。

“通天阶前九十九阶考验修为，后面阶数无定，考验意志，为考验弟子心性，大多学宫与门派并不会说。”凌霄道。

林疏望着台阶：“我没有修为。”

“我知道，箫妹说你曾走火入魔。”凌霄道，“幻荡山考验，修为并不重要，金丹以上都能上完九十九阶，有我在，你尽管放心去走。”

他的声音很好听，有种很干净的温柔在，语气又笃定，很让人安心。

旁边的人陆陆续续走上了阶梯，乍一上去，大家的脚步较之正常速度并无差别。

林疏踏上第一阶，感到了来自四面八方的微微阻力，再往上，每上一阶，压力便会增加一分，而且增加的程度越来越大。

上到第十阶的时候，纯粹的体力已经不能支持，呼吸开始不稳。

凌霄道：“还能走吗？”

林疏道：“试试吧。”

凌霄道：“好。”

人们若要说一件事难以办到，大多会用“难于登天”这四个字，可见登天之难。通天阶起名为“通天”，自然有它的道理。

林疏艰难地迈上下一个台阶，额头渗出些汗来，全身骨节仿佛被挤压一般，刺痛无比。

再上一层，那已经不是挤压，而是直接碾作齑粉。

他喘了几口气，浑身上下仿佛虚脱了。

凌霄扶住他右臂，道：“我来吧，你会疼。”

林疏想了想，道：“再上一层。”

凌霄：“只一层。”

林疏："嗯。"

通天阶上的压力，并非普通的灵力压制，而是一种更加苍茫强大的东西，据说幻荡山中有天道真意，想来这就是了，若能多体会一会儿，对修炼大有益处。

上面六七十阶处，已经有人直接在阶上打坐入定，感悟天地的威势。

林疏闭上眼，再次上前了一个台阶。

浑身的经脉仿佛被一点儿一点儿切碎，他眼前一黑，差点儿在原地昏倒。

"好了，"凌霄轻轻拍了拍他，"过去了，你能以凡人之身到十二层，已经非同凡响。"

这语气有点儿像正在哄孩子的幼儿园老师。

林疏平复了几下呼吸，点了点头："……嗯。"

若是前世修为在，何至于此，但现在肉体凡胎，还是要学会适可而止，假如硬是往上，怕是有生命危险。

凌霄的身边忽然有灵力涌动，灵流覆满林疏全身的那一刻，林疏陡然感到身上的压力减轻了不少。

原来，凌霄是直接引动灵力来对抗天地威压，能做到这样，俨然又是一个元婴修为——大小姐要自己放心，显然真的可以放心。

此后的五十阶，有了凌霄的灵力护体，简直和第一、二层台阶一样轻松，再到后面，林疏感到的压力才又大了一些——然后在又一次濒临临界点的时候，周身的压力全部如潮水般退散了。

"到了。"凌霄撤回灵力，道，"还疼吗？先休息一会儿。"

这九十九阶，他的目光一直没有离开林疏，让林疏感到这已经不是临时饲主，简直是个家长。

实在是一个认真负责的表哥。

林疏缓慢调整呼吸，慢慢恢复了状态，表示可以走了，表哥才和他一同往前。

往前一步后，周围景色忽变。

白雾散去，四周终于出现山景，鲜红秋枫深深浅浅覆了满山。

与此同时，脚下的台阶却影影绰绰起来，后面的台阶还在，前面的却消失了，仿佛成了一片虚空。

林疏试探地往前一步，发现下一级台阶在虚空中浮现，再下一级台阶却没有。

"此路无尽，"凌霄道，"道心通明方可。"

林疏往前走，台阶无限延伸。

一阵风起，漫山枫林沙沙作响，抬头看天，无限苍远，与脚下的路一样永无尽头，亦不知通往何方。

林疏看着前面的虚空，忽然明白了它要做什么。

有路，方可通天。

若无路，攀登上万台阶亦是枉然。

凡人的路是路，仙家亦有路，为道。

修仙之人，所求无外乎几种，为长生，为合道，为飞升，为武力……所求不同，道亦不同。

而你呢？

——你为何而修仙？

你为何而修仙？

这条通天之路，将指向何方？

飞升固是修仙人所求，长生亦是世人所愿。

仙人若入世，人间富贵荣华，亦唾手可得。

林疏在想。

仙界不知是什么样子，飞升未必是一件好事。

得长生之后，不过是一天又一天生活的重复，而生活对他来说，实在也没什么趣味。

入了尘世，又要与形形色色的人打照面，单是想想就觉得难以做到。

对于这个世界，他实在没有什么索求，选择修仙是因为不得不修仙。

原来的世界里，自有记忆起就在背心法、念剑谱，修仙是自然而然的事情。而以他那样糟糕的性格，若不是修仙之人，恐怕早就被茫茫人海践踏淹没，然后逃去某个不见光的角落里蜷起来，郁郁而终。

来到这里，他什么都不会，在凡人的世界中活不下去，只能去往学宫。而狼烟乱世，无修为傍身不可自保，便选择继续修仙。

其实，找个地方死掉也没什么要紧，但既然活得并不痛苦，也就不是很想死。

脚下的路仿佛永远没有尽头，一阶又一阶，很茫然。

这通天阶的用意是让弟子明悟道心，坚定心志，日后在修仙路上更加勇猛精进——这让林疏很绝望，他预感自己要被困住了。

他觉得，自己修仙并不为什么。

既然不为什么，就无道心可言，也就走不出去。

若是大小姐在这里，必定要不满道："不争气的东西。"

但表哥竟然要好上千倍，陪自己走了这么久，只温声道："累了吗？休息一会儿。"

纵使是梦先生在这里，也不会有更好的脾气了。

但凡是一个还有志气的人，都会为自己的不争气感到羞愧。

表哥这人，一看就知道也很优秀，自然不会像自己这样不争气——林疏觉得，凌霄只是在等自己走出去，他一旦出去，凌霄只要凝聚精神，向通天阶证明道心，自然可以即刻出来。

然后，他被表哥一眼看穿了他在走神。

凌霄问："在想什么？"

林疏垂下眼，道："我没有道。"

凌霄道："世间万物皆有道，你自然也有。"

林疏道："我毕竟比较不思进取。"

凌霄便笑了，略低的气音传到耳朵里，有种类似过电的感觉。

笑完，凌霄道："你不妨向天道认个错，或许它看你可爱，便放你出来了。"

林疏："……"

表哥虽然脾气不错，可为什么也是一个促狭的坏坯，一本正经地嘲笑别人。

他自暴自弃地继续往前走。

凌霄问："道即是本心，你来日离开学宫，想做什么？"

找一个和平的地方，安静地混吃等死？

——似乎不错，只是不知道是否可行。

但他自然不能这样说，只审慎地问："你呢？"

"若是太平盛世，想与我的道侣一同浪迹天涯，或隐居山林，做闲云野鹤，"凌霄淡淡道，"然而生逢乱世，国仇家恨，身不由己……"

说到这里，他顿了顿，而后哂然一笑，道："但求无愧而已。"

这笑尽管出于无奈，却别有一种舒达潇洒的意味，所谓少年意气大抵如此。

林疏觉得挺羡慕。

那我呢？

我是否也有事情想做？

他想着，思绪渐渐飘远，倏然之间抓住了那么一点儿"想做"的苗头，想起很多年前的一幕来。

或许是初中，总之已经不是很懵懂的年纪。

那一天傍晚放学后，他走到半路，想起把练习册落在了教室，便回去拿。一路上，几乎没了行人，稀稀落落遇见几个，没有遇到同班同学，皆是陌生人，彼此看到都只当没有看到。

他走上楼梯，到了五楼，走出楼梯间后，却忽然怔住了。

往日人声鼎沸的长长走廊上，空无一人，夕日余晖照在栏杆与墙壁的瓷砖上，明亮耀目。

四周极静，整个世界仿佛只剩他一人，与巨大的夕阳、高远的天空。

这一幕或许并不特殊，在那一刻却确确实实使他心动神摇，他觉得自己甚至在那一刻看到了世界的尽头。

没有人，没有认识的人，与这个世界毫无牵连的那一瞬间，他觉得很美。

后来，他便喜欢在一个无人的地方，看太阳升起或者落下，星子明亮又复暗淡，然后渐渐忘记自己尚在世间。

假如修仙非要有一个目的，那他想长久这样，想就此遁迹尘中，栖身物外[①]。

恍惚之后，渐渐明白。

他顿住了脚步。

凌霄看他。

人生天地间，如在河流中。

修仙之人脱离凡人之命，如同逆流而上。

但他不思进取，只想顺流而下，继而随波逐流，载沉载浮[②]。

毕竟，你不能希望一条咸鱼上演鲤鱼打挺，去跳龙门。

他转身，向下走。

仅仅在这一步之间，身旁景物倏忽变幻，仿佛三千世界婆娑开谢。

他回头，看见凌霄微讶的神情。

表哥大抵在想，世上竟有如此咸鱼之人，该杀！

---

① 出自袁郊《甘泽谣·红线》。

② 出自《诗经·小雅·菁菁者莪》。

# 第十章

# 万丈迷津

下一刻，他周身彻底被白雾环绕，看不见山路，也看不见凌霄。

冥冥之中，一股力量横亘在面前，仿佛在阻拦他向下的脚步。

假如幻荡山有意识，那它应当是在问："你果真要弃世而去？"

林疏想了想，也不能说"弃"。

上辈子过得不好，故而想远远逃避，去没有人的地方。

这辈子所遇到的人，不知为何对他居然没有恶意，他甚至有了称得上相熟的越若鹤，还有了凌凤箫。

若是一直这样生活，似乎也不错。

他只是随波逐流而已，无论身边的人是恶意还是善意，他都接受。

林疏继续往下走，那股阻力虽一直存在，可只算得上阻挠，若你当真想要往下，则完全失去效力。

再一步，天旋地转，柳暗花明。

林疏踩到了真实的山路，身边的白雾尽皆散去，离开了通天阶。

他觉得通天阶实在很神奇。

通过神魂读取人的思维，然后做出判断。

据说之后的万丈迷津与玲珑洞天也都很神奇，而且通天阶和万丈迷津并非人力而成，也无阵法，纯粹是自然而生——其上种种神异，都归因于天道。

这样一座山，被用来当作仙道年轻弟子的补习班，也真的是大手笔。

林疏回头望，见自己来时的地方是一层白雾屏障，自己这一晃神的工夫，就又有人走了出来。

又过几息，凌霄从白雾中步出，看到他，走到他身畔，道："你也太让我出乎意料了。"

林疏继续羞愧。

因为咸鱼得过于理直气壮，他被通天阶放出来了，这事情说出来，实在不大好听。

凌霄又道："不过，大道三千，但凡能走出通天阶，都是修仙的正途，你也无须纠结。"

表哥，你怎么回事？

是不是梦先生上身了？

想了想，凌霄在外面的门派学武，不是"上陵学宫"之人，应当没有见过梦先生，这样说话完全是因为秉性善良。

可见，表哥虽然和大小姐长得很像，性格却天差地别，大小姐的脾气并不是基因决定的。

凌霄道："走吧。"

林疏："嗯。"

顺着山路往上，数不清走了多少阶，终于看见山壁出现石刻，写着一字"幻"。

前方是一片白茫茫雾海，正是所谓的"万丈迷津"。

林疏之前读大小姐给的书，知道这世上有两种幻境，第一种须以力破之，依托于阵法或迷幻药物，陷入此等幻境，须集中精神，寻找阵眼——一般是幻境的破绽，将其破坏，幻境便就此崩落。第二种以心破之，陷入幻境之人会看到修炼途中心境上的阻碍——或者说心魔，而后被心魔所困，难以脱出。只有克服心魔，心境上有所变化，方可离开幻境。

幻荡山身为连通天道的仙山，若是第一种幻境，未免也太没排面，自然是第二种。

踏入万丈迷津，有人会回到一生中最苦时，有人会陷入梦中温柔乡，也有人两者兼有，还有的，一环套一环，幻境复幻境，总之是对心境的磨炼。

来到幻荡山的弟子，一般有两个目的：一个是修炼，这种弟子往往在通天阶和万丈迷津停留很久，磨砺修为与心境；另一个是通过通天阶、万丈迷津、玲珑洞天，来到浮天仙宫，见到守山人，得到仙宫中的绝世宝物。

林疏毫无疑问是第二种。

凌霄似乎清楚这一点，道："你我各自速战速决，若有人先出来，便在雾海外等。"

林疏有点儿迟疑。

他知道自己的心魔是什么。

那实在不太让人愉快，自从知道万丈迷津的存在后，他亦想过如何破解，却总是没有想出万全之法。

大约就是回到上学的时候，来到令人窒息的教室，再次见到散发热气的人群，还有充满恶意的嘲讽笑声。

他道：“我可能要久一些。”

“无妨，”凌霄道，“我方才也想说这个，你心思纯一，幻境想来不成问题，我却未必。”

林疏看了看他。

虽然相处时间非常短暂，但表哥的性格已经显露无遗——林疏觉得他是一个非常潇洒干净的人。

这样的人也会有心魔吗？

凌霄挑了挑眉，道：“为何一直看我？”

林疏乖顺地收回目光，走进雾海中，耳边似乎听到凌霄笑了一声。

往前走，他听到车水马龙声。

恍惚间，仿佛做了一场遥远的梦。

林疏醒了。

昨日背剑谱到很晚，上课的时候忍不住打了瞌睡，模模糊糊能想起，像是古代的事情，一群人在山上修仙，还有个很漂亮但脾气很坏的人。

林疏揉了揉脸，让自己清醒了一下，看向前面，尝试跟上数学老师的思路。

自己的位置过于偏僻，这一场瞌睡并没有被老师发现。

今天，班里来了一个转学的小女孩，坐在第一排。

他心中忽然一跳，这个场景仿佛似曾相识。

有一个女孩子转来班上的这一天，他遇到了什么？

他看向自己的桌斗。

空的，只有一本练习册。

确实是这样，这一天，他们在课间把自己的书包藏了起来。

这种事情，发生过很多次了，藏的地方千奇百怪，从扫帚堆里到窗台外。

林疏也不知道，为什么这些人总能够乐此不疲地看他各处翻找书包。

下课以后，他离开自己的座位。

扫帚堆里并没有，窗台外面也没有，目光所及的地方全都没有。

他隐隐约约感觉到那几道兴奋又带着恶意的视线，感到想吐。

而当他茫然地站在过道中间时，忽然有人扯了扯他的袖子。

而后，一团纸轻轻地塞进了手里。

他转头，是那个新来的小姑娘，她对自己善意地笑了一下。

林疏怔了怔，觉得这样的笑，是人的五官能够组成的最好看的表情。

他拆开手中的字条，里面歪歪扭扭地写了几个字——“书包在第一排前面的柜子上”。

在此之前，从来没有人这样对待过他，从来没有。

林疏踩着板凳，看到书柜顶果然放着书包，柜子高，上面正好是视线的死角。

他抱回了自己的书包，走到过道里，看着那个姑娘。

按照人们相处的规则，他该谢谢她的。

可是张了张嘴，他什么都说不出来，有东西卡在咽喉，一旦开口，想吐的感觉就又悄悄漫上来。

他已经太久没有和外人说过话了，他不敢说话。

那小女孩望着他，先是很善意的目光，见他长久不说话，变成疑惑。

林疏的心脏“怦怦”跳了几下，还是什么都说不出来。

他感到很难堪，仿佛在她面前多待一会儿，就会流露出更多的窘迫。

他只有落荒而逃。

他终于知道，自己就是这样的人。

即使外表和所有人一模一样，他也永远无法融入人群中。

这样使人窒息的、犹如泥沼的生活，是他的过错，并不是别人。

可是，他想对那个女孩子说一声“谢谢”。

他……也想有朋友的。

他回到自己的位置，酸涩的疼痛卡在喉间，低下头看书，却看不下去。

在被欺负的时候，他只是想吐。

可是这个时候，他想哭。

这才是他的心魔。

初入幻境的混乱颠倒错觉渐渐消失，林疏逐渐清醒，冷眼看着幻境中年幼的自己。

他想过心魔的很多种可能，唯独没有想过是这样。

就像是在黑暗里待久了的人，一边害怕漆黑，一边又觉得火焰太过灼眼，并不是自己有资格拥有的东西——但是，他其实是想要的。然而这摇曳不定的一点儿渴望，又在将来无尽的黑暗中彻底消磨掉。

从那天以后，他和那个女孩子再也没有打过交道，校园很小，即将照面的时候，林疏甚至会躲开，或看向其他方向，假装并没有看到她。

学校里遇到的那些事，回到家里他也不会和师父说，害怕万一自己说了，便会被师父批评——被凡人扰乱心神，心性不坚。

时光流淌。

很多年前是想过，如果能够融入他们之间——

但只不过是没有结果的挣扎。

记不清是从什么时候开始，连这种心思也渐渐淡去了，或许是年纪渐长，心理承受能力也随之增强，又或者是修习门派心法久了，心性果真像门派典籍中所说的那样——“不为外物所惑”。

身边的同学换了一轮又一轮，年龄也逐渐增长，不再做那些没有意义的捉弄，他依旧不说话，终于和所有人重回陌生。

林疏在楼顶。

他坐在楼顶的边缘，腿悬空，抬头看着星星。

他有时觉得自己在水里，一边向下坠，一边看着天上的星空，遥远又模糊，隔着一层膜，没有办法触碰到。

师父好像是死了，他不知道。

幻境中，一切都很混乱，没有前因后果，只有那些牵动心绪的事件一遍又一遍地发生，仿佛在做梦，心里有个声音喊自己离开这里，不要迷失在幻境中。

而他之所以深陷这样的幻境，源头是——

林疏收回思绪，想着之前那本典籍上的记载，深吸一口气，从楼顶纵身跳了下去。

仿佛跳进万花筒里，身边的场景不断变换，最后停在了幼时放学回家的小路上。

那个小女孩背着一个粉红的书包，一个人走在路上。

——若时光真能回溯，他想对她说声“谢谢”。

或许从此以后，世上就有了一个不认为自己奇怪的人。

一个就好。

他往前走。

那姑娘转头看他，伸手打了一个招呼，笑道：“是你？”

林疏道：“谢谢你！”

那姑娘笑得眉眼弯弯：“不客气！”

她问：“你家在哪里？”

林疏道：“西街。”

“正好顺路嘛，”她道，“我们一起走吧。”

林疏怔了一下，点了点头。

她便蹦蹦跳跳往前走，林疏在后面跟着。

边走，身边的世界边破碎，纷纷扬扬如同秋日落叶，分崩离析。

等那姑娘的身影也化作碎片飘飞的时候，林疏的面前出现了另一个姑娘。

他环顾四周，发现这里像是“上陵学宫”后山的山路。

出了方才的幻境，又到了下一个幻境。

大小姐一身鲜艳耀眼的红衣在风中飘荡，背对着他站在山路的尽头，极美的一个背影。

他走上前，停在大小姐身边，想看看幻境这次想要安排自己做什么。

——他自忖在这个世界里没有遇到过什么不愉快的事情，即使有心魔，威力大约也很小。

大小姐看着前面，淡淡道：“你想去哪儿？”

林疏道：“都可以。”

大小姐：“不行。”

林疏道：“你想去哪里？”

大小姐：“是你想去的地方，不是我想去的地方。”

林疏想了想，道：“我没有想去的地方。”

“有。”大小姐转过头来，望着他的眼睛，又问了一遍，“天地之大，必有欲归之处，你想去哪儿？”

林疏望着前方，前方的路无限延伸，仿佛要到天尽头。

他轻轻道：“想去一个很远的地方。”

“有多远？”

“远到不能再远。”

“远到不能再远——还有呢？”

“没有人。”

“我晓得了。”大小姐眼中有淡淡的笑意，伸手拉住他的手腕，“我带你去。”

红色的轻纱在风中飘起来，他们迎风向前跑去，一切都像那个去往如梦堂的清晨，前方的天空广阔无尽，仿佛要就这样去到天涯海角。

山水、城镇、村落依次远去，身边的景物渐渐虚化，直到最后，两人停在了空无一物的虚空中。

大小姐问：“你喜欢吗？”

林疏环视着身周的混沌虚空，道：“……还好。”

大小姐道：“那我走了。”

林疏："走？"

"你要没有人的地方，自然也没有我。"大小姐道，"我便走了。"

说着，当真转身向来时的方向走去。

林疏站在原地，看着大小姐的身影渐渐远去。

等大小姐彻底离开这里，便只剩他一人留在这虚空当中了。

正如他一直以来的愿望，一个远得不能再远并且没有人的地方。

可此时此刻，他却觉出无边的、惊心动魄的茫然与虚无。

终于，当大小姐的身影即将消失在视野中的时候，他道："大小姐。"

凌凤箫停下来，回身看着他："你不是要我走吗？"

林疏道："并没有。"

凌凤箫道："你不喜欢了吗？"

林疏："不是很喜欢。"

凌凤箫："只有喜欢和不喜欢。"

林疏："不喜欢。"

大小姐莞尔一笑："小骗子。"

林疏："……"

怎么又成了小骗子？

"若有一日，你能改掉口是心非的毛病，我就和你玩儿。"大小姐道。

说着，转身继续往前走，不仅越走越快，而且跑了起来。

轻纱飞荡，环佩叮当，像是一朵天边的红云，要被风吹去不可知之处。

林疏去追，却总是追不上，每次仿佛一伸手就能触到那轻云一样的袍袖，又如同去抓雾气，消散在手中了。

也不知过了多久，他终于道："大小姐。"

大小姐不为所动。

他道："凌凤箫。"

凌凤箫回头看他："嗯？"

林疏道："等等我。"

凌凤箫笑道："好啊。"凌凤箫伸手，再次握住他的手腕，"你若早这样说，我岂非早已抓住你？"

林疏："你一直跑，并不像愿意抓住我的样子。"

凌凤箫道："你只需开口，世上并无我不愿意给你的东西。"

"为什么？"

“自然是因为我疼你。”

林疏道：“世上其他人未必疼我。”

“他们不给你，你不会去取吗？”

似乎也有些道理。

不知又走了多久，大小姐又问：“你想去哪儿？”

林疏终于由这个幻境的主题，窥知了它运作的机制。

他道：“我想出去。”

大小姐道：“好。”

话音落地，整个世界化作无尽碎片随风飘飞而去。

林疏重新回到幻荡山万丈迷津的雾海中。

他向前走，白雾渐渐变薄。

边走，林疏边思考这个幻境的深意。

第一个幻境，弥补了心中最深的遗憾，最后说出了一句“谢谢”，与那姑娘做了一会儿一同放学回家的朋友，算是淡去了经年的心魔。人们说，只要上了幻荡山，必定有所收获，果然是真话。

第二个幻境，却有点儿令人费解。

整个幻境围绕大小姐展开，传递给他这样的消息：不要等她主动提供帮助，要学会主动开口；喜欢或者不喜欢，要及时反馈给她；想要的东西，只管放心去找她要。

林疏：“……”

幻荡山补习班，天道亲自授课，教你如何成为一只合格的仓鼠。

——真是一件奇事。

他继续往前走，雾气彻底消散后，眼前不再是山路，而是更加宽广的玉阶，远处更是能影影绰绰看到巍峨仙宫的虚影。

玉阶之上站着一个人，身形修长挺拔，只衣袂随风轻动。

奇怪的是，即使衣着、神态全不相同，甚至连男女都不一样，林疏却觉得表哥站在玉阶上的这一幕和幻境里山路尽头的凌凤箫整体气质十分相似，约莫是构图的问题吧。

凌霄看他，向下走了几步：“你出来了。”

林疏：“嗯。”

凌霄问：“可有收获？”

林疏：“有。”

“那就好，”凌霄与他一同往前走，道，“在我们之前，有三人去了玲珑洞天。”

现在就去了玲珑洞天，而不是留在通天阶与万丈迷津磨炼修为心境的人，必然也是和他们一样，奔着仙宫的宝藏来的了。

仙宫由守山人执守，能得到什么，很大程度上要看守山人的意愿，故而越早到达之人，赢面自然也越大。

他们加快脚步，往前方去。

路上，林疏忍不住打量凌霄。

他觉得表哥这一会儿的话有些少了，看神情也有那么一丝不对劲。

若是在之前，他是不会问什么的，然而幻境里走了一遭，对那个女孩子说了一声“谢谢”，语言上的障碍仿佛松动了不少，想要继续克服一下，于是问：“你怎么了？”

凌霄道：“在想幻境。”

林疏就又卡住了，不知该怎么继续。

但是，居然没有冷场。

凌霄淡淡道：“幻境中诸多惨烈之事，不便提起。今日回想，我平生所历不过‘身不由己’四字。”

林疏发现表哥似乎和自己想象中的不太一样。

他原以为像表哥这样的人，性格没有什么可挑剔的地方，出身、天赋都是顶尖，应当毫无烦恼、一心修仙的，又何来“身不由己”四字？

一时无话，很多时候，林疏和其他人的对话都终止于他自己的沉默，他不应答，别人自然也没了话说，但其实——

其实有时候，他也不想这样的。

幻境里，大小姐说：“他们不给你，你不会去取吗？”

可他实在不知道怎么说，只能看着凌霄，用眼神表达“虽然我不知道你打算说什么，但我打算听下去”的意思。

凌霄看着他，笑了。

他道：“你今日怎么肯听人说话了，嗯？”

——天道教的。

况且我以前也没有不听人说话过。

他继续看着凌霄，用眼神表达“我是无辜的”。

凌霄也看他，半晌，眼里满是笑意，伸手刮了一下他的鼻子。

林疏：“……”

林疏往旁边走一步，远离这个刮他鼻子的表哥。

刮鼻子，情节恶劣。

表哥似乎低低笑了一声，没管他。

两人继续往前走，走过约莫一百道玉阶后，眼前出现了一片无边无际的桃林。

山中无四季，这桃树也非凡桃，此时正开得漫山遍野，灿若云霞。

按照记载，这就是所谓的“玲珑洞天”了。

原本，幻荡山的考验已经很完善，既考验了修为，又考验了心境，可以确定来者的优秀，但是在即将抵达仙宫的时候，偏偏又多了这样一个关卡。

据传，这玲珑洞天并不是幻荡山本有之物，而是千年前某个在山上居住之人穷极无聊，专门建造出来刁难后来者的东西。

玲珑洞天中，走入桃林，桃林中有一盘棋。

这盘棋，有人称之为“桃林局”，有人称之为“玲珑局”，而下棋之术中有一术语，将棋局中奇巧构思称为“珍珑”，故而更多人愿意将它称为“珍珑棋局”。

学院藏宝阁一层的委托列表里，就有“破解珍珑棋局”这一项，委托报酬十分高。这委托时至今日还挂在墙上，说明一直以来，这盘“珍珑棋局”都没有人完完全全地破解出来。

典籍中用了很多晦涩的语句来描述珍珑棋局的解法，要重复出来也着实不易，林疏觉得用人话来说，这是一个数学问题。

一个数学问题有很多种解，其中有一个最优解。

而珍珑棋局的规则是，但凡求出一个解就算通过，不论好与坏。

弟子们在看到这个规则的时候，往往第一个想法是做人总要尽善尽美，自然要尽力做到最好。

但事实很残酷，等真正站到珍珑棋局面前，他们就会绝望地发现，能勉力解开已经是极限了，遑论什么做得好不好。

两人穿过桃花林，往深处走去。

桃林正中一块巨大的石壁前，已经站了三个人，正是凌霄之前所说的在林疏之前走出迷津的三个，只见他们全部双目望着石壁，身子一动不动，犹如雕塑。

凌霄道：“一起进。”

林疏点了点头，将目光移到那块光滑的石壁上，凝神去看。

目光乍一接触到石壁，就是一阵天旋地转，而后，林疏已经置身于一片虚空中。

凌霄随即出现在他身边，同在虚空的还有那三个人。

每个人的面前都有一座巨大的石台，石台上飘浮着无数黑、白、灰、金、红、青的光点，有的光点间隐约有银色细线相连，有的则没有。

而随着林疏和凌霄的进入，他们两人面前也出现了一模一样的石台。

——这就是所谓的“珍珑棋局”了。

仙家的棋局，自然和凡人的不同。

这句话并不是说二者的高低，而是说原理上大相径庭。

凡间纵横十九道棋局，以黑、白为子，三尺之局犹如战斗之场，落子之间千般变化，铺陈布局，更是可见执子者胸中韬略，文人学士中，弈风最盛。学宫中的儒道院，除辩论、辩论失败后拉着仙道院打群架这两件事外，最喜欢的就是以棋子“手谈”，大师姐谢子涉更是名动天下的大国手。

而珍珑棋局，却是个三维棋局。

棋局中，那些各色的光点，被称为“玲珑珠”，整个棋盘上，共有一千八百颗。

每一种玲珑珠都有一定的、极其复杂的灵力流向，这些灵流在玲珑珠内部流动交替，然后延伸出来，若是能让不同玲珑珠的灵流连接上，它们之间就会出现一根似有似无的银线，代表这两颗玲珑珠已经产生了联系。

——珍珑棋局的破解方法，就是把这一千八百颗不同种类的玲珑珠全部连在一起，使其灵流相互交通，循环不尽，奔流不息。

这是一个考验对灵力流动的敏感程度的题，也是一个智力题。

用仙道的话来讲，这一道关卡考验的是悟性。

你对灵力的理解、对灵力的掌控、对全局灵力走向的统筹安排，乃至所修的功法风格、所走的道，都会在最终的组合结果中展现出来——假如能组合出的话。

假如这真的是由一个人凭借一己之力创造出来的，也确实让人敬佩，而他也确实是没事找事。

林疏感到了棘手。

灵力这种东西，他着实并不擅长。

师门修剑，最重要的是剑气、剑意，一剑破万法，并不在灵力上大做文章，而现代灵气匮乏，也并没有太多的灵力可供他大做文章。

在有饲主的情况下，有问题应当找饲主，临时的也行。

他看向凌霄。

凌霄道：“可以吗？”

林疏刚想说不是很可以，余光突然看到一抹白影。

没有一丝杂色的白衣服，是剑阁的弟子。

那剑阁弟子正凝神组合玲珑珠，面前的石台上，已经有半数的玲珑珠被银线连了起来，形成极其复杂奥妙的脉络。

不行。

同是修剑的剑阁弟子，他组得这么好，自己决计不能不思进取到去求助饲主的地步。

林疏道："可以。"

"珍珑棋局变幻无穷，今日过后，你我境界必定会有所提高，"凌霄看着自己面前的各色光点，对他道，"你在'上陵学宫'，自然知道'上陵梦境'了。"

林疏："嗯。"

"'上陵梦境'的灵力来源依托于阵法，然而其中种种特异之处，并非阵法能够做到。"

林疏："嗯。"

"上陵梦境"的存在，几乎难以想象，完全不像是单纯的阵法能够做到的事情。

"数十年前，临豫孟家有子，天资悟性绝顶。"凌霄淡淡道，"他曾在幻荡山的玲珑洞天中推演了五年珍珑棋局，做一百零八种解局法，言说天地运行之理，尽在珍珑棋局中。'上陵梦境'的雏形，便是他出幻荡山后的手笔。"

林疏："哇！"

若只说棋局的厉害，他并没有什么感觉，可若是一个人参悟棋局后居然造出了"上陵梦境"，那棋局的奥妙就非常直观了。

林疏道："他飞升了吗？"

这样传奇的人，恐怕早已飞升了。

凌霄却道："没有。"

林疏微微讶异。

"十五年前长阳之战，北夏大巫亲至，大军驰援来迟，他……夜守孤城，万箭穿心而死。"

一时无话。

林疏却忽然想起总是笑得温文和气的梦先生来。

梦先生说，上陵一场大梦，他乃梦中人。

假如将整个"上陵梦境"看作一个全息网游，那么梦先生的设定毫无疑问是核心的智能系统。

梦先生会是现实中存在过的人吗？

林疏不知道，但每当他回忆起万丈云海之上，梦先生在山巅小亭临风而立的背影，以及那背影中仿佛无边无际的空旷寂寥，就无法把他纯粹地当作一个系统。

而凌霄口中的那人，能创造出“上陵梦境”，一定是绝顶的天才——能做出珍珑棋局的一百零八种解法，悟性必定卓绝，神魂也无比强大，有了这两样，修为必定不会差。

可战乱之中，千军万马的铁蹄之下，即使是渡劫之身，又有谁能以一己之力拒之?

更遑论在这个世界，修炼之人并不离于尘世，南夏固然有修为精深的仙师，北夏亦有实力强横的魔巫。两军对垒，不仅以兵力论高低，还要看双方坐镇的高手修为如何。

而以一己之力，夜守孤城——

林疏不能想象。

这飘摇的世道，比他想象中要残酷许多。

他收回思绪，看向眼前的棋局。

生逢乱世，竟然连保全性命都是难事，眼前之路也唯有努力提高修为了。

旁边的凌霄说完之后，已经着手破局。

他将一枚红色玲珑珠置于棋局中央，然后开始在其周围排列玲珑珠。

每个人的道都不相同，凌霄的解法自有他的考量，并非旁人可以模仿。林疏收回目光，开始观察自己眼前的棋局。

这些玲珑珠有大有小，色泽不一，林疏将它们的种类看过一遍后，发现大致符合阴阳两仪与乾天、兑泽、离火、震雷、巽风、坎水、艮山、坤地八卦。

每个种类的玲珑珠内部都自有灵力流动的规律，从中延伸出的灵流也各不相同，但都是一边从外界吸收灵力，一边释放出灵力。除此之外，阴阳两仪，一个可以生出灵力，一个则消耗灵力。

林疏先是试着组合了几颗玲珑珠，试图摸清灵流相互衔接的原理。

这些玲珑珠组成一个小型系统，最好的情况下，这个系统是自洽的，灵力可以完全独立于外界，循环流动，生生不息——却也简单，若只有几颗玲珑珠，很容易便能组成一个自洽的系统，但珠子一旦多起来，情况就要复杂得多了，若是一千八百颗珠子全部用上，然后尽量使灵力循环起来，计算量实在是难以想象，十分考验神魂。

首先要给这局玲珑棋确定一个理论上可行的大框架。

此时，那边的剑阁弟子，忽然双手一挥——竟然将此前的构造全部打散，重新开始!

显然，他发现了自己棋局的漏洞，无法完成破局，因此决定重新开始。

这一举动，更说明了棋局的难度。

林疏定了定心神，思索可行的框架模型。

关于灵力流通的理论，他第一个想到的就是师门心法和剑法中对此的阐释。

说是剑出鞘，气冲霄，灵力由一气生发，随剑势一往无前。

灵力的走向，若要打个比方，就像一个被拉长的金字塔。起初，灵力交织，基础扎实，而后越往前，越被极力压缩，灵流愈发简单，只一气向前流动激荡——而后，越来越凝实，越来越锋锐，直至最后剑尖一点儿寒芒，锐不可当，无物不可破。

林疏打算以此作为棋局的框架，将普通玲珑珠按照此种规律连接，此后，再以阴阳两仪解决灵力的来源和去向问题。

确定了框架后，他开始沉下心观察每一颗玲珑珠内的灵力走向，记在心里，并且疯狂想象一颗这样的珠子可以和什么样的珠子相互连接，连接之后，这个整体的灵力走向会是什么情况，若是再增加别的玲珑珠——

所幸他虽然修为不在，但神魂的强度没有变，仍和前世一样，不然以凡人之身，组合百颗玲珑珠已经是极限——毕竟人脑不是超级计算机，没有那么多计算单元。

他凝神推演，约莫过了一个时辰，感觉自己已经大致摸清原理，于是着手组合珠子。

师门地处极北方，许多剑法都有冰雪之气，因此，他选择用坎水之珠作为基础，周围连接其余玲珑珠。

人间的黑白棋，最忌走一步看一步，须得走一步定十步，这盘玲珑棋亦是如此，甚至要看五十步、看百步——毕竟整个棋盘上的棋子，共有一千八百颗之多，一旦哪处出错，漏洞越积累越大，最后可能无法弥补。

半个时辰后，他组合了一百五十三颗棋子。

一个半时辰后，四百一十八颗。

三个时辰后，六百七十二颗。

越往后，需要考虑的地方越多，速度越慢。

林疏感到自己的神魂已经因为无穷无尽的推演计算变得灼热发烫，整个人都微微晕眩。

但是，还要继续。

四个时辰。

五个时辰。

他觉得自己已经在“死机”的边缘了。

正当意识恍惚、眼前发黑之际，嘴里忽然被塞进了一颗丹药。

看清眼前人是凌霄之后，他顺从地把药吞了下去。

丹药迅速化开，他的头脑清醒不少，一直绷紧的心神也略微舒缓，轻轻舒了一口气，心脏狂跳几下后，也渐渐恢复了正常，竟然有种死里逃生的感觉。

他看见凌霄在观察自己的棋局。

作为回应，他暂时将目光从自己的棋局上离开，去观察凌霄的棋局。

凌霄的棋局也已经完成大半，以一颗离火之珠为中心，其余的珠子如同众星拱月，环绕在它周围。

他忽然想，若是大小姐在这里，会组合出一个什么样的棋局?

若是凌霄这盘棋局前站的是大小姐，似乎也适合。

凌霄见林疏看棋局，笑了一下，他长得好看，这一笑如孔雀开屏一样，骚气得很，让林疏很不解其中的意思。看完凌霄的棋局，林疏短暂地缓过一口气，继续琢磨自己的棋局，凌霄也回头去摆他的棋子。

又过了两个时辰，一千六百颗棋子俱已相互连接，灵力从四面八方汇入，向前汇聚、压缩，逐渐凝实精纯。

剩下的工作便是用阴阳两仪解决灵力的来路和去向。

理论上来说，这个系统便完成了。

但林疏拿起一枚阳珠的时候，忽然大脑一片空白，发现了问题所在。

这是一个入不敷出的系统。

若玲珑珠不从外界吸收灵力，而是全部由阳珠提供灵力的话——有限的灵力在向前的过程中相互碰撞，逸散掉了很大一部分，到达顶端以后，已经后继无力，完全不是理论上的数值，负责消耗灵力的阴珠就会余出很多——而阴阳相生，阴珠吸收的灵力回到阳珠，继续下一轮传递后，整个系统的灵力就会变少，越来越少，最后凉掉。

这其实是一个物理问题。

永动机是不可行的。

不知道为什么，林疏感觉现代物理的阴影一直在自己的头顶上盘旋不去。

他感到了窒息。

但当他把目光移到凌霄的棋局后，心中忽然平衡了许多。

原因无他，这人也遇上了一点儿问题。

他的棋局，灵力溢出了。

那些棋子将自己的灵力层层向上传递，经过一些复杂的结构，全部汇聚到中央那颗红珠上之后，那些灵力无处可去了。

凌霄没有像林疏那样最后再放阴阳珠，而是一开始就不断地将它们组合进去，恐怕是结构上有一些问题，没有把阴珠的吸收作用发挥好，最后这个体系居然通过那颗离火珠，源源不断地将灵力往外放。

林疏："……"

凌霄："……"

一时间，相对无言。

按照棋局的规则，他们这样其实已经足够通过了，但林疏想，表哥这样优秀的人，一定想要十全十美，此时必定有点儿难受，不知道会不会像那边那位剑阁弟子一样，将整个棋局推倒重来。

正想着，就见凌霄面无表情地把中间那颗起到核心作用的离火珠拿了起来。

——怕是真的要推翻重来了，他们凌家确凿都是一些狠人。

林疏正在惊叹，忽然见凌霄拿着那颗珠子，牵着几十条影影绰绰的银线，朝自己这边走了几步。

林疏："？"

只见凌霄把那颗离火珠，和他顶端的那颗坎水珠搞到了一起！

两颗玲珑珠间，亮起了一道银线。

还有这种操作？

这样一来，自己是不够，凌霄是溢出，看起来似乎也可行。

林疏看了看凌霄的棋局，又看了看自己的，开始默默琢磨这个新的整体的灵力走向。

好像……真的可行？

只听凌霄道："你我棋局相合，可见道途相辅相成，想来刀剑亦可合璧。"

林疏看向凌霄，发现他看着棋局，虽声音很轻，眼神却认真，甚至温和。

他们的棋局确实相合，以至于只需要连接两颗玲珑珠，两个棋局的问题俱被解决，灵力相通，流动无碍。

而他的棋局布置依托于师门剑法、心法，若要上升到"道"上，也不算没有道理。

但是他又觉得这氛围有点儿不大对劲，他们只认识了一日，表哥的话语却十分亲近随和，像对着至交好友一般。

正在胡思乱想，忽然之间，两个棋盘俱是亮了一下，玲珑珠之间的银线在瞬息之间居然变成了流光溢彩的金线，而后化作雾气，缓缓消失。他们所在的这方天地，也隐隐约约震颤摇动起来，似乎是崩塌的前兆。

林疏心中警铃大作。

他已经搞坏过一次“上陵梦境”，这次别是又要闯祸吧？

林疏和凌霄对上了眼神。

在凌霄眼中，林疏竟然也发现了一丝丝的窒息之感。

如果真的把这地方也搞坏了，那确实太令人窒息了。

“上陵梦境”尚且可以请枢玑真人来修好，可现在这是什么地方？

——是传说中承接天道，玄妙无比，千年来也没有人弄懂运作原理的幻荡山啊！

赔不起！

林疏窒息地看着周围的景色。

摇晃和震动越来越剧烈，他们所处的白色虚空就像年久潮湿的墙皮一样一片一片剥落，旁边正在破解棋局的其他人的身影也波动了几下，消失在空气中。

只剩下他和凌霄。

凌霄道：“不要怕！”

林疏：“……”

我怕。

怕大小姐收到天价账单。

凌霄道：“传闻说破解棋局时尤其出色之人，能见到玲珑洞天主人留在此处的一段神念。”

但愿如此。

林疏：“但你显然违反了棋局的规则。”

最后那个模型，诚然很出色，却是由两人的棋子共同拼成的。

凌霄：“你既然可以在通天阶中向下走，我为何不能合并两个棋局？”

——居然很有道理。

又过了几个片刻，周围景物突然变化。

虚空彻底剥落后，鼻端忽然嗅到花木清香，呈现在他们眼前的是一片灼灼盛开的桃林。

这景象依稀和初踏入玲珑洞天时相似，但是这万亩桃花竟比之前的还要灿烂许多。

尤其是桃林之间，溪流潺潺，落花纷纷，时有鸟鸣，美不胜收。

他们穿过横斜的枝丫往前去，走了约一刻钟，终于接近桃林的中央。

——中央不再是那座石壁，而是一座玲珑八角玉亭，亭柱间飘着雾一样的轻纱罗幔，随风拂动，使得整座亭子仿佛立在烟霞云雾间。

亭中坐着一个人。

——想必就是凌霄口中的“玲珑洞天主人”了。

他们上前，凌霄立在亭外，道：“拜见前辈！”

里面那人道：“贵客请坐。”

嗓音温润，似乎脾气很好。

走入亭中后，终于看见此人全貌，他眉目俊秀温雅，身着锦衣，腰悬环佩，甚至手中执一折扇，有一搭没一搭地摇着，作凡间公子打扮，不似仙道中人。

凌霄态度从容，拂衣落座，坐到那人对面。

林疏在那人右手边坐下，而后看到这亭中的石桌上，俨然是一个棋盘。

那人道：“两位客人棋艺高超，与我手谈一局如何？”

说罢，也未等他们作答，袍袖轻挥，石桌之上立刻浮现出各色光点来。

“幻荡山藏宝殿中分天、地、玄、黄四库，由守山人把持，若你二人能与我对弈，我赠你们……‘天’字库中任选一宝物，如何？”

根据规矩，若能通过通天阶、万丈迷津与玲珑洞天，来到浮天仙宫，便会遇见守山人。守山人将给予入仙宫之人进入天、地、玄、黄四库之一的资格，每人可从中选择一样宝物。

这宝物可以是绝世秘籍、灵丹妙药、天材地宝，乃至稀世神兵，“天”字库的宝物最为珍稀，“黄”字库最次。但是，浮天仙宫乃是上古传承，就算是“黄”字库的宝物，放到学宫的藏宝阁中，也是数万玉魄打底——若能在“天”字库中多得一件宝物，实在是天大的机缘了。

只是不知这位玲珑洞天的主人为何这样做，整个幻荡山都是年轻弟子历练的场所，约莫这一举动也是为了提携后进？

凌霄看了一眼林疏。

林疏没有异议。

凌霄道：“好。”

一声落下，眼前棋盘上却出现了他们之前的珍珑棋局来——林疏的在一边，凌霄的则在另一边，中间一颗离火珠与一颗坎水珠相连，如同桥梁，连通二者灵力。

“你们功法相合，又懂得互补盈亏的道理，却也难得，”那公子手指停在一颗淡青色巽风珠上，将其推开，继续道，“且看！”

那颗珠子一旦被移开，原本封闭的棋局立刻出现一个缺口，灵力向外泻出。

凌霄蹙眉思索，约莫两刻钟后，将一颗兑泽珠移至缺口斜上方，重新与其他珠子建立联系，这样一来，缺口被填补不少，溢出的灵力也明显见缓。

“天之道，损有余而补不足。①”公子再次出手，将棋盘深处的一颗离火珠移开，“再看。”

林疏脑海中闪过无数种可能，疯狂计算，也是约莫两刻钟后，终于结束思考，只将远处关键位置的一颗震雷珠稍稍上移，这样一来，整片区域内的灵力走向都受到影响，那颗离火珠的位置不再是要冲。

“大盈若冲，其用不穷。②”公子微笑道，“继续。”

随后的对局，大致如此。

起先单纯往棋局上加入棋子，尚可以应付，然而现在整座棋盘上共有三千六百颗玲珑珠，每一处都是牵一发而动全身。这公子每移走一个，二人便要纵览整个棋局，寻找可使棋局灵力重新流通的生路，比起之前的难度来，已经不只是翻倍，而是类似指数增加。

这棋局一下，便是不知日月。

古籍中有传说，说山人砍柴，偶观道人下棋，一局终了，地上斧柄已成烂柯，尘世沧桑，竟过百年。

林疏现在的感觉就与之类似。

他的神魂就像一个因为过速运转而发烫的处理器，但又附带了自我升级功能，最初的不适过后，竟渐渐平静下来，脑中一片空寂澄明。

桃林之中日升日落，日落又日升，不知过了多少时日。

公子移出的珠子越来越多，玲珑珠在他身边环绕，流光溢彩。

终于，他道：“请收官！”

这一次，却比之前快得多了。

林疏伸手去触左上方的一颗阳珠。

几乎是与此同时，凌霄也触到了那颗珠子。

指尖相碰，凌霄笑了一笑，收回手。

林疏将那颗阳珠握在了手中。

---

① 引自《道德经》。

② 引自《道德经》。

此时此刻，原来的三千六百颗玲珑珠，剔去一千八百颗，然而灵力奔涌不息，循环往复，浑然天成，比之前两人的棋局精致完美许多。

林疏轻舒一口气，探查自己的神魂，发现神魂竟比之前凝实了几分。

公子问："可有所得？"

虽未直言，看向的却是林疏。

林疏想着移动玲珑珠时整个棋局灵力的走向变化，再想最后几近完美的棋局，道："各家功法，皆有不足，若能相互补益，再剔去杂质，可臻圆融。"

公子道："两家功法尚且如此，若是千家、万家功法聚集，又如何？"

林疏怔住了。

良久，他道："大道。"

世上每一种功法，都是开创者感悟大道，有所收获，从而创出。若将这世间所有功法聚集在一起，取其精华，岂不是趋于大道了吗？

公子道："而人力有穷，世间功法并不能学全。"

"故而有'破道'，"林疏道，"若能脱出……"

他不知该如何措辞，心中却忽然清明。若珍珑棋局上棋子的排列是道，那他与凌霄最后所组成的那东西便是一种能够自洽的道，而与这位公子对局，剔出杂质，修改灵流，最后便成了另一种可以脱离原本的道而独立存在的道——天道亦是如此，若走出了自己的道，便可以脱离天道，脱离天道，即是飞升！

他原本对此懵懵懂懂，上辈子的修炼亦是按部就班，跟随典籍指引，如今忽然被点醒，只觉得心下一片澄明，回想往日所练的剑招，虽然种类繁多，掌握也算精湛，但始终没有一条一以贯之的道，实在不妥当。若是找到了自己的道，会有脱胎换骨的变化。

"你已明白了。"公子道。

林疏道："多谢前辈！"

"称不上前辈，一个闲人而已。"公子起身，折扇"唰"地打开，极其风雅。

他慢悠悠道："仙界寂寞，我与几位友人轮流来此为你们点破迷津，只盼仙道多几人飞升，也好热闹起来。"

林疏："……"

所以说，这幻荡山果真是仙界在人间开办的"天"字第一号补习班了。

他看了看凌霄，心想，不知道表哥悟出了什么。

凌霄却只是含笑看他。

"我却不问他，"公子看到这一幕，眨了眨眼睛，"这个人志不在此，来幻荡山恐怕只是陪你玩儿的。”

林疏：“？”

“前辈，”凌霄只一笑，转了话题，道，“他经脉受损，无法动用真气，您可否指点仙宫中的哪种宝物合适？”

那公子对林疏道：“你来。”

林疏上前，公子把手指轻轻按在他的额头上，林疏立时感觉一股清流自神魂中向外流淌。

“你的神魂……”公子忽然轻轻“咦”了一声道，“你是剑修？”

林疏：“嗯。”

仙道中人的神魂相差不大，但剑修与其他人毕竟有一些细微差别，这位前辈已经是仙界中人，必定修为精深，能看出他是剑修并不稀奇。

只听公子笑眯眯道：“若是剑修，或许还与我有些渊源。”

林疏道：“前辈也是剑修？”

公子缓缓摇扇，道：“我并不修仙，但道侣是剑修。”

说罢，他道：“若是改换经脉的奇宝或秘籍……仙宫中确实不少，只是后天改造虽然可行，但毕竟不像天生那样顺畅完善。”

对林疏来说，能改造成不算糟糕的经脉已经很好，正有些雀跃，却见身旁的凌霄蹙了蹙眉：“不妥！”

公子摇扇轻笑：“若有其他的法子，最好不要强行改造。我素来怕疼，少年时经脉根骨极糟，生生七日换骨，再后来又不慎被淬炼了全身血肉，现在想来还有些后怕。”

林疏道：“我并不怕痛——”

话未说完，旁边的凌霄道：“不可。”

林疏：“……”

他用眼神表达自己对换经脉的向往。

凌霄的声音软了一点儿：“箫妹不准。我若顺着你，回去怎么和她交代？”

好吧，大小姐确实不准。

凌霄道：“待你长大些，自然有办法换上一身天资绝顶的经脉。”

林疏将信将疑，但还是姑且相信：“好。”

公子的目光在他们两人之间转了转，笑道：“那自然最好，若想要不动用真气又可在江湖上来去自如的宝物，‘天’字库中倒是有几个，只看你们能否挑出来。”

凌霄道："多谢前辈！"

"仙凡有隔，我的幻身只能在幻荡山出现，今日你我缘尽于此，来日仙界再会。"公子原本去触林疏神魂的手放了下来，揉了揉他的头发，"去仙宫吧。"

林疏"嗯"了一声。

公子收回手，看向凌霄。

"你……"他似乎是沉吟之状，顿了顿，道，"也罢，强求不来，随缘吧。"

凌霄道："谢前辈成全！"

"嗯哼，"公子摆摆手，"走吧。"

他二人不知在打什么机锋，林疏也没有管，只见公子轻轻一挥袍袖，他们便回到了现实中的那片桃林。

石壁前已有了十数人，都在凝神参悟珍珑棋局，那名白衣的剑阁弟子已经不在，想必是解开了棋局，往山巅的浮大仙宫去了。

往往先到仙宫的人会被守山人赠予等级最高的"天"字宝库准入权，不过，林疏和凌霄被那公子召入玲珑洞天对弈一番，虽说拉长了时间，失去了先到仙宫的机会，但公子又赠了他们二人"天"字库任选一宝物的资格，也算因祸得福。更何况林疏的神魂因此凝实不少，这个收获已经不是宝物所能比的了。

林疏正欲往前方走，忽听一个少年道一句："成了！"猛地睁开眼睛，眼里满是喜色。

这少年有些眼熟，是在学宫的飞舟上曾见过的，身量不高，使一把重剑。

这少年显然也认出了林疏，打招呼道："道友，你也破局了？"

林疏点点头。

"甚好，"他道，"我们便一同前往仙宫吧！"

凌霄面无表情，没有说话，想来也是，他并非"上陵学宫"中人，自然与这人素不相识，也没有理由搭话。

这少年主动要与他们同行，林疏没有理由拒绝，道："好。"

他看了看凌霄，凌霄此时并没注意这少年，目光从石壁前站着的这些人中扫过，似乎若有所思，手指按在刀鞘上，仿佛要伺机而发，又过了一会儿才道："走吧。"

三人便结伴上路。

穿过桃林，后面的路平坦宽阔，玉阶华美平缓，遥遥望向上方，只见千层阶梯之后，一座通体玉白、莹然生辉的仙宫悬在云雾之中，比之合虚天的宫殿华美巍峨百倍，真正是仙家气派，令人神往。

凌霄问："累吗？"

林疏道："还好。"

凌霄道："累了便说一声。"

林疏："嗯。"

这番对话进行完之后，林疏感到那少年往自己这边看了看。

对修仙练武之人来说，这千道阶梯并不是难事，攀登简直像喝凉水一样容易，但他居然还要被表哥询问身体状况，也怪不得被陌生人多看一眼了。

而后，那少年却道："道友，你是不是认得凌大小姐？"

林疏："……认得。"

少年道："你就是林疏？"

林疏："……是。"

林疏感觉这其中有点儿问题。

为什么这少年一开始没认出自己是林疏，现在却认了出来？

难道是因为他被表哥关怀的情形，过于像平时被大小姐照顾的情景，仙道中独此一家？

再加上表哥和凌凤箫的轮廓有点儿相似，就被认了出来？

那少年得了他的肯定，问："那……道友知道大小姐为何没来吗？"

林疏道："大小姐另有要事。"

那少年"哦"了一声，神情似乎很失落。

——这少年长得眉清目秀，眼睛圆圆，很是可爱，听到大小姐没来之后，失落之情溢于言表。要不是知道大小姐对待别人从来面无表情、不假辞色，林疏几乎要怀疑这会不会也是一只曾经的仓鼠了。

也不知怎么的，虽是这样想，他仍然鬼使神差地问了一句："你认得大小姐？"

少年低下头，右手不安地握了握剑柄，略有些羞赧，吞吞吐吐道："大小姐两年前于我有恩，一直未曾当面道谢……"

只怕是个仰慕大小姐的人。

林疏想了想，道："可以来惊风细雨苑。"

——他和外人说话时往往有点儿不安，但眼下这少年似乎比自己更为不安，两相比较，说话竟顺畅了一些。

少年道："我知道，但……"

他的话还未说完，林疏就听凌霄温声对自己道："还有九百级台阶，不好爬，要我背你吗？"

这一打断，那少年也没好意思说下去，只笑了笑，便不说话了。

林疏："……不用了。"

这台阶虽然多，但都不高，和走平地差不多，自己并没有丧失自理能力，还应付得来。

凌霄"嗯"了一声。

而后，林疏听见凌霄传音道："箫妹并不招惹别人，此人只是感激罢了。"

表哥为大小姐开脱，似乎是在极力避免自己认为大小姐是个轻浮的女孩子。

表哥，看来你还是不太了解你的表妹，凌凤箫这人向来懒得搭理别人，就连那么优秀的儒道院的大师姐谢子涉公然表达仰慕之情，这人都要去攻击一番她的经世之略是空中楼阁。

林疏道："我知道。"

凌霄轻轻笑了一下。

此人笑时，眼中风华流转，又在开屏。

林疏转头，目视前方，不看他。

一路无话，一刻钟之后，三人来到仙宫前。

殿门大开，走入其中，是一处琉璃大殿。

传说，幻荡山的一切尽收守山人眼中，当弟子通过三道关卡，来到仙宫后，守山人会根据每个弟子的表现和个人的喜好决定弟子该进入哪个宝库挑选宝物，但他并不出面，他的宠物会带领弟子来到相应的宝库前。

当然，每人只能按照规矩拿一件宝物离开，若是多拿，立刻会被守山人以雷霆手段惩戒。还曾经有一名弟子投机取巧，以秘法将几件宝物带回家中，当夜便被守山人废掉了全部修为。

走入殿中后，第一眼看到的就是对面的一个宝座，上面蜷着一只颇为肥胖的黑猫，没有一点儿仙兽的样子，仿佛就是一只凡猫。

这只黑猫就是传说中守山人的宠物了。

只见它懒洋洋地抬起头来，露出一双绿莹莹的圆眼睛，跳下宝座，倨傲地往后殿走去。

三人跟上。

穿过重重殿门，来到一处走廊的分岔口。

这只黑猫却停住了脚步，面对着他们坐下了，眼睛直勾勾地看着三个人，一动不动。

那少年道："这是在做什么？"

凌霄："不知。"

少年道："果真如百晓生所说，这只黑猫脾气古怪。"

凌霄："且等。"

林疏："……"

他知道这只黑猫在做什么。

小的时候，他没有朋友，修炼的功课也不重，常和巷子里的流浪猫一起玩儿。

玩得久了，就知道猫也会说话，这种身体一动不动、眼睛却直勾勾望着人的姿态，是很明显的，想被摸毛的表示。

林疏往前走了几步，见那只黑猫虽没有别的动作，却把眼神牢牢锁在了自己身上，更加确认了自己的推测。他继续往前走，到了黑猫面前，半蹲下去，摸它的脑袋，然后在它耳后挠了几下。

黑猫的喉中果然"呼噜呼噜"响了起来。

林疏继续顺毛。

从后脑勺顺到尾巴尖，再挠一挠下颌，继续回到耳后，重复以上动作。

重复了几次，那只黑猫居然上前扒住他衣领，挂在了他怀里。

他抱着黑猫站了起来。

黑猫不停地蹭着他的胸口。

这是缺乏关爱的表现，曾经流浪猫群里有一只走丢的宠物猫，被人亲近之后，就是这样不停地蹭来蹭去，索要顺毛服务。

林疏："……"

他抱着黑猫回头，看见那少年整个人都震惊了，凌霄的表情也有点儿不自然。

无他，这只黑猫刚才还高傲古怪，此刻居然如此厚颜无耻，换成谁都会惊讶的。

只有林疏自己知道，猫这种动物，除非你主动接近，否则绝不会暴露自己想被抱着的愿望。看来即使是修为卓绝、神秘莫测的守山人的宠物，也不能免俗。

终于，黑猫蹭够了，眼睛望向岔路口的一个方向。

他们沿着这条路走过去，到尽头的时候，俨然是一道紧闭的大门，门上写着一字——"天"。

"天"字库。

林疏和黑猫四目相对。

黑猫极其谄媚地叫了一声。

林疏继续撸黑猫，心道，虽说以凌霄的实力，得到"天"字库的准入资格理所应当，但自己获得了黑猫的赏识，恐怕对此事也有所贡献。

那少年更是道："林师弟，你好厉害！"

林疏："喀！"

"吱呀"一声，沉重的铜门居然自己开启了。

林疏走进"天"字库，险些被晃花了眼。

物以稀为贵，珍宝必定不多，故而这"天"字库不大，是正常的房间大小，却比面积巨大的藏宝阁更加流光溢彩，其中的宝物周围更是环绕着一股威压，有的清气四溢，有的暗含血气，俨然都大有来头。

林疏一面墙一面墙地看过去。

先前那公子道，"天"字库之中，有适合他的宝物，只看能不能挑中。

宝库西面是秘籍，东面是兵器、法器，南北两面则是丹药、矿石、典籍、灵草之类的宝物。

林疏身为剑修，第一眼自然是看兵器。

他自然是识货的，能看出那些剑个个儿不凡，其中也有品质超过折竹的，但似乎都没有折竹剑适合自己的功法，更没有上辈子用心头血温养的那把本命剑亲切。

凌霄却走上前，取了一把刀下来。那刀，林疏认得。

——无愧！

萧韶在幻境中所使的兵器，现实中居然封存在浮天仙宫的"天"字库中。

传说这把刀煞气四溢，出刀时万鬼齐哭，使用者皆被影响心神，嗜血滥杀，直至走火入魔，因此又被称为"妖刀"。

表哥这样的人，配他现在这把清明高逸的"不归"正好，用"无愧"却似乎并不适合。

林疏正想着，就听凌霄道："送人。"

那还好。

林疏松了一口气。

人总是不希望好的东西变坏的，虽然表哥总是爱开屏，但不影响他是个好人这一事实。

只是萧韶拿不到这把刀，恐怕有点儿难受，但林疏与他没有什么交情，只想了一下，也就过去了。

他定了定心神，目光在东面扫过，原本不抱希望，只是走马观花一看，心中却突然一跳。

——是一把琴。

这把琴周身环绕着淡淡的灵力波动，走近后，波动愈发明显。

凌霄见他去看琴，也走近，手指轻抚过琴身，道：“不尽木？”

# 第十一章 九重雷劫

不尽木。

《神异经·南荒经》有载："南荒外有火山，其中生不尽之木，昼夜火燃，得暴风不猛，猛雨不灭。"

火素来克木，然而此木生于烈火中，却燃之不烬，故而被称为"不尽木"。

之所以能够燃之不烬，是因为这种木材是罕有的聚灵之物。

学宫中，仙雾氤氲，每一颗雾滴中都含有淡淡的灵力，弟子常年在这样的雾气中生活、修炼，受益无穷。然而仙雾虽能承载灵气，却终究数目甚少，而不尽木远远地超过了它。

不尽木、无患木、三桑木，乃是传说中的三大神木，遍寻九州也难以寻到一棵，足见其珍稀。

其中不尽木便以卓绝的聚灵能力闻名。

只见这把琴长在三四尺之间，琴身修长，色泽漆黑，上有雪白七弦。虽不知在宝库中存放了多少年月，但琴身上毫无落尘，甚至散发着微不可察的淡淡辉光。

林疏一手抱着这只十分沉重的黑猫，另一只手按在琴弦上，只觉得其中灵力汹涌澎湃，几乎要破琴而出。

他左手在琴弦上轻轻一抹。

琴上荡起清音，清冷透彻如冰雪，琴中蕴含的灵力终于找到出口，涟漪一般向外迅速扩散，放置这把琴的石壁甚至被灵力所激，微微颤动，足见灵力之强盛了。

而释放出这样一道灵力后，琴中的灵力却仿佛没有一丝减少。可想而知，若要把灵力消耗完，不知要弹多少首曲子。

林疏是会弹琴的，师门的理论认为学剑必先清心，清心须习乐，刚刚来到这个世界时，他就曾教周老先生弹《清疏破魔曲》来击退活尸，但在毫无灵力的情况下，即使把曲子弹出花来，起到的效果也有限。可一旦有了这样一把蕴含滔天灵力的古琴，情况就大不一样了，只要能弹奏不同的曲谱，琴声中蕴含的灵力就可以为自己所用，进可攻，退可守，很是有用。

凌霄道："要这个？"

林疏点了点头。

他又把琴身仔细看了一遍，终于在右端发现两个篆字——"冰弦"。

既然刻在琴身上，那就是此琴的名字了。

此时，凌霄也在宝库的藏宝册上找到了此琴。

上面写道："古琴'冰弦'，不尽木为身，麒麟角为胎，渌冰蚕丝为弦，音甚美。"

但他抱着黑猫，那只黑猫一直发出轻轻的呼噜声，时不时蹭一下，毫无离开他怀中的意思，它身份高贵，忤逆不得，林疏腾不出手，所以并未现在就把琴收起，而是转向其他的地方，打算寻找第二件宝物。

可是将整座"天"字库仔仔细细看下来，眼界倒是开阔不少，却没再找到一件像这冰弦琴一样适合自己的物件。

林疏来到放着秘籍的区域，打算开始找有没有不需要经脉就可以施展的歪门邪道功法时，那少年却道了一句："林师弟，你看这个！"

林疏走过去，从少年手中接过一个拳头大的玉瓶，玉瓶上写着三个字——"聚灵丹"。

那少年指着藏宝册上丹药目下的"聚灵丹"给林疏看。

比起冰弦琴的简单介绍，这瓶丹药的介绍多了不少，说是以南荒山上百种灵叶、灵果、灵露、灵骨炼制而成，沧海桑田变化，如今南荒山已然不存，聚灵丹亦无从炼制，故而以平庸效用，位列"天"字库中。

可它这平庸的效用，对林疏来说却十分了不得。

原因无他，这药是一位传奇丹师为了研究灵力生成的道理而专门炼制的，效用正如其名，服食之后身体会生出充盈灵力，半个时辰后自行消散。

藏宝册上还说，这丹药必须谨慎服食，因为服食之后，身体承载灵力，疼痛难忍，且对经脉有损伤。

林疏想要。

他没有办法使用灵力，就是因为经脉不通，无法将灵气引入身体中，也无法引动周身的灵力，而这丹药却能让灵力从身体中生发出来，虽然效果只有半个时辰，也足够了。

至于对经脉有损伤——他的经脉已经坏到不能再坏了，并不怕什么损伤。

他握着玉瓶，正打算收进锦囊里，却被凌霄按住了。

凌霄重复了一遍藏宝册上的记录："服之疼痛难忍，三日方消，且损伤经脉，慎服。"

林疏立刻有了不祥的预感。

表哥将玉瓶从他手里拿出来，面无表情地放回架子上。

他道："又打这种主意，嗯？"

林疏认清了被临时饲主支配这一残酷的事实，乖乖地把目光从聚灵丹上移开。

一旁的少年却轻道一声："找到了！"

只见他拿了一个殷红色的小玉瓶，小心翼翼地打量着。

那玉瓶上刻着"生生造化丹"。

翻藏宝册的时候，林疏看到过这丹药的名字，是锻体的圣药，服食之后，浑身血肉、筋骨被重新塑造，可拥有所谓"金刚不坏"之身。

修仙之人最注重心境，其次是武功，勤练武功者，身体素质都不会差，并不用特意寻找锻体功法和丹药，但这是别人的事情，林疏也就没有过问。

他回去看秘籍。

秘籍分两种，一种蓝色封皮，是仙道秘籍；另一种则是深红色封皮，是魔修功法。

仙、魔两道，只要能寻到自己的大道，达到一定境界皆可飞升，故而二者之间并没有门户之见，只是南夏仙道积蕴深厚，故而绝大多数弟子都选择修仙。

这只黑猫很有灵性，见自己来到了秘籍这里，眼珠滴溜溜地转到了凌霄身上，长长地"喵"了一声。

凌霄会意，把黑猫接到了自己手上，抱住，一下一下挠着那顺滑的皮毛。

林疏终于腾出手来翻藏宝册，册上记下了每本秘籍的名字、作者和功法的大致介绍。

有很多功法，光是看介绍就知道并不适合自己。

凌霄已经从容地单手挑了一本《九绝雷刀》，林疏还在看宝册。

同来的少年拿到了心仪的丹药，正在快乐地研究其他奇珍异宝增长见识，几乎研究了一面墙壁，林疏还在看宝册。

进展就是仙道中的秘籍没有一本可行，魔道中翻过的那四分之三里也不可行。

按照概率，他从剩下那八分之一的秘籍里找到的可能性也不大。

林疏有些烦恼，但还是继续翻。

翻着翻着，他感觉凌霄在看自己。

他抬头，瞥见表哥略含笑意的眼睛。

林疏："……"

这是嘲笑吧。

他更烦恼了，接着往下翻。

翻着翻着，感觉表哥走到了自己的背后，右手按在了书页上。

他停下动作。

凌霄道："传言青冥魔君是上古大魔，后被仙道之人废去全身经脉……依然纵横魔界十数年方败。"

此时此刻，他站在林疏背后，因为翻书，离得极近，声音仿佛响在耳边。

林疏呼吸有点儿困难，顺着他手指的方向看去。

这一页上记录的都是这位"青冥魔君"的著作，什么《暗炎玄典》《阎罗诀》《七杀剑法》《森罗图录》……可以说是鬼气森森，邪气冲天。

心法，林疏用不了，剑法亦是，阵法图录倒是可以一观，但并不实用。

但据凌霄所说，这位魔君经脉尽废后，仍能纵横魔界，想必别有什么奇崛的功法。

宝册的排列很有规律，是按照时间的远近，也就是说后期的秘籍会出现在后面。

林疏往后翻了几页，来到青冥魔君著作的末尾，最后一本叫作《寂灭》，介绍很短，只有两个字——"慎习"。

林疏按照上面的索引，在书柜中找到了《寂灭》。

他打开第一页，写了短短两行字。

这两行字与"欲练神功，挥刀自宫"居然有异曲同工之妙，是"入我门者，自碎经脉"。

林疏心中一动，有戏！

他继续往下翻。

最前面，是青冥魔君创此门功法的前因后果。

月华狗贼，废我经脉，来日必废此狗贼经脉报之。

经脉已毁，我欲重塑，然思及月华狗贼嘴脸，心中恼恨，只欲以残废之身废其经脉，得见狗贼震诧脸色，必定十二分快活。

法成之日，出东山，欲寻狗贼，作弄之，弟子来报：恭贺师父！月华仙君三年前落入十二天魔陷阱，力战不支而死！快哉！

吾惊，怒而杀徒，又诛十二天魔，欲寻月华尸骨，未果，想必为野兽所噬。

想此人一世清白，败于肮脏计策，葬身野狗腹中，竟恸哭半夜，心痛如绞。

恨！恨！恨！

这三个“恨”字，有如铁画银钩，笔锋凌厉，血淋淋的恨意杀气几乎要破书而出！

林疏的心神一时为之所摄，半晌才回过神来。

只听凌霄轻声道：“可叹！”

林疏虽还有些不太理解，但也能看出这青冥魔君虽斥月华仙君为“狗贼”，却在月华仙君被人用阴谋诡计杀害后怒而发狂，屠戮十数人，恐怕与月华仙君针锋相对中，又有惺惺相惜之意。

这魔君虽修魔道，却不齿十二天魔联手杀月华仙君的肮脏手段，也算是一个光明磊落之人。

他继续往后翻。

这秘籍名为《寂灭》，青冥魔君创下这法门，完全是为了以牙还牙，废掉月华仙君的经脉，故而并不作杀人、打斗之用，专用来废人经脉。

第一卷名为“寂灭针”。

寻冰魄银针，淬以冰玉寒毒，再寻诸多奇毒，以青冥魔君给出的配方，催入银针中，再配合秘籍中所记的独门寻穴、发力、暗劲手法，只消三针，立即废去人的全身经脉——甚至不必暗中施针，这手法难学至极，但自有玄妙之处，只要光明正大地正面对敌，任他有再强的身法，也难以躲开这神鬼莫测的一击。

而此针毒气外露，入体即化，仅仅是拿在手中，就会大大损伤经脉，经脉损伤之痛可钻心，使用针人苦不堪言，所以，学习此法不能有顺畅的经脉。

凌霄也在看，看完道：“虽然难寻，以凤凰山庄之力，可以制成……有它，你自保无虞。”

用寂灭针作为底牌，再加上自己已经有的那些机栝、武器，以及冰弦琴，他虽然用不出本身的武功，但也很难被人所伤了。

粗略往后翻，还有“寂灭指”“寂灭剑”“寂灭灵虚功”等诸多法门。

林疏轻舒一口气，合上书页。

原本在凌霄怀里的黑猫伺机再次钻进了他怀里，一阵好蹭，看来表哥的顺毛技术还不到家。

凌霄收回手，帮林疏收好秘籍和琴，道：“走吧。”

林疏点点头。

这一趟总算是来对了。

唯一的问题是这本秘籍过于阴邪，恐怕通不过学宫的检验——弟子们从幻荡山带回的宝物，都会被带队的真人仔细审查，确认不会被心性尚不成熟的弟子滥用而酿成大祸，才会允许弟子使用，不能通过审核的就要被放入藏宝阁最顶层，或是藏书阁的禁书区，不允许弟子随便翻阅——当然，如果发生这种情况，学宫会补偿相应的玉魄给弟子。

但是，玲珑洞天的那位公子赠予他们二人各自从“天”字库中再拿一件宝物的资格，学宫并不知道。这样一来，林疏把《寂灭》收入锦囊，再把冰弦琴交给真人查验，就可以过关。

三人走出“天”字库，库门合拢，声音沉闷，在长长的回廊里回荡不绝。

又过了一会儿，声音仍然没有消失。

林疏：“？”

凌霄微蹙眉。

那少年道：“这声音有古怪。”

又过几息，凌霄语速极快道：“声音在外面！”

他们凝神细听，果然那声音低沉、连绵不绝，正是从殿外传来，经过重重回廊，有点儿失真，这才听错。

林疏怀里的黑猫突然惨叫一声，尾巴上的毛根根奓起，伸颈往前看。

林疏领会了它的意思：“我们出去。”

越是靠近大殿，那声音越清晰。

雷声！

压抑的、连绵不绝的、巨大的雷声轰响。

落在林疏耳中，竟然意外的熟悉。

这——不是寻常雷鸣！

是劫雷！

他们快步走回大殿，又出大殿，来到外面。

天幕低垂，几乎压在人的头顶，黑云翻滚成巨大的旋涡状。

果真是劫雷！

而幻荡山上，有可能渡劫的只有守山人！

没错，原本幻荡山提前开启，就是因为守山人临近渡劫，即将飞升，不能再守幻荡山！

林疏抬头看，只见旋涡的中央正对着他们现在所在的地方，那么，等天劫正式开始，天雷就会落在这里，这也说明守山人此时就在这附近。

环顾四周，只有零星几个也破解了珍珑棋局，等待黑猫接引去宝库的弟子，哪里有守山人的影子？

这时候，林疏突然感觉怀里的黑猫在发抖。

一边抖，一边细声细气地叫唤，还时不时抬眼看林疏，看完他，又去看凌霄。

林疏："……"

凌霄："……"

凌霄道："是你？"

黑猫又叫了一声。

行吧。

真的是世事无常。

林疏把黑猫举起来，与它大眼瞪小眼。

黑猫："喵！"

林疏："真的是你？"

黑猫："喵！"

轰鸣的雷声越来越大，黑云越压越低，林疏毕竟是经历过一次天劫的人，怎能不知道这就是天雷即将劈下来的征兆？

天雷既然要劈这里，那该渡劫的人也就一定在这里。

但这里没有人该渡劫，只有一只可疑的黑猫。

这只可疑的黑猫此时还在发着抖，然后把脑袋用力地往林疏臂弯里埋，试图逃避。

林疏看向凌霄。

凌霄在看黑猫，不知怎么的，林疏觉得表哥现在很不悦，约莫是对这只黑猫的不争气感到不满。

他问："怎么办？"

凌霄："你被它缠上了。"

林疏："……"

人，可以通过渡劫，进入仙界。

兽，理论上也可以。

但是兽毕竟和人不同，不是万物灵长，即使开了灵智，也很难悟道。

而兽要渡的天劫，却是和人一模一样的九重雷劫。古往今来，只有寥寥几例妖兽渡劫成功的先例。

但是天道仁慈，毕竟还给它们留下了一线生机。

人渡天劫时，不可投机取巧，否则便横遭天谴——比如林疏。

但灵兽渡劫，却可以与人结缘，被人相帮——只要它找到了愿意帮自己渡劫之人。

眼下的场景很明显，这只黑猫赖上林疏了。

那发抖的身躯，明晃晃地写着五个字：“请帮我渡劫！”

所谓的守山人即将渡劫，所以幻荡山提前开启，让弟子最后进来挑选一次宝物，全都是幌子，明明是这只黑猫即将渡劫，害怕自己渡不过去，开放幻荡山让优秀的弟子们帮自己渡劫。

到头来，并没有守山人。

所谓“守山人的宠物”，就是守山人本身。

一只黑猫。

一只正在拼命试图逃避渡劫的黑猫。

林疏还能怎么办？

黑猫看他，他就看表哥。

表哥，请帮我们渡劫。

凌霄笑了。

他的手指按在刀鞘上，道：“我渡劫，你陪它吧。”

那少年将背在身后的重剑往地上一拄，道：“我也来。”

他握剑的姿势和手势让林疏感到熟悉。

电光石火间，他想到了一个人。

苍旻。

真武榜被萧韶压在头上的那个第二，传说中的武痴。

苍旻也是用一把类似的重剑，而且这少年一路过三个关卡，在“上陵学宫”所有人之前进入了仙宫，一定也不是等闲之辈。

但是，梦境中那个高大魁梧的苍旻和面前这个清秀可人的少年，太难让人联系到一起去了。

他正想着，其余几个弟子也看清楚了状况，正欲上前，凌霄道：“你们修为不够，不必来。”

那些弟子便在远处盘膝坐下——毕竟，观看渡劫场景，是难得的参悟天道的机会。

约莫过了半炷香时间，一个白衣人从下方上来，飘然落在了他们面前。

——正是那个最先到仙宫的剑阁弟子，林疏三人去仙宫时，已经没了他的影子，想必是取完宝物下山了，此时注意到这边的动静，又回来了。

“在下云岚，”他道，“愿相助！”

凌霄道："多谢！"

以林疏的眼力，他们三人都是元婴修为，而且是元婴中的佼佼者，但对付天劫尚不知有几成胜算。

他自然不能袖手旁观，于是把冰弦琴摆好，把黑猫放在肩膀上，回忆以前学的那些曲谱。

黑猫也知道事关重大，顺从地被放在了肩膀上，两只前爪紧紧抱住林疏的脖子，让他有点儿不能呼吸。

林疏忽视脖子上毛茸茸的触感，轻按琴弦，开始弹一首《清宁诀》。

灵气在琴弦上聚集，然后化作柔和的雾气散向四周，可以使人清心凝神，效果显著。

云岚看了他一眼，没有说话。

林疏不知道这首曲子到底是仙道中广泛流传的乐曲，还是剑阁独有的曲子，若是剑阁独有，云岚极有可能会认出来，不过云岚没有说话，他也就没有什么表示。

云层中"轰隆"一声。

黑猫把林疏的脖子抱得更紧了，细声细气地叫唤着，俨然是怕得紧了。

若守山人果真一直是它，那也算是一只千年修为的灵猫了，居然还尿成这个样子，也真是天性使然。

猫狗鸡鸭此类被人豢养的动物，本身就没有凶性，故而很少能修炼有成，即使有成——看看这只谄媚的黑猫就知道，再怎么修炼有成都还是一个喜欢往人怀里钻的小东西。

林疏抬头看天。

天道威势渐渐增强，使他又想起自己渡劫时的情景来。

若不是那根避雷针，他此时恐怕已经在仙界了。

蕴含天道真意的九霄劫雷，居然能被现代科学战胜，被一根普普通通的避雷针直接吸收，这也着实是一件奇事，他到现在也想不明白。

大殿前面又零零星星来了几个弟子，但都没有上前。

一曲毕，天空上"咔啦"一声，殿前狂风大作。

凌霄"铮"的一声，拔刀出鞘，目光淡淡。

林疏调完弦，换了一首《绝云霄》，琴声转而向上，铮铮然有杀伐之意。

所幸小时候师父管得严，基础打得扎实，弹琴的技艺到现在也没怎么生疏。

有了冰弦琴，琴声内蕴灵力，既可以帮他们醒神、凝气、疗伤，必要时也可以攻击，自己这次总算是没有拖后腿。

那疑似苍旻的少年道：“林师弟，你好厉害！”

林疏还没有回答，就听凌霄道：“自然。”

云岚亦拔剑出鞘，剑尖清清冷冷一点光，仿佛透着雪山之上的寒气。

疑似苍旻的那位，他不必拔剑，重剑无锋，本就无鞘。

山巅之上本就偏冷，此时日光被遮蔽，如同黑夜，狂风大作，更是寒意大起。

林疏看着天色。

等那浓云再黑些，如同欲滴浓墨的时候——

一道白光撕开天幕，使人短暂地眼花了一瞬。

林疏在心中默默读秒。

三！

二！

一！

黑猫猛地打了个寒噤。

雷声刹那间迸发，震耳欲聋，整座山甚至都微微摇动。

林疏“铮铮铮”连弹三下，灵力飞荡护住黑猫，而后继续弹奏《绝云霄》，帮助直面天雷的那三人凝聚心神。

只见高天之上，一道浓紫发黑的天雷，直直朝着这边劈下来！

仿佛一切为之变缓，天地之间只剩那一道威力无匹的巨雷。

——你如何向天道证明修炼已成，剑心已明，大道已证？

唯有以超凡卓绝的武功修为，挡下九道蕴含天地真意的劫雷！

林疏一晃神，几乎以为自己回到了几个月前。

他回过神来，看见凌霄扬刀向天，衣袖猎猎。

澎湃刀气直冲云霄，在半空中与劫雷相撞！

只这一下，林疏已经能看出，表哥的修为恐怕与萧韶不相上下。

天地寂静，短暂的一瞬过后，天雷缓缓下压。

凌霄纵身弹起，身形翩若惊鸿，又是一刀。

巨大的炸雷声过后，那道紫雷在空中静了一时，而后缓缓消散。

聚在殿前的那堆弟子也不管他出身哪门哪派，只管喝彩：“师兄好刀！”

黑猫也抖得不是那么厉害了，看来颇为识货。

林疏琴声渐低，而后变为连绵清澈。

凌霄毕竟不是渡劫期，硬扛天雷之威，即使表面上不显，也会有暗伤，故而林疏趁着第二道天雷还没有下来的间隙换成疗伤之曲，希望能奏效。

半炷香的时间过后，天上又传来压抑的沉闷雷声。

第二道！

九道天雷，一道更胜一道。

云岚竖剑指天，并指抹过剑锋，随着他的动作，剑上清光骤起，赫然是剑意。

只见雷霆之下，剑光如雪，剑气纵横，他运起轻身功法跃在半空，与天雷且对且退，出剑极快、极稳，硬生生将天威磨去大半，等天雷即将压向人群的那一刻，剑意陡盛，直刺向紫雷！

雷光之下，人身显得无比渺小，然而仙道修炼多年，人以微渺之身，却有与天地对剑之力。

原本就被消耗大半的紫雷在那一剑之下消散了。

围观的弟子继续喝彩："师兄好剑！"

那少年道："两位师兄，你们与天雷对攻，远胜于我，但论起守御，还是我最为擅长。"

凌霄道："拭目以待！"

黑云滚滚，雷霆低鸣里，第三道天雷轰然到来。

他却不出剑，而是将黑色重剑往地上一插！

浑厚灵力以重剑为中心，涟漪一般激荡开来，然后陡然收住，转而向上，形成一个正好把四人一猫保护在内的圆形灵力罩。这道屏障厚重结实，灵力的流动玄奥无比，明明是无形之物，给人的感觉却如同铜浇铁铸，不可摧毁。

林疏确认，这少年就是苍旻！

那一天苍旻在与萧韶的切磋中展现出来的就是这样雄浑的风格与玄奥精深的灵力控制。

苍旻双手握剑柄，双眼紧闭，周身气势节节攀升，那灵力罩也愈发凝实。

紫雷直直向他们劈来！

黑猫的身子猛地一抽，把林疏的脖子搂得更紧，险些让他不能呼吸。

面对直直劈过来，已经近在眼前的九霄紫雷，林疏本能地闭上眼睛。

一秒，两秒，三秒。

无事发生。

黑猫快乐地"喵"了一声。

他睁开眼，看见苍旻虽脸色苍白，却仍抱着重剑咧嘴一笑。

那道灵力屏障被天雷击灭了绝大部分，只剩薄薄一层，但终究是成功地扛下了比前两道都要厉害的第三道天雷！

那边的弟子们继续喝彩："师弟好法力！"

——都怪苍旻面相实在太小，换成谁都想喊师弟。

天空在短暂的寂静后，继续响起轰隆的雷声。

前三道雷劫确实顺利挡下，但后面的劫雷威力可是成倍提升。

云岚道："你我三人联手。"

凌霄与苍旻都没有异议。

凌霄与云岚擅长与天雷正面相抗，消耗其威力，苍旻则长于防守，三人配合，竟然真的又挡下三道天雷。

围观的弟子不知怎么夸才好，喝彩声便换成了统一的——"好！"

若是只听声音，还以为是茶楼里说书先生说到了精彩的片段，引得一众看客大声叫好。

但从第四道天雷起，林疏就不再弹奏进攻或辅助的曲子。

他在疯狂地给那三个人疗伤。

再绝顶的天资、再强悍的修为，都掩盖不了他们还是元婴期这个事实，和渡劫之间差了整整一个大境界。

还是不行。

琴声所能疗的伤，远远比不过他们在天雷下受的伤。

第七道劫雷缓缓消散。

苍旻吐出一大口血来，面如金纸，拄着重剑才能勉强不倒下。

云岚握着剑的手也在微微颤抖，显然灵力已经透支。

至于凌霄，林疏看不出来。

但他们凤凰家的人，一贯对自己狠得要命，所以林疏怀疑他也受了同样重的伤，只是掩饰得比较好。

这样重伤的三个人，绝无可能撑过接下来的两道雷劫。

这种情况下，他们可以抽身而走，然而君子一诺千金，谁都没有放弃的意思。

围观的弟子们这次没有喝彩，而是默默地看着中央的四个人。

沉默中，一个元婴修为的弟子走上前，与他们站在一起。

第二个。

第三个。

然后，金丹期的弟子结伴上前。

登上山顶的人，到现在统共二十三个，都站在了雷劫下。

第八道下来的时候，所有弟子都用尽全力，各色灵力交织，共同挡下了第八道劫雷！

然而，天雷之威，岂容得这些修为尚低的弟子挑衅？

没有人毫发无损，全部受了重伤。

凌霄抹掉唇角的血迹，淡淡道："你们散开。"

弟子们也知道以自己的实力，下一道天雷劈下之时，就是丧命之日，默默退开。

然后凌霄对苍旻道："你也去。"

苍旻深深地看了他一眼，点了点头。

天空下，只剩下凌霄和云岚。

林疏听着天际滚滚雷声，感受到天地间那股恐怖威压，感到异常不安，喊了一声他的名字："凌霄……"

凌霄转过头，对他笑了一下："我没事。"

林疏抿了抿唇。

凌霄问："手没事吧？"

这样高强度地弹琴，仓促之间又没有护指的器具，林疏的手指早已红了，微微刺痛。

他知道这比起对抗天雷之人所受的内伤，简直可以忽略不计。

林疏道："没事，你……"

凌霄左手轻轻抚过刀锋，道："安心。"

林疏"嗯"了一声，还是有点儿不安。

但他又想，虽然相处时日极短，但表哥的品格无可指摘，是真君子。他若是没有万全的把握渡过雷劫，必定不会把云岚也留下来一起送死，也不会让自己也留在近处。

所以，凌霄既然这样做，就是确定他自己不会死，别人也不会。

这样想着，指下的琴声终于重归平静。

凌霄道："很好听。"

林疏已经很多年没有听过别人夸奖自己，心神一晃，不慎弹错了一个音。

凌霄看着他，轻轻笑了一下。

天空一声炸雷响，比之前所有雷劫加在一起还要声势浩大。

云岚咳了一声。

林疏蹙眉看天。

当初他渡劫，第一道雷劈下来，就被判定严重作弊，来到了这里。

若渡完第九重天雷，以自己那时的修为，也并不容易。

幻荡山巅一片寂静，唯有清润的琴声连绵不断。

林疏还是有点儿担心凌霄。

雷声最盛的时候，突然停了半刻。

死寂。

天上乌云滚动，仿佛在无边的寂静中酝酿着最后的一击。

越是寂静，越使人的心脏如同被冷手攥住一般，连自己的心跳声都能听见。

忽然，林疏肩膀上的黑猫“喵”地轻轻长叫了一声。

林疏正想腾出手来摸摸它，却不料这只黑猫顺着他的身体下去了，踩到了实地上。

它犹犹豫豫，先看看林疏，又看凌霄，再看云岚，然后看天，又回头看林疏，一只爪子向前探了探，又收回来。如此重复几次，最终以一种极其㞞的姿态小步溜到了山巅平台的中央，坐下来，仰头看天。

太感人了。

它终于决定亲自渡劫了。

千年的灵猫，要说修为不深厚，林疏是不信的。

但是，㞞也是真的。

天空“轰隆”一声响，声音太大，以至于让人仿佛根本没有听到，只眼前发黑，耳鼓一阵阵发疼。

浓紫雷霆轰然下落，笼罩整座山巅，仿佛彗星袭月。

黑猫：“喵！”

一股混沌灵力从它身上升起来，和即将劈下来的天雷相抗衡，雷光的来势缓了一缓。

黑猫：“喵呜！”

灵力继续积聚，雷光又缓了一缓，但仍然坚定地往下落。

黑猫：“喵嗷！”

拉锯战仍然持续。

黑猫的灵力诚然没有辜负它上千年的道行，但天雷也不是善类，隐隐占据了上风，不管黑猫释放出多少灵力都坚定地要来劈它。

黑猫焦虑地用爪子抓地面，尾巴毛已经隐隐约约奓了起来，又回头看林疏。

林疏弹了首轻盈的曲子来安抚它。

天雷继续往下压。

黑猫几乎要崩溃了，爪子疯狂地挠地，奓起尾巴毛，叫得不成猫腔。

那层灵力被天雷逐渐吞噬，已经渐渐淡薄，马上要消耗殆尽。

凌霄的右手按在了刀柄上。

黑猫最后"嗷"了一声，努力又聚起一股凝实庞大的灵气，主动去打天雷。

它已经支撑不住，但天雷亦是强弩之末，"轰隆"一声，终于缓缓消散了。

黑猫昏倒在地。

凌霄把它从地面抱起来，交给林疏。

还在呼吸，没事。

也不知是真的灵力耗尽昏了过去，还是被吓晕的。

林疏想笑。

天上，乌云如同潮水般退去，转眼间又是晴空万里，云层上甚至笼罩着一层恢宏金光。

等黑猫从昏迷中醒来，把修为彻底修到圆满，再了结世间因果，就可以飞升仙界了。

当然，它借了人力来渡劫，就要对人报恩，恐怕会在人间逗留许久。

到底欠了多少因果，只有这只黑猫自己知道，等它醒来，自然会跟着欠因果最多的人走。

围观弟子都受了伤，但仍然虚弱喝彩："守山人好法力！"

天劫终于了结，他们虽然方才受了伤，却个个神采奕奕。

这次出手抵挡天劫，知道了天雷是怎么一回事，就好比大家都在裸考高考，他们却得了天赐机缘，体验了一次模拟，怎能不高兴——即使受再重的伤，也算不了什么。

苍旻过来看黑猫，问林疏："它没事吧？"

林疏："活着。"

呼吸均匀，身体很温暖，没有什么大碍，就是有点儿沉。

苍旻："居然是一只猫！"

弟子们附和："难以置信！"

北夏忌惮了那么久，害怕贸然进攻会引得幻荡山中神秘莫测的千年修为不世高手出手，没想到忌惮的竟是这样一只胆小怕事的黑猫。

"我等先疗伤，"一个弟子道，"等这只……呃……守山人醒来带我们去宝库。"

他们达成一致，各自坐下疗伤。

云岚与他们告辞，下山去了。

林疏问凌霄：“你还好吗？”

凌霄道：“不太好。”

林疏从锦囊里的瓶瓶罐罐中挑出一瓶三清大还丹，递给凌霄。

凌霄接下，却没吃，放在手里把玩几下，道：“我不吃。”

林疏道：“吃。”

“我不吃，”凌霄的声音带了点儿笑意，压得极低，传进耳朵里，仿佛有猫爪在挠，险些让人打个激灵，“你给我弹琴就好了。”

林疏：“……”

表哥，我觉得你在找事情。

但他拒不吃药也不行，毕竟受了重伤。

林疏把黑猫挂在肩上，腾出手来，打算找个合适的姿势给凌霄弹一首疗伤的曲子，却被凌霄轻轻按住了肩膀。

他吃下一颗大还丹，道：“别动！”

林疏抬头看他，用眼神表达疑问。

却见凌霄的目光越过他，看着人群，林疏形容不出他此时的神情，似笑非笑，又带着些杀气，很是肃杀。

“螳螂捕蝉，黄雀在后。”他听见凌霄道，“幻荡山开启，上古宝库任人挑选，如此盛事……”

林疏心中忽然一惊，然后听见凌霄继续道：“守山人劫后虚弱昏迷，弟子亦全受重伤，天赐良机。”

林疏猝然回头。

只见白玉地面上，盘膝打坐的弟子当中，有几个缓慢僵硬地抬起头来看他们，目光呆滞，脸色灰白。

血毒感染的“活死人”！

他们发出嘶吼声，纵身朝这边扑过来！

说时迟，那时快，几乎在同一刻，凌霄手下刀光暴起，织成密不透风的刀气屏障，与“活死人”对攻。

林疏紧紧抱住黑猫，后退几步，趁着凌霄挡下“活死人”的时机，站到他背后。

毫无疑问，“活死人”的目标，是黑猫！

黑猫是之前被计入南夏顶尖战力中的守山人，还是整个仙宫宝库的钥匙！

对北夏来说，若趁机把它杀了，好处很多；若能收服它，更是一夜暴富。

林疏正想着黑猫的富有，耳边突然划过一道劲风，斜刺里穿过来一只灰白的手。

他凭直觉迅速折身，避过这一击，凌霄迅速回挡，硬生生一掌拍在了那“活死人”的胸口上，淡红色灵力在空气中稍纵即逝，与凌凤箫的色彩相近，果真是凤凰山庄的血脉。

抱着黑猫，林疏既不能弹琴，躲避攻击又不甚灵活，所幸表哥足够厉害，让他不至于招架不及，还有余力揪了几下黑猫的耳朵，想让它快点儿醒过来。

弟子们对北夏同仇敌忾，即使伤势还没有好转，也都勉力拿起兵器，护卫在林疏与凌霄周围，加入与“活死人”的战斗中。一时间，幻荡山上只有“活死人”的嘶叫与兵器“乒乒乓乓”的相撞声。

有了他们相助，凌霄这边的压力顿减，招式也游刃有余许多，让林疏有了更多的机会去揪黑猫的耳朵。揪了几下之后，怕把那薄薄的耳朵揪坏，改成拽尾巴。

可惜黑猫昏得彻彻底底，任凭林疏怎样摆弄，它都像一只皮毛温暖的死猫。

他一边试图弄醒黑猫，一边跟着凌霄走，站在凌霄身后三步之内的地方，这片区域最为安全。

跟着跟着，他发现凌霄的步子有点儿古怪。

这人的刀法虽也有凤凰山庄刀法中的凌厉肃杀之气，更多的却是清朗飘逸、刀光似雪，步法亦是——然而，以林疏的眼力，能看出他的移动方向并不是被战局所逼。

一般情况下，人在被围攻时都会有意识地选择最适合突围的方向，然后将其突破，凌霄却不是！

他在有意识但不着痕迹地朝着某个方向去，而那个方向并不是一个合适的方向。

凌霄有别的意图！

林疏抱着黑猫，跟着凌霄在混乱的战局中游走，眼睛注意着凌霄的刀。

混战持续了约两炷香的时间，凌霄的刀陡然刺向一个“活死人”。

然而，刀尖即将碰到那个“活死人”胸膛之时，却疾速改变方向，刺向正帮凌霄抵挡着“活死人”的一个弟子的咽喉！

那弟子，林疏甚至在学宫中见过！

旁边有弟子惊呼：“师兄，错了！”

凌霄冷笑一声，刀光如雪，去势丝毫不减！

那弟子横剑一挡，角度极其刁钻！

凌霄迅速与他缠斗。

林疏惊讶地发现，凌霄此时的实力，比对抗天雷时毫无削弱，甚至有所增强，远远超过他认知中元婴巅峰的水准，直逼渡劫的水准，极为骇人。

而那个弟子的武功竟也不弱，剑法诡谲刁钻，与凌霄缠斗，刹那间过了成百上千招，暂落下风。

其余弟子看见那狠辣剑法，知道恐怕走的不是正路，醒过神来，几人从与“活死人”的战斗中抽身，去对付那个诡异弟子。

他们虽然此时实力不行，但终究骚扰到了那个弟子。凌霄刀法锋芒毕露，一刀横劈过他肩头，溅起尺高的血来，趁着那人因为这一下而吃痛，攻势暂缓，又是一刀直取他面门。

那人以灵力护住自己，凌霄的刀锋被灵力所扰，向左一划，擦过他脸颊，划出一道浅浅红痕。

两人继续缠斗，正是胜负难分之时，凌霄突然出左手，又是直取他面门。

他身周灵力在这一刻陡然爆发，压得那人难以动作，趁着这一刻的迟滞，凌霄竟从这人脸上撕下了一张半透明的什么东西。

——面具！

几个学宫弟子发出惊诧叫声：“昆山君！”

人皮面具下，是一张瘦削冷厉的脸，正是负责沿途保护弟子的两位真人之一——昆山君。

昆山君是一名剑修，修为极高，当初林疏选课时，梦先生甚至问过他既然习剑，为何不选昆山君的课程。

他本应与风雷真人一道守在山下，为何却乔装易容成学宫弟子，混入幻荡山中？

而且，那诡谲的剑法和灵力，全都证明了此人已走入邪道，甚至有可能是操控这些“活死人”之人！

凌霄道：“见过昆山前辈。”

他嘴上说着“见过前辈”，手下动作却一招狠似一招，身旁灵力磅礴，比起混战刚开始时，又强了几乎一倍。

简直……可怕！

方才昆山君尚且不及他，此时更是被完全压制。

只见昆山君嘴唇翕动，飞速念了一句什么，那些“活死人”忽然不要命一般全部向凌霄与林疏撞来！

凌霄挥刀，刀光划出一轮弦月般的清光，将它们全部横挡开。

但就在这一刹那，昆山君暴起出剑，速度快到肉眼无法看清，剑上锋芒无匹，破开层层灵力防护直取凌霄，一声兵器没入皮肉的声响，剑刺进了凌霄左腹。

凌霄却仿佛什么都没有感觉到，身形凌波一转，刀锋挟风雷之势向昆山君斜劈下，昆山君原本就已是强弩之末，此时几乎全无招架之力，勉力支撑，几十回合后已经身中数刀，彻底无计可施，被凌霄制住。

有弟子主动道："我有缚魔链！"

昆山君被缚魔链捆成了一个粽子，无法施展任何招式法门。

那些"活死人"的动作立刻变得僵硬机械，不多时，便也被尽数制住。

凌霄步至昆山君面前，道："昆山君好计谋。"

昆山君目光冷冷，道："……凤凰山庄！"

"前辈失算了，"凌霄微笑道，"凌凤箫不在，我也是凤凰山庄嫡系血脉。"

昆山君脸色苍白，道："侥幸而已。"

"前辈为何不想，凌凤箫是故意不来呢？"

被捆成粽子的昆山君冷冷盯着他。

一位弟子面色惨然，道："师父，你……"

昆山君并不理会他，一言不发。

"下山，"凌霄道，"此人交由图龙卫拷问。"

这时候，林疏怀里的黑猫缓缓睁开眼睛，看着一片混乱的局面，茫然地"喵"了一声。

醒得实在是时候，若不是清楚它确实是陷入昏迷，林疏都要以为它是装昏了。

但他此时顾不上黑猫的状态。

大片的血已经在凌霄的白衣上洇开，隐隐透着紫黑色，情况非常不妙。

凌霄从林疏手中接过疗伤药，吃了几丸，微微喘了几口气，看起来情况还好。

他们下山，图龙卫已经守在山下，见他们来，立刻与凌霄交接，将人押走。

这个过程中，只那位图龙卫首领道："多谢少侠襄助！"之后，他们便没有了任何别的交谈，简直像是心有灵犀，早有谋划。

凌霄在仙乡客栈要了两间房。

林疏觉得他受的那道伤着实不轻，还需要吃药、上药，便抱着琴和他一道回了房。

一进房，凌霄的身体忽然晃了晃，脸色苍白，全然是灵力消耗殆尽的模样。

林疏伸手扶了一下他，好险没有倒下，坐到了客栈的床铺上。

林疏问："要包扎吗？"

凌霄按住伤口，道："有毒，等等。"

林疏问："要解毒吗？"

凌霄看着他，眼里神色仍是很温和，道："不必，我不怕毒。"

好吧。

凌霄道："你也坐。"

林疏坐在他旁边。

"昆山君此事，乃是一招引蛇出洞，"他道，"不久前'上陵学宫'出现北夏魔物，箫妹便怀疑学宫中有位高权重的真人叛变。"

林疏："？"

"你们请了越老堂主出山，用'万物在我'观照世间万物，既然越老堂主说已肃清魔物，便确实已经肃清，此后却又出现'活死人'……只能是学宫有北夏内应，且消息灵通，得知越老堂主到来的消息后，立刻远离上陵山，待排查结束，又回来了。"

林疏想了想，确实是这个道理。

越老堂主信誓旦旦说学宫已经干净了，半天之后他就在藏书阁遭遇了"活死人"，这说不通。

越老堂主什么时候来、什么时候走，普通弟子是不知道的，只可能是位高的真人或先生。

"往年，北夏素来爱在幻荡山上搞些动作，但有守山人震慑，仅限于暗中观察。"凌霄淡淡道，"此次黑猫重伤，其余弟子亦重伤，是千载难逢的良机，我料想会有北夏奸细出手。"

林疏想了想，这都说得通，但要辨认出谁是北夏奸细，又需要下一番功夫，不知表哥怎样做出了判断。

凌霄仿佛知道他心中所想，道："其余弟子必定愿意出手帮黑猫渡天劫，前几道天雷威力不大，试不出深浅，故而开始我阻止他们出手。"

林疏："……"

可怕。

表哥，你的脑子实在好使。

天雷对人的震慑直指神魂，不论伪装得多么滴水不漏，在那样的威压下必定露出破绽，使出看家本领，这一下便跳进了表哥的陷阱，只能露馅儿。

混乱之中，旁人发现不了破绽，但表哥毕竟不是一般人。

"奸细既是学宫中真人，北夏又爱在幻荡山上做手脚，因此，奸细恐怕是风雷真人、昆山君二者之一。"凌霄道，"果然是昆山君。"

林疏叹服。

凌霄看着他，笑了笑，道："后面几天，我便没有灵力了，我们在客栈多住些时候。"

林疏："为何？"

凌霄却没直接回答，而是温声问："你可知昆山君为何敢出手杀黑猫？"

半死不活地趴在林疏肩膀上的黑猫突然打了个激灵。

林疏："不知。"

"因为凌凤箫不在，"凌霄道，"凤凰山庄嫡系血脉，佐以山庄心法有一法门，名为'涅槃生息'，灵力耗尽之后，绝处逢生，半个时辰内修为上涨一个大境界，但其后七天失去灵力。"

原来这就是凌霄明明受了重伤，却修为暴涨，直接硬生生压制住昆山君的原因。

也能解释他面对第九重雷劫时，为何说"没事"了。

修为直接上涨一个大境界，凌霄的正常水平是元婴，上涨后是渡劫，即使对上天雷，也很有把握。

"若凌凤箫在此，幻荡山上便多了有渡劫实力之人，昆山君绝不会轻举妄动，然而箫妹不在，"凌霄道，"可惜……"

可惜，世人往往认为凤凰山庄全是女子，忽视那些名义上不属于凤凰山庄，却确凿有凤凰血脉的男子。

昆山君此次确实是失算了，而表哥的谋划也确实厉害。

林疏不知怎么的，想起了凌霄先前对昆山君说的那句"若凌凤箫是故意不来呢"。

这句话"细思恐极"，不能深想。

他默默道："你好好养伤。"

过一会儿，才听表哥道："嗯。"

林疏看他。

凌霄对上他的目光，似乎想要说什么。

下一刻，他整个人却向林疏这边栽了过来。

昏倒了。

像黑猫一样昏倒了。

林疏扶住昏倒的表哥，把他在床上放平。

放平的过程中，摸到了一手的血。

放任他这样昏着，必定不行，要包扎。

林疏在锦囊里找了找，翻出一堆药与软布绷带，以及几瓶灵露。

然后，着手解凌霄的衣服，把伤口露出来。

他先把软布用灵露浸湿，而后去擦拭伤口旁的血污。

手指碰到凌霄温热结实的腰腹，让他心中有点儿发慌，想逃。

然而，下一刻，林疏完完全全地愣住了。

擦去血迹之后，那道三指宽的伤口旁边，有一个黑色的印记。

这印记形状奇特，像是某种没有见过的文字，但他见过这个印记！

在学宫的思过洞，那个被擒住的弟子身上。

大小姐说，这是一种失传已久的北夏巫术，名为真言咒，烙在神魂上，被刻下真言咒者，永守秘密，毕生不能说出下咒者要他不说的那件事，无法可解。

林疏清洗好凌霄的伤口，敷药，包扎，包扎完，心脏“怦怦”跳了几下。

表哥身上，有北夏巫术的印记。

难道他与北夏有关吗？

他觉得不可能。

凌霄是光明磊落之人，而且方才还出手抓了昆山君。

恐怕是方才的打斗中，被北夏所害！

那个咒文果真是真言咒还好，若是别的什么花纹类似的阴毒咒文，后果不堪设想。

林疏有些焦虑，疯狂地思考现在该怎么办。

他对北夏巫术一无所知，什么都做不了。

求助其他人？

不行，万一他们凭借这个咒印咬定凌霄与北夏有关联，岂不是百口莫辩？

那就只有一种选择了。

找大小姐。

大小姐一定能妥善解决。

然而，他随即想到，自己并没有大小姐的联系方式。若是用灵鸽传信，也要知道大小姐现在的位置——而他并不知道。

只能用梦境传信。在周天演武场中，弟子即使现实中远隔千里，也可以同时出现在那里，自然能见面。

但他也不知道大小姐在演武场中的账号。

大小姐甚至可能根本没有账号。

他正有些苦恼，忽然想起一个人来。

萧韶。

他们认识，大小姐说过萧韶是可信之人，他们两个甚至可能还有血缘关系。

自己只要在演武场中找到萧韶，然后问他是否有大小姐的联系方式，就可以了。

林疏进了演武场。

石壁上疯狂地刷出消息。

折竹请战萧韶。

折竹请战萧韶。

折竹请战萧韶。

看到这消息的弟子们喧哗起来，纷纷往这边看。

仙道院的师兄们非常雀跃：“折竹仙子终于来演武场了！”

林疏被他们热切的目光看得很难受，只盼这一年早点儿过去，好让自己摆脱这个仙女的壳子。

这时候，他背后响起一道脆生生的女子声音：“好你个折竹，终于来了！”

他转身看，只见一个美丽的粉衣姑娘横眉竖目地看着自己，腰间佩一把霜花剑。

林疏：“……”

他不认得人，却认得这把霜花剑——是折竹这个号上原本佩带的武器，后来他和萧韶切磋，把剑打碎了，才换了折竹剑。

所以，眼前这个粉衣姑娘，正是最开始梦境出故障的时候，和自己互换了身体的那个姑娘，也就是折竹这一外表原本的主人。

大祭酒罚自己用女身一年才可以去梦先生处更改，所以他只能维持折竹的形态，但这姑娘没有犯事，不必这样，现在恐怕是又捏了一张脸。

然后，今天把自己逮住了。

林疏感到不能呼吸。

“什么折竹师妹，哼！明明是个师弟！”那姑娘挥手布下一道隔音的结界，道，“你好不要脸！”

林疏无话可说，感到很羞愧。

那姑娘继续道：“我今天就要告诉大家，他们心中仰慕的折竹仙子并不是个姑娘！”

林疏：“……不要说。”

姑娘道：“怎么？你还上瘾了？”

林疏道：“我把幻境打坏，大祭酒罚我用一年这具身体。”

那姑娘听了，倒没有像方才一样凶，而是“扑哧”一笑：“这个罚人的法子妙极！”

林疏："……"

"我若说出来，别人都会知道折竹是个有穿裙子癖好的师弟，你必定不愿意被这样说。"那姑娘眼珠一转，"这样，你给我封口费，我便不说，怎么样？"

林疏道："你要什么？"

姑娘道："你武功绝世，现在又因为去幻荡山而在外面，此事必定容易办到。我父亲两年前受了重伤，如今药材只差一味万鬼渊的白骨花，劳烦你去一趟，摘一朵回来，放在藏宝阁寄卖。到时候我自会买下，不会少了你的玉魄。这样一来，你也算对我有恩，我便不计较你用我精心捏好的身体了！"

万鬼渊的白骨花，林疏觉得耳熟，仔细一想，大小姐先前接下过"前往万鬼渊摘取白骨花"这个任务。

万鬼渊是个极为凶险的邪门地方，对修炼也无助益，弟子们很少有愿意去的，仙道中其他人也是如此，所以白骨花是一味极其罕有的灵药。

他觉得姑娘这个提议可行。

自己占用人家的身体，已经很愧疚，北夏已经注意到折竹可能与剑阁有关系，正在寻找，他不能暴露"折竹师妹"其实是男孩子这件事。

林疏道："好。"

姑娘道："那我们就说定了！"

林疏："嗯。"

姑娘眼中出现了雀跃神色："多谢你！"

林疏道："不谢。"

姑娘约莫是看到自己父亲的伤势有救，几乎要蹦蹦跳跳起来，道："你一定能取到的！"

林疏想了想，自己现在靠着冰弦琴这一上古神器，已经有了接近元婴的实力，剑阁传下来的曲谱中，又有许多破魔诛邪的曲子，闯一闯万鬼渊也可行。

假如表哥伤好之后，可以跟着，就更能取到了。

他道："可以。"

姑娘满脸的高兴根本掩饰不住："你真好！"

——方才还凶神恶煞要实施敲诈，如今达到目的，开心成这个样子也有点儿可爱，是个古灵精怪的姑娘。

林疏看着她，感觉有点儿奇妙。

他上辈子不和外人打交道，还从没有帮助过别人，更没有被人感谢过。

被人感谢，原来是这样的感觉。

看着姑娘的样子，他感觉自己的心情变好了不少。

但是，想起表哥还在昏迷，又疑似被北夏所害，他就又变得焦虑起来，道：“姑娘，我还有事，先走了。”

“你去忙！”姑娘道，“我必定守口如瓶。”

他“嗯”了一声。

姑娘撤去结界，快乐地踏水去了别的地方。

林疏抬头看石壁，上面仍是只有他请战萧韶的消息，萧韶没有回复。

看来这人也在忙，没有时间看玉符。

林疏想着凌霄的伤势，原地下线，回到现实中。

凌霄还在昏着，黑猫团在他的胸脯上，似乎在睡觉。

林疏把黑猫拎去旁边，不让它压到凌霄——它对自己的体重着实太没有自知之明。

黑猫继续团在旁边的被子上睡。

表哥此时呼吸平稳，应该没有大碍。

他把连接梦境的玉符放在显眼的地方，以便萧韶回应自己的约战时能立刻过去。

做完了这些，他守在凌霄床边，刚想开始学习《寂灭》，外面就响起了“叩叩”的敲门声。

他走到门口，打开门，见外面是苍旻。

苍旻道：“凌师兄的伤势怎么样了？”

林疏道：“还没有醒，我在看着。”

苍旻道：“大家感激凌师兄看破北夏阴谋，又出手打退北夏奸贼，托我来送药。”

说着，把一个锦囊塞到林疏手中：“师弟一定要收下。”

虽说自己这里有许多药，用不着别的，但林疏不知道怎样拒绝，也就收下了。

苍旻开心地一笑：“麻烦师弟照顾凌师兄了。”

林疏：“不麻烦。”

苍旻又问了问凌霄的情况，再次表达了一番众弟子的仰慕感激后，这才离开。

送走了苍旻，那边又走来几个佩刀的汉子。

这几个人，林疏也认得，正是随云刀宗的弟子，先前在客栈里和凌霄打过招呼，凌霄也出身随云刀宗，喊他们师兄。

他道：“师兄。”

几个师兄也来看凌霄伤势。

关照完凌霄的伤势后，为首的那个师兄道：“师弟在门中的时候，一直说练不成‘涅槃生息’，眼下看来，俨然已练成了——也多亏他练成了，不然今日幻荡山上，恐怕血流成河！”

几人唏嘘一番，同样留下许多药材灵丹，这才离去。

林疏此番向他们交代情况，说了许多“谢谢”“无妨”“我会看着”，感觉今天一天已经说完了一年的话，很是心力交瘁。

缓了一会儿，他拿起《寂灭》，开始翻看。

没看多久，黑猫忽然叫了一声。

林疏转头去看黑猫。

黑猫不知什么时候已经醒了，在凌霄身上扒了几下，看向林疏，又“喵”了一声。

他立刻把书扔到一边，去看表哥。

只见他长眉微蹙，仿佛在压抑痛苦。

林疏伸手去试他的体温。

烫。

烫得吓人。

而且，整个房间的灵力流动都不正常。

凌霄身边，混乱流窜着淡红色的灵力。

可想而知，他身体内的情况只会更加恶劣。

灵力异常，在经脉中乱窜，后果极其严重，而且不是灵丹妙药能解决的。

怎么办？

林疏蹙眉想了想，转头看黑猫：“你能听懂我说话吗？”

黑猫：“喵！”

林疏：“我需要‘天’字库里的聚灵丹来帮他，可以给我吗？”

黑猫：“喵！”

喵完这一声，它爬到林疏身上，眼睛看着门。

看来确实能听懂。

林疏从锦囊中拿出几张符箓，道：“能激发它们吗？”

黑猫：“喵！”

一簇灵力点燃了符箓，在床周围形成一道结实的结界。

这样，就不怕他遇到危险了。

林疏抱着黑猫走出客栈。

这只黑猫此时有灵性得很，用它已经渡完劫境界的强绝灵力施展出了缩地成寸的法术，又兼是“守山人”，可以控制幻荡山上的一切，当即撤掉所有关卡。林疏一路通行无阻，不多时便来到了浮天仙宫的“天”字库前。

黑猫把库门打开，林疏循着记忆拿到聚灵丹，立即往山下去。

回了客栈，来到凌霄床前，他取出一颗玲珑剔透的聚灵丹吃下。

几乎是丹药刚刚化开，剧烈的疼痛就从四肢百骸散发出来。

他的手有点儿抖，勉强压制住，感受到有丝丝缕缕的灵气在经脉中生出，立刻忍痛运行起本门心法来，将那些纯粹的灵力转化成自己的。

转化完一部分，他坐在床边，握住了凌霄的右手，与他掌心相抵，将自己的灵力输进去。

根据心法不同，灵力亦有相生相克的分别。

当知道凌霄灵力失控的时候，他的第一个念头就是，找灵力相克之人为他传功，将那些乱窜的灵力压制住！

找谁？

他并不认识外面那些人，也不知道他们修炼怎样的功法。

那……唯一的选择，就是他自己。

凌霄与大小姐的内功简直一脉相承，都偏向五行中的离火之力。

而剑阁的心法，内蕴冰雪寒意，或许可行。

隐隐约约的白色灵力在手掌相接处溢出，如同寒冰上逸散的雾气。

而效果，居然比自己想象中要好千万倍！

林疏原本以为，要花很大工夫才能将那狂暴的灵力压制下去，没想到自己的灵力乍一和凌霄的灵力相触，就毫无阻碍地交融在了一起，两者相融，重新回到了最纯粹的混沌灵力状态——居然可以相互抵消，实在太巧了。

林疏松了一口气，将灵力送往凌霄的全身经脉。

灵力运行半个时辰后，凌霄身体中的灵力便完全被抚平，恢复正常，他微蹙的眉头也舒展开，从一个病着的好看的人，变成了一个安静地睡着的好看的人。

黑猫：“喵！”

它继续团在被子上，准备睡觉。

林疏看到黑猫的表现，知道表哥现在暂时没事了。

他欲抽回手。

——却被凌霄无意识地握住了。

由于先前滚烫的热度刚刚下去，现在凌霄的体温仍然高于正常水准，让林疏觉得被微微灼了一下。

他试图抽手。

凌霄却握得极紧，仿佛溺水者抓住救命稻草一般，他抽不回去。

林疏继续抽，还是抽不回去。

表哥，注意一下你的举止。

我不走的。

# 第十二章 妖氛鬼雾

昏迷的表哥并没有办法注意自己的举止，仍然不放手。

林疏挣扎几次未果，再看看一副事不关己模样的黑猫，感到了深深的无助。

最后，他只能单手把表哥往床里面推了一些，自己在空出来的地方和衣躺下，盖上被子。

虽说和表哥离得着实过于近了，但也有点儿好处，假如表哥的身体再出什么幺蛾子，他能即刻感受到。

林疏坐在床头，开始单手看《寂灭》。

青冥魔君的这本秘籍，全部建立在练功之人经脉阻塞，无法使用灵力的基础上。

这决定了这本书没有任何心法或是法术神通，全是“术”。

魔君的意思是，灵力浑厚固然是修炼正道，但若将“术”练到极致，同样可怕，纵使没有毁天灭地的威能，却也能轻轻松松杀人于无形中。

以寂灭针为例，面对有灵力护体、有身法躲避的敌方，如何既保护好自己，又能将毒针刺入该刺的位置，毁掉他的全身经脉？

难得很，但并不是没有办法。

他有灵力护体，便寻找破绽，若没有破绽，便诱使他露出破绽。他有绝妙的身法，你的手法则要比他的身法更妙。

林疏大略将书的前半部分翻了一下，认识到这本秘籍并不是一本基础的秘籍。

虽然说是给经脉不通之人练习，但是它所需要的战斗经验、直觉，还有身法，乃至心理素质，全都要达到顶尖。

一个一开始就经脉不通的人，即使拿到这本书，也学不了。

得是之前已经有过绝顶的修为和手段之人，或是天赋恐怖之辈，才能脱离灵力而修炼“术”。

说来也是，青冥魔君在被废经脉之前，已经是叱咤魔道的魔君，即使没了修为，眼界还是极高的。他在这种情况下创立的功法，自然不是等闲之辈可以修习。

林疏想了想，觉得自己上辈子也算修炼有成，和人切磋时水平也不低，应当能够到修炼《寂灭》的门槛。

另一个门槛是财力，像是寂灭针、寂灭剑这类东西，全都需要极其珍贵且难寻的毒物来淬炼。

这个门槛，林疏觉得自己也可以跨过了。

毕竟，他现在不仅有富婆，还有一只富猫——虽然不知道这只黑猫为什么一直跟着自己。

他想了想，觉得黑猫可能是欠了凌霄比较多的因果，需要留下来报恩，正好自己又掌握了比较纯熟的撸猫技术，黑猫就留在了他们两个身边。

这样一想，自己还是没有富猫，还是靠着表哥才得到了黑猫的青睐。

林疏："……"

世事总是重复上演，如果黑猫真的是因为欠了表哥的因果才留下，那他好像还是那个没用、无助、只会花钱的仓鼠。

他已经要习惯了。

黑猫："喵。"

林疏看了看它。

渡劫之后，按照仙道的说法，便是进入了大乘期，只待飞升。

这时候的人，实力强绝，介于修仙人和仙人之间，被称为"陆地神仙"。

那么，这只黑猫现在也是一只有着陆地神仙境界的猫了。

这样的一只猫竟然还不会变成人形，也真的是一件奇事。

黑猫见他看自己，谄媚地叫道："喵！"然后爬到了他身上。

林疏只得放下书，给黑猫顺毛。

顺了一会儿，林疏问："你能变成人吗？"

黑猫语气恶劣，没好气地叫了一声："喵！"

林疏继续顺毛。

黑猫发出惬意的声音："喵！"

算了。

子非猫，焉知猫之乐。

如果是这只黑猫的话，真的有可能因为喜欢被捋毛而选择不变成人，也真的有可能因为他捋毛技巧高超而跟着他走。

此时，外面已经暮色四合，星斗升起，夜晚降临。

林疏渐渐困了，但表哥还没有醒，他的手也还没被松开。

林疏放弃挣扎，钻进被子里，决定就这样凑合着睡了。

但是……被握着的那只手存在感实在强烈，黑猫又挤了进来，要在他们两个之间睡，他努力了很久才睡着。

谁能想到，一个对人过敏的人，居然和别人牵着手睡了觉呢?

第二天早晨，林疏醒来的时候，身边已经没有人了，只有一只黑猫在呼呼大睡。

他往床外看。

正对上表哥的目光。

表哥的神情还是一贯的温和，但是有点儿复杂。

“昨晚……”表哥道，“是我失礼。”

林疏身体的感觉渐渐回笼。

不知是不是心理作用，他觉得自己的右手仍然有点儿发烫，有点儿生理性的慌。

他道：“没事。”

表哥道：“你生气了？”

我没有。

我只是还没有彻底醒过来。

林疏把自己往被子里埋了埋，道：“没有。”

他不是姑娘，表哥也不是姑娘，即使同睡了一晚，还是拉着手——实质上也没有什么“失礼”之说。

又缓了一会儿，他从睡意中清醒过来，从床上坐起，揉了揉眼睛。

揉完眼睛，发现表哥在看他。

因着熹微的晨光，凌霄的整个轮廓都很柔和。

他眼里的神色很难形容，林疏想了想，想出了一个非常契合的比喻。

那是一种看小猫的眼神。

“……”林疏道，“你还好吗？”

“多谢你，”凌霄回道，“再休养几日便能全好了。”

既提起了这个话题，林疏立刻想到凌霄身上的那个真言咒。

他道：“昨天我看见你身上有咒文。”

“咒文？”凌霄的表情中却没有意外，右手按上自己侧腹，“这个？”

林疏：“嗯。”

凌霄道：“无妨。”

林疏：“？”

“北夏的巫术，并不是独有，”凌霄在床边坐下，对他道，“南夏与北夏，原为一体。”

这个林疏倒是知道。

“秀照先生细说南夏史”这门课上，讲过相关的东西。

说是当初并没有南夏与北夏，只有一统天下的大夏朝。

后来大夏国力衰微，北地瓶族大举入侵，直直杀入国都，扣押当时的皇帝与几位皇子。

皇室中侥幸带着重臣逃出生天的那一支，南迁入蜀，虽失去半壁江山，所幸保留了正统，扶新帝登基，仍称大夏朝。

后来被瓶族扣押的一位皇子居然在绝地中闯出生路，不仅没有像其他人那样郁郁而终，反而取得了瓶族族长的倚重，最后居然靠着近妖的计谋与种种不可思议的手段，篡了位。

他当上了皇帝，也将王朝称为“大夏朝”。

但这个皇子本身就修了某种阴邪古怪的法门，瓶族又以魔道立身，两相结合，成了现在以巫术为正统的北夏。

或许，如果当时南夏皇帝低头，主动退位，回归北夏，或是他退位，迎南夏皇帝回来，大夏朝就还是那个一统天下的大夏朝。

但是，显然并没有，两者都认为自己才是大夏正统，南夏唾弃北夏走入邪道，北夏鄙夷南夏苟且偷生。矛盾不但没有平息，反而愈演愈烈，到后来战争不断，已结下血海深仇，成了现在的局面。

凌霄道：“故而……南夏也有古巫术的典籍，至今还有几份残本。”

林疏点点头。

这样说来，表哥的真言咒，并非是被北夏所害？

“一个人但凡未死，都会守不住秘密。”凌霄淡淡道，“除非下了真言咒。”

林疏看着他。

所以，凌霄有一个不能说出的秘密，这个秘密若是暴露，可能引起极为严重的后果，所以他用了真言咒这个手段。

“那时候我还很小，”凌霄道，“不谈了。”

林疏：“嗯。”

因为真言咒的作用，表哥即使愿意和他说，也说不出来。

“但我……从未欺瞒于你。”凌霄笑了笑，变了话题，道，“你打算什么时候回学宫？”

“不知道。”林疏道，“我想去万鬼渊。”

凌霄："嗯？"

"有个师姐托我帮她摘一朵白骨花。"林疏道。

凌霄："师姐？"

林疏："……嗯。"

凌霄："你何时有了交好的师姐？"

林疏："……"

凌霄："嗯？"

林疏觉得情况有点儿不大对。

他想起来，表哥毕竟是凌凤箫的表哥。

而他去给大小姐之外的姑娘做摘白骨花这么危险的事情，表哥有充分的理由不高兴。

看着表哥似笑非笑的危险神情，听着那一声略微压低的"嗯"，他有点儿想上吊。

林疏坚决不把自己和那位姑娘互换身体，还成了仙道院师兄们异常喜欢的"折竹师妹"的事情说出来，原因无他，这个事情实在是有点儿丢脸，而他并不想在表哥面前丢脸。

他只能闪烁其词，避重就轻道："在演武场里认识的一个姑娘，她的父亲受了重伤，需要白骨花治伤。"

表哥道："然后托你去万鬼渊采白骨花？"

林疏："嗯。"

"万鬼渊如此险恶，她竟然让你孤身前去，一定居心叵测。"

"她应当不是坏人，"林疏仿佛正在被审问，心虚地摸了摸鼻子，"而且我们不会见面，她只要我把东西挂在藏宝阁寄售，会给我相应的玉魄。"

他发现，自己和表哥说话居然十分流利，逻辑清晰，不知道是因为表哥脾气好，让自己不至于紧张，还是因为此时表哥的神情和语气不大对，求生欲增强了自己的语言表达能力。

"你多认识几个朋友，也好，"表哥的语气终于有所缓和，"但一定记得小心提防。尤其是女孩子，不要被她们骗了。"

林疏点点头："嗯。"

表哥终于放过了他："既如此，等我伤好，我们便一起向西去万鬼渊，恰好淬炼寂灭针的材料也有几个在那处。"

林疏："多谢！"

凌霄笑了一下："不必谢，你日后若交了什么朋友，千万记得和我说，以免遇到险恶之徒。"

林疏努力地使自己的声音变得温顺："好。"

表哥似乎很愉快，道："去吃早饭吧。"

他们结伴下楼，楼下，苍旻正坐在靠窗的位置，向他们招手："林师弟，凌兄！"

凤凰山庄的几个女孩子中，凌宝尘和凌宝清已经从山上下来，看见凌霄，上前打招呼："公子，好久不见！我们来学宫前，大庄主还念叨你呢！"

凌霄道："我年底回去看望母亲。"

凌宝尘道："正是这样，咱们好久没有聚过了。"

她们又问凌霄昨日幻荡山上的详细战况，听完之后感叹道："当真危险，多亏公子练成了'涅槃生息'。"

凌霄没有说话。

她们又嘻嘻哈哈地逗林疏。

凌霄道："别欺负他。"

姑娘们道："公子，你也欺负一下看看，就知道很好玩了！"

林疏："？"

你们不做好事也就算了，不要带坏表哥。

她们说完话，回自己的位子上吃饭。因着苍旻招呼，他们去苍旻对面坐下了。

他们走时，黑猫还在睡，刚坐下，就见黑猫出现在楼梯口，张望了几下，"噔噔噔"跑下楼，蹿进了林疏怀里。

苍旻道："林师弟，过几日大家便陆陆续续下山了，你打算去哪里？"

林疏道："万鬼渊。"

苍旻道："确凿是个磨炼武功的好地方。"

凌霄道："你与我们一同去吗？"

苍旻道："也可，我想我练的功夫，须得去一个凶兽恶鬼极多的地方磨炼。"

凌霄道："万鬼渊可行。"

苍旻："那咱们便结伴吧！"

说完这件事情，又在座位上等了一会儿，客栈里的小童过来上饭，仙乡客栈只供应茶水、"醉入桃源"酒与简单的蒸灵米。虽说简单，味道却玄妙，使人如同置身仙境。

林疏给黑猫盛了一小碟米饭，它居然还真的慢吞吞地吃了几口。

林疏想起一个问题，黑猫现在自己这里，那它怎么给其余到达幻荡山巅的弟子开库门？

他问黑猫：“你不管其他人了吗？”

黑猫看向窗外：“喵！”

只见山门上一阵雾气涌起，然后瞬息之间又消散。

林疏：“……”

原来这只黑猫无论身在何处，都能够自如地控制幻荡山上的事物。既然如此，它还每次都“孜孜不倦”地亲自领弟子去库房，果然是想伺机被捋毛吧？

凌霄也看黑猫，问它：“你有名字吗？”

黑猫：“喵。”

凌霄笑道：“没有名字，便喊你‘猫’了。”

黑猫短促地“喵”了一声，似乎大为不满，然后“嗖”的一下从林疏怀里跳开，上楼去了。

吃完饭，他们各自回房，凌霄要调息养伤，回了自己的房间。

林疏也先去了凌霄的房间，打算把留在那里的《寂灭》拿走，去隔壁房里看书——表哥现在没有昏迷，不需要他照料，可以分房了。

未承想一进房门，就看见《寂灭》被猫叼到了地上，撕下了三页。

一页上，在一个“谢”字上用爪钩划了一道，第二页钩了“清”字，另一页上钩的则是“圆”。

——能在这本书中找到这三个字，也难为它。

凌霄道：“你叫谢清圆？”

黑猫：“喵！”

喵完，它跳回了床上，安详地团起来。

看来果真是叫这个名字了。

林疏想，这个名字中，谢是姓，不谈，圆是真的，清却未必，可见有点儿名不副实。

凌霄却仿佛若有所思，道：“叶帝曾是你的主人？”

猫不答。

凌霄道：“传闻叶帝饲养过一只黑猫。”

叶帝——折竹剑曾经的主人，亦是写下《长相思》之人，还是在浮天仙宫居住很久的仙帝。千年过去，有关他的记载已只剩下不知真假的传言与只言片语。

不过，这只黑猫若是他的猫，也无怪会成为幻荡山的守山人了。

黑猫却仿佛不高兴，钻进了被子里。

林疏在被子上摸了几下，拿回书，和凌霄告别，回了隔壁自己的房间。

看了大约半个时辰，摆在一旁的玉符忽然亮了亮。

他拿过来，看见上面浮现出四个字："萧韶应战。"

林疏："！"

怎么办？

昨天表哥身上出现真言咒，他病急乱投医，试图通过萧韶找到大小姐，发去了约战邀请。但现在凌霄已经脱离了危险，真言咒也并不是被北夏所害，自己该怎么向萧韶解释？

假装想打架了？

他捏住玉符，进入"上陵梦境"，在外面与梦先生打了个招呼后便进了演武场。

萧韶还是第一次见面时的样子，一身黑袍，冷白的手指握着雪玉长箫，脸上覆着花纹繁复的银色面具。虽然看不清神情，但整个人都透露出一种高高在上的、冷淡的、"我不想和人说话"的气息。

林疏落到他对面。

萧韶淡淡道："你找我？"

"之前想找你，"林疏最终还是决定诚实地说出真相，"现在不需要了。"

萧韶："嗯。"

林疏："……"

气氛一时陷入死寂，过了一会儿，萧韶问："什么事？"

"有事情想找凌凤箫，我没有她的联系方式……"林疏道，"现在不用了。"

"不用了？"萧韶道，"你没有想她吗？"

林疏："……啊？"

他仔细想了想，自己离开学宫也不过七八天，平日又有表哥同行，确实很少主动地想起大小姐。

他道："还好。"

萧韶："还好？"

林疏想了想，问："她近日在做什么？"

"她近日没做什么。"萧韶道。

"她在学宫吗？"

“不在。”萧韶道，“你和凌霄玩够了，她会接你回去。”

林疏：“嗯。”

一时无话。

林疏觉得萧韶的话，和自己比起来只少不多。

又沉默了一会儿，他道：“……我走了？”

萧韶没说话，把玩着手里的玉箫，突然下线了。

林疏：“……”

虽然看起来像是突然掉线，但显然“上陵梦境”除非是意外情况，否则不会断网，所以萧韶应当是根本懒得和他招呼，就下线了。

他觉得这人根本懒得搭理自己，以后还是少找他。

边想，边转过身去，打算离开这里，回到现实，忽然看那边岸上飘来一点红影。

这个红影有点儿熟悉，学宫中的姑娘们一般很少有人穿这样正的红。

大小姐在水面上几个起落后飘然落到了他的身边。

——原来萧韶是去叫她了。

林疏摸了摸鼻子。

大小姐还没见过他这具折竹的壳子。

大小姐道：“想我了吗？”

林疏这次总算知道该怎样回答，道：“想了。”

大小姐笑：“这还差不多。”

林疏：“？”

他觉得这句话有点儿不对劲。

但是未来得及深想，就听大小姐继续道：“凌霄说，你要去给一个女孩子摘花？”

这是一道送命题。

林疏疯狂地思考该如何求生，最后福至心灵，道：“我不喜欢她。”

大小姐笑得眉眼弯弯：“懂事。”

说罢，林疏被大小姐抓住手腕，往擂台的边缘走去。

擂台建在水面上，走近边缘，便看见两人在水中的倒影。

大小姐的模样打扮和现实中并无二致，美得浓墨重彩，锋芒毕露。

折竹则一身如雪白衣，墨发半束，眉目清冷漂亮，仿佛一个仙女。

两个人站在一起，倒也真的是赏心悦目。

大小姐看了一会儿倒影，又转而看折竹：“你好漂亮！”

林疏深谙大小姐善妒的脾性，道：“你更漂亮！”

大小姐听罢，果然是一副心情很好的样子：“几日不见，你的嘴倒是甜了不少。”

林疏：“真话。”

大小姐哼笑一声，道：“你难得能穿裙子，我们在此处多待一会儿？”说罢，又道，“只是他们太可恶。”

林疏看了看四周，知道大小姐说的是旁边擂台上的师兄们——折竹已经是师兄们心目中的女神，大小姐“江湖第一美人”的名声亦是人人皆知，如今这两个人居然在一起，举止亲密，果然引起了大范围的围观。

——不是，重点不是这个。

什么叫“你难得能穿裙子”？

难道大小姐自己喜欢把那些漂亮的、他根本看不出花纹和款式有什么区别的红色宫装换来换去，就推己及人，觉得别人也爱穿裙子吗？

大小姐，你应当注意一下我的性别，我原本和裙子是没有任何关系的，更不想穿它。

但是大小姐既然想要多待一会儿，那就多待一会儿。

“去水边走走。”大小姐道。

林疏：“好。”

大小姐看着他，忽然不说话了。

林疏不知道大小姐在想什么。

过了一会儿，听见大小姐道：“我……可以牵你的手吗？”

林疏想了想——此前大小姐碰他的时候，总是说“失礼”，拉手也只是握着手腕。如今这个“牵手”的意思，大概是指用手指牵手指，就像那天被昏迷的凌霄拉住的样子。

但是两个女孩子拉手，似乎就没有了“失礼”一说。

他道：“好。”

大小姐便轻轻地用自己的手指碰了碰他的手指，然后再轻轻地拉住，笑了一下。

手指相触的那一瞬间，林疏的身体反射性地感到有点儿不对劲，过敏症发作，仿佛有微小的电流从相触的地方升起来，然后在身体各处游走。

但是，约莫是和表哥牵着手一起睡的那一夜让他对身体接触适应了不少，深呼吸几下后，竟然渐渐放松，也不觉得有多么不舒服了。

他抬头看大小姐，却见大小姐一贯平淡的神情中仿佛同样有一丝紧张，也是过了一会儿，才放松下来。

再看两人交握的手指，大小姐的手一向很好看，折竹的身体由那位姑娘精心捏成，手的形状亦是完美，书上说“纤纤素手”“纤纤玉指”之类的赞美之辞，放在这两只手上，都很妥帖。如今握在一起，更是好看到了十二分，再加上因风拂动，偶尔交错在一起的红绸与素纱，让林疏觉得自己的审美又被刷洗了一遍。

他们就这样在水边牵手走着，一开始都没有说话，走了一会儿，大小姐说起一些万鬼渊中的注意事项，一样样交代清楚。连万鬼渊中寒冷、要多穿衣服都叮嘱了一遍，这让林疏觉得自己仿佛失去了自理能力。

大约过了半个时辰，大小姐道：“我近日新创了一招，你要不要看？”

林疏：“好。”

大小姐便放了他的手，到最近的一座擂台上，“同悲”出鞘，先挽了一朵漂亮的花。

只见刀光如同秋水澄流，先是舞了几个林疏知道的招式，出自凤凰山庄的“凌云九式”，然后在一招结束之际从容变化，斜向上扬起，行云流水，锋芒内敛，说不出的圆融清明，与凌霄的刀法有那么一点儿相似，但总体还是不同。

林疏别的不懂，但在武学上到底也有点儿造诣，琢磨了一番，看出了很不简单的东西。

“你这一招，”他道，“是由心境所发？”

梦先生讲过，世上有些招数原不是所有人都能用出的，要配合相应的心境，大小姐这一招就很像。

“正是，”凌凤箫收刀，看着他，眼里有一点儿笑意，道，“自从你在我身边，我心境平和不少。前日偶有所感，觉得江湖阔大，若能有一个归宿，也不算寂寥，便创了这招。”

林疏有点儿紧张，不知道怎么回应，便问：“叫什么名字？”

凌凤箫道：“归舟。”

说罢，又将招式演练一遍，说是虽然一时心有触动，用了出来，但还有些没有琢磨清楚的地方。

林疏对这些东西倒是有些兴趣，两人便琢磨起来。到兴起处，林疏还用折竹剑与大小姐拆了几招，终于将这一式“归舟”磨到尽善尽美。

这时候，已经快要过去两个时辰，到了用午饭的时候，大小姐收刀，却又上前去牵了他的手，道：“你该回去了。”

林疏：“嗯。”

大小姐道：“我竟有些不舍得放你走了。”

林疏：“我再留一会儿？”

大小姐道：“不留了，不能饿着。”

林疏便被催着下线了，在现实中睁开眼睛。他此时躺在床上，看到外面已经日头当空，觉得时间过得如此之快，实在不可思议。

又想到幻境中和大小姐一起散步，琢磨刀法，觉得很有意思。

这一刻，他忽然理解了自己上学的时候，那些同学为何喜欢放学之后约在一起玩耍。

先前萧韶问他有没有想大小姐，他说还好，但是刚才与大小姐见了面，临走之时，大小姐说不舍得放他走。自己没说别的，但那一刻，心中竟然也有些不想走了。

此后的日子非常平静，凌霄从早到晚养伤，苍旻从早到晚练剑，林疏从早到晚练琴，五六天时光转瞬即逝。

“我说，林师弟，”苍旻趴在桌子上看他，一脸的“生无可恋”，“你怎么还能吃下去？”

林疏面前放着仙乡客栈的一小碗灵米饭，他正一勺一勺慢吞吞地吃着。

苍旻继续道：“你看，猫都不吃了。”

黑猫对它面前的一碟米饭视而不见——明明它前两天还会吃一点儿。

仙乡客栈只供应米饭，其余的餐食一概不用想，连续吃了六天，黑猫和人都已经腻了。

凌霄笑眯眯地看着林疏：“能吃下去很好，可以长胖一点儿。”

林疏：“……”

他对这个倒是没什么感觉，师门的规矩，饮食清淡为主，无味最好。小的时候，甚至连续吃过比这更久的米饭。

到了第七天，凌霄“涅槃生息”的后遗症终于恢复，恢复了修为就可以出发了。

此时，幻荡山上的弟子们也陆陆续续下来，各自寻去处，有的外出历练，有的回学宫学习。

他们跟风雷真人告了假，登记了去处，正要走的时候，黑猫忽然从林疏怀里跳下来，朝着幻荡山的方向“喵”了一声。

林疏目瞪口呆地看着幻荡山巅的仙宫浮了起来，在天上渐渐变小，然后划过一道虹光，隐没在了猫的脖子上。

黑猫回身，爬回林疏怀里。它的脖子上多了一个小项圈，项圈上有一个晶莹剔透的白玉铃铛，玉质和浮天仙宫的材料一模一样。

所以说，仙宫就被收进了这里，然后被黑猫随身携带？

富猫，富猫。

出了仙家的地界，过了“凡人止步”的界碑，苍旻道：“我要吃饭！”

林疏失笑。

凌霄道：“……好。”

苍旻便御气飞去找凡人城镇的踪影，好久才回来，眉飞色舞道某某处有一茶摊、某某处是镇子云云。

到了一个名为“平春府”的地方，苍旻一下子扎进了最大的酒楼，要了一张最大的桌子。

凌霄：“你想做什么？”

苍旻道：“吃饭啊。”

林疏：“我觉得这个桌子太大。”

苍旻：“不大。”

林疏静观其变。

四个小二上了一道又一道菜，把这个原本该十几人坐的大桌摆得满满当当。

林疏在每道肉菜里面挑一点儿最好吃的，在黑猫面前堆了满满一碟。

一回头，表哥也给自己夹了不少。

小二又上了酒，凌霄和苍旻每人斟了满满一杯。轮到林疏的时候，表哥沉思了许久，最后拿起酒壶，在林疏的杯子里稍稍倒了一些——勉强没过杯底，林疏觉得可以用滴来计数。

然后，苍旻开始了他的表演。

林疏眼睁睁地看着桌上的菜肴以肉眼可见的速度少了下去，一旁的空盘子飞速地摞了起来。

伺候的小二已经目瞪口呆，仿佛不能相信这么一个清秀可人的少年居然有这么大的食量。所幸这里是三楼雅间，不然恐怕会有人投钱打赏这场精彩的戏法表演。

林疏觉得苍旻吃下的菜品的体积，已经像一个人的体积那么大了。

苍旻师兄，你的肚子里有一个折叠空间吗？

直到酒足饭饱，吃完了整张桌子的菜肴，苍旻才心满意足地倚在椅背上，道：“这乃是我家的内功‘鲸饮吞海’，炼化饮食为精气，强身锻体。”

——原来是功法，那还勉强可以解释。

凌霄却忽然想起来什么一般，淡淡道：“你们家中，已数百年未有人练‘鲸饮吞海’了。”

“这法子虽然练成后，吃东西的时候很畅快，”苍旻咧嘴一笑，道，“但门槛儿太高，往往要非人的毅力才能入门。”

说到这里，他有点儿腼腆地笑了一下：“说起来，我能练成‘鲸饮吞海’，还是多亏了凌大小姐……我打小资质愚钝，无论怎么练功，都只是中下水平，一直被同辈嘲笑。有一天，我因总是领悟不了剑招被真人斥责，在后山竹海自己哭。恰好大小姐路过，约莫是听我哭得太难听，问我哭什么。我便说我资质驽钝，不堪大用，没脸再在学宫待着。”

林疏听到有大小姐的事情，支起了耳朵。

苍旻继续道：“大小姐道，‘天赋资质，全是无稽之谈。你因此伤怀，实在可笑。’我不服气，说‘你有万里挑一的天赋资质，随随便便就能修成正果，才会这样说’。大小姐道……”他顿了顿，又接着道，“大小姐道，即便她的资质像我一样，修为境界也不会比现在低一点儿。说罢，懒得睬我，便走了。我后来认识了凤凰山庄的其他师姐，她们告诉我，大小姐自小时候起，便每日挥刀三万次，整个手掌都被磨破了，更别提还要学心法、背秘籍，每日不过睡一两个时辰，也就是这两年，离渡劫期只差心境上的突破，才能稍微多休息一会儿——我便想，大小姐说得没错，再愚钝的资质若能做到那个地步，也能超出常人了，便下定决心学了‘鲸饮吞海’的内功，前几日在幻荡山历练，有所感悟，终于入门了。”

——原来，苍旻之所以是全学宫尽人皆知的武痴，还有这样一层缘故在。

苍旻道：“此事对大小姐来说，不过是无心插柳，我却感激不尽，只恨自己前面这些年自伤身世，醒悟得太晚。”

林疏道：“大小姐是好人。”

苍旻道：“不错。”

凌霄挑了挑眉：“怎么说？”

林疏想了想，道：“当初我和许多人被困在鬼村，全靠大小姐搭救。”

凌霄便笑道：“你这时怎么不计较她要剥了你的皮了？”

林疏：“……”思考了一会儿，他道，“大小姐只是嘴上不饶人。”

凌霄：“嗯哼？”

林疏心道，大小姐确凿只有嘴上不饶人，实际上很好。当初在鬼城里，大小姐心情糟糕，脾气极端暴躁，听说村民被困，撂下一句“我管他们去死”就走。事实上她却去了宁安府，将接应村民安置的一应手续都办妥，实在是很好的人了。

但是表哥居然也知道大小姐当初要剥了自己的皮，看来他们二人很是兄妹情深，想必说过不少话。

此时，苍旻附和："我也觉得如此。"

凌霄给自己重新满上酒，浅啜一口后，对苍旻道："她那样练功，也有许多不得已的原因，且有无数丹药吊命。你切记不可过分用功，否则会损根基。"

"无妨，"苍旻扬眉道，"我在'天'字库中选了生生造化丹，想必能撑住的。"

凌霄道："嗯。"

又闲聊一会儿，他们继续向北，离开幻荡山附近仙道门派的庇护范围，官道失修，城镇破败，比之前凄凉多了。一路上，居然经过了五六个废弃的空城，楼阁依然在，只是没了人影，让人心中有点儿发怵。

又过几百里，已经杳无人迹，过了一个"凡人止步"界碑后，前方出现黑黢黢的山脉，连绵不断，鬼气极沉重，隐隐有万鬼号哭声。等山路彻底消失，前方又立了一个"万鬼渊"的路引，为节约灵力，他们没有御气飞行，而是步行进了山。

按照地图，翻过一座山，再跳下一处悬崖，就能看见地底的狭缝，沿狭缝一路向下，便能深入万鬼纵横，光是罗刹鬼王就有数万之众的"万鬼渊"了，比林疏当初被困的鬼城外围要凶险百倍。

路上，他们最后确定了一下此次探险的目的。

苍旻要磨炼武艺，对万鬼渊中的宝物没有需求。

表哥作为临时饲主，纯粹提供武力支持，表示若有用得上的宝物，也可以考虑取来。

林疏要的东西就有点儿多，答应姑娘的白骨花，还有淬炼寂灭针要用的阴蛇血、冥龙骨、玄冰毒水等，估计要在万鬼渊待上一段时间才能寻齐。

三人深入山中，按照地图与路标的指引一路往前，即将走到悬崖的时候，林疏感受到浓浓的妖氛鬼雾，于是把黑猫放在肩膀上，抱起冰弦琴，按了几下弦，驱散前方的邪气。

身上忽然一暖，被表哥披了一条雪白的狐裘。

狐裘既轻又软，他拿着琴腾不出手，凌霄又绕到他身前，系好领口。

林疏抬头，看见表哥又用那种看小仓鼠的眼神看着自己。

苍旻没管他们，一直在观察前面的情况，突然道了一声："前面有人。"

他们走近，见悬崖边缘有两个樵夫打扮、面黄肌瘦的年轻汉子在向崖底张望。

看到他们来，二人"扑通"跪下："仙长救命！"

苍旻询问情况，二人说他们家老母重病，听游方先生说万鬼渊有灵药可以救命，三兄弟便千里迢迢来到这里。如今老大沿着悬崖藤蔓下去了，说是先探探情况，却两天两夜没有回音，剩下他们两人，下也不是，不下也不是，焦急万分。

凌霄拧眉，道："你们怎敢来这里？"

两人哭天抢地，说是那游方先生语焉不详，他们并不知道这个鬼地方凶险，只求仙长施以援手。

他们号哭得太惨，苍旻不忍听，说："我们下去之后，自会注意有没有你们大哥的踪影。"

这两人大为感激，头都要磕破了。

解决了这件事，三人便准备下悬崖。

单纯地飞下去也可以，但那位老大说不得就是被困在崖壁上某处，所以三人选择沿老大攀缘的那条藤蔓下去。

苍旻先下，凌霄左手穿过林疏两臂，横在他胸前，抱住，用一种技艺生疏之人抱猫的姿势把他吊在自己身上，然后单手抓住藤蔓往下去。

林疏在窒息的边缘绝望地看着天。

这一抬头不要紧，看见那两兄弟正探头往下瞧，这个角度不好，显得他们两个的脸很骇人。

但是，下一刻，林疏就知道这不是错觉！

那两人高高举起砍柴用的斧头，向藤蔓砍去！

苍旻："啊啊啊！"

黑猫也发出惨叫："喵！"

而凌霄左手放开藤蔓，一掌拍向岩壁，借激荡的真气腾空而起，冷声道："果然！"

他早想到了？

林疏开始思考自己的大脑回路较凌霄是否有所简化。

他们脱离断裂的藤蔓，但是下一刻，整块岩壁忽然泛上一层黏腻的黑色，悬崖上的藤蔓全部变成仿佛有生命的触手，朝他们卷来！

呼啸的风声里，林疏听见上面那两兄弟笑道："又弄死三个！"

耳边是苍旻和黑猫惊恐的叫声，但是林疏没有什么想法，因为苍旻和黑猫都只是爱叫而已。

他们这一行人，凌霄的实力自不用说，自己勉强有金丹期的战斗力，苍旻是演武场排行榜的第二，临近元婴巅峰。

而那个叫得最惨的黑猫，乃是已经渡完劫的陆地神仙境界，除非是仙界的仙人下界，否则谁都奈何不了它。

上面那两兄弟若是想害死他们，也太难。

听他们的语气，在他们三人之前，曾害死过别人。

不过这次却确凿是踢到了铁板。

苍旻叫过之后，迅速地将重剑插到悬崖石壁上，稳住身形，而后来自黑猫的混沌灵力把他们全部托了起来。

凌霄一手吊着林疏，一手抽刀，身形凌波一转，斩向朝他们袭来的触手。

刀与触手相击，竟发出金石之声。

苍旻道："铁魑藤！"

转瞬之间，悬崖上生出成千上万条藤条触手，仿佛蚕茧一样将他们牢牢裹住，疯狂地将内部的灵力抽走，并且分泌出气味怪异的黏液，与空气相触的时候，发出"刺刺"的烧灼声。

林疏感觉自己被一棵巨大的猪笼草吃掉了。

而凌霄道："铁魑藤的藤蔓，一尺在你们的藏宝阁可以卖三千颗玉魄。"

苍旻道："甚好。"

说时迟，那时快，两人几乎同时向上跃起。凌霄的刀光在昏暗的环境中一闪，刀气纵横，硬生生砍在藤蔓壁上。苍旻的剑锋随即过来，直直刺入坚硬的藤蔓中，强横的灵力暴起，在藤蔓中炸开。两人配合，藤蔓织成的厚茧立刻被轰出了一道口子。

新的藤蔓欲补上缺口，然而这两人岂会让它得逞。一时之间，刀光剑影纷乱，劲气纵横，使被吊在凌霄身上的林疏几乎昏迷。

金石相撞之声接连不断，不多时，两人彻底把这藤蔓破开，重新出现在了崖壁旁，向上跃起，居高临下看着悬崖边的那两兄弟。

他们两人原以为这三人必死无疑，脸上的表情很是快活，没料到会是这样的结果，登时脸色煞白，抖如筛糠。

以铁魑藤的威力，坑害两三金丹确实可以，而这两人看起来正是惯犯！

也就是说，仙道传闻中死在万鬼渊的弟子，有的是因为万鬼渊内确实凶险，而有的却是折在了凡人手里？

凌霄冷笑一声，带着林疏落地，灵力向那两人卷去，把他们两个狠狠地拍在了地上。

这一招极重，两人口中都吐出鲜血来，短时间内是动不了了。

林疏被放开，终于从窒息中逃脱，狠狠地咳嗽了几下。

凌霄也知道方才的姿势有点儿问题，轻轻拍着他的背顺气。

顺完气，这才看向地上那两个人。

他们的神情似乎很慌乱，道："小人狗眼不识泰山，仙长饶命！"

由于仙道与王朝关系密切，仙道上一直有一个约定俗成的规矩，修仙之人不得依仗武力欺压、伤害凡人。

但是，眼下显然不是正常情况。

凌霄道："你们害过多少人？"

那两人道："小人从未害过人，今日一时财迷心窍，才出此下策，仙长高抬贵手，饶了我们兄弟两个吧。"

林疏："……"

纵使他的脑回路较凌霄有所简化，也能看出这两人演技的浮夸。

再说，若真的是一时财迷心窍，怎么可能和铁魍藤达成一致，狼狈为奸？

凌霄也不急，拿软布缓缓拭着刀上的黏液，缓缓道："你觉得……我信吗？"

不知是不是林疏的错觉，他觉得此时的凌霄，和审问人时的大小姐有点儿隐隐约约的相似。

他擦完刀，又将刀刃在两人脸上与脖子上划来划去，却不落到实处，只看着那两人发抖害怕的样子，道："编，也要编得好一些。"

那两人脸色煞白，确实是被吓得不轻的模样，口中胡乱交代，林疏勉强厘清他们的逻辑，说是老大前几日被这铁魍藤吃了，这藤只吃人血肉，骸骨和随身物品吃不掉，都掉在了一条山缝里，可以捡走。他们想，拿不到万鬼渊的灵药，拿些钱财也可以，便坑了两个来这里历练的年轻弟子，尝到了甜头，今日看到三位仙长来此，遂故技重演云云。

这番话也有理有据，但着实恶毒，明明他们直言向仙道弟子求药，也不会被拒绝。

凌霄却笑了笑，道："编得不错。"

其中一人道："仙长，此事千真万确——"

凌霄将刀刃往下一压，声音忽然冷厉至极，道："找死！"

说罢，将两人敲晕，对苍旻道："搜身！"

苍旻应了一声，过去扒那两人的衣服。

林疏却听凌霄对自己道："乖，不看那边。"

说着，把自己的身子一转，让他背过身去看悬崖。

林疏温顺地被表哥支配，内心却充满疑问。

他觉得这里面肯定有点儿问题。

都让苍旻去搜身了，怎么就不让自己看了呢？

有蹊跷。

苍旻的动作很快，没过半刻钟，就道："好了。"

林疏试着往后看了看，发现表哥没有阻止自己的意思之后，转了回去。

那两人确凿都是毫无法力的凡人，此时被封了穴道，无法动弹，也说不了话，浑身上下仅剩一条蔽体的麻布裤子，其余随身物品都被堆到了一旁。

砍柴刀、打火石、艾绒、水囊、干粮……都是一些看似正常的物品，看不出什么来。

凌霄在那堆杂物中翻了翻，捡出两条皮绳来。

这皮绳一看便知是挂在脖子里的，两条都吊着一块圆形黑吊坠，不是什么稀罕石头。

苍旻道："祛邪用的，我家乡就有这样的风俗。"

凌霄将那两枚坠子拿在手里，过一会儿，却道："有香。"

"香？"苍旻把吊坠接过来，放在鼻端使劲儿闻了一下，道，"好像真的有……又闻不太出来。"

"供奉的香。"凌霄淡淡道。

两个砍柴的汉子，自然不会去熏香，那么，这坠子上的香就有点儿稀奇了。

然后，林疏看凌霄拿绳索把两人绑起来，吊在了悬崖上，两人被悬空挂着，脚下就是万丈深渊。

凌霄把那两枚吊坠收起来，对那两人笑了笑："我们说不得几日回来，二位好好想想。"

他说罢，对黑猫道："劳烦您下个结界。"

黑猫："喵！"

立时有结界罩住这两人，隐去他们的身形和声音。

什么样的修为，就能结出什么样的结界，身为陆地神仙的黑猫设下的结界自然要同等的陆地神仙才能破解，自然没有人会发现这兄弟俩。

苍旻把铁魑藤的尸体收了起来，问凌霄："凌兄，你怎么想？"

凌霄在隐蔽处留了一颗留影珠，道："蹊跷。"

这件事情的确蹊跷，凡人与仙道素不相关，而区区两个砍柴汉子，又怎么会有胆量谋害仙人？

林疏仔细想了想，万鬼渊恶名在外，即使是凡人，应当也听过它的威名，即便最开始不知道，到了这片山脉周围的城镇歇脚时，不论多么想采到灵药，都应当被那些骇人听闻的传说劝退了。

不过，凌霄既然已经在悬崖上放下了“摄像头”，等他们回来的时候，能从录像里看出些什么东西——假如有人来寻他们，就是团伙作案，可以根据录像里的线索去顺藤摸瓜。

假如没有人寻，那就是个案。凌霄绑他们用的绳子是上品的法器，那结界又绝无可能被破开，回去的时候押给图龙卫审讯，也就水落石出了。

凌霄带上林疏，再次运起轻功跃下悬崖。

黑猫似乎有点儿恐高，对他们的轻功并不放心，自己额外聚集了灵力护在周围。

森然阴风扑面而来，下面隐隐有此起彼伏的鬼哭声，也不知过了多久，三人终于落到了实地上。

这里的能见度极低，林疏站稳后，拨了几下琴弦，用冰弦琴的清正灵力击退鬼雾，这才隐隐约约看见前方情景。

苍旻在前开路，林疏在中间，黑猫站在他肩头，凌霄则走在最后。

按照地图，他们应当去寻一处狭缝，狭缝下才是真正的万鬼渊。

但是，显然，在这样的环境下，莫说是一个狭缝了，连山头都难以找到。

林疏在思考，思考自己假如在现代学习过地质的知识，知道裂谷地带的地貌，是不是比较容易找到那个传说中的狭缝。

正想着，他脚下被什么东西一绊，差点儿摔倒。

凌霄手疾眼快，扶住了他，道：“当心！”

林疏往下看：“……”

罪魁祸首是一截白森森的大腿骨。

他道：“等下。”

那两人停住了脚步，林疏望了望四周，找了一块看起来比较干净的石头，盘膝坐了下来，将琴摆正，开始正正经经弹曲子。

弹的是最初在鬼村里就用过的《清疏破魔曲》。

不同音韵交织而成的灵力波动，自然比胡乱按几下弦的音调厉害许多，随着音调越来越高，以冰弦琴为中心，妖氛鬼雾逐渐向外消减。

音调高到这首曲子的顶点后，逐渐往下落，但灵力波动的强度丝毫不减，甚至因为之前的铺垫而越来越强，使那些阻碍视线的迷雾如同潮水般消退。

一曲毕，方圆数百米的迷雾全部散去。

林疏起身，继续抱着琴，环视四周。

他在和平的现代地球长大，虽然修仙，可从小到大也只在社会新闻上看见过尸体、骸骨一类的东西，还经过了处理，不会太过吓人。

现在的场景，对他来说，实在很有视觉冲击力。

白骨如山，不过如此。

高低起伏的崖底，到处都是散落的尸骸，而且一眼就能看出是人骨。

传说中万鬼渊吃人不吐骨头，若非有强大的修为，否则有进无出，果然没有夸张。

苍旻道："蹊跷。"

"蹊跷"二字，今天出现的频率着实很高。

凌霄道："太多了。"

林疏估计着这些骸骨的数量，他的琴声只清出了这一片区域，就已经如此，若是算上看不见的其他地方，怕是"上陵学宫"所有的弟子加起来都不够。

虽说人为财死、鸟为食亡，但大家的心里终究都有计较。明知这是一片吃人不吐骨头的地方，怎么还有这么多人接二连三地来送死？

而且，那些记载万鬼渊情况的典籍中，并没有提到入口处全是白骨。

苍旻道："不错，这也太多了。"

凌霄道："若全是仙道之人，仙道此时已经无人。"

苍旻道："恐怕大多数是凡人——但怎么会有这么多凡人来此？"

林疏听着他们两个谈论，心中浮现出那两兄弟来。

这些凡人，莫不是被别人坑下来的吧？

再联想凌霄说那两个吊坠上有供奉用香的气味——难道是邪教？

但是，官府皆有户籍记载，每五年勘正一次，各地的衙门也不是虚设，若是这么多凡人都被坑来万鬼渊，然后弄死，王朝不可能毫无察觉。

凌霄拿出了一个罗盘，在林疏看来，这使得他像一个好看的神棍。

罗盘乍一被拿出来，上面的指针就疯狂转动，没有一点儿要停下来的趋势。

凌霄道："怨气。"

"蹊跷，蹊跷。"苍旻道，"咱们且走且探吧。"

凌霄"嗯"了一声，三人继续往前走。

林疏慢慢适应了环境，每往前走一段路，便弹一首《清疏破魔曲》，帮凌霄、苍旻两人开阔视线。

他们终于辨认出了地图上的山脉走向，顺着它一路往前走，找到了一条深深的，仿佛延伸向漆黑虚空的裂缝。

进了裂缝，便彻彻底底和人间隔绝了。

但是，地图是正确的，也就是说当初绘制它之人画下地图时，悬崖底下还不是现在这种伸手不见五指的样子。这些阻挡视线的迷雾，很有可能是后来才弥漫上来的。

林疏觉得自己聪明了一次，暂且记下这个疑点，被表哥半扶半抱地沿着陡峭的裂缝下去，深入了狭缝之中。

即使他现在毫无修仙人敏锐的知觉，又被裹在温暖的狐裘中，也不由自主打了个寒噤。

黑暗中，四面八方有细碎的动物脚步声、不知什么质地的东西与石头摩擦的刺刺声，以及无处不在的低号声、打斗声。

传说，这里是古蜀国与古滇国一场大战的古战场，本就是血煞冲天之地，按照风水之说又恰恰是阴邪戾气汇聚的场所。数百年后沧海桑田变幻，一场死伤无数的地动之后，阴煞之气冲天而起，百鬼成形，邪物滋生，就成了众人谈之色变的万鬼渊。

听这声音，果然是有许许多多不干净的东西在走动。

凌霄低声道："走！"

苍旻"嘿嘿"笑道："等的就是此刻！"

林疏抱起琴，亦是做好了准备。

人在万鬼之中，自然会被察觉！

一旦察觉，立刻会被它们群起而攻之！

为此，他们每人各准备了三张遁迹符，可以使一炷香时间内，自己的气息不被邪物察觉。

有了这三张遁迹符，便生出了此次进入万鬼渊的计划。

首先，一路杀进万鬼渊，去往深处的幽冥河，采到白骨花。然后使用遁迹符，摆脱规模巨大的围杀，沿河向下，来到阴蛇老巢，杀掉它，取得阴蛇血与冥龙骨。最后潜入幽冥河下，拿到玄冰毒水——这时候，一路上引到的邪物又累积成了一个恐怖的规模，再次遁走，一炷香的时间后，杀出万鬼渊，最后留下一张遁迹符，以备不时之需。

此时，他们的存在显然已经被邪物发现，刺刺声与脚步声在一声与众不同的长号后陡然快了起来，向他们汇聚。

苍旻道："来得好！"

重剑横扫，沉闷的"咚咚"声响成一片，苍旻运起轻身功法，向前弹射而出，重剑所及之处，横扫千军万马。

凌霄在后游走掠阵，而林疏则得到了黑猫的照顾。

黑猫的混沌灵力几乎能够凝成实体，将他整个人托起来，以一个最合适的弹琴姿势在半空中飘浮着，并且随着苍旻、凌霄的速度往前飞。

林疏觉得这个交通工具妙极，适应了一下之后，便迅速地弹起了《绝云霄》。清正灵力自冰弦琴向外激荡，既能对黑压压扑上来的魔物造成不小的伤害，又能辅助苍旻与凌霄，帮助他们静心凝神。

至于黑猫，又抱紧林疏的脖子，不肯往外看了。

林疏心道，这或许是因为黑猫知道苍旻要借助万鬼渊的杀戮来历练，自己也需要这样极端的环境来与冰弦琴这把武器磨合，所以才不出手，为两人创造提升境界的机会——总算给它找回几分面子。

此时，他的眼睛稍微适应了此处昏暗的光线，只见无数奇形怪状、丑陋至极的邪物如同潮水一般接连不断地涌向他们三人，而凌霄、苍旻的刀剑劲气则像疯狂的推土机一样，在重重包围下硬生生破开一道口子，向前飞速前进。

看起来不费吹灰之力，但是他们都知道——这不过是开头而已。

# 第十三章 江州陈事

越往前，邪物越多，虽是法力有限，终究数量众多。

林疏快速弹琴，将从凌霄与苍旻处逃脱的漏网之鱼一一拦下，但是，随着这些东西数量的增多，他的目力受到了挑战——以凡人的眼睛，这样快的速度下，仅仅能够看清无数模糊的黑影，再想看清他们的踪迹，已是不能了。

在这样昏暗的光线下，他既要顾着左右冲来的邪物，又要关注那两人的情况，不一会儿，便觉得双目刺痛，索性闭上了双眼。

寂静之中，邪物动作带起的风声尤其明显。

他听着这些风声，双手挥弦，向四面八方激射出灵力。

但是，甫一闭眼，多年来练剑的直觉便浮上心头。

从东南来的这一只邪物，与西南的两只成掎角之势，若以一式“平湖荡月”横扫，可以一并杀死。

北面，有三个从上方跳了下来，直扑苍旻，又有两只从后面冲去。若是待它们都扑到近前，从西找天罡位，便有一个刁钻至极的角度，只要一式“长虹贯日”，便可以将它们全部对穿。

而苍旻的重剑正从天枢位斜向下扫，若是出剑上挑，与他配合，可以漂亮地杀死前面的十几只东西。

还有凌霄……

这些东西全是师父教导，他往日学的时候，虽练得不错，终究没有真正实践过，不过纸上谈兵。然而现在真正身临险境，往日所学竟然一一重现，如此得用。

然而，自己手中无剑，只有琴，用不出剑招。

可是，琴能够激发灵力，若以灵气为剑……

他的心中一片清明，“铮铮铮”连弹几下，琴弦上迸射出凝实灵力，按照脑中定好的轨迹向四面八方袭去!

苍旻道 :“好琴！”

一时之间，他们三人原本便所向披靡，此时更是实力强盛，竟然硬生生清出了方圆一丈全无邪物的空地。

邪物群短暂地一静，然后嘶吼声突然盛了起来，几个抱成一团，千百只邪物不要命一般向他们砸去。

林疏依旧闭目凝神，十指连弹，心头一片空明，仿佛沉入某种玄妙境界。

剑招，并不是只有剑才能发出，琴声乃无形之物，亦能有金石之威。

是琴？是剑？他竟然分不清了。

三人如此这般疯狂杀戮，一刻钟之后，已然深入万鬼渊。

这时，凌霄道："鬼相师来了。"

方才围攻他们的东西，只是万鬼渊外围的一些低级邪物，叫什么"地行鬼""爬地尸"之类，不一而足，只会用低微的法力配合身体来攻击。而"鬼相师"则不同，虽然移动缓慢，身体脆弱，却有一定的灵智，能够号令低级邪物。而且，它的威力不仅如此，它还具有一定迷惑人心的能力。

据说，鬼相师由无数因怖惧之情横死之人的怨气凝聚成，可以看破人心中最怕之物，一举击中修仙人心境的最脆弱处，进行扰敌。

凌霄语声落下不久，林疏果然感觉地行鬼与爬地尸的攻击规律不少，一拨一拨扑上来，仿佛要与他们车轮战。

而与此同时，远处一阵幽幽的低沉语声响起，并在山壁间激起连绵不绝，使人毛骨悚然的回声。

"鲜花着锦，烈火烹油，风光能几时？

"过刚易折，智极必伤，彩云易散，琉璃松脆，好自为之。"

凌霄道："西北。"

苍旻："我先过去。"

林疏心领神会他们的意思，琴声一转，灵力集中向西北攻击，为苍旻开路。

苍旻抡起重剑，灵力如同旋涡，向一个地方呼啸卷去，形成一处牢不可破的灵力禁锢。

凌霄的刀则后发先至，向那里惊鸿一斩。

林疏的耳中响起一道拍黄瓜一样的声音，那道故弄玄虚的神棍声音便霎时消失了，也不知这鬼相师的脑壳碎成了几块。

苍旻道："该是你好自为之才对！"

与此同时，第二、第三个鬼相师出现，更多的幽幽语声在四面八方响起，几乎要把世间不祥的谶言说上一个遍，像佛寺里的和尚唱咒一般，令人头大。林疏转琴轴，换琴曲，开始弹《清明灵虚咒》，琴声入耳，霎时化作清凉泉水流遍全身，使人立刻醒神。

离得近的鬼相师，能杀则杀，离得远的便靠着醒神的琴声任由他去，三人继续一路向前，可以说是神挡杀神，佛挡杀佛。苍旻叫了一声“快活！”的同时，林疏也感觉能将上辈子的平生所学实现出来，助他们一臂之力，确实是一件使人快活的事情。

杀到后面，高等级的“金刚魔”“天罗刹”之类的邪物越来越多，换成修仙之人的境界，大部分是金丹，也有几个到了元婴，凌霄与苍旻开始与它们近身缠斗。与此同时，林疏对冰弦琴的掌控也上了一层楼，开始独自一人挡下潮水一般的低级魔物与鬼相师的“靡靡之音”，防止那两人打斗途中分心。

大约一个时辰片刻不停的厮杀后，他们的耳边除邪物的嘶吼声外，传来了潺潺流水声。

——想来便是万鬼渊中的那条河了，河边便是白骨花的生长之地。

此时，追杀他们的邪物果然如之前所料，已经达到了一个恐怖的数量。若不是苍旻防御强悍，凌霄的刀又凌厉无比，恐怕这成千上万、密密麻麻的邪物，就算是压也能压死他们。即使是这种强度的疯狂杀戮，也因为敌人数量过多而渐渐寸步难行。

凌霄道：“用符。”

符咒发动，林疏感觉自己的身体虚幻了一瞬，冲向他的邪物们动作忽然一顿，似乎失去了目标。

三人迅速离开此地，趁着没有魔物攻击，用轻身功法几个起落，便抵达了河边。

乍一落地，苍旻便就地打坐：“我感悟一下。”

林疏则拿出准备好的玉匣，去岸边采摘白骨花。

这种花倒是容易找，一片昏暗中，独这么一株根茎透明、花朵洁白的小植物散发幽幽光芒，河边差不多每隔百步，便有一棵。

世间之物相生相克，祸福相依，否极泰来。剧毒之蛇巢穴百步之内，必有解毒草药，而万鬼渊这种生机断绝、恶鬼无数的地方，则有白骨花这么一味治病救人的灵药。

林疏采了三朵，凌霄采了四朵，算着遁迹时间快要到了，便返回苍旻身边。

苍旻也睁开眼睛，道：“果真大有收获。”

凌霄道：“恭喜！”

林疏也附和：“恭喜！”

苍旻道：“林师弟，不是我说，你攻击邪物的时候，琴声过于难听了。”

林疏：“……”

若是弹固定的曲子，他的音乐造诣虽然不高，可没有跑调，也算优美动听。但若是琴剑合一，便只想着怎样激发出最凝实锋利的灵力来，谁还顾得上弹曲子。

他道：“我尽量改正。”

凌霄道：“并不难听。”

苍旻：“确凿难听。”

凌霄：“嗯？”

苍旻：“……并不难听。”

凌霄轻轻笑了一声。

林疏想笑。

他们短暂地放松完，趁着遁迹符的效用还没有消退，立刻沿河向上游飞掠而去，意在潜伏于寒流源头的阴蛇。行至中途，苍旻忽然“咦”了一声。

几乎在同时，凌霄停下了。

林疏同样感觉到了不对。

别的地方，都是鬼头攒动，络绎不绝，可是刚才飞过的一大片地方，竟然一只邪物都没有。

此时，那一直抱着林疏不撒手的黑猫居然也抬起头来，“喵”了一声。

凌霄道：“去看看。”

他们落地，走进那片没有邪物走动的区域开始探查。过了一会儿，三人身上的遁迹符俱已失效，但是竟没有邪物前来攻击，看来这块地方确实蹊跷。

凌霄拿出一颗夜明珠，稍微照亮了附近区域。

这里的地势和万鬼渊其他地方没有什么不同，脚下地面崎岖，布满深深的裂缝。上方偶尔会有落石，须得小心谨慎。

他们一路向前，眼前忽然出现一点儿淡淡的金色辉光。

凌霄收了夜明珠，他们朝着那一点儿金光走去。

越近，金光就越发明亮柔和。

——直至走到跟前，苍旻发出惊讶的声音：“这是……”

只见漆黑的地面上，交错的裂缝之中，居然生长了一朵金色的莲花。

林疏心道，莲花向来生于水中，这一朵却开在石缝中，已是稀奇，它的颜色又如此显眼，更加显出不凡。

凌霄道：“还阳。”

苍旻道："原来世上真的有这样东西？"

林疏："？"

凌霄仿佛猜到他不会知道，开始解释。

这莲花名曰"还阳"，是《神异志·大荒经》中记载的奇物，几百年来还未曾有人真正见过。

先前才说了世间祸福相依，否极泰来，幽冥之地生长活死人、肉白骨的白骨花，现在这朵"还阳"亦是如此。

这花的效用，和它的名字一样，就是还阳，据说有沟通生死的奇效。

怨气、戾气、邪气……凡此种种凝结而成的厉鬼罗刹，若是生活在"还阳"百丈之内，十年之内，必然能渐渐生出血肉、筋脉，拥有能在世间行走的肉身。

苍旻道："咱们要不要？"

凌霄道："要。"

林疏端详着这朵金色莲花，只觉得其上浮动着无数玄秘奥妙的气息，温暖明亮处，使人神往，而通身的气势又让人望而生畏。

生死之间有大恐怖，这朵莲花有沟通生死的威能，也无怪会使人生出畏惧了。

这东西，他们拿着并无益处，只是开阔眼界。但哪怕仅仅是拿去学宫，以供诸位真人先生研究，也好过将它留在这里——万鬼渊中的这些恶鬼若是拥有了人身而行走世间，后果不堪设想。

也多亏他们发现了这朵"还阳"，不然，任由它开在这里，恐怕会酿成大祸。

但是——

这朵花明明是令那些东西趋之若鹜的存在，现在周围竟然没有邪物。

唯一的解释就是，它被某个强大的存在占据了！这方圆百丈，都是那东西的领地！

仿佛印证了林疏心中所想，远处传来一声沉闷至极的号叫，大地颤动，低沉的"咚咚"声响起，一个万钧重的怪物正在向这边走来！

他们想走，却发现自己被一股沉重的灵气威压牢牢锁在原地，挣扎不得！

林疏若是挣不开，是寻常事。

苍旻若是挣不开，那么这东西可能是元婴巅峰。

可凌霄也挣不开，说明来者——是渡劫！

渡劫期的邪物！

若用邪物们的等级划分，那就是万鬼之王。

脚步声极为缓慢，那东西来得却快！

凌霄道："走！"

他们激发遁迹符，身上压力减轻了一瞬，下一刻，又被锁定！

漆黑的庞大身影如同山岳，形状奇特，像是一团随手捏了捏的黏土，其上粘着无数骷髅白骨。

黑猫终于从林疏肩上抬起头来，细声细气、柔柔弱弱地叫了一声："喵。"

那身影静了静。

他们身上的压制突然消失。

凌霄俯身采花，将那朵"还阳"放进为采摘白骨花而准备的寒玉匣中。

鬼王发出一声愤怒至极的咆哮，震耳欲聋，激得大地颤动，他们头顶上落石簌簌。

凌霄将林疏往自己这边一拉，险险躲过一块硕大无比的落石。

咆哮过后，鬼王庞大的身躯朝他们凌空扑来！

黑猫一边抱着林疏，发着抖，一边叫："喵！"

混沌灵力升起，聚成一股凝实无比的巨力，和鬼王相撞。

"砰"的一声巨响后，鬼王被击飞了十几丈远，狠狠地砸在了地上。

林疏："……"

黑猫，你轻轻一叫，就能将渡劫期的鬼王弄飞，何必㞞呢？

他顺了顺猫毛，安抚颤抖不停的黑猫。

黑猫又发着抖叫了一声："喵！"

鬼王再次被摔出去几十丈远，而且听声音，久久没有爬起来。

黑猫不抖了，但是继续往林疏怀里缩。

凌霄道："走吧。"

此后的事情进行得非常顺利，打阴蛇，取骨血，采毒水，杀出重围。

只不过，大家都深深认识到了陆地神仙的威能。

"待我出去，一定给小猫烧几炷香。"苍旻语气虔诚。

林疏心中却有点儿不舍。

那渡劫期鬼王的攻击，恐怕又要凌霄使出"涅槃生息"才能扛下，然后带他与苍旻逃生。这途中，且不论他的性命，单论苍旻与凌霄，不死也要重伤。黑猫出手相助，便是还了它欠下凌霄、苍旻的渡劫因果，接下来恐怕就要去找那位同样出手相助的剑阁弟子云岚了。

出了万鬼渊，重新来到那片白骨堆积的崖底后，苍旻就地坐下，从他的芥子锦囊中拿出一本书来，书名叫《玄阴异物考》。

他边翻书，边道："之前关于万鬼渊的记载中，收录了各个鬼王的信息，但并没有我们遇到的这个，应当是这几年才出现的，我得找找它到底是什么。"

凌霄拿出夜明珠，照亮这片区域，看他翻书。

过了一会儿，苍旻翻书的动作停住，留在一页上。

这一页上记着："祐犵，其形不定，其重逾山。古蜀国承元十七年，大涝，生瘟疫，死者逾万。生祐犵，肆虐十三州，杀四万人后，悲鸣九声，触山而亡。"

苍旻："这……"

与此同时，林疏看到凌霄的眉头深深蹙了起来。

凌霄道："五年前，江州瘟疫，你记得吗？"

"记得，"苍旻道，"我家与江州只隔了二百里，那时全城封门，人人自危，所幸有惊无险。"

凌霄看向崖底如山的白骨："这些死人从哪里来的？"

苍旻忽然脸色煞白，骇然道："你是说……"

林疏领会了他们的意思。

古籍上记载的祐犵，生于瘟疫横行、死亡万人之后。而在五年前，离这里不远的江州也恰恰滋生过一场瘟疫。

古代的医学毕竟有限，一旦生出瘟疫，若是救治不及，瘟疫扩散，就会发生大面积的死亡。按照苍旻的说法，五年前的那场瘟疫，所幸有惊无险地度过。

而凌霄却话锋急转，提到了这里的死人。

莫非他怀疑这些死人和祐犵、瘟疫有关？

若是果真有那么多人死于瘟疫，便符合了生出祐犵的条件。但是，若果真如此，这些尸体又怎么来到万鬼渊崖底呢？而且，这也与苍旻口中的"有惊无险"不符。

林疏看向凌霄。

只见凌霄目光冷冷，在堆积如山的白骨上扫过，似乎在想着什么。

苍旻则看着那本古籍，道："这里记着的几次祐犵出现，都是在大疫之后，说是横死之人怨念深重，与病气交融，生出邪物。"

凌霄道："江州之事，必有欺瞒。"

苍旻道："若是郡守欺上瞒下，隐瞒疫情，那也太过大胆。而且这些尸体，怎么到了万鬼渊中？"

凌霄道："我会去查。"说罢，他道，"还有一事。"

苍旻："怎么说？"

凌霄拿出了封存"还阳"莲花的寒玉匣，将其打开，道："闻香。"

先前在万鬼渊中，湿冷阴寒之气过重，又有许多邪物身上的腐臭气味，故而林疏没有闻得分明，如今出了那个鬼地方，凌霄乍一打开匣子，林疏便闻到了一股极淡的、似有似无的香气。

这香气若再浓一点儿，便极其类似佛堂的香烛气息。

他立刻联想到了先前那两个要害他们的樵夫兄弟所挂的项链坠。

之前听凌霄说那吊坠上有供奉用的香气，他还想过这是不是什么邪教组织，现在想来——那两兄弟不会是靠着"还阳"而还了阳的邪物喽啰吧？

祐犽实力强大，要想还阳，须得过好多年，但是一两个没什么法力的小喽啰，若想还阳，还是容易的。

凌霄淡淡道："一试便知。"

他捞起林疏，向崖上跃去，苍旻亦跟上。

黑猫把结界解开，那两兄弟还绝望地被吊着，并没有挣脱束缚，见到他们来，立刻激动地挣扎道："仙长，仙长饶了我们吧！"

——明明之前心存歹意，要与铁魑藤合作杀了他们，在他们之前也不知成功地杀过多少前来万鬼渊之人，却还要求"饶了我们吧"，但凡是个有一点儿自知之明的人，都不会这样痴心妄想。

所以说，这两人从头到尾的表现，着实有点儿浮夸，让林疏更加肯定了自己的猜想。

自己这个脑回路并不复杂之人都能想到，表哥就更能想到了。

只见凌霄把他们弄上来，冷眼看着这两兄弟挣扎求饶，再次打开了寒玉匣。

"还阳"自寒玉匣中露出来的那一刻，兄弟两个俱怔住了，身体僵硬，目光呆滞，缓缓望向凌霄："你……你们……"

凌霄道："我们如何？"

老大忽然激动地挣扎起来："你们该死！"

苍旻道："你们既还了阳，安分做人也就罢了。残害他人，却说我们该死，好没有道理！"

老大："呸！"

凌霄此时的语气却温和下来："你们守在此处，杀死来人，滋养鬼渊，可是有什么苦衷？"

老大、老二齐声道："你们该死！"

凌霄垂下眼，淡淡道："五年前的江州瘟疫，可与此事有关？"

老大、老二齐声道："呸！"

凌霄微抬手，指尖燃起一簇淡红的火焰："若不说，只好烧了你们的魂魄拷问。"

老大、老二："呸！"

凌霄并不管他们"呸"得多么铿锵有力，只继续道："若说了，自然有人为你们做主。"

老大、老二齐声道："我们不信！"

林疏："……"

既然说了不信，那就是确凿需要有人为他们做主了。这两人还阳前是法力低微的邪物，还阳后的脑子显然也不大好使。

"你们兄弟二人在此处守株待兔，若有人来，无论仙人还是凡人，俱骗下悬崖杀死。既有你们，必定有其他邪物化作活人，比如扮成游方先生，寻找家人重疾之人，诱来此处，再由你们杀死。久而久之，也能有许多人了。"凌霄道，"若是仙人，看起来年纪大些，似乎修为不凡，便放过。今日见我们几个俱是少年，料想无甚法力，却不慎翻了船，可是如此？"

两兄弟瞪着眼看他，一副瞠目结舌的模样。

林疏对他们的瞠目结舌感同身受。

——表哥的智商，岂是我们这种凡人可以想象的？举一反三已经太少，反三百还绰绰有余，只要有了一条线索，整件事情都能被推测出来。

那两人瞠目结舌过后，过了快一炷香时间才缓过来。

老二道："还有睡鬼。"

凌霄："睡鬼？"

"官老爷收税，交不上来，只想寻死，我们便带他来，说跳了悬崖，来世便能过上好日子！"老大"嘿嘿"一笑，"他们最多的一来就是一家。"

原来，此税非彼睡。

"这样说来，你们恨王朝久矣。"凌霄的声音很低，近似自语，"这怨气从何来？大抵是江州瘟疫时，他们为防瘟疫蔓延，又怕此事败露，将数万生民投入万鬼渊，怨气和病气交缠，生出祐犽，祐犽又养出你们……"

那两兄弟又是齐声道："你们该死！"

凌霄问："你们杀了多少人？"

老大道："数不清了。"

"多少税鬼？"

“数不清了。”

“多少求药人？”

“数不清了！”

“多少修仙人？”

“十几个吧！”

“你们有多少人？”

“数不清了！”

凌霄道：“也算是一桩大事业。”

“可不是！”

一道寒芒闪过，“咚、咚”两声，两颗人头落地，鲜血迸溅。

凌霄收刀，道：“走吧。”

苍旻脸色苍白，嘴唇翕动，似乎想要说什么，终究没有说出，只“嗯”了一声。

路上，苍旻又道：“那其他变成人的邪物呢？”

凌霄道：“我传信给箫妹，她自会调动图龙卫，彻查附近六州各乡各里游方先生、失踪案件。”

苍旻道：“嗯。”

走出万鬼渊地界，渐渐热起来，凌霄伸手解开林疏身上的雪狐披风，收好后问他：“方才我杀人，吓着你了吗？”

林疏摇摇头。

凌霄道：“那便好。”

林疏想，那两人受祜犵操纵，杀害凡人，用人命滋养万鬼渊，虽有苦衷，但着实罪不可赦。

而祜犵大抵要靠那些被害的活人来增强实力，一边增强实力，一边等待还阳化人，若非被他们发现，得逞后必定是一个大祸害。

只是究其原因，到底有些让人唏嘘。

傍晚的时候，他们在一处小城镇的客栈落脚。

夜中，林疏正打算睡觉，门却被叩了叩。打开门，来者是隔壁的凌霄。

表哥道：“我要走了。”

林疏一时有点儿不能消化这话的意思：“啊？”

凌霄进来，在桌旁坐下，倒了两杯茶水，道：“箫妹交代我护你上幻荡山，我自觉护得还不错。”

自然不错。

何止不错，简直是完美。

表哥继续道："如今此间事毕，我是江湖之身，江州陈事，无法插手。恰箫妹那边闲了下来，不日便可以来接你……我也要回山修炼，你我便就此别过了。"

林疏一时间有些不舍，又不知该怎么说，和凌霄目光相对了半天，只憋出来一句："保重！"

表哥笑了一下，伸手刮了一下他的鼻子。

林疏："……"

第二次了！

只听表哥温声道："你也要好好照顾自己。"

林疏："会的。"

"下次不知何时才能见面，我也没什么东西赠你，"凌霄道，"方才出去，在外面买了这个。"

他拿出一支样式简单的流云白玉簪，放在桌上，道："不是什么稀罕东西，但我觉得你戴上一定好看。"

收大小姐的东西，似乎已经适应了，但收表哥的礼物还是有点儿紧张。林疏想了想，自己身无长物，更是没有什么东西可以回赠表哥，只能道："我没什么东西……"

表哥笑道："那你大可以日后再准备，下次见面送我便是。"

林疏："好。"

凌霄又看了看他，道："你早点儿睡吧，我过一会儿便走了，不必送。"

林疏觉得自己有不少话想说，但限于语言表达能力，什么都没有说出来，只能道："你注意安全。"

凌霄道："自然。"

说罢，他又过去摸了摸黑猫，说一声"我走了"。

黑猫"喵"了一声，翻个身，继续睡。

林疏看着凌霄。

凌霄道："保重！"

林疏："保重！"

一声门响，表哥的脚步声渐渐在走廊里远了，林疏扒着窗户往外看，看没了凌霄的身影后，外面仅剩一轮圆月、几家灯火，让他总觉得心里有点儿空空荡荡。

夜深风冷，他关了窗户，躺在床上。翻了几下身，有点儿睡不着，心想，原来人与人的相处中，所谓离愁别绪是确实存在的。若是上辈子他也有过这样的好友，怕是古诗鉴赏与阅读理解都能多拿几分。

第二天早晨，他起来打算去吃饭，路过表哥的房间，对于昨晚的告别还有点儿不真实的感觉。又想，深夜毕竟不好走路，表哥有可能还在，就叩了叩门。

没人应声，门闩却是松的。

他轻轻推了推，门便开了。

房里的铜镜前，坐着个身穿红衣的宫装美人，美人黑发披散，面前摆了一堆瓶瓶罐罐，正对镜描着眉。

林疏："！"

大小姐转过头来，嫣然一笑："你起得好早。"

大小姐，你来得也好早。

大小姐收起螺黛，盖上钿盒，勾唇笑道："好久不见。"

晨光熹微，透过窗棂的格子照到房间里，屋子还不甚明亮，愈发显得大小姐光彩照人。

林疏静静接受了一会儿来自审美的冲击，也道："好久不见。"

仔细想来，他与大小姐确实有许多天没见了——只在梦境见了一次。

大小姐和表哥不太一样。

表哥脾气温和，可以与梦先生媲美，他被表哥饲养的时候感觉很安定，并不紧张。换了坏脾气的大小姐，虽然也很安定，但是总有些慌。

大小姐道："过来让我看看。"

林疏便过去了。

凌凤箫端详了他一会儿，满意道："胖了一点儿。"

——林疏怀疑自己以前就是被大小姐吓瘦的。

观察完他的状况，大小姐又问："过得怎么样？"

林疏道："不错。"

大小姐又道："喜欢表哥吗？"

林疏道："……喜欢。"

大小姐"嗯哼"了一下，语气有些不明，然后道："我与他，颇为相似。"

林疏："……"

真的吗？

大小姐，我觉得你在骗我。

大小姐转向镜子，拿起一把犀角梳开始梳发。

乌墨一样的发丝，要从两鬓撩起几缕，依次以二指宽的金质小插梳松松固定在后面。这样束好以后，既不妨碍动作，又很是好看。

林疏看着大小姐的动作，觉得自己发现了一个真相。

若是宝清、宝尘几人在身边时，大小姐的头发便被她们梳得复杂些，再缠些细细的金流苏，若是大小姐一个人，便用这样简单好看的方法应付。

大小姐道："我自己弄不成，你来。"

林疏接过一把雕凤翼纹路、坠了红玉珠子的小金梳，给大小姐插入头发中。

那发丝很滑，有些凉，小金梳插进去，便往下滑，并且想要滑去地上。

林疏捉住它，拿下来，很是迷茫。

凌凤箫笑道："不是这样，要盘一下。"

林疏迷茫问："怎么盘？"

大小姐便自己取了一缕头发给他演示，边演示，边道："你连头发也不会束，以后可要怎么办？"

林疏心道，我并不需要这样弄头发。

随即，他想到了一个可能。

大小姐莫不是要自己长期为她束发？

这很符合大小姐剥削阶级的定位。

而且，因那份婚书的存在，这竟然变为合法剥削。

他学会了，这次成功固定好了一缕发丝，开始转向另一缕。

大小姐看着镜子，道："这样说来，钗环首饰，胭脂水粉，眉黛花钿，你也一概不晓得了？"

林疏："不晓得。"

大小姐："那只好由我来教你。"

林疏："？"

大小姐的意思，是让凌宝清与凌宝尘辞职，安心去练武，然后让自己伺候起居？

不对。

这可是封建社会，男女授受不亲，自己怎么能去给大小姐天天描眉敷粉？

但是，想到他们两人有一个婚约在，似乎也没有违背礼法。

但是，还是有点儿不对。

林疏百思不得其解。

束好发，大小姐左右端详了一下镜中的自己，没有提出什么意见，看来是过关了。

大小姐道：“下去吃饭吧。”便很自然地牵了林疏的手，带他往门外走。

林疏起初被吓了一吓，想到和大小姐在幻境中也牵了手，才稍微平静下来。

大小姐不仅牵他，下楼梯时，还要自己先下，再照顾他下来，仿佛生怕他在楼梯上摔倒。

林疏觉得自己似乎陡然变成了保护动物，一时间不知道该如何是好。

下了楼梯，来到这家小客栈的大堂。

客栈生意萧条，大堂里只有苍旻一个人。苍旻的桌前摆了十几屉汤包，旁边还摞了许多空屉。

他听见脚步声，抬头看人，正想打招呼，整个人都呆滞了。

“凌大……大小姐！”他道，然后飞速地看了看桌上摆满的吃食，脸色十分羞赧。

林疏心道，苍旻师兄，当初在幻荡山下，你在我和表哥面前吃了整整一桌，怎么也没见半点儿不好意思？

凌凤箫微微颔首，道：“是你。”

苍旻深呼吸了几下，说话终于流畅起来，道：“大小姐，您怎么来了？”

凌凤箫道：“接林疏。”

林疏见苍旻看了看凌凤箫，又看了看自己，接着看了看他们两个牵着的手，眼中闪过一丝恍然大悟的神情。

——他觉得，苍旻此时恐怕在想学宫中的流言果然不假，林疏果然是大小姐饲养的仓鼠。

苍旻挠了挠脑袋，道：“昨夜我确实听到过马蹄声。”

凌凤箫道：“是我。”

苍旻颇有些不好意思地笑了笑：“方才见到大小姐，一时有些激动。”

凌凤箫带林疏在他隔壁桌前坐下，道：“无妨。”

苍旻道：“大小姐接下来去哪里？”

凌凤箫：“江州。”

苍旻又道：“大小姐是为了瘟疫那事？”

凌凤箫：“嗯。”

苍旻似乎是想起了什么，道：“我没有凡间的身份，又不懂得这些事……”

“你回学宫巩固境界，”大小姐道，“凡间之事有碍心境，不可插手太深。”

苍旻：“是。”

话毕，又过一会儿，小二为他们上早饭，乃是蛋汤与汤包。

林疏看着大小姐将汤包放进他面前的碟子，在顶上戳开，让刚出笼的包子散一下滚烫的热气，然后动作自然无比地从桌上拿起醋瓶，往他的蛋汤里倒了几滴，恍惚间觉得表哥还没走。

他道："我自己来就好。"

大小姐收了手，单手托腮，面无表情地看他吃饭。

林疏在大小姐的目光下吃了两个汤包，喝了一碗蛋汤。

大小姐道："不吃了？"

林疏道："吃好了。"

大小姐不悦道："太少。"

林疏："……"

他只得又夹起一个汤包，艰难地吃了。

大小姐道："现在也并不多。"

林疏试图像对付表哥一样，用无辜的眼神来打动大小姐，于是看向凌凤箫，道："吃不下了。"

大小姐审慎地打量了他一下，淡淡道："姑且放过你。"

——原来，不只是表哥，大小姐也吃这一套。

林疏获得了新的技能。

然后，他目光扫过苍旻那一桌，看见苍旻望着这边，目光呆滞，眼珠子都要落地了。

林疏觉得怪不好意思的。

吃完，又在客栈里待了一会儿消食，他们这才离开此处。

苍旻道："大小姐，林师弟，就此别过，来日学宫再会！"

林疏："再会！"

苍旻便孤身背剑离开此处，凌凤箫则返回马厩，牵出了林疏许久未见的照夜。

照夜仍然那样神俊漂亮，大小姐翻身上马，把林疏带上，两人向北，上了官道，朝江州疾驰而去。

官道破败不堪，甚至为衰草所侵，旁边的驿馆也似乎久无人用，墙壁上爬着几条深秋枯藤。

秋日露重风冷，骏马疾驰，寒意便直直灌进口鼻。

但林疏还没来得及呼吸，就被大小姐用一条黑貂毛披风裹了个严实，甚至被毛呛了几口。

黑猫则端坐在马头上，很有一番睥睨姿态。

黑猫留下这件事，林疏也是百思不得其解。

按理说，从万鬼渊出来，黑猫若还清了凌霄、苍旻的因果，就该前往云岚那里还债了。

但黑猫竟然没有走——说明欠凌霄的因果还没有彻底还清，还要接着还。

但是，昨夜表哥走了，这只黑猫居然在自己房里安睡，一点儿跟着表哥走的意思都没有。第二天早上，不仅没有找表哥，甚至还钻进大小姐怀里献了一番媚，拨拉了几下大小姐衣服上的坠饰玩耍。

苍旻走的时候，它也没有流露哪怕一点儿要跟上的意思。

令人费解。

正想着，黑猫睥睨不过三秒，被风吹了一会儿就从马头上下来，死命地往披风里钻，并最终得逞，被林疏抱住了。

——丢人。

一路无话，两个时辰后，到了江州地界。

林疏感到一路上大小姐都在注意着沿途城镇的状况。

江州府是此州郡府所在，乃是一座大城。

然而，虽是一座大城，也并无多少人走动，城门守关的士兵正百无聊赖、不成形状地聊着天，见他们过来，才收拾了一下精神头儿，准备查验入城之人的身份凭证。

大小姐却并不勒马，只手中亮出一枚朱红剔透、如有烈焰灼烧的令牌，士兵便陡然色变，肃容站好，并不阻拦。

林疏略有些好奇地看了看那枚令牌。

大小姐淡淡道："令牌共分朱、赭、紫、黑四色，黑色为图龙卫办事所执，紫色为督察御史巡视郡县所执，赭色为陛下特使所执，而朱红色……仅有一枚，专为凤凰山庄所设，名为'凤凰令'。见凤凰令，如见陛下亲临。"

大小姐首先是凤凰山庄的大小姐，然后是南夏王朝的长公主，不仅皇帝的图龙卫个个儿听从大小姐的调遣，连凤凰山庄唯一的凤凰令，也在大小姐的手中。

林疏看了看那枚凤凰令，知道这枚半个巴掌大的令牌或许代表了凡间滔天的权势。

下一刻，他就切切实实地体会到了。

兴许是城门的小兵飞速报了信，原本萧条冷落的街上马蹄声震响，涌出数百个兵士，结成仪仗，后面又匆匆过来几位着青袍或紫袍的郡官。

黑压压的一片人齐齐下跪，声响震耳。

“参见凤阳殿下！”

凤阳，似乎是封号。

林疏想了想，觉得颇为好听，“凤阳殿下”四字气势凌人，也很适合大小姐。

他望向前面下跪的人群和面无表情的大小姐，心里只有一个念头。

我是谁？

我在哪儿？

我到底遇见了一个怎样的富婆？

面对着乌泱泱的人群，但听大小姐淡淡道：“起来吧。”

士兵仍跪着，几位官员也没有起身，最中央那个着紫袍的叩首道：“殿下凤驾来此，我等竟未远迎，罪不可赦。”

凌凤箫道：“免了。”

几位官员这才诚惶诚恐起身，道：“不知殿下来此……”

“无事。”凌凤箫道。

一个“无事”下来，林疏明显察觉到几个官员又诚惶诚恐了几分——约莫不是怕有事，而是怕这位惹不起的殿下没事找事。

凌凤箫并没有提瘟疫，道：“只是游玩，不必陪同。有事时，自会找你们。”

官员应了一声“是”，又道“必定全力配合”“即刻安排驿馆”云云。

大小姐道了一声“退下吧”，便勒马回转，朝另一条长街而去。

那黑压压的甲士群来得快，去得也快，不一会儿便离开了这条街，稀稀拉拉的行人继续走动着。

林疏心道，褒姒戏诸侯尚且要一笑，还要点烽火，大小姐却根本不必，只要站在那里即可。

他将目光从那里移开，转到街上。

照夜的脚步放慢了，在长街上缓缓前行。

此时已近正午，天不冷，阳光也好，一条三里长街却寂静得很，两面的商铺关了不少，仅有三四家在卖瓜果点心。

“江州茶好，”林疏听见凌凤箫对自己道，“到中午，我泡给你喝。”

林疏道：“多谢！”

大小姐道：“不谢。”

又走了许久，满目所见尽是萧条寂寥。

他们之前落脚的都是小城镇，因此即使人不多，也显不出冷落来，换了江州这等大城，行人一旦稀少就显得格外空荡。

林疏道：“你不查吗？”

“查，”大小姐答他，“我只是有些怕。”

怕？

这世间竟有大小姐怕的事物吗？

林疏原本想象的查案场景，该是大小姐带着一众图龙卫一路纵马直奔江州府，在大堂一坐，然后将户籍簿子、地方志一应调出来，没翻几下就发现了真相，当即“唰唰唰”砍掉许多官员的狗头。

正想着，他的手被大小姐缓缓握住了。

他的手一直在披风里，暖得很。大小姐的手却因为要驭马一直在外面，此时那五根纤纤玉指倒真像玉一样凉了。

他感到大小姐稍稍往前靠了些许，与自己离得近了一点儿，声音也压低了，有点儿凉。

“我方才想，江州瘟疫，几万人命，牵连甚广。几个郡府官吏，未必敢做出将染病之人全部投入万鬼渊这等大逆不道之事。何况此事一旦被察觉，立刻会激起民愤，上达天听……”大小姐的声音越来越低，最后几乎要消失，“我怕此事，是得了陛下的首肯。”

林疏：“……”

这就有些可怕了。

当初推测出染病之人被投入万鬼渊“处理”，从而才断绝了瘟疫传播后，表哥和苍旻都表现出了比较强烈的情绪，可见这瘟疫并不是极烈的传染病，还有法可治，没到要用这种手段的地步。

他道：“那怎么办？”

“你我今日假意游玩，”大小姐道，“到子时，夜探江州府，寻户籍册子、地方志，再找是否有陛下当年的诏令。若无，明日彻查；若有，此事便就此作罢。”

林疏“嗯”了一声。

若此事真的是皇帝授意的，那么，无论如何都是翻不起水花的。

他不是封建社会里长大的人，想着这件事，想着“税鬼”，再看看这座明显民生凋敝的大城与一路上见到的那些并不繁华的城镇和破村子，只觉得这皇帝恐怕当得不太好，有点儿草菅人命的意思。

但若是换成萧灵阳来当，怕是更糟。

算来算去，统统不如大小姐靠谱。

但他私心里觉得，大小姐要管这些事情，也很烦。

正想着，就听见大小姐道："若是太平盛世，我只想与你周游天下，或寻一处好山水隐居，谈剑论道。现在却要连累你跟我奔波，我常觉得不大快活。"

林疏道："我没关系的。"

他看着街上面容枯瘦的行人，想着万鬼渊崖底如山的白骨，终于明白自己来到的是怎样的一个生灵涂炭、人命如草的世界。

若没有大小姐，自己又找不到改换经脉的方法，不能修仙，过上几年，说不得便是白骨中的一个了。

大小姐道："还是有些关系，桃源君本就是不入尘世的隐世仙君，你是他的徒弟，也合该超脱世外。我却有家国为念，要长住尘中，总觉得对你不好。"

林疏想了想，道："也没有什么差别。"

什么尘外、尘内，对他来说，并没有什么大的不同，只不过人多的地方有些烦罢了。

大小姐听了他的话，声音里有了些许笑意，道："我倒忘了你是什么人——仙君，您今日想吃什么？"

林疏看了看那些店铺，没什么想吃，也没什么不想吃，想了半天，憋出来一句："依你。"

大小姐便又逗他道："依了我，若你不喜欢，又吃得少怎么办？"

林疏道："我一直吃那么多的。"

大小姐道："你每日多吃一点儿，日子一久，便不会吃那么少了。"

林疏："？？？"

他现在觉得大小姐不是在养仓鼠了，可换成养猪又太难听，只有填鸭比较妥帖。

正想着，感觉到大小姐放开了他的手。

他想，方才大小姐怀疑万鬼渊的上万死人是皇帝爹亲自下令坑杀，又胡思乱想了一些什么尘外、尘内的东西，故而心情不好，拉了自己的手，而现在心情好转，就放开了。

可见，自己除了会弹一点儿琴，还能起到安抚大小姐情绪的作用，并不算十分没用。

大小姐事务繁多，伤神耗力，过得实在很烦。假如碰一碰他就真的能缓解情绪的话，那他主动克服一下过敏症，贡献出自己的身体，也并不算是大的牺牲。

这一天，林疏被大小姐带着逛了江州几个有名的古迹，路上买了糖葫芦，回驿馆后又吃了蟹与板鸭，还喝了大小姐亲手泡的云雾茶。

由于连续不断的投喂，他一天都在饱腹中度过，并且觉得大小姐在看他吃东西的这个过程中获得了快乐。

不过，还没有到傍晚，他就被大小姐勒令去睡觉了。

没有什么烦心事，他躺在床上发了一会儿呆就睡了过去。到午夜，察觉到动静，他才醒了过来。

大小姐不知何时出现在了房里，朝他道："走了。"

白天他们约好夜探江州府。

武侠故事中，夜探某地，都要穿上夜行衣，不然就会显得态度不大端正。大小姐也勉强意思了一下，戴上了面纱遮住下半张脸。

他们出门。

此处驿馆乃是江州府招待贵宾所用，到处是护卫，正门口就站了两个。

大小姐道："今夜月色甚好。"

林疏道："是。"

大小姐道："与你子夜赏月，也不失为一件风雅之事。"

林疏道："对。"

大小姐又道："此处楼阁参差，不妥，我们往后去。"

林疏："好。"

然后，他们就堂而皇之地溜了。

溜到驿馆后花园一处灌木丛后，又等着巡逻卫兵远去，林疏被大小姐捞了起来，带着往江州府飞去。

大小姐带人的技术，比起表哥来，大有进步。既不会过于往下而勒到肚子，也不会过于往上妨碍呼吸。不过半刻，两人便落到了江州府的外围。

整座江州府由衙门和政事堂组成。衙门在前，面对百姓，负责处理民事；政事堂在后，类似于此州的小朝廷，内有各个分部，负责一应文书事务。

此时，衙门与政事堂俱已关闭，只有几个地方还亮着灯火，是有人在守夜。

他们绕外墙走一圈，观察完大体构造后，凌凤箫便又带上林疏飞起，在墙、飞檐、屋顶上依次轻轻借力，身形仿佛凌波落叶，转瞬之间已经越过大半个政事堂。

大小姐的衣服上有轻纱装饰，这一飞就飘了起来，最终拂在了林疏脸上。

那守夜人的位置甚是刁钻，能看见四面八方的景象，奈何大小姐轻功精湛，硬是借着稀疏的树影飞掠过去，最终落在了守夜人房屋的顶上。

又飞檐走壁几下，最终落在了中央偏西北的一间屋顶上。

房子上了一把大铜锁，虽说可以暴力破开，但终究会留下痕迹，不妥。

然后，大小姐下了一道结界，开始揭瓦。林疏打下手，把搬开的瓦片摞在一边。

他实在是没有想到，自己的人生中居然还会有和大小姐一起上房揭瓦的这种新奇体验。

瓦片密密麻麻，下面是木质的架梁与榫卯，揭了有百十片，架梁之间终于有了一个能容一人通过的口子。

拿夜明珠照亮里面之后，发现口子下面是一个厚实的书柜，恰可以站人。

黑猫先跳了下去，接着是林疏，但那口子实在狭小，他中间被卡了一下，被大小姐推了一把才彻底下去，落在书柜顶上。

而大小姐下来得却很是容易，不知是因为身材苗条，还是因为那个什么“玄绝化骨功”。

落地后，夜明珠照亮了附近区域。

这个房间陈列着许多大书柜，放着很多册子，约莫是各种文件的存放地。

凌凤箫道：“各州的政事堂规制类似，看来我没有记错。”

凌凤箫此行是为了查证万鬼渊近万人被坑杀一事，到底是官员欺上瞒下，还是出于皇帝的诏令。

但是，大小姐并没有翻找诏令，而是先看起了江州府的官员变动、升迁记录。

看的时候，眉尖微微蹙起来。

林疏在一旁，也看出了很多蹊跷。

> 永康十三年秋，江州长史因谤议之罪被黜，贬至栗阳。
>
> 永康十四年夏，江州司徒王敬之被贬至株林。
>
> 永康十四年冬，江州刺史司炳光受召回京。
>
> 永康十四年冬，江州太守赵瑸告老还乡。
>
> …………

王朝改过年号，现在是光和二年，也就是说，永康十四年、永康十三年正是四五年前。

瘟疫过后的一两年内，江州的上层官员居然经历了一次大换血，原来的大多数人出于各种缘故去了别的地方，已经不在江州了。

“他已经死了。”凌凤箫忽然道。

林疏看过去，见大小姐的手指点在那位受召回京的刺史名字上：“三年前，因牵扯朋党之事被黜为庶民，后郁郁而终。”

说到这里，大小姐淡淡道：“余下之人我不认得，不知道有多少还有命在。”

五年前，江州瘟疫，数万人被投入万鬼渊。

此后两年内，重要官员陆陆续续被换掉，其中，确认有一人已经死去。

凌凤箫又移步到每三年核对一次的户籍簿子所在的书柜。

满满一柜的文书被挑出了几本，翻开，全是触目惊心的红字。

某乡某里某人，染疫病死。

其妻某氏，染疫病死。

长子某某，染疫病死。

次子某某，染疫病死。

…………

这些红字有一个规律：一家人，往往死绝；一村之人，也往往死绝。

——何至于此？

林疏看向凌凤箫，一时间，两人相对无言。

不必再翻找什么诏书、密令，万鬼渊的惊天惨案，背后确实有天家的授意。

凡有染病之人，一户人家全被清理，整座村落也难以幸免，然后，又要控制住消息。

单个官员，即使有滔天的权势，又怎能滴水不漏地做到这件事？

所以，此时必定有各个部门天衣无缝的配合。

而疫病平息之后，各个有可能知道真相的官员尽数被调离，或还乡，或远谪，或逝世。

——怎么可能没有来自国都的旨意？

良久，凌凤箫将册子放下，道：“走吧。”

出房顶，将瓦片落回去，回驿馆。

——知道真相后，他们并不能做什么。

林疏知道大小姐此时心情不好，故而没敢说什么，而是回了自己的房间。

他后半夜也睡得不好，胡思乱想了许多东西才迷迷糊糊睡着。

第二日，出江州，回学宫。

出城之时，大小姐勒马回头，道：“你看——”

林疏看向街上稀稀拉拉的行人，不知大小姐要自己看什么。

大小姐道：“多是女子。”

林疏又看了看，发现确实是这样。

他在现代待久了，街上见到的女子很多，因此乍看之下，不觉得有什么。可这里是古代世界，仙道还好，凡间女子是不大抛头露面的。

“长阳之战后五年，北夏再次频繁进犯。边关形势紧急，我朝将雇役法改为差役法，每家每户的成年男子，依次序服徭役。”凌凤箫淡淡道，“边境要兵士，兵士一旦多了，养兵又需钱粮，只得多征税款。十年下来，国库已空，民力亦薄。”

“五年前，此地洪水泛滥，波及五州数十万人。赈灾、救济、处理瘟疫，无一不需巨额钱粮。国力有限，只得快刀斩乱麻，将病人坑杀，或许是不得已之举……”凌凤箫的声音渐渐低下去，“只是我心里，到底有些难平。”

说这话时，大小姐的手一直牵着林疏。

林疏也知道大小姐不高兴，用另一只没有被牵着的手轻轻拍了拍大小姐的手背，以示安抚。

然后，大小姐的另一条胳膊从背后过来，把他整个人环住——没有被牵的那只手也被捉住了。

只听大小姐继续道：“此事追根溯源，到底是因战事而起，待我来日武功精进——”

这话没有说完，但林疏知道凌凤箫的意思。

他道：“你必定可以的。”

凌凤箫笑道：“多谢！”

林疏想，大小姐如此上进，自己回到学宫后也不能怠惰，须得更加用功练琴，学习《寂灭》。

照夜长嘶一声，朝蜀州疾奔而去。

他们白天在路上，晚上歇下，如此三天三夜后，回到了上陵山。

凌凤箫将照夜安置在后山灵兽厩中，和林疏并肩向碧玉天走去。

上陵山灵气充盈，空气中满是草木清香，与凡间不同，来到此处，精神便缓缓放松下来。

黑猫在林疏怀里好奇地打量四周：“喵！”

大小姐摸了摸它，道：“你要和谁住？”

黑猫往林疏怀里钻了钻：“喵！”

大小姐道：“那你要护着他。”

黑猫："喵！"

林疏看着大小姐和黑猫一问一答、一本正经地对话，觉得很有趣，不由得笑了笑。

大小姐见他笑，也勾了勾唇，下一刻却收起笑意，微蹙起眉来。

林疏觉得这神情很不对——在下一刻，却见大小姐右手扶上额头，身形晃了晃，这就要往前栽去！

他心跳都停了一拍，立刻把黑猫撒开，去接大小姐。

但这一切发生得太快，他并没完全接住，只拉到了大小姐的胳膊，并且重心不稳，最终两个人重重地滚在山路上。

黑猫也被摔了一下，恶声恶气道："喵！"

林疏爬起来，却见凌凤箫已经毫无预兆地昏倒了。

他探了探大小姐额头，险些被烫到。

再感受灵力——灼热灵力疯狂涌动，在经脉里混乱流窜。

这不就是前些日子，凌霄身上出现的状况吗？怎么在大小姐身上也出现了？

不过，不论为什么，也算是知道了病因，林疏轻松了一些。

原因无他，这个毛病他刚好能治。

只不过运功至少要半个时辰，无论如何，要先把人弄回竹舍。

林疏于是一条胳膊揽住大小姐腰身，让大小姐靠在自己胸前，另一条胳膊穿过这人膝弯，打算将其打横抱起。

打横抱起。

抱起。

——抱不动。

林疏："……"

是他太虚了吗？

黑猫端坐一旁，嘲讽地叫道："喵！"

第十四章

# 大雪纷飞

林疏又试了试。

真的抱不动。

而大小姐的身材看着很苗条，摸起来也苗条，只是有点儿不太软。

难道练武之人，肌肉密度比较大?

但自己上辈子同样是从小练武之人，体重也在正常范围之内。

林疏百思不得其解，最终只能归结于自己这具身体还是太孱弱。

那么问题就来了，他该怎么把大小姐带回去?

抱是抱不动的，除非拖走。

但拖走这个动作，毕竟不大好看。

大小姐这么一个金尊玉贵的女孩子，公主抱尚且有失尊重，拖死狗一般拖着——是万万不能的。

林疏看了看黑猫 :“清圆，你能帮忙吗? ”

黑猫方才被摔了一下，怀恨在心，并不应他。

林疏很绝望。

他思考了一下对策，最后把那瓶聚灵丹拿出来，决定吃一丸——吃完以后，自己体内就有了灵力，可以轻而易举地抱着大小姐飞回去，只不过经脉很疼罢了。

反正要治疗大小姐的灵力失控，早晚都得吃。

他取出一丸，正要吞下去的时候，黑猫“喵”了一声。

他正眼看黑猫。

黑猫斜眼看他。

如此这般大眼瞪小眼片刻，林疏感到黑猫的灵力在自己身边聚拢了一下，大小姐的身体立时变得轻盈无比。

他道 :“多谢! ”

——黑猫到底是疼自己的。

他抱起大小姐，往前走去，黑猫则在地上走，边走，边玩地上的花草。

出了后山，到了碧玉天的竹海，竹海中有风，吹起大小姐的红衣来，很是好看。

林疏忍不住低头看了一眼。

大小姐靠在自己的肩上，黑发披散，合着双目，长睫如羽。

因着昏迷，那张常让人觉得盛气凌人的脸此时略显苍白，多了一分易碎的脆弱。

简直不像是现实中会有的人。

他险些被路上的石子绊倒，只好移开目光，继续看路。

竹海中的小径上，偶尔有弟子走过，注意到了他怀里的大小姐，眼神惊讶，窃窃私语。

学宫中的消息传得实在太快，路才走到一半，凤凰山庄的几个姑娘就得了消息，火燎一般跑过来，一连声地喊：“大小姐？”“大小姐怎么了？”“大小姐昏倒了？”

到了近前，凌宝清问：“林疏！大小姐怎么昏了？可是受了伤？昏了多久？”

林疏道：“突然昏了，没受伤，一刻钟。”

凌宝清焦急地跺脚：“没有受伤，好好的人怎么就昏了？”

凌宝镜道：“无论如何，先把大小姐送回去，再去术院请医师来。”

林疏道：“不用了。”

“嗯？”

“她灵力失控，我可以传功。”

凌宝清道：“你分明没有灵力。”

凌宝尘道：“莫多说了，先回去！”

凌宝清接过大小姐，凌宝尘带上林疏，不消片刻便飞回了惊风细雨苑。

回到苑里，这动静又把越若鹤和越若云兄妹招了过来，几个人围在大小姐床边，俱是十分关切。

林疏被这许多道目光注视着，吃下一颗聚灵丹，勉强压制住四肢百骸骤然炸开的疼痛，握住大小姐的右手，运起本门功法，将灵力缓缓输送入大小姐的经脉中。

可能是血脉相同的缘故，大小姐的灵力和表哥的灵力，竟然相似到了十分，察觉不出任何区别。

因此，传功的情形也和上次表哥昏倒时一样，雾白的灵力乍一遇到那酷烈的红色灵力，两者立刻交汇、相融，化作混沌，在经脉中缓缓消散。

不过，大小姐这次的情形却比表哥要凶险，半个时辰的药效过去之后，林疏又吃了两丸聚灵丹，继续运功。

功法在心中往复运转，寒霜一样的灵力在全身经脉中缓缓流动、运转，他已经许久没有体会过这种感觉了。

恍惚间又回到了上辈子，盘膝坐在师门旧址的大殿里，夜深，窗外有簌簌的雪声。

又过半个时辰，大小姐体内最后一丝乱窜的灵力也终于消散，经脉重归平静，苍白的脸色也缓和了许多。

林疏欲收回手，手指却被大小姐无意识地轻轻拉住。

林疏："？"

这时，凌宝尘轻轻道："宝清，我方才想起来了。你记得吗？庄里的老人说，大小姐五岁的时候也昏过一次的。"

"什么时候的事情？"凌宝清道。

"你总是多忘事，"凌宝尘道，"十一二岁的时候，过新年，我们在炉子边听重熙姑姑讲故事，她提起过大小姐是凤凰血——"

"啊！"凌宝清叫了一声，"我想起来了！"

她看向林疏，道："林疏，你且细听，看大小姐这次昏倒是不是也是这个缘故。"

凌宝尘道："我们虽都姓凌，可那是庄主赐的姓，不是凤凰山庄的血脉。山庄的嫡系血脉有特殊之处，血脉越好，天资便越出众，越能真正发挥山庄心法的效用，诸如那'涅槃生息'——就算是嫡脉中，也只有天赋最好的能够使出。"

林疏"嗯"了一声。

"若是最好、最好的血脉，便和我们山庄的先祖一模一样，血中带有金色，叫作'凤凰血'。重熙姑姑说，我们大小姐就是'凤凰血'。然而，天妒英才，有凤凰血之人，天生便与离火之气相合，离火气息在经脉中自动积聚，过浓之时便反噬主人，有此血之人，大多幼年夭折。"

林疏默默想，原来是遗传病。

"姑姑说，大小姐五岁时便犯过这样的病，昏迷一百日不醒，山庄请来天下神医，皆无计可施。"凌宝尘略不好意思道，"只是我们几人那时候要么太小，要么还没有进山庄，都不知道此事，只是从姑姑处听来了只言片语——最后，一位白衣的仙君飘然来到山庄中，以独家的法门治好了大小姐——我们只知道这些了。"

林疏便明白了。

自己的灵力与大小姐的灵力能够完全抵消，并不是巧合，世上的功法千千万万，灵力也有千千万万种，并不是可以轻易抵消的。

那位仙君约莫就是自己这具身体的师父，桃源君。

桃源君出身剑阁，自己也出身剑阁，灵力一脉相承，故而都能治好大小姐灵力失控的病。

大小姐是凤凰山庄上上下下的心头肉，桃源君救了大小姐，于凤凰山庄便有莫大的恩情。

但大小姐这病又会复发，而桃源君恰好有一个徒弟，桃源君和山庄便结为亲家。

这样一来，大小姐的病可以解决，徒弟日后的生活亦是无忧。

他正想着，忽听凌宝尘唤了一声："林疏？"

林疏："嗯？"

"你……"凌宝尘迟疑道，"你的脸色不对……没事吧？"

"没事。"林疏道。

他缓缓散去身上的灵力。

剑阁地处极北孤寒之地，内功心法冷如霜雪，有时会影响人的性情。

凌宝尘问："那大小姐的情况与我们说的，可是相同？"

林疏："是。"

凌宝清奇道："小林疏，你居然可以治好？"

林疏点点头。

几个女孩子俱是松了一口气："那便太好了。"

凌宝镜更是道："大小姐原先就说林疏并不简单，果然如此！"

凌宝尘道："真好！"

此时，夜已深了，林疏道："你们回去睡吧，我看着。"

这一间房里，装下这么多人实在不易。

姑娘们又确认了一下大小姐此时已经无碍，这才与越家兄妹一同离去。

她们走到门口，林疏忽然想到了什么，道："凌霄也会这样吗？"

他现在有点儿怀疑一件事情。

"你是说大公子？这我们却不知道了，大公子不在山庄住，又不爱回家，几年也见不了他一面。"凌宝镜道。

凌宝尘想了想，又道："不过，大公子既然能够领悟'涅槃生息'功法，血脉一定不会弱——还真的有可能也是凤凰血。"

林疏"嗯"了一声。

房间里只剩下林疏和凌凤箫两个人。

男女有别，封建社会更是如此，他自然不能坐大小姐的床，因此传功是半跪在床前完成的。

但大小姐的房间里，地面上铺着华贵的厚绒毯，与床上也没有什么区别。

他右手被大小姐牵着，不好动，便把左臂横在床沿上，将脑袋埋在臂弯，闭上眼，深呼吸了几口。

剑阁的功法大抵都是这样，那天看到的云岚，性格也十分清冷淡漠。

过了一会儿，运转功法带来的影响彻底散去，他才终于恢复到正常的状态。

黑猫在旁边轻轻“喵”了一声。

林疏抬头看它，道：“我没事。”

黑猫歪了歪头，从桌上跳到床上，蹭了他几下。

林疏觉得它非常可爱，笑了一下。

黑猫又跑到大小姐身边，团起来，似乎打算睡觉。

林疏看着呼吸均匀、仿佛睡美人的大小姐，想起正事来：“……”

所以，桃源君就是这样，把小傻子卖给了凤凰山庄，卖给了大小姐？

于是，他就有了饲主，被饲养之余，只需要给表哥和大小姐治一治病。

那桃源君又去了哪里呢？

而想到表哥，林疏又疑惑起来。

他仔仔细细打量大小姐的轮廓，确实能看出大小姐与表哥长得非常相似。

两个人的经脉也相似，灵力更相似，这没什么，毕竟是一家人。

但是，在他要抽手的时候，那个无意识地抓住的动作，实在是太过熟悉了。

林疏感觉这件事情有点儿不对。

他又想到了幻荡山上发生的那些事情。

假如整件事情都是南北双方的斗智斗勇的话——

为了引蛇出洞，诱奸细露出马脚，大小姐不能出现在幻荡山上，否则奸细畏惧大小姐的实力，就不会出手。

但是，又需要一个能够镇住场子的人在山上，以防出事——就有了表哥在。

那……有没有可能，大小姐为了保证万无一失，易容成了表哥？毕竟大小姐有无数幻容丹，还能用“玄绝化骨功”自由变化骨头的形态。

万一真的是这样，那简直太可怕了，大小姐的演技又过于逼真，竟没有任何人看出不妥。

尤其是最后告别的时候还郑重其事地送了他簪子，像真的一样。

他觉得这个猜测不大可能，可又觉得有点儿道理。

正想着，就见大小姐的睫毛颤了颤，缓缓睁开眼睛。

古人有画龙点睛，虽然有所夸张，但确实不假。睁开眼睛的那一刻，凌凤箫整个人就那样浓墨重彩地鲜活了起来——只不过眼里有几分刚醒之人的恍惚，并不像平日那样高高在上。

然后，大小姐看向了两人牵着的手，似乎有些不好意思。

林疏试图趁机抽回手。

大小姐虽然有些不好意思，但是不放。

林疏："……"

好吧。

大小姐想牵多久就牵多久。

然后，就见大小姐看向房中。

以大小姐的聪明，必定立刻就能猜出是怎么回事。

这人却没有立即提起，而是支起身子，靠在床背上，温声道："地上凉，到床上来。"

林疏觉得有点儿不好意思，但大小姐既然已经下了命令，他就只能受宠若惊地坐在床边。

大小姐还没有完全恢复，黑发披散，略显几分慵懒，牵着他的手，问："你还是拿了聚灵丹？"

林疏："？"

大小姐，你怎么知道聚灵丹？

他警惕了起来，道："嗯。"

大小姐问："疼吗？"

他道："不疼了。"

大小姐望着他，半晌道："是我不好。"

林疏道："没事。"

大小姐笑了一下，没说什么，看神情，似乎有些出神。

过一会儿，她道："我小时候犯病时，疼了一百多天。"

这样的灵力失控，在经脉里乱窜，必定是疼的，林疏知道。

而小孩子的身体，经脉尚柔嫩，容不得太多灵力，要更疼上十分。

大小姐确实是有常人难以企及的天赋，可因为这个，吃过的苦亦是寻常人无法想象的。

"直到后来桃源君过来，以自身灵力化解了我身上的离火之气，才好了起来。我因此认得了桃源君，也见过他的剑法。但母亲并不愿告知我到底是怎样找到了桃源君这样的人，桃源君又为何愿意给我传功。你忘了往事，想必也不知道。"

林疏："嗯。"

——何止是往事，他连桃源君长什么样子都不知道，只知道这人也会《长相思》，是剑阁中人。

“桃源君是隐逸高洁的前辈，又有不凡的武功修为，我很敬慕。他要走时，我失落得很，问他何日才能再见。桃源君说，待有缘时，自会相见。”

——待有缘时，自会相见，这也是桃源君留给小傻子的那封信上的话。

只是有缘一事，毕竟过于玄妙，因此林疏只把它当神棍言语看。

“我母亲问，若我再次发病，又该当如何。桃源君对我说，他将一人托付于我，待我再长大些，必会与之相见，到那时，这病自会有法可治。”凌凤箫笑了笑，道，“我却没有想到，消解我的灵力，却要让你吃苦头——我倒宁愿自己昏迷不醒了。”

林疏道：“无妨。”

他并不是怕疼的人，大小姐却不能出事。

而且大小姐这么漂亮的女孩子，若是一直睡着，实在太过可惜。

他道：“我去斜风细雨苑告诉她们，你已经醒了。”

大小姐却轻轻道：“不去。”

说着，推开流水一样的红绸锦被，靠了过来，眉眼弯弯地对他道：“过一会儿再去。”

林疏不解其意：“？”

大小姐道：“自桃源君和我说过以后，我便惦记着你，你却全忘了，该罚！”

林疏一边有点儿心虚，觉得自己毕竟是因为小傻子落水淹死，占据了小傻子的身体，一边又想，假若这具壳子里还是原来的魂，大小姐恐怕就要真的面对一个脏兮兮的、智力有疾的傻子了。

——到那时候，恐怕还是要剥了他的皮。

可是，那就又牵扯到一个问题。

正如大小姐所说，桃源君是光风霁月、隐逸出尘的仙君，又怎么会收一个经脉根本不通的小傻子做徒弟呢？

林疏是想不明白的，只能作罢。

大小姐却又不悦道：“你竟然走神！”

林疏摸了摸鼻子：“想桃源君。”

他回过神来，想大小姐之前说了什么。

——说要罚自己。

他道：“你要罚我什么？”

大小姐挑挑眉，打量了他一会儿，又道：“念在你可爱的分儿上，虽该罚，但不罚了。”

善变。

林疏歪了歪头，道：“多谢大小姐放过！”

大小姐笑了出来，忽然伸手从背后虚虚环住了他，原是一只手与一只手牵在一起，现在她的另一只手也覆了上来，将他的五根手指捏来捏去，也不说话。

林疏因为这过于亲密的接触，呼吸有些不稳，但是因为前几日赶路，两人一直是这样的姿势，所以也没有做出过激的反应。

——大小姐说因为他可爱，便不罚了，他虽然不知道自己哪里可爱，但大小姐的漂亮确是真的。那么他看在大小姐漂亮的分儿上，也愿意提供自己的手指让她把玩。

他稍稍侧过头去看大小姐，觉得此时的大小姐半合着眼睫，凌厉锋锐之气尽去，很安静，很平和，一点儿都看不出河豚的样子。

于是他趁着大小姐心情好，试探地问：“我去幻荡山的那些天，你在做什么？”

大小姐道：“去皇城一天，然后……”

说到“然后”这个词后，忽然就奇异地消声了，过了一会儿，林疏才又听见声音：“然后便来找你了。”

林疏觉得这个时间有点儿不对。

光是从学宫去幻荡山，路上就花了两天。

通天阶和万丈迷津并没花去多长时间，至多一两天，而玲珑洞天则耗了十几天。

大小姐若是去皇城一天后，就来找了自己，那他们早该见面了，而不是自己下了幻荡山，又去了万鬼渊，这才和大小姐重逢。

大小姐看着他，忽然笑得很开心。

然后她放开手，把他往后一拉，两人并肩躺在柔软的床上。

挂在小银钩上的帐子被两人的动作扯动，散了下来，但见红绡帐暖，轻纱拂动，一时竟让人恍惚了。

大小姐似乎很喜欢这样的氛围，轻轻闭上眼睛，道：“你好好想想。”

林疏便好好想了想。

他觉得大小姐话里有话。

他道：“我和表哥一同去了幻荡山，然后是万鬼渊，然后你便来了？”

大小姐并不说话，却道：“你这样，我怎么放心让你一个人在外面？恐怕一个不小心，就让人卖了。”

林疏：“？？？”

大小姐，我不傻的。

我能听出来你在拐弯抹角地说我傻。

虽然被说了傻，但这样一来，更证明了大小姐话里有话。

他有了一个大胆的想法。

他朝着大小姐的腰伸出了手。

两人离得极近，因此这动作也很冒昧。

在指尖即将触及大小姐衣服侧腰上的金色刺绣时，大小姐道："疼！"

林疏整个人都窒息了。

大小姐，表哥的这个地方受了伤，你疼什么？

他道："你就是……"

他觉得这简直是晴天霹雳。

表哥有灵力失控之症，大小姐也有。

表哥会在他抽手的时候抓住，大小姐也会。

表哥的刀用得出神入化，大小姐也是。

表哥部分穿红，大小姐也穿红。

表哥会涅槃生息，大小姐也会。

那么，用反证法来证明。

假如大小姐和表哥不是同一个人，那么大小姐就没有侧腹上的伤口，也就不会在他快要碰到的时候说疼。

但大小姐说，疼。

所以大小姐和表哥是同一个人。

这个推理没有任何问题，但是结果实在是令人难以置信。

林疏整个人都呆滞了。

大小姐笑盈盈问："你明白了吗？"

"我……"林疏艰难道，"我明白了。"

——所以表哥最后又是送簪子，又是道别，又是保重，完全是入戏太深？

而那天晚上——那天晚上！

表哥来到自己的房间，告完别，假装离开，实际上就是回到房间，卸除变幻骨头的功法和易容丹药的功效，变回本来面目——然后早上化好妆，道："好久不见！"

好久不见个鬼！

苍旻还说半夜听到了照夜的马蹄声——照夜根本就是自己来的吧？背上根本没有载人！

还有那只什么都知道，但什么都不说的黑猫。

为什么表哥走了，黑猫没有跟过去?

——因为表哥根本没走。

林疏觉得自己需要冷静一下。

他觉得自己冷静不下来。

“你明白就好，”大小姐似乎叹了一口气，“你若一直不明白，也是一桩麻烦事。”

“你……”林疏艰难地组织着语言，道，“这也真的是太不容易了。”

演，也就演了。女扮男装，也算个常见的故事情节。人，要学会接受现实。

可还演得那么像!

大小姐，你到底是一种什么样的生物?

“皮相而已，”大小姐道，“是男还是女，于我并没有什么区别。”

林疏想了想，觉得也是。

大小姐的性格确实不像一般的女孩子，虽有漂亮的容颜，却与“娇美”“纤弱”这些词搭不上关系，要扮成男人，难度其实也不是太大。

林疏道：“你为何不说？”表面很平静，其实他内心很想打人，还想打黑猫。

大小姐道：“我原想着这般明显，你总不至于看不出来。”

林疏：“？”

大小姐叹了口气，接着道：“未承想你真的看不出来。我想，我倒要看看，这个小东西什么时候能察觉出不对来。”

林疏：“……”心肌梗死的感觉。

他道：“你扮得实在像。”

大小姐道：“形势所迫，不得不像。”

林疏想，大小姐为了捉住昆山君，也真的是煞费苦心。

他按捺住想打人和打黑猫的欲望，道：“你辛苦了！”

“无妨，”大小姐轻轻道，“你明白便好。”

说完这个，凌凤箫就不再说话，起身侧躺在床上，一手支着脑袋，看林疏。

大小姐眼里有很好看的笑意，加上软红纱帐，更衬得美人如玉。

林疏既觉得好看，又觉得有些紧张。

想想大小姐便是表哥，表哥便是大小姐，而表哥又待自己那般和善——原来，对自己好的一直都是大小姐。

大小姐伸手，拂去他散在脸颊上的一缕发丝。

林疏觉得自己的脸上有点儿发烫。

恰此时，一边团着睡觉的黑猫醒了过来，“喵”了一声，走到他们两个中间。

大小姐便伸手把黑猫抱进怀里，挠它耳后的软毛，道：“我看它过于胖了，日后要少喂些东西。”

黑猫方才还在舒服地打呼噜，闻言惨叫一声，挣开大小姐，跳到林疏身上。

林疏：“我觉得也是。”

黑猫爹了毛，跳到桌子上，背对他们，做生气状。

大小姐道：“清圆乖，不生气。”

黑猫躺下，不理他们。

大小姐笑了一声，转过头继续看林疏。

帐暖香浓，空气中好似流淌着蜜糖的气味，林疏发现自己竟然放松了许多。

“我想，若日日与你这样，也不算虚度光阴。”大小姐道。

林疏不知道如何作答，轻轻“嗯”了一声。

若对方是大小姐，那么与人相处，似乎也不是一件很难的事情。

他们又说了些话，大小姐这才恋恋不舍地从床上起身，挂好帐子，束了头发，道：“去斜风细雨苑吧，也省得她们一直挂心。”

斜风细雨苑的中庭，灯火通明，姑娘们都还没有睡，聚在中庭看书。

凌宝镜看见他们两个出来，惊喜道：“大小姐好了！”

姑娘们围过来又是一番关照。

“大小姐不醒，我便安不下心来，到现在才读了五页书。”凌宝尘道。

林疏看向桌子上摞起的书籍，忽然想到了一件事情。

此时，凌宝清又抱怨道：“大小姐，这本《蜀地史考》我实在看不进去，恐怕要得丙！”

大小姐道：“无妨。”

林疏：“……”

学宫一年两次考试，六月一次，十二月一次——眼下是十一月中。

要期末了。

期末。

林疏：“！！！”

他的南夏风物考、南夏史、外丹术、阵法初通——二十门课，几乎都是要背的课程。

大小姐似乎想起了什么，看向林疏：“我们也该温习功课了。”

林疏点了点头，内心疯狂绝望。

——还有紫微术数，他一直没有学会！

除此之外，还要接受梦先生的考核。

课程考得不好，至多也就是丢些人，得到的玉魄少一些，毕业延期一下。梦先生的考核通过不了，可是要被赶出学宫的。

大小姐又和姑娘们说了些话才走，路上问他："可有不会的功课？"

林疏道："紫微术数不懂。"

大小姐道："我与你一起学。"

林疏又感到了快乐。

他可以得到学神的帮助了。

随后的日子，学宫中一片宁静，没有任何意外事故发生。大祭酒甚至来到了惊风细雨苑，给黑猫带了一道极其鲜美的鱼脍，并许诺饭堂今后专门请一位大厨做鱼，欢迎守山人驾临。这使得黑猫认识到自己不会被克扣口粮这一事实，在面对林疏和凌凤箫时底气足了许多。

黑猫的心情自然很好，大祭酒看起来心情也极好。说来也是，有陆地神仙境界的守山人镇守"上陵学宫"，还怕什么呢？

——即使守山人只是一只在林疏和凌凤箫两人的竹舍里不定时流窜、混吃混喝的胖猫。

最近黑猫喜欢在中庭睡觉，因为大家都聚在中庭学习。

林疏背书，越家兄妹在竹林里练功，他们两个选的大多是武学课，因此无须背诵太多，比林疏清闲许多。

至于大小姐，则忙到了十分，一边要复习自己的功课，一边要帮林疏看紫微术数；一边要管教萧灵阳，一边要在萧灵阳对林疏阴阳怪气的时候虐一下弟弟。

但弟弟顽强不屈，在姐姐的管教下仍坚持不懈地挑拨离间，每天在林疏耳边念十遍"凌凤箫不是好东西"、十遍"你只是小白脸罢了"、十遍"凌凤箫要对你始乱终弃"。

林疏："哦。"

凌凤箫："南夏史，抄十遍。"

萧灵阳："凌凤箫，我劝你不要嚣张，你虽没收了我写的《痛陈凌恶贼十二恶状书》，我却随时可以再默写出来！"

凌凤箫："纵然你写出《痛陈凌凤箫一千二百三十四恶状书》，林疏也已经是我的人了。"

萧灵阳："你们既未成亲，一切还未可知！"

凌凤箫："哦。"

——这一幕日日往复上演，整个十一月都在鸡飞狗跳中过去。

十二月一至，各门课程就开始陆陆续续考试。

凌凤箫身为学神，比正常人多修了几门课，要考的试也多，故而两人这些天虽然同住一苑，但几乎没怎么见面。往往是林疏要睡了，凌凤箫还没回来，或是一起吃了早饭，便各自去考各自的试。

考完的那一天下午，弟子们要去梦境接受梦先生的考核。

林疏进入梦境，原本背对山路，注视云海的梦先生转过身来，理了理袍袖，声音温和："道友，坐！"

他便与梦先生对坐在亭中石桌前。

"道友的武功造诣已然十分难得，若无特别的机遇感悟，想必也不过是招式更加纯熟而已，"梦先生提壶斟茶，给两人都倒上茶水，道，"故而我想看看道友的心境，比之前是否有所变化。"说完，他轻轻叹了一口气，又道，"可道友的心境也已经是万中无一的心境，我一时间竟也不知道该如何考校了。"

——每当和梦先生对话，被梦先生表扬的时候，林疏都要怀疑被夸赞的究竟是不是自己这条咸鱼。

"既难以考校，道友不妨和我说说此次前往幻荡山的经历与体悟吧。"梦先生最后道。

林疏整理了一下思绪，开始向梦先生交代。

通天阶上，靠灵力往前走的那一部分乏善可陈，便直接说考验道心的那一部分。

"我起初走不出通天阶。"

梦先生颇为意外地"嗯"了一声。

"我修仙，想不出什么目的。"林疏有些紧张，垂下眼看着石桌上的纹路，道，"也不知道为何修仙，故而一直走不出去。"

梦先生道："后来呢？"

"后来……我想了很多东西。明白自己确实不思进取，但并不想改。又想，我修仙，只是愿意修仙，不想去做别的，便修仙了。"

梦先生笑出了声。

林疏无辜地眨了眨眼睛："然后我就下了台阶，通天阶便把我放出来了。"

梦先生拍手大赞妙极："道友，你能潜心修仙，即是'有为'，无所欲求，是为'不争'。《云笈七签》有云，'天之道，为而不争'，说的正是你的道途了。"

林疏道："我不知道。"

他想了想，觉得按照梦先生的说法，自己的道途与天道相合，该走"合道"的路子，但他心中并不想和天道同化，于是又道："那我是'合道'吗？"

梦先生道："非也。"

只听他声音温润，有如溪谷流泉，缓缓道来："合道，乃是感悟世间万物运行的机制，明白天道运转的规则，继而顺从天理，与之同化。道友，你可曾这样做过？"

林疏："不曾。"

他只是经常看着日升日落发呆而已，并没有那等要去探究日升日落道理的勤快心思。

"正是如此，故而你仍是'破道'，将来要渡雷劫而飞升。"梦先生微微一笑，续了茶水道，"儒道院做文章，我以为文辞第二，立意方为第一，换成仙道院，亦是如此。"

林疏静静听。

"修仙人的道心，即文人的立意。修仙人的道，即文人的文章。文章写成后，要由他人评判——是否独具一格，是否自圆其说。修道之人亦是如此，若你的道足够坚定，又无纰漏，能够脱离天道而独存，这才有望大乘，脱离凡间，去往仙界。"

林疏点点头。

若在之前，他或许还不明白，现在却可以彻底听懂。

梦先生此时所说的，和玲珑洞天的那位公子所教的，大体意思一致。

"你的道心与天道相合，即你的立意，可与天道相提并论。"梦先生微笑道，"你年纪尚未至弱冠，便有这样的性情，实在难得。正所谓'栖凤枝梢犹软弱，化龙形状已依稀[①]'，等你再长大些，渡劫飞升，岂不是手到擒来？"

按部就班修炼，渡劫飞升，似乎也不是难事。

可林疏还是觉得自己没有什么道心，也没有道。

他上辈子不过是按着师门的内功心法、武功法门修炼，自然而然地到了渡劫期，若要描述，也实在是乏善可陈。

梦先生大约是看见了他迷茫的眼神，也不深究，而是道："日后你便会明白了。"

林疏点点头，道："好。"

说完通天阶，又说在万丈迷津里解决了一桩陈年旧事引起的心魔，接着便说

---

① 引自唐代李璟的《句》，原诗为："灵槎思浩荡，老鹤倚崆峒。苍苔迷古道，红叶乱朝霞。栖凤枝梢犹软弱，化龙形状已依稀。"

到了玲珑洞天里他和凌霄共同完成的那盘珍珑棋局。

他没说凌霄是谁，只说了是刚好同路之人。

“珍珑棋局的道理，正是修仙人飞升成仙的道理。”梦先生道，“你得了玲珑洞天主人的青睐，想必收获不少。”

林疏点了点头，神魂有所增强，对灵力的运转亦是熟练不少。

他又说了在玲珑洞天里明白的那个道理：自己的棋局有漏洞，凌霄的也有，两者互补，问题得以解决，然后剔去杂质，有了一个完美无缺的解法。按照公子所说，两家的功法合在一起，尚且如此，世上所有的功法汇聚在一起，去芜存菁，必定是一条精妙至极的大道。

梦先生眼中露出思索神色，随即释然，点头：“道友，你这番话倒让我受益匪浅。纵然一个人在珍珑棋局做出千八百种解法……一家之言，纵然自圆其说，却未免失之偏颇——倒是我走入歧路了。”

林疏看着梦先生，又想起“表哥”讲的那个人来。

那人有将珍珑棋局做出一百零八种解法的天纵之才，却在长阳之战中夜守孤城而死。

那人姓孟。

孟，梦。

而梦先生此时又说，倒是他走入了歧路——

他一时竟有些惘然了。

梦先生饮完杯中最后一口茶，收杯盏，眉眼含笑：“道友，这半年来，你着实很有收获。”

林疏道：“是。”

“然而，纵使是通天大道，亦不会一马平川。我有一事，要告诫于你。”

林疏道：“好。”

梦先生双手拢于袖中，望向亭外云海，道：“此事难以言传，我且援引一例，好让你能明白。”

林疏静静听着。

只听梦先生问：“你可知，凤凰山庄为何只有女子？”

——这倒是一个好问题。

林疏不知。

他道：“不知。”

“看来道友对仙道之事知之甚少。”梦先生道，“不过道友你与小凤凰住在一处，想必对凤凰刀法已经有所了解。”

林疏：“嗯。”

“凤凰山庄的内功只有一套，刀法却有许多。其中‘瑶池不二’‘紫府无双’之类繁复漂亮，宜作观赏之用，故而颇受女弟子喜欢，‘凌云九式’‘缺月十一刀’等却并非如此。”

林疏点点头。

像“凌云九式”“缺月十一刀”那样的刀法，并无男女之分，若是男弟子练习，似乎也没有什么问题——可凤凰山庄不收任何男弟子，即使是嫡脉的孩子，若是男孩，也要送到外面教养，不属于凤凰山庄。

“‘凌云九式’凌厉，‘缺月十一刀’肃杀，皆是负有盛名的刀法，然而——”只听梦先生一字一句道，“凤凰刀法、内功，男子不能修习，即使是嫡系的后辈，若为男，至多也就是学习一些成形的法门，你在幻荡山上见到的‘涅槃生息’就在此列。”

林疏不解，问：“为何？”

梦先生笑了笑，问：“小凤凰脾气好吗？”

林疏：“不好。”

——虽然这些天来对他很好，但其实总体的脾气仍然很坏，比如面对萧灵阳的时候。

梦先生道：“过刚易折。”

过刚易折。

林疏怔怔地想了一会儿。

的确，凤凰山庄的心法、刀法，全部以离火之气为基础，五行八卦之中，火性最烈。而山庄的刀法，如“凌云九式”“缺月十一刀”，则更加干脆酷烈、凌厉无比，毫无中正平和、刚柔并济之感，甚至完完全全与“柔”这个字搭不上关系。

梦先生似乎看出他已明白了一点儿，继续道：“许多年前，凤凰山庄初创时，并不是没有男弟子。山庄又并不严令禁止功法外流，外面也有过一些男子修习凤凰刀法的先例。然无一例外，修到一定程度，便会走火入魔，轻则境界跌落，重则爆体而亡。究其原因，便是‘过刚易折’四字。”

林疏实在是有些讶然，继续听梦先生讲下去。

“天地生人，既在天道之下，便要遵循天道运转的道理。男子和女子，我仙道一视同仁，然而阴阳五行之中，男女毕竟有所不同，体质、根骨、心性皆有些许差别。”

林疏点点头。

梦先生继续道：“男子属阳，若再修习凤凰山庄功法，酷烈之气相合相冲，一则进境飞速，根基不稳，极易走火入魔；二则性情被影响，冲动浮躁，暴戾嗜杀，过不多久便迷失心智，走入歧途。凤凰刀法正如烈火百锻之剑，生脆易折，须冷水点化，方可无坚不摧。故而，这天地间至阳至刚的功法，唯独女子方能压驭。”

林疏消化了一会儿，觉得这理论的玄妙之处，丝毫不亚于公子关于“大道”的那一番论证。

梦先生微笑道：“物过盛则当杀，世间万物相生相化的道理正是如此。道友，你明白了吗？”

林疏点了点头：“明白了。”

“当然，世间未必不会有能练成凤凰刀法的男子。只是，其所需的心性、定力可以想见，要经受的艰难磨砺亦不难想象，我至今还未见过。而凤凰山庄的富贵荣华有如烈火烹油，与皇家共分半壁河山，要懂得明哲保身，这是凡间事务，便不谈了。”

梦先生所说的道理，林疏懂了，然而梦先生为何要对他说这番话，却还想之不透。

所幸梦先生并没有什么“你回去自行参悟”的神棍习气，讲完之后，便道：“道友，你既明白了这个道理，就该想想自己的道途。过刚易折，慧极易夭，过寒近伤。你的道，空茫寂静，待走到大道尽头、高处不胜寒之时，是否会有心魔、道障，又当如何消解、抉择，该早做准备。我所担忧的，也在此处。”

林疏望着梦先生的眼神，切切实实地体会到了殷切爱护之意，心中一暖，道：“我会的。”

梦先生道：“那我便放心了。”

说罢这个，梦先生又询问了一些生活琐事、可有不惯之处等，问罢，林疏这才向他道别，离开了梦境。

出去后，他盘膝坐在竹床上，心想，自己算是通过了先生的考校，方才那一番对话，亦是受益良多。

至于梦先生最后的告诫——

他想到自己上辈子仿佛一只孤魂野鬼的二十年，再想想幻荡山万丈迷津中所看到的自己的心魔，觉得自己的心境的确不算扎实，还要再磨炼，确实是一个值得考虑的问题。

他决定再去藏书阁找些有关心境、心魔的书籍，看一看心境该如何磨砺。

想到藏书阁，就想到了饭堂。

今日早上，凌凤箫说下午过了梦先生的考校便无事了，约他一起吃晚饭。

想到这里，林疏从床上下来，披上床头挂着的白狐毛披风，向门外走去。

——这披风原是表哥用来打包他的那一条，大小姐用的是另一条黑貂的。然而，顷刻之间，表哥和大小姐变成了一个人，凌凤箫自然不再掩饰，把两个都塞给了他。

林疏一想到凌凤箫出门，连披风都准备了两条来掩人耳目，就感觉这人着实有点儿可恨。

一开门，就看见大小姐坐在中庭外的竹廊里。

入冬，山中落了小雪，许多冰晶剔透的小雪花在空中飘落，竹叶上覆了一层似霜的雪色，倒是很好看。

而凌凤箫披一件大红羽氅，斜打一把红伞，墨发未束，随意披下来，整个人在漫天雪色里煞是显眼。

这人原本抱着黑猫，抬头看着廊前飞雪，不知在发什么呆，见他推开门，笑了笑："你来了。"

林疏走上前，凌凤箫起身，将伞分给他一半。

"原要约你去饭堂，却不能去了。方才苍旻传信说，他考试少，这些日子里练完武过后，在碧玉天掏了许多竹鼠洞，捉了十几只正冬睡的肥竹鼠，约我们、越若鹤、越若云与黑猫过去烤竹鼠吃。"

林疏还没说话，黑猫先竖起耳朵，从凌凤箫怀里抬起头来，迅速"喵"了一声。

——看来很是想吃。

林疏道："十几只恐怕不够苍旻一个人吃。"

凌凤箫道："我也这样想，不过他说每只都有四五斤重，十几只加起来约有一百多斤，放血烤制之后，也能余下几十斤，或许苍旻吃饱之余，还能留下一两只给我们。"

林疏笑了。

笑完，想到越家兄妹也去，问："他认得越若鹤？"

凌凤箫"嗯"了一声，道："九大门派时常往来，苍旻出身的横练宗，与如梦堂是世交，想必与越家兄妹是好友。"

他们便去了苍旻说好的地点，是在竹海中的一座没有什么摆设的废亭。

越家兄妹已经在了，一同生了火，搭好了架子，正在聚精会神地摆弄一堆瓶瓶罐罐，调制烤料。

而那些肥竹鼠已经被处理好，依次穿了起来，整整齐齐地码放在一起腌着。

苍旻见他们来，招呼道："林师弟，清圆前辈，你们来了！大小姐，您竟也来了！"

大小姐道："你既请了，我为何不来？"

苍旻挠了挠脑袋："我只是试探一请……"

越若云拍他一下，笑道："林疏与黑猫都来了，我就说大小姐会来。"

人俱已到齐，苍旻的调料也已经制好，火势正旺，烧暖了整座亭子，他们也不拘这亭子简陋，在地面蒲垫上坐下，开始烤竹鼠吃。

凌凤箫没有让林疏自己烤，而是把他的那只也拿过来，两只一起烤制。

肥瘦相宜的竹鼠肉在火上逐渐烤得吱吱作响，焦黄发香，再加上时不时刷上去的调料，香味便越来越诱人。

黑猫："喵。

"喵。

"喵。"

凌凤箫："等着。"

黑猫："喵！"

林疏与黑猫对视，看到了黑猫眼中的敌意。

黑猫必定是觉得大小姐烤好竹鼠，第一口约莫不会给它吃。

幸而苍旻先烤好，供奉给了陆地神仙前辈。

黑猫发出满意的叫声，开始埋头吃烤鼠。

过了一会儿，凌凤箫的也好了，焦黄酥嫩的鼠肉上，再刷一层料，并芝麻、椒末，霎时间香气四溢。

大小姐又拿出一把锋利的小银刀，把烤鼠肉分好，和林疏一起吃。

苍旻大谈竹鼠肉的好吃之处，什么"竹鼠食竹而生，自有一股清香""竹鼠重四五斤，大小合宜，肥瘦适中，正适合烤食""竹海中食竹鼠，别有一番风味"云云。

而其余几人彼此熟悉，这些天来忙于考试，难得放松下来，亦有许多话可说，于是边烤边聊，竟比在饭堂吃的那些晚饭热闹许多。

正热闹着，远方忽然响起一阵脚步声，待近了，看见是一个人踏雪而来，一手提着灯笼，另一手抱着什么东西。

再近，俨然是儒道院的大师姐谢子涉。

只见她披一件半旧的灰鹤氅，一手提着风灯，另一手却抱着酒坛，背上背了一个书箱。

“我道是谁在这里玩闹，原来是你们，”谢子涉放下酒坛，笑道，“雪夜烤鼠，好雅兴！”

越若云道：“你是谢子涉师姐？”

谢子涉道：“正是在下。”

越若云顿时高兴道：“久闻师姐大名了！”

谢子涉道：“我喜欢你们碧玉天的竹海，常来这座废亭喝酒读书，今日竟让你们抢先了。”

说话间，看着凌凤箫。

凌凤箫道：“凑巧。”

“既是凑巧，我便也来掺一脚。”谢子涉笑道，“恰好你们有肉，而我带了酒。”

苍旻便奇道：“你怎么弄到了酒？”

谢子涉道：“儒道院对饮酒一事，并不严加防范。”

越若鹤道：“那我们可以去儒道院买酒吗？”

“若有门道，自然可以。”

苍旻很是喜悦：“谢师姐，你今日和我们共同吃了肉，便可以做我们的门道。”

谢子涉大笑一声，道：“那我便不客气了。”

林疏叼下一块大小姐喂过来的肉，慢慢吃着，打量了一下这位儒道院的大师姐。

她眉目清秀，长相略有些孤高，性格却平易近人，很快便与那三人谈笑风生起来。

而下一刻，他看到谢子涉也看了过来，与自己对视，勾唇笑了笑，遥遥举杯：“这位师弟怎么不喝？”

林疏觉得她有点儿找麻烦的意思在，并没打算搭理。

然后就听大小姐淡淡道：“我不许他喝。”

谢子涉饮罢一口，道：“你竟然是会疼人的。”

大小姐用银刀挑去一段细骨，将两块烤好的嫩肉穿在一起，递给林疏，然后道：“要疼人时，自然会了。”

越若鹤问谢子涉：“谢师姐，你常来碧玉天吗？”

谢子涉道：“常来这里读书。”

越若鹤大叹一声：“我这半年选了儒道院随流先生的课，怕是要得丙，重新答题。”

谢子涉道："怎么说？"

越若鹤道："考试只有一道题，要写什么由'杀一人''杀万人'论儒道、王道与侠道，我没有听课，故而不知道'杀一人''杀万人'是什么东西，胡诌了一通。"

谢子涉给自己重新满上一杯酒，道："窃钩者诛，窃国者侯[①]，杀一人为贼，杀万人为雄。"

"原来是这样，"越若鹤道，"那该如何解？"

"你愿做杀一人之贼，还是杀万人之雄？"

越若鹤道："我不愿杀人。"

"杀人这事，的确无甚趣味，"谢子涉道，"以我之见，杀一人为贼，杀万人还是贼。"

越若鹤："此话怎讲？"

其余人也纷纷看向谢子涉。

谢子涉却看凌凤箫："大小姐，你怎样想？"

凌凤箫烤着竹鼠，慢慢刷着作料，半张脸被火焰映亮，淡淡道："杀一人为贼，杀万人为寇，杀十万人为枭。"

谢子涉道："那依大小姐所见，如何才为雄？"

凌凤箫道："杀万人以救十万人，杀十万人以救百万人，为雄。"

亭中一时寂静无比，只有木柴燃烧的"哔剥"声。

良久，谢子涉拍手赞道："妙极！"

凌凤箫面无表情，仍然认真烤肉、剔骨。

过了一会儿，只听苍旻道："我却想，为那十万人之生而死的万人，为百万人之生而死的十万人，实则也没有做错事。"

谢子涉道："若有人要为十万人而杀万人，你当如何？"

苍旻思索了一会儿，道："我要为那万人，与十万人相抗而死，方觉问心无愧。"

谢子涉道："这便是'侠道'。"

苍旻道："大师姐，你呢？"

谢子涉道："我愿以毕生之力，寻得其法，以使那万人不必死，而十万人可以活。"

越若云道："这想必就是'儒道'了。"

谢子涉含笑看向越若鹤："何为王道，何为侠道，何为儒道，你明白了吗？"

---

① 出自《庄子·胠箧》，原句为："彼窃钩者诛，窃国者为诸侯；诸侯之门而仁义存焉。"

越若鹤若有所思地点头："我明白了。"

这时，苍旻却仿佛想起了什么，用手肘碰了碰林疏："林师弟，此种境况下你打算怎么办？"

林疏正在安静地吃烤鼠，冷不防被拉入论道中，仔细想了想。

他觉得，若自己是那万人之一，也觉得死得有点儿无辜，若是那十万人之一，又觉得有点儿道理，思来想去，并不觉得谁对谁错。

像是万鬼渊中的那数万具尸体，实在难以评判。

而自己若是局外之人，与两方都毫无干系，大概是什么都不做。

他道："我看着。"

大小姐看着火焰，勾起唇角，笑意深深。

谢子涉却饶有兴致地看着他，问："为何不做？"

林疏想了想道："自有你们操心。"

——此种情况，自有王、儒与侠去争吵，去抉择。

越若云"扑哧"一声笑了出来。

谢子涉看着他，良久，轻轻叹了一口气："你这人的确别致。"

林疏没说话。

谢子涉道："此为'仙道'。"

越若鹤问："怎么说？"

谢子涉仰头喝下一杯酒，道："仙道没落久矣。"

说罢这句，旁人再问，她只是神秘一笑，并不作答。

林疏也有点儿不解。

仙道院弟子众多，大家每天勤奋习武修道，个个儿境界高拔，法力高强，仙道很是繁盛，不能说没落。

但他又想了想，谢子涉说自己是"仙道"，那这个"仙道"大概不是指世俗意义上的仙道，而是指像他这样混吃等死的咸鱼。

那些从学宫毕业之后，就积极为王朝效力，或去发展壮大家族门派的弟子，就都不是谢子涉口中的"仙道"。

而自己这样的咸鱼，实在少之又少，"仙道"的确是没落了。

谈完"道"，几人复又说笑起来，酒到杯干，笑闹不绝，俱是十分高兴。月至中天时，酒足肉饱，才收拾了酒盏、竹签、鼠骨，又熄了火堆，将残灰埋进雪中，这才告别散去，各自回房。

林疏虽没有主动说话，但因着他们聊天谈及幻荡山之事，答了许多句。他觉得这一天说了过多的话，即使没有喝酒，也有些晕了，走到路上，被风吹了吹才好了一点儿。

他们来时，雪还只有薄薄的一层，去时却已有了三指深，踩上去“嘎吱”作响，留下一道脚印。

大小姐问：“冷不冷？”

林疏道：“不冷。”

大小姐“嗯”了一声，去牵他的手，道：“路不平。”

林疏被牵着，慢慢往回走。

这条路好像无比漫长，怎么也走不到头，大小姐亦没有说话。

林疏觉得大小姐的神色有点儿不对，似乎有心事。

又走了一会儿，大小姐开口淡淡道：“谢子涉说杀万人以救十万人是王道。我虽认同，但若是有选择的余地，宁愿为侠或为仙。”

林疏想了想，道：“我知道。”

大小姐先前是说过这些的，乃至表哥也在出幻荡山万丈迷津后，说他一生不过“身不由己”四字而已。

正想着，就听凌凤箫轻轻说了一句话。

这话林疏有点儿耳熟，似乎是古书上的句子，是“父兮生我，母兮鞠我，欲报之德，昊天罔极[①]”。

林疏听着，他还知道古书中还有句话叫“受国之垢谓社稷主，受国不祥为天下王[②]”。

对自己来说，南夏并无太大意义，可凌凤箫不同。

凌凤箫生长在南夏，乃至生在南夏皇家，凤凰山庄也是握着南夏半壁江山的门派，而凌凤箫此人又非薄情寡义之徒。

因此，大小姐不可能去做侠或做仙，而是必须去受国之垢，受国不祥。

大小姐如此，萧灵阳亦是，可萧灵阳看起来便不像是能成大器的样子，别人便又需要多费些心血。

而大小姐一生身不由己，又修了那样酷烈的心法、刀法，脾气坏也实在是情有可原。

---

① 引自《诗经·小雅·蓼莪》，原句为：“父兮生我，母兮鞠我。抚我畜我，长我育我，顾我复我，出入腹我。欲报之德。昊天罔极！”

② 引自《道德经》，引用时有变动，原文为：“受国之垢，是谓社稷主；受国不祥，是为天下王。”

他看着凌凤箫。

路旁悬挂的风灯之下，漫天苍茫雪色之中，独凌凤箫乌发似墨，红衣艳烈，眉目如画，仿佛天地间的颜色都汇到此人一身之上。

林疏很少有愿望。

但是此刻，他突然想，他希望这天下河清海晏，歌舞升平。

那样，大小姐只需要好看就可以了。

然后放马南山，为仙为侠，纵情恣意。

他大学时那个室友整日陪女友逛街，回去之后，便向其他人抱怨女友的眼光如何挑剔，而那些衣服首饰、口红香水，他费尽心机都看不出不同来。

但是他觉得，如果是大小姐，那他愿意陪着，并且是不会抱怨的。

大小姐道："你看我做什么？"

林疏道："……你好看。"

大小姐笑，笑完以后，眼睫却垂下来，边牵着他往前走，边道："有件事情想告诉你。"

林疏："嗯。"

大小姐道："我要闭关了。"

林疏怔了一下。

闭关，乃是修仙人之常情。

大小姐必然也是要闭关的，而且闭关出来之后，修为又会有大的提高。

但是……

他茫然地想了想，也没"但是"出什么来，只问："闭多久？"

大小姐道："至多三年。"

林疏："……嗯。"

他们沉默地往前走，过了一会儿，凌凤箫道："我不想闭关，想和你玩儿。"

林疏道："什么时候开始？"

"前日有信来，边境上情形危急，时间不等人。"大小姐道，"今晚便闭关。"

林疏道："嗯。"

他觉得自己的声音有点儿闷。

正说着，便走进了惊风细雨苑。

凌凤箫站定，面对着他："我原想今晚早些告诉你，但方才你与他们玩在一起，便想再开心一会儿也无妨。"

说罢，林疏手上被放了一个锦囊。

凌凤箫道："里面是银钱、玉魄与一些材料，日后想要什么，便去藏宝阁买。我吩咐过宝清几个照料你，黑猫也在，想必你也不会被人欺负。"

林疏点点头。

大小姐道："好好照料自己。"

林疏道："你也是。"

大小姐伸手摸了摸他的头发。

林疏看着大小姐衣服上的绣纹，有点儿出神，感觉很不真实。

然后，就听大小姐道："两年或三年后，雪化之时，我便出来。你得把自己养好些，不然便要罚你。"

林疏笑了笑。

笑过，又感觉有点儿空空荡荡。

他想，看来以后是要自己饲养自己了。

大小姐又道："不要去外面乱跑。"

林疏："嗯。"

大小姐最后道："乖乖等我回来。"

林疏看着大小姐，应了一声。

大小姐道："你好乖。"

林疏："……"

默默对望良久，大小姐轻轻道："抱抱。"

林疏："……嗯。"

大小姐笑了一下，往他这边走近了一点儿，轻轻环住他的肩背，而后一触即分。

熟悉的冷香浓了一瞬，而后远去，剩一丝若有若无的余香。

大小姐道："走吧。"

林疏再次被大小姐支配，被送回房间，继而脱下外袍，散下头发，被塞进被子里。

大小姐道："我走了。"

林疏道："珍重！"

大小姐道："你也是！"

——而后吹灭床前蜡烛，走出竹舍，关了门。

过了许久，林疏发现自己睡不着。

雪落在竹林里，轻轻地沙沙作响，夜渐深，雪渐重，时有竹叶折落之声。

他披衣起身，掀开竹帘，望向对面。

大小姐竟也还没睡，灯光亮着，在窗上投下一个轮廓优美的剪影，似乎看着这边。

林疏没有点灯，因此不怕被大小姐发现他还醒着。

又过许久，窗前的人影离开，灯灭。再然后，一道灵力涟漪泛起，落下了结界。

林疏抬头，目光穿过窗棂去看天。

但见竹海之上，大雪纷飞，天地寂静。

图书在版编目（CIP）数据

折竹 / 一十四洲著. -- 北京 : 中国华侨出版社,
2020.12
ISBN 978-7-5113-8288-7

Ⅰ. ①折… Ⅱ. ①一… Ⅲ. ①长篇小说—中国—当代
Ⅳ. ①I247.5

中国版本图书馆CIP数据核字(2020)第131765号

折竹

著　　者：一十四洲
责任编辑：江　冰
封面设计：BOOK DESIGN CONTACT DETAILS QQ.461084
版式设计：刘珍珍
经　　销：新华书店
开　　本：700mm × 980mm　1/16　印张：23.5　字数：417千字
印　　刷：嘉业印刷（天津）有限公司
版　　次：2020年12月第1版　2021年3月第2次印刷
书　　号：ISBN 978-7-5113-8288-7
定　　价：49.80元

中国华侨出版社 北京市朝阳区西坝河东里77号楼底商5号　邮编：100028
法律顾问：陈鹰律师事务所
发 行 部：（010）82068999 传真：（010）82069000
网　　址：www.oveaschin.com
E-mail：oveaschin@sina.com